हत्या एक सुहागिन की

10 जून, 1955 को मेरठ में जन्मे वेद प्रकाश शर्मा हिंदी के लोकप्रिय उपन्यासकार थे। उनके पिता पं. मिश्रीलाल शर्मा मूलत: बुलंदशहर के रहने वाले थे। वेद प्रकाश एक बहन और सात भाइयों में सबसे छोटे हैं। एक भाई और बहन को छोड़कर सबकी मृत्यु हो गई। 1962 में बड़े भाई की मौत हुई और उसी साल इतनी बारिश हुई कि किराए का मकान टूट गया। फिर एक बीमारी की वजह से पिता ने खाट पकड़ ली। घर में कोई कमाने वाला नहीं था, इसलिए सारी ज़िम्मेदारी मां पर आ गई। मां के संघर्ष से इन्हें लेखन की प्रेरणा मिली और फिर देखते ही देखते एक से बढ़कर एक उपन्यास लिखते चले गए।

वेद प्रकाश शर्मा के 176 उपन्यास प्रकाशित हुए। इसके अतिरिक्त इन्होंने खिलाड़ी श्रृंखला की फिल्मों की पटकथाएं भी लिखी। *वर्दी वाला गुंडा* वेद प्रकाश शर्मा का सफलतम थ्रिलर उपन्यास है। इस उपन्यास की आज तक करोड़ों प्रतियाँ बिक चुकी हैं। भारत में जनसाधारण में लोकप्रिय थ्रिलर उपन्यासों की दुनिया में यह उपन्यास सुपर स्टार का दर्जा रखता है।

हिन्द पॉकेट बुक्स से प्रकाशित

लेखक की अन्य पुस्तकें

वर्दी वाला गुण्डा

सुहाग से बड़ा

सुपरस्टार

चक्रव्यूह

कैदी नं. 100

खेल गया खेल

सभी दीवाने दौलत के

बहू मांगे इंसाफ़

कारीगर

साढ़े तीन घंटे

पैंतरा

हत्या एक सुहागिन की

वेद प्रकाश शर्मा

हिन्द पॉकेट बुक्स

पेंगुइन रैंडम हाउस इम्प्रिंट

हिन्द पॉकेट बुक्स

यूएसए | कनाडा | यूके | आयरलैंड | ऑस्ट्रेलिया
न्यूज़ीलैंड | भारत | दक्षिण अफ्रीका | चीन

हिन्द पॉकेट बुक्स, पेंगुइन रैंडम हाउस ग्रुप ऑफ़ कम्पनीज़ का हिस्सा है, जिसका पता global.penguinrandomhouse.com पर मिलेगा

पेंगुइन रैंडम हाउस इंडिया प्रा. लि.,
चौथी मंजिल, कैपिटल टावर -1, एम जी रोड,
गुड़गांव 122022, हरियाणा, भारत

पेंगुइन
रैंडम हाउस
इंडिया

प्रथम संस्करण : तुलसी पॉकेट बुक्स द्वारा 1989 में प्रकाशित
प्रथम हिन्दी संस्करण हिन्द पॉकेट बुक्स द्वारा 2022 में प्रकाशित

कॉपीराइट © वेद प्रकाश शर्मा
सर्वाधिकार सुरक्षित

10 9 8 7 6 5 4 3 2 1

ISBN 9789353494063

मुद्रक: रेप्लिका प्रेस प्रा. लि, भारत

www.penguin.co.in

FSC www.fsc.org
MIX
Paper from responsible sources
FSC® C016779

हत्या एक सुहागिन की

सीमा ठाकुर की नींद न जाने कैसे उचट गई। चेहरे के अतिरिक्त समूचा शरीर लिहाफ के भीतर था। सर्दी काफी अधिक थी, मगर फिर भी उसने अपने संपूर्ण जिस्म को पसीने से लथपथ महसूस किया।

जाने क्यों अजीब-सा डर लग रहा था उसे। अपने दिलोदिमाग पर हावी अनजानी दहशत का कारण जानने के लिए उसने दिमाग पर जोर डाला।

क्या मैंने कोई सपना देखा है?

दूर से 'लिद्दर नदी' के बहने का शोर सुनाई दे रहा था। तेज बहाव वाली पथरीली नदी से उत्पन्न होने वाला शोर भी उस वक्त उसे डरावना ही लगा।

एकाएक ही सीमा ठाकुर को ऐसा आभास हुआ कि कक्ष में उसके पति गजराज के अलावा भी कोई है हालांकि अंधेरे के कारण उसे कुछ दिखाई नहीं दिया, परंतु कानों ने एक आवाज़ सुनी थी।

किसी जंगली जानवर के जोर-जोर से सांस लेने की आवाज़।

'खें-खें' की यह आवाज़ बहुत ही डरावनी थी।

सीमा ठाकुर के होश उड़ गए। काफी देर तक वह जड़वत् अवस्था में बैड से चिपकी रही। कक्ष में निरंतर गूंजने वाली 'खें-खें' की आवाज़ उसे हिलने तक नहीं दे रही थी। किसी अनजाने भयवश वह बुरी तरह आतंकित हो गई थी।

हिम्मत करके उसने गजराज को टटोला, पति का कंधा हाथ में आ गया और अगले ही पल इस कंधे को सीमा ठाकुर ने जोर से झंझोड़ दिया।

गजराज कुलबुलाया।

डरी हुई सीमा ठाकुर ने उसे पुनः झंझोड़ा।

"क्या बात है डार्लिंग?" गजराज नींद में ही बड़बड़ाया–"सोने दो न!"

"राज-राज!" झंझोड़ती हुई सीमा ठाकुर ने पुकारा तो अपनी आवाज़ को स्वयं ही बुरी तरह महसूस किया उसने।

"हूं!" एक मीठी हुंकार के साथ गजराज ने उसे बांहों में भर लिया।

सीमा ठाकुर की आवाज़ कांप रही थी–"सुनो राज कमरे में कोई है!"

"यहां कौन आएगा डार्लिंग?"

"ध्यान से सुनो कोई सांसें ले रहा है!"

कमरे में खामोशी छा गई गजराज भी जैसे अब कुछ सुनने की चेष्टा कर रहा था और उनका, वार्तालाप बंद होते ही कक्ष में गूंजने वाली 'खें-खें' की आवाज़ बिल्कुल स्पष्ट सुनाई देने लगी। डरी हुई सीमा ने पूछा–"सुन रहे हो?"

अगले ही पल 'कट' की आवाज़ के साथ गजराज ने बैड स्विच ऑन कर दिया।

कक्ष एक बल्ब के पीले प्रकाश से भर गया।

पति-पत्नी एक साथ उठ बैठे और यही क्षण था जब सीमा के मुंह से डरावनी चीख निकलकर डाक बंगले के बाहर 'पहलगाम' की वादियों में भटक गई।

चीखकर उसने गजराज के सीने में मुखड़ा छुपा लिया था।

गजराज के कंठ से भले ही चीख न निकली हो, परंतु होश उसके भी उड़ गए थे। सूखे पत्ते की तरह कांपकर उसने सीमा को बांहों में भर लिया आंखों में हैरत और दहशत के संयुक्त भाव लिए वह कक्ष में

मौजूद एक पहाड़ी सूअर को देखता रह गया।

अपनी गंदी और भयानक थूथनी उठाए वह गजराज और सीमा की तरफ ही देख रहा था–सख्त सर्दी के बावजूद गजराज पसीने-पसीने हो गया।

रीढ़ की हड्डी में बिजली-सी कौंध उठी।

गजराज के सीने में चेहरा छुपाए अभी तक कांप रही सीमा ने कहा– "इस गंदे जानवर को यहां से भगा दो राज।"

साहस करके गजराज ने सीमा को अपने से अलग किया।

बैड से उतरा। उसके जिस्म पर इस वक्त नाइट सूट था। दाएं हाथ को घूंसे की शक्ल देकर उसने हवा में उठाया, और 'हट-हट' करता हुआ सूअर की तरफ बढ़ा। सूअर की थूथनी से गुर्राहट निकली।

अपनी छोटी-सी पूंछ लहराई उसने और सीमा ठाकुर का चेहरा पीला पड़ता चला गया। स्वयं गजराज भी सहमकर ठिठककर रुक गया था।

ठिठकते ही हिनहिनाकर सूअर ने उस पर जम्प लगा दी। गजराज और सीमा की संयुक्त चीखें गूंजती चली गईं। विशालकाय सूअर कुछ ऐसे वेग से गजराज के ऊपर आकर गिरा था कि चीख के साथ कक्ष में बिछे कालीन पर लुढ़क गया। सूअर अपनी गंदी थूथनी से उसके बालों को झंझोड़ने लगा।

"बचाओ-बचाओ!" सीमा ठाकुर हलक फाड़कर चिल्लाने लगी।

मगर वहां दूर-दूर तक कोई इस आवाज़ को सुनने वाला नहीं था।

उधर, किसी तरह खुद को सूअर से मुक्त करके गजराज ने बैड के सिरहाने पर जम्प लगाई और अगले ही पल हाथ में रिवॉल्वर लिए वह सूअर की तरफ पलटा।

बदबूदार थूथनी उठाए सूअर उसे देख रहा था।

गजराज के हाथ में भले ही रिवॉल्वर था, परंतु हाथ बुरी तरह कांप

रहा था। दिलोदिमाग पर दहशत हावी थी, और इस बार सूअर ने हिनहिनाकर जैसे ही गजराज पर जम्प लगाई वैसे ही–"धांय।"

एक भयानक डकार के साथ हवा में उछला सूअर का भारी जिस्म 'धम्म' से गिरा। गंदी थूथनी उठाकर सूअर तड़पा और फिर एक झटके के बाद निश्चल पड़ गया।

रिवॉल्वर की नाल से अभी तक धुँआ निकल रहा था। गजराज ने सूअर को मार जरूर दिया था, किंतु आतंकवश वह अभी तक किसी पत्ते के समान ही कांप रहा था। सीमा अपने दोनों हाथों से चेहरा छुपाए, डर की ज्यादती के कारण अब रोने लगी थी।

गजराज ने उसे पुकारा–"सीमा-सीमा।"

फूट-फूटकर रोती हुई सीमा गजराज से आ लिपटी। गजराज ने अपनी बाईं भुजा उसके चारों तरफ लपेट दी। बोला–"डरती क्यों है पगली वह मर गया है।"

सीमा ने कक्ष में पड़ी सूअर की लाश को देखा तो सिहर उठी।

"मगर!" कमरे के सभी दरवाज़ों पर नजर डालते हुए गजराज ने कहा–"सभी दरवाज़े अंदर से बंद हैं– यह कम्बख्त अंदर कहां से आ गया?"

बेचारी सीमा भला उसके प्रश्न का क्या जवाब देती?

गजराज ने अपनी रिस्टवॉच पर नजर डाली। सुबह के पांच बज रहे थे। रिवॉल्वर जेब में डालते हुए उसने कहा–"डरो मत डार्लिंग आओ।"

वे बैड के समीप आ गए।

"यहां से चलो राज मुझे बहुत डर लग रहा है!" सीमा ने कहा।

उसे आहिस्ता से बिस्तर पर बैठाने के बाद गजराज ने कुछ कहने के लिए होंठ खोले ही थे कि वातावरण में 'छनाक' की एक जोरदार आवाज़ गूंजी।

दाहिनी तरफ की खिड़की का शीशा झनझनाकर टूटा। एक भारी

4

पत्थर कक्ष की सामने वाली दीवार पर टकराने के बाद कालीन पर गिर गया और यह सब मात्र एक क्षण में हो गया था।

एक-दूसरे को बांहों में जकड़े पति-पत्नी थर-थर कांप रहे थे।

"ये क्या हो रहा है राज?"

मगर गजराज की आंखें कालीन पर पड़े पत्थर पर चिपककर रह गई थी। पत्थर एक कागज़ में लिपटा हुआ था और कागज़ के ऊपर चढ़े हुए थे रबर के कई छल्ले।

गजराज ने उस खिड़की की तरफ देखा जिसके शीशे को तोड़कर वह पत्थर कक्ष के अंदर आया था– खिड़की के इस तरफ पर्दा पड़ा था।

पर्दा अभी तक हिल रहा था।

एकाएक ही गजराज में जाने कहां से इतना साहस आ गया था कि रिवॉल्वर निकालकर वह खिड़की की तरफ दौड़ा। झटके से उसने पर्दा एक तरफ सरका दिया।

बाहर पहाड़ियों में पिघली हुई चांदी-सी चाँदनी छिटकी पड़ी थी।

कहीं कोई नजर नहीं आया।

खिड़की के शीशे में एक बड़ा छेद मौजूद था और छेद से शुरू होकर बहुत-सी दरारें चारों तरफ फैल गई थी। गजराज को दूर अपनी दृष्टि के अंतिम छोर तक सिर्फ पहाड़ियां, वादियां और उनमें बिखरी चांदनी ही नजर आई। पत्थर फेंकने वाले का दूर-दूर तक नामोनिशान न था।

कई क्षण तक गजराज बाहर छाई रहस्यमय खामोशी को घूरता रहा।

बैड पर बैठी कांप रही सीमा उसी की तरफ देख रही थी।

रिवॉल्वर हाथ में लिए गजराज वापस घूमा और फिर तेज कदमों के साथ कालीन पर पड़े पत्थर की तरफ बढ़ा। सीमा की दृष्टि अभी तक खिड़की के पार चमक रही पहाड़ियों पर स्थिर थी।

अचानक खिड़की के समीप एक आदमी नजर आया।

शीशे के पार खड़ा वह सीमा को ही घूर रहा था। आतंकित सीमा

के कंठ से जोरदार चीख निकल गई।

"क्या हुआ?" बुरी तरह हड़बड़ाकर गजराज ने पूछा।

"वह!" खिड़की की तरफ संकेत करके सीमा चीखी।

गजराज ने किसी फिरकी की तरह घूमकर खिड़की की तरफ देखा और यह सब है कि वहां खड़े आदमी को देखकर गजराज के हलक से भी चीख उबल पड़ी। बाहर की तरफ खिड़की के बहुत समीप खड़ा वह उन्हें घूर रहा था।

काले या नीले रंग का ओवरकोट पहने था वह। कोट के कॉलर खड़े थे। उस गंजे आदमी का चेहरा बहुत ही डरावना था– दो लंबे दांत निचले होंठ पर रखे हुए से मालूम देते थे। सबसे ज्यादा उसकी विचित्र आंखें थी। आंखों का जो हिस्सा सफेद होता है वह काला था और जो काला होता है, वह सफेद।

यानी पुतलियां काली थी। आंखों के तारों का रंग सफेद।

चांदनी में सिर दर्पण-सा चमचमा रहा था। ओवरकोट की जेबों में हाथ डाले वह चेहरे पर अजीब-सी क्रूरता लिए उन्हें घूर रहा था।

पल तक के लिए गजराज किंकर्तव्यविमूढ़-सा उसे देखता रह गया।

फिर जैसे गजराज की चेतना लौटी। रिवॉल्वर वाला हाथ उठाकर उसने एक साथ दो फायर किए। धमाकों की आवाज़ दूर-दूर तक गूंजती चली गई।

परंतु डरावना आदमी पूर्ववत् किसी स्टैचू के समान खड़ा रहा हिला तक नहीं वह, हां भद्दे होंठों पर क्रूर मुस्कान जरूर उभर आई।

और उसके मुस्कुराते ही एक तीसरा दांत चमका।

यह दांत सोने का था।

उस पर गोलियों का कोई असर न होता देखकर गजराज भौचक्का रह गया। हड़बड़ाहट में उसने एक और फायर झोंका, किंतु परिणाम वही!

मुस्कुराहट कुछ और क्रूर हो गई।

गजराज दरवाज़े की तरफ दौड़ा। चटकनी गिराकर झटके से उसने

दरवाज़ा खोला और बाहर निकल आया मगर अब उस तरफ देखते ही उसे एक बार फिर भौचक्का रह जाना पड़ा।

खिड़की के इस तरफ कोई नहीं था।

दूर-दूर तक कोई नहीं।

वह भागता हुआ खिड़की के नजदीक पहुंचा। अब वह वहां खड़ा था, जहां उसने कमरे के अंदर से भयानक व्यक्ति को खड़े देखा था। गजराज ने यहीं से कमरे के अंदर देखा।

पीली जर्द पड़ी सीमा खिड़की से दूर बैड के समीप खड़ी थर-थर कांप रही थी।

"कहां गया वह?" गजराज ने ऊंची आवाज़ में पूछा।

"जब आप दरवाज़ा खोल रहे थे तब वह नीचे बैठ गया था।" डरी हुई आवाज़ में सीमा ने वहीं से चीखकर बताया।

गजराज अपने आस-पास के पत्थरों को घूरने लगा, मगर काफी कोशिश के बावजूद उसे कहीं से किसी व्यक्ति की मौजूदगी का आभास नहीं मिला।

असमंजस में फंसा आतंकित-सा गजराज वापस कमरे में आया, दरवाज़ा बंद करके चटकनी चढ़ा ली उसने। रिवॉल्वर अब भी हाथ में था। चटकनी चढ़ाने के बाद वह घूमा ही था कि दौड़कर सीमा उनसे आ लिपटी।

डरी हुई पत्नी को उसने बांहों में भर लिया।

"वह कौन था राज?"

गजराज शायद चाहकर भी कुछ कह न सका। सीमा को साथ लिए कालीन पर पड़े पत्थर की तरफ बढ़ा। कुछ ही देर बाद वह कागज़ पर लिखी इबारत को पढ़ रहा था। लिखा था–

हमारी तुमसे या तुम्हारी बीवी से कोई व्यक्तिगत दुश्मनी नहीं है मिस्टर गजराज। अतः व्यर्थ ही डरने या आतंकित होने की जरूरत नहीं है।

दरअसल इन सुनसान वादियों में हमें तुमसे एक खास काम लेना है। ऐसा काम, जिसे तुम बड़ी आसानी से कर सकते हो। अगर तुम हमारा यह काम कर दो तो समझो किसी मुसीबत में नहीं फंसे हो।

मुसीबत में तो हमारे काम को 'इंकार' करने पर फंसोगे मिस्टर गजराज। या तब फंसोगे जब हमारी इच्छा के खिलाफ कोई कदम उठाने की मूर्खता करोगे। अगर तुमने ऐसी कोई कोशिश की तो इसी डाक बंगले में हम सब तुम्हारी आखों के सामने खूबसूरत बीवी के साथ हनीमून मनाएंगे। इतना नहीं किसी को कत्ल कर देना हमारे बाएं हाथ का खेल है। हनीमून के बाद तुम्हारी लाशें इन वादियों में किसी ऐसे स्थान पर डाल दी जाएंगी, जहां उन्हें गिद्ध और कौवों के अलावा कोई नहीं देख सकेगा।

अगर चाहते हो कि ऐसा कुछ न हो तो यहां से भाग निकलने की कोशिश न करना। आराम से उस क्षण का इंतजार करो जब हम तुम्हें वह काम बताएंगे। यकीन रखो कि तुम यहां से निकलकर पहलगाम तक नहीं पहुंच सकोगे, क्योंकि इन सुनसान वादियों में सिर्फ 'निकल्सन' का हुक्म और हकूमत चलती है। फिलहाल मेरी शुभकामनाएं तुम्हारे साथ हैं।

–निकल्सन

उपरोक्त घटना बीस और इक्कीस तारीख की रात की है, बल्कि अगर सही रूप में कहा जाए तो इक्कीस के तड़के ही की क्योंकि उस वक्त सुबह के पांच बज रहे थे। गजराज और सीमा देहली के निवासी थे और उन दिनों घूमने कश्मीर गए हुए थे। शादी की पहली वर्षगांठ मनाने।

सत्ता पक्ष का एक एमएलए गजराज के दोस्तों में से था और उसी एमएलए की सिफारिश पर इन पति-पत्नी को रहने के लिए सरकारी डाक बंगला मिल गया था। यह डाक बंगला बिल्कुल एकांत में स्थित था।

पहलगाम में एकमात्र बाजार यानी माल रोड से करीब पच्चीस

किलोमीटर दूर लिद्दर नदी के साथ-साथ पहाड़ों पर चढ़ती हुई एक सड़क पहलगाम से एक डाक बंगले तक आती थी। लकड़ी के बने इस खूबसूरत डाक बंगले के अलावा दूर-दूर तक भी कहीं कोई इमारत नहीं थी। एक छोटे-से पहाड़ की चोटी पर स्थित हरे रंग का यह छोटा-सा डाक बंगला बहुत खूबसूरत लगता था।

शादी की पहली वर्षगांठ मनाने के लिए पति-पत्नी को खूबसूरत आवास और एकांत के अलावा और चाहिए भी क्या। डाक बंगले के चारों तरफ ऐसे खूबसूरत नजारे थे कि जिन्हें पहलगाम में रहने वाला कभी नहीं देख सकता था।

डाक बंगले में फोन आदि की सुविधा थी।

तीन दिन पहले ही श्रीनगर से एक किराए की टैक्सी लेकर गजराज और सीमा वहाँ पहुंच थे। उनके साथ लंबे बालों वाला एक भुर्राट सफेद 'टॉमी' नाम का कुत्ता भी था। डाक बंगले का चौकीदार 'मांडूराम' उनकी सेवा के लिए उपलब्ध था।

पहले दो दिन मस्ती में बहुत ही आनंद भरे गुजरे। एक-दूसरे की बांहों में गुम हुए पति-पत्नी पहाड़ और वादियों में रहे। लिद्दर नदी के किनारे किसी पत्थर पर बैठकर घंटों प्रेमसागर में डूबे रहते।

बीस की रात को वे करीब बारह बजे सोए थे और पूर्णतया इक्कीस की होने से पूर्व ही जो कुछ हुआ, वह आप पढ़ ही रहे हैं।

पूरा पत्र पढ़ने के बाद गजराज के होश उड़ गए। चेहरा सफेद पड़ गया। चाहकर भी वह कुछ बोल नहीं सका।

सीमा ने अपने पति के समूचे जिस्म में मौत की सिहरन दौड़ती महसूस की। बोली–"क्या हुआ राज, क्या लिखा है इसमें?"

"कुछ नहीं।" गजराज की तंद्रा भंग हुई। कागज़ की तह बनाते हुए उसने कहा–"कुछ भी तो नहीं है सीमा। किसी सिरफिरे ने अनाप-शनाप लिखा है।"

"क्या लिखा है मुझे बताओ तो सही!" हाथ जेब की तरफ बढ़ाते हुए गजराज ने कहा–"कहा तो है कुछ भी नहीं!"

"मुझसे क्यों छुपा रहे हो राज?"

"बताने जैसी कोई बात नहीं है मगर तुम डरना नहीं सीमा!" अपनी दोनों हथेलियों में सीमा के गुलाब से मुखड़े को भरता हुआ गजराज भावुक स्वर में कह उठा–'मैं यहां तुम्हें किसी कुत्ते के हवाले करने वाला नहीं हूं।'

"बात क्या है राज मुझे पढ़ने दो!" कहती हुई सीमा ने पत्र उसकी जेब से निकाल लिया और पढ़ने के बाद अचानक ही सीमा वर्षों की मरीज नजर आने लगी। उसका चेहरा पीला जर्द पड़ गया था।

काटो तो खून नहीं।

बड़ी-बड़ी आंखों में हर तरफ खौफ ही खौफ।

"राज!" फंसी हुई आवाज़ में वह बड़ी मुश्किल से कह सकी और गजराज से लिपटकर बुरी तरह रो पड़ी। इस बीच गजराज खुद को काफी हद तक संयत कर चुका था। सीमा को भुजाओं में भरकर उसने अनजाने जोश में भींच लिया।

बोला–"हिम्मत रखो सीमा, डरने से काम नहीं चलेगा। मेरे रिवॉल्वर में अभी दो गोलियां हैं। हमें डरना नहीं चाहिए।"

"मगर हम यहां अकेले हैं राज!"

"अकेले कहां हैं। अपने क्वार्टर में मांडूराम भी तो होगा अगर।" कहते-कहते ही गजराज की सांसें अटक गयी। चेहरा एक बार फिर सफेद पड़ने लगा। वह मूर्खों की तरह बड़बड़ा उठा–"मांडूराम कहां गया! क्या गोलियों की आवाज़ ने भी उसकी नींद नहीं तोड़ी?"

हक्की-बक्की सीमा बोली–"और टॉमी-राज, टॉमी के भौंकने की आवाज़ अभी तक एक बार भी नहीं आई है!"

गजराज का दिल पुनः धक-धक करने लगा।

सीमा को अपने से अलग करके वह लगभग भागता हुआ उस मेज के करीब पहुंचा, जिस पर फोन रखा था। बड़ी फुर्ती से उसने डायरेक्ट्री से पहलगाम पुलिस स्टेशन का फोन नंबर लिया, रिसीवर उठाकर नंबर डायल किया।

फोन में करेंट था।

उसके नजदीक आती हुई सीमा ने पूछा–"किसे फोन कर रहे हो?"

"पुलिस को!" कहने के बाद रिसीवर कान से लगाकर वह दूसरी तरफ बजने वाली बेल को सुनता रहा।

रिसीवर उठाया गया तो गजराज ने व्यग्रतापूर्वक पूछा–"हैलो क्या यह डबल टू डबल जीरो है?"

"जी हां पहलगाम पुलिस स्टेशन से मैं इंस्पेक्टर निकल्सन बोल रहा हूं।"

"निकल्सन?" गजराज के कंठ से चीख निकल गई। एक बहुत ही मजबूत और जोरदार घूंसा उसके दिलो-दिमाग पर लगा। हक्का-बक्का और अवाक् रह गया वह, मुंह से एक शब्द भी न फूटा।

दूसरी तरफ से पूछा गया–"कहिए आप कौन हैं और हम आपकी क्या सेवा कर सकते हैं?"

"देखिए मैं सरकारी डाक बंगले से बोल रहा हूं यहां कुछ गुंडों ने मुझे और मेरी पत्नी को, घेर लिया है। प्लीज हमारी मदद कीजिए जितनी जल्दी हो सके यहां आ जाइए। हमें बहुत डर लग रहा है।"

"ज्यादा होशियार बनने की कोशिश मत करो मिस्टर गजराज!"

"क्या मतलब?"

सपाट और सख्त स्वर–"क्या तुमने मेरा नाम ध्यान से नहीं सुना है?"

"क्या तुम!"

"हां यह मैं हूं। इस किस्म की बचकानी हरकतों से कोई लाभ नहीं

होने वाला है मिस्टर गजराज। पहलगाम में चारों तरफ दूर तक सिर्फ निकल्सन की हुकूमत चलती है। वही होता है, जो निकल्सन चाहता है।"

"क्या तुम पुलिस इंस्पेक्टर हो?"

"वक्त-वक्त की बात है बेटे। जरूरत समझे तो निकल्सन खुद को प्रधानमंत्री भी कह देता है। निकल्सन को जानने के फेर में मत पड़ो, वर्ना अंजाम वही होगा जो मैं अपने पत्र में लिख चुका हूं।"

"आप कौन हैं और हम से क्या चाहते हैं?

"वक्त आने पर बताया जाएगा मिस्टर गजराज। फिलहाल तुम आराम से रहो। कल रात तुमने अपनी पत्नी के साथ एक प्रोग्राम बनाया था। उस प्रोग्राम के अनुसार आज दिन में डाक बंगले से पांच किलोमीटर ऊपर 'कैमिल फाल' देखने जाने वाले थे। है न?"

"जी हां"

"अपने पूर्व निर्धारित प्रोग्राम के तुम वहां जाओगे, घूमोगे, फिरोगे, इंज्वॉय लोगे। किसी प्रोग्राम में कोई विघ्न नहीं डाला जाएगा!"

"मगर।"

"गड़बड़ तब होगी, जब तुम्हारा कोई कदम मेरी इच्छा के खिलाफ उठेगा!"

"मैंने तो यह फोन पुलिस स्टेशन के लिए किया था।"

दूसरी तरफ से निकल्सन यूं हंसा जैसे गजराज की खिल्ली उड़ा रहा हो। बोला—"तुम चाहे दुनिया का कोई भी नंबर डायल करो, मगर दूसरी तरफ से रिसीवर मैं ही उठाऊंगा। यकीन नहीं तो एक बार फिर कोई नंबर डायल करके देख लो!"

कहने के साथ ही दूसरी तरफ से पटकने के अंदाज में रिसीवर रख दिया गया।

गजराज ठगा-सा खड़ा था। सीमा की आखों में खौफ-ही-खौफ था।

साहस करके गजराज ने पुनः डायरेक्ट्री उठा ली। पहलगाम में स्थित

'अप्सरा होटल' के नंबर पर दृष्टि टिकाए धड़कते दिल से उसने रिसीवर उठा लिया। कांपते स्वर में सीमा ने पूछा–"अब किसे फोन कर रहे हो राज?"

"अप्सरा होटल!" गजराज बड़ी मुश्किल से कह सका।

"क्यों वहां हमारा कौन है?"

"कोई नहीं मैं सिर्फ यह देखना चाहता हूं कि क्या इस नंबर पर भी दूसरी तरफ से निकल्सन ही रिसीवर उठाता है?"

जवाब में सीमा ने कुछ कहने की कोशिश तो जरूर की थी, किंतु हलक सूखा होने के कारण कोई आवाज़ न निकल सकी। धड़कते दिल और कांपती उंगलियों से गजराज ने नंबर रिंग किया। दूसरी तरफ से रिसीवर उठाया गया और वही आवाज़ सुनाई दी–"मैं अप्सरा होटल का मैनेजर निकल्सन बोल रहा हूं!"

गजराज के दिल ने सहमकर मानो धड़कना बंद कर दिया।

दूसरी तरफ से व्यंग्य में डूबे स्वर में कहा गया–"तुम और दस-बीस नंबर डायल कर सकते हो मिस्टर गजराज, मगर किसी भी नंबर पर तुम्हें मेरी ही आवाज़ सुनाई देगी।"

"आखिर हमसे चाहते क्या हो?" अचानक ही गजराज पागलों की तरह हलक फाड़कर चिल्ला उठा।

दूसरी तरफ से कड़वा स्वर–"हम कह चुके हैं वक्त आने पर बताया जाएगा।"

"हमसे क्या दुश्मनी है तुम्हारी, क्यों आतंकित कर रहे हो हमें?"

"कोई दुश्मनी नहीं है बेटे और न ही तुम्हें आतंकित करने की कोई कोशिश की जा रही है। व्यर्थ ही तुम खुद आतंकित हो रहे हो। कह चुके हैं कि इन वादियों से निकलने की कोशिश करने के अलावा तुम कुछ भी करने, कहीं भी घूमने-फिरने के लिए आजाद हो। हम तुम्हारे किसी 'इंज्वॉय' में बाधक नहीं बनेंगे।"

"क्या तुम यह कहना चाहते हो कि जिन हालातों में तुमने हमें फंसा दिया है, उनमें फंसा कोई व्यक्ति 'इंज्वॉय' ले सकता है?" गजराज ने बेबस स्वर में पूछा।

"अभी तो तुम केवल हालातों में फंसे हो। अगर मेरी इच्छा के खिलाफ कोई कदम उठाने की कोशिश की तो बड़े बखेड़े में फंस जाओगे बेटे। याद रखना आज 'कैमिल फाल' देखने जाना है!"

कर्कश स्वर में चेतावनी देने के बाद रिसीवर इतनी जोर से क्रेडिल पर पटका गया कि गजराज को अपने कान के पर्दे पर किसी हथौड़े की चोट-सी लगती महसूस दी।

धीमे से रिसीवर रखते हुए गजराज ने जब इस वार्ता के बारे में सीमा को बताया तो वह वर्षों की बीमार नजर आने लगी। कुछ देर बाद साहस करके बोली–"अब क्या होगा राज, यहां हम किस मुसीबत में फंस गए हैं?"

डरो नहीं सीमा, जो भी होगा देखा जाएगा, मगर ये कम्बख्त मांडूराम आखिर कहां मर गया है?"

सीमा बेचारी भला क्या जवाब देती?

कुछेक देर तक यूं ही बैठा गजराज जाने क्या सोचता रहा और फिर अचानक ही खड़ा होता हुआ बोला–"आओ सीमा!"

"कहां?"

"मांडूराम को उसके क्वार्टर में देखते हैं!" कहने के बाद सीमा का हाथ पकड़े वह दरवाज़े की तरफ बढ़ गया। सीमा घिसटती-सी उसके साथ थी।

दरवाज़ा खोलकर वे बाहर निकले। लकड़ी की बनी गैलरी पार करके डांक बंगले के लॉन में आए।

हालांकि आसमान पर अभी भी एकाध तारा टिमटिमाता नजर आ रहा था, किंतु वातावरण में हल्की-सी सफेदी बिखर चुकी थी और

लंबे-चौड़े लॉन के दूर वाले छोर पर बना लकड़ी का सर्वेंट क्वार्टर उन्हें स्पष्ट नजर आ रहा था। पत्नी का हाथ पकड़े गजराज उसी तरफ बढ़ता चला गया।

सीमा स्वयं को उससे लिपटाए ले रही थी।

छुटपुटे से प्रकाश में क्वार्टर की तरफ बढ़ते हुए वे बड़े अजीब लग रहे थे। धड़कते दिल से क्वार्टर के दरवाज़े पर पहुंचकर वे ठिठक गए।

गजराज ने दस्तक दी।

अंदर तो कोई प्रतिक्रिया हुई नहीं। हां, क्वार्टर का हल्का-फुल्का दरवाज़ा धीमी चरमराहट के साथ खुल जरूर गया!

मतलब साफ था दरवाज़ा अंदर से बंद नहीं था! इस एकमात्र विचार ने उनके दिमागों में हजारों शंकाओं को जन्म दे डाला। दहशत में डूबी सवालिया नजरों से उन्होंने एक-दूसरे की तरफ देखा।

दिल उछल-उछलकर पसलियों पर चोट कर रहे थे।

कोई अनजानी भयानक आशंका उनके रहे सहे हौसले भी पस्त किए दे रही थी। चेहरे पीले जर्द पड़े हुए थे और वहां केवल उन दोनों के धड़कते दिलों की ही आवाज़ गूंज रही थी!

"प्लीज राज चलो यहां से!" भय की अधिकता के कारण सीमा बोली।

गजराज कुछ बोला नहीं हां, धीमे-से सीमा का हाथ जरूर दबाया उसने। जिसका तात्पर्य था कि वह धैर्य रखे। गजराज ने दरवाज़ा पूरी तरह खोल दिया।

प्रकाश इतना नहीं था कि अंदर के दृश्य को साफ देखा जा सके। एक हाथ कांपती हुई सीमा की कमर में डाला। कदम कमरे के अंदर रखा और फिर दाएं किवाड़ के पीछे मौजूद स्विच को उसने ऑन कर दिया।

और यही वह क्षण था जब वातावरण में दूर-दूर तक सीमा की चीख गूंजती रह गई – बड़ी ही डरावनी एवं दहशत में डूबी चीख थी वह।

इस चीख के साथ ही सीमा ने अपना चेहरा गजराज के सीने में छुपा लिया। गजराज ने उसे कुछ ऐसे अंदाज में बांहों में भर तो जरूर लिया कि जैसे उस तक किसी मुसीबत को पहुंचने नहीं देगा, परंतु हकीकत यह थी कि उसका सारा जिस्म थर-थर कांप रहा था। चेहरे पर इस कदर भरभरा रहा था कि जैसे जून की भरी दोपहरी में वह मीलों दौड़ने के बाद यहां पहुंचा हो।

खौफ में डूबी आंखें मांडूराम की लाश पर चिपककर रह गई थी।

खून से लथपथ लाश चित्त अवस्था में फर्श पर पड़ी थी। विस्फारित से अंदाज में फैली मांडूराम की निस्तेज आखें दरवाज़े को घूर रही थीं। मांडूराम के पेट में कोई तेज धार वाला चाकू धंसा हुआ था।

जिस्म के बाहर चाकू की केवल मूठ ही चमक रही थी।

लाश और उसके आसपास गाढ़ा खून बिखरा पड़ा था। गजराज के मुंह से कांपते शब्द निकले–"मांडूराम को किसी ने मार डाला है!"

"यहां से चलो राज, प्लीज मुझे बहुत डर लग रहा है!" उसके सीने में चेहरा छुपाए सीमा यह वाक्य कहने के साथ ही भय की अधिकता के कारण फफक-फफककर रो पड़ी।

लाश की तरफ देखने का साहस नहीं था उसमें। स्वयं गजराज भी मांडूराम की निस्तेज आखों से ज्यादा देर तक आंखें मिलाने का साहस नहीं जुटा पा रहा था। सीमा को संभाले पीछे हटा।

चौखट के बाहर आकर उसने दरवाज़ा बंद कर दिया।

हर तरफ सन्नाटा वातावरण में कुछ और घुल चुका था। हालांकि मांडूराम की लाश अब उन्हें नजर नहीं आ रह थी, परंतु अपनी आंखों के सामने से उस लाश को हटाने में वे असमर्थ थे।

भयभीत-सा गजराज सीमा को साथ लिए क्वार्टर से काफी दूर निकल आया। ऊंचे-ऊंचे पहाड़ों से घिरे लॉन के बीचोबीच जाने वे क्यों ठिठक गए।

"निकल्सन हमें भी मार डालेगा राज!" सीमा बिल्कुल टूट चुकी थी।

"तुम डर क्यों रही हो पगली। मैं जो तुम्हारे साथ हूं!"

सीमा के पीले पड़े मुखड़े को अपनी हथेलियों में भरकर गजराज ने बड़े प्यार से परंतु कमजोर स्वर में सांत्वना दी–"मैं उसे देख लूंगा!"

"वह शायद अकेला नहीं है राज!"

"मुमकिन है कि कोई गिरोह हो, किंतु वे तब तक हमारा मर्डर नहीं कर सकेंगे, जब तक कि वह काम न निकाल लें, जिसके लिए उन्होंने हमें यहां इन सूनी वादियों के बीच कैद कर लिया।"

"हमसे क्या कराना चाहते हैं ये?"

"यह तो वही जानें" कहने के साथ ही गजराज ने डाक बंगले को चारों तरफ से घेरे खड़े पहाड़ों को देखा। सीना ताने खड़े गगनचुम्बी पहाड़ इस वक्त गजराज को बड़े-बड़े दैत्य से महसूस दिए।

ये वही पहाड़ थे, जिनके सौन्दर्य में डूबा वह घंटों तक उन्हें निहारता रहता था।

वे बैडरूम में थे, वहीं जहां फर्श पर अभी तक मरे हुए पहाड़ी सूअर की लाश पड़ी थी।

दाईं तरफ की खिड़की से उन्हें एक पहाड़ की चोटी अब साफ नजर आ रही थी। चोटी पर बर्फ पड़ी थी और यह बर्फ इस वक्त सूर्य की रश्मियों के कारण चांदी के समान चमक रही थी।

जब से वे यहां आए थे सूर्य की रश्मियों के दर्शन प्रत्येक सुबह उन्हें उसी चोटी पर होते थे। एक-दूसरे से उस दृश्य की प्रशंसा करते वे थकते नहीं थे, परंतु आज यह दृश्य भी बहुत फीका-फीका और सूना महसूस दिया। डाक बंगले के चारों तरफ छाई जो खामोशी उन्हें बेहद प्रिय लगती थी, इस वक्त वही मौत का सन्नाटा-सा नजर आ रही थी। गजराज कुछ सोच रहा था और साहस करके सीमा ने पूछ लिया–"क्या सोच रहे हो राज?"

"यही कि अब हम क्या करें?

"वे लोग बहुत खतरनाक हैं राज।"

"जिन्होंने बेवजह गरीब मांडूराम को मार डाला वे खतरनाक तो होंगे ही, लेकिन हमारे इस तरह डरते रहने से भी, कोई समस्या हल नहीं होगी सीमा!"

"फिर?"

यहां से निकलकर पहलगाम पहुंचने की कोशिश करनी चाहिए। एक बार यदि पहलगाम पहुंच जाएं तो फिर हम निकल्सन की पहुंच से बहुत दूर निकल चुके होंगे!"

"मगर वहां तक पहुंचें कैसे?"

"हमारे पास टैक्सी है।"

सीमा की आंखें चमक उठी। टैक्सी के रूप में शायद उसे आशा की एक किरण नजर आई थी, लेकिन अगले ही पल यह किरण जिस तेजी के साथ चमकी थी उसी तेजी के साथ गायब हो गई, क्योंकि गजराज बड़बड़ा रहा था–"मगर कौन कह सकता है कि उन्होंने टैक्सी को पहलगाम तक पहुंचने की हालत में छोड़ा भी होगा या नहीं?"

"क्या मतलब?"

"तुम यहीं ठहरो सीमा, मैं टैक्सी को चैक करके आता हूं!"

"नहीं मैं यहां अकेली नहीं रह सकती राज!" उसके साथ ही खड़ी होती हुई सीमा ने कहा–"मैं भी तुम्हारे साथ चलूंगी!"

"पगली!" फीकी-सी मुस्कान के साथ गजराज ने उसे बांहों में भरकर कहा–"हिम्मत से काम लो। मैं कहीं दूर नहीं जा रहा हूं। बंगले के पीछे वाले लॉन ही में तो गाड़ी खड़ी है तब तक तुम यहां से अपना सामान समेटो!"

"लेकिन राज।"

उसे समझाने के अंदाज में ही गजराज ने कहा–"इस वक्त हमारा

एक ही संबल है सीमा सिर्फ हौसला और जो थोड़ा बहुत हौसला बड़ी कठिनाई से मैं जुटा पा रहा हूं प्लीज, कमजोर बनकर तुम उसे पस्त मत करो मेरा साथ दो सीमा, मैं गाड़ी की हालत देखकर आता हूं तब तक तुम पूरे विश्वास के साथ यहां से चल पड़ने की तैयारी करो!”

सीमा ठगी-सी खड़ी रही।

गजराज तेजी के साथ दरवाज़ा खोलकर बाहर चला गया। बैड के समीप फर्श पर खड़ी सीमा थर-थर कांप रही थी। जाने किन विचारों में गुम थी वह और फिर अचानक ही उसे होश-सा आया।

चौंककर उसने कमरे में चारों तरफ देखा।

मृत सूअर पर दृष्टि पड़ते ही एक चीख ने उसके हलक से उबल पड़ना चाहा दिल एक बार पुनः बुरी तरह धक-धक करने लगा और अगर सच्चाई लिखी जाए तो वह यह है कि सीमा उस कमरे से घबराकर भाग पड़ी।

एक दरवाज़ा खोलकर वह छोटी-सी गैलरी में पहुंची।

गैलरी पार करके एक अन्य दरवाज़ा खोला उसने और जिस छोटे-से कमरे में वह दाखिल हुई वह किचन था।

आतंकित सीमा आंखें फाड़े किचन को निहारने लगी। प्रत्येक वस्तु पूर्ववत् अपने स्थान पर मौजूद थी और इस स्थिति में उसे कुछ राहत दी। उसका अपना विवेक कान में फुसफुसाया–“तुम व्यर्थ ही जरूरत से ज्यादा डर रही हो सीमा, राज ठीक ही कहता है हौसले से काम लो!” सीमा की हालत कुछ संभलने लगी। किचन की सामान्य अवस्था पर फिसलती हुई उसकी दृष्टि नल पर ठिठक गई। एकाएक ही उसे अपने चेहरे पर बहते हुए पसीने का अहसास हुआ।

दिल में विचार उठा कि अपना चेहरा उसे धो लेना चाहिए।

‘वाश-बेसिन’ की तरफ वह झपट-सी पड़ी। टोंटी को उसने खुलने की दिशा में घुमा दिया और बड़ी तेजी से दोनों हाथ ‘खोंच’ की शक्ल में नीचे कर दिए।

और ठीक इसी क्षण उसके कंठ से एक और जबरदस्त चीख उबल पड़ी।

"खून-खून!" बद्‌हवास सीमा चिल्लाई।

सचमुच टोंटी के खुलते ही नल से पानी नहीं, बल्कि खून ने निकलना शुरू किया था। न सिर्फ उसकी खोंच खून से भर गई, बल्कि सफेद रंग के पत्थर का चमचमाता 'वाश-बेसिन' भी सुर्ख होता चला गया।

विस्फारित से अदाज में सीमा कई पल तक तो वहीं उसी अंदाज में जड़वत्-सी खड़ी नल से निकलने वाले खून को देखती रही और फिर अचानक ही खोंच में भरे खून को उछालकर वहां से भाग उठी।

"खून-खून-खून!" चिल्लाती हुई वह विक्षिप्तों की तरह गैलरी में भाग रही थी। उसी अंदाज में चीखती हुई बैडरूम में पहुंची।

"क्या हुआ सीमा?" बाहर से गजराज के चीखने की आवाज़ के साथ ही भागते कदमों की भी आवाज़ उभरी।

"खून-खून!" चीखती सीमा दरवाज़े की तरफ लपकी और अभी वह तक पहुंची भी नहीं थी कि दौड़ता हुआ बद्‌हवास अवस्था में गजराज कमरे के अंदर दाखिल हुआ।

"खून-खून-खून!"

खून से लथपथ सीमा के हाथों को देखकर गजराज के रोंगटे खड़े हो गए। आंधी-तूफान की तरह वह सीमा की तरफ लपका और सीमा दौड़कर उससे लिपट गई।

गजराज ने उसे बांहों में कस लिया।

विक्षिप्त अवस्था में सीमा जाने क्या-क्या बड़बड़ाती रही, जबकि उसे बांहों में भरे गजराज ने चीखकर पूछा–"क्या हुआ सीमा तुम्हारे हाथों में यह खून कहां से आ गया?"

गजराज को यह सवाल एक या दो बार नहीं, बल्कि अनेक बार

करना पड़ा, क्योंकि सीमा उसके सवाल का जवाब देने के स्थान पर पागलों की तरह खून-खून ही बड़बड़ाए चली जा रही थी। अंत में उसने सीमा को खुद से अलग करके बुरी तरह झझोड़ते हुए पूछा–"जवाब क्यों नहीं देती कहां से आया यह खून?"

"वहां, किचन में!"

"क्या है किचन में?"

"नल . . . नल में खून?"

"होश में आओ सीमा!"

उस तरह झंझोड़ता हुआ गजराज चीखा–"क्या बक रही हो तुम, कुछ होश भी है नल में भला खून कहां से आएगा?"

"वह नल ही में है खून!"

सीमा को वहीं छोड़कर गजराज गैलरी की तरफ भागा। सीमा के दिमाग में यह विचार कौंधा कि वह अकेली रह गई है और फिर वह भी बद्हवास अवस्था में गजराज के पीछे दौड़ ली। दौड़ता हुआ गजराज किचन में पहुंचा।

नल खुला पड़ा था।

खून की मोटी धार निकल रही थी उससे। 'वाश-बेसिन' का भीतरी हिस्सा गाढ़े खून के रंग से रंग चुका था।

इस दृश्य को देखकर गजराज की रूह तक कांप गई

विस्फारित अंदाज में वह एकटक अभी नल और उससे निकलती खून की मोटी धार को देख ही रहा था कि दौड़ती-हांफती सीमा वहां पहुंच गई। गजराज ने एक बार फिर उसे बांहों में भर लिया।

वही खड़े थरथर कांप रहे पति-पत्नी 'वाश-बेसिन' की तरफ देखते रहे। नल से निकलकर बेसिन में गिरती खन की धार अजीब डरावनी आवाज़ पैदा कर रही थी। अचानक ही गजराज ने कहा–"आओ सीमा!"

"कहां?"

कोई जवाब देने के स्थान पर गजराज उसे खींचता हुआ किचन से बाहर निकाल लाया और कुछ ही देर बाद वे 'काठ' की बनी सीढ़ियां तय करने के बाद डाक बंगले की छत पर पहुंच गए। सीमा को लिए गजराज लोहे की बनी उस बहुत बड़ी टंकी के समीप ठिठका, जिससे डाक बंगले के सभी नलों में पानी सप्लाई होता था।

टंकी के शीर्ष पर पहुंचने के लिए चार डंडों वाली छोटी-सी सीढ़ी थी।

सीमा को वहीं छोड़कर गजराज सीढ़ी की तरफ बढ़ा। स्वयं ही में सिमटी सीमा वहां खड़ी थर-थर कांपती रही, जबकि गजराज सीढ़ी के शीर्ष पर पहुंचा।

भारी ढक्कन उठाकर उसने टंकी में झांका।

टंकी में खून ही खून भरा पड़ा था और पड़ी थी टॉमी की लाश। गजराज के मस्तक पर बल पड़ गए। चेहरा पत्थर की तरह सख्त और खुरदुरा नजर आने लगा। कई पल तक वह टंकी में पड़ी टॉमी की लाश और उसके खून से लाल हो गए पानी को देखता रहा।

फिर एक झटके से उसने ढक्कन बंद कर दिया।

एक जोरदार आवाज़ चारों तरफ छाए सन्नाटे को झंझोड़ती चली गई।

नीचे खड़ी सीमा ने हिम्मत करके पूछा–"उसमें क्या है राज?"

"टॉमी की लाश!" नीचे उतरते हुए गजराज ने बताया।

"टॉमी, उन्होंने मेरे टॉमी को भी मार डाला?" सीमा फफक-फफककर रो पड़ी–पता नहीं वह आतंक की अधिकता के कारण रोई थी या टॉमी के मर जाने की वजह से क्योंकि टॉमी बहुत प्यारा था।

सीमा का बहुत ही वफादार कुत्ता था वह।

गजराज ने नजदीक आकर बहुत ही मजबूती से उसके दोनों कंधे पकड़े और बोला–"टॉमी के खून की वजह से टंकी का पानी लाल हो गया है सीमा!"

"उफ्फ राज अब क्या होगा मेरा टॉमी!" सीमा गजराज से लिपटकर फफक पड़ी। गजराज सांत्वना देने के अंदाज में उसके सिर और पीठ को सहलाता हुआ बोला–"प्लीज, रो मत सीमा!"

काफी कोशिश के बाद गजराज उसे सामान्य स्थिति में ला पाया।

दिन पूरी तरह निकल आया था। पूर्व दिशा के दो पहाड़ों के बीच सूर्य झांक रहा था और पश्चिम की तरफ सीना ताने खड़े हरे-भरे पहाड़ के तन पर पूर्व के दो पहाड़ों के बीच की दरार जितनी ही धूप की दरार बनी हुई थी। चोटियों पर पड़ी बर्फ चमचमा रही थी।

छत से अपने चारों तरफ फैली वह समूची घाटी उन्हें नजर आ रही थी, जिसके बीचोबीच यह डाक बंगला स्थित था– डाक बंगले के मुख्य द्वार से शुरू होकर बल खाती हुई एक पक्की सड़क किसी सर्प के समान विशाल पहाड़ की जड़ में घूमकर गुम हो गई थी।

यह थी पहलगाम तक जाने वाली एकमात्र सड़क। बाईं तरफ दूर पहाड़ों के बीच से रास्ता बना-बनाकर निकलता हुआ लिद्दर नदी का नीला पानी उन्हें यहां से नजर आ रहा था।

इस घाटी में लिद्दर के बहने से उत्पन्न होने वाली कल-कल की आवाज़ ही निरंतर गूंजा करती है। बिना किसी विराम के गूंजने वाली यह आवाज़ इस घाटी के सौंदर्य का एक अंग है, मगर जिस मानसिक अवस्था में उस वक्त वे पति-पत्नी थे उसमें आवाज़ उन्हें बड़ी ही भयावह लग रही थी।

छत से बंगले के पिछले लॉन में खड़ी श्रीनगर से किराए पर ली गई टैक्सी भी साफ नजर आ रही थी। उस पर नजर पड़ते ही सीमा के मस्तिष्क को एक झटका-सा लगा बोली–"तुम गाड़ी को देखने गए थे न राज?"

"हां!"

"किस हालत में है वह?"

"चारों टायर फटे पड़े हैं, किसी ने चाकू से उन्हें उधेड़ डाला है।"

"ओह!" निराशा में डूबा भयभीत स्वर।

"वह कुछ नहीं भूला है सीमा कोई गलती नहीं की है उसने!" गजराज का स्वर मायूसी में डूबा था और अब यहीं कैद रहने और उसके आदेशों के गुलाम बने रहने के अलावा हमारे पास चारा भी क्या है। पहलगाम की बातें हमें दिमाग से निकाल ही देनी चाहिए, ऐसा हो नहीं सकता। यहां रहकर उसके अगले आदेश का इंतजार करने के अलावा हम कर भी क्या सकते हैं?"

"अगला आदेश?"

"हां!" विवशता-मिश्रित एक ठंडी सांस भरते हुए गजराज ने कहा– "हालांकि यह बड़ी अचरज-भरी बात है लाख कोशिशों के बाद भी मैं यह सोच नहीं पाया हूं कि आखिर इन सुनसान पड़ी वादियों के बीच ऐसा उसका कौन-सा काम है, जिसे सिर्फ मैं ही कर सकता हूं मगर उसने ऐसा लिखा है और हमारे पास तब तक इंतजार करने के अलावा कोई चारा नहीं है, जब तक कि वह हमें उस काम के बारे में बताए।"

"और अगर आप उसका इच्छित काम न कर सके तो?"

"वह सब वक्त आने पर देखा जाएगा। देखना यह भी तो है जो काम वह कहेगा उसे मैं करना भी चाहूंगा या नहीं। वे सब आगे की बातें हैं सीमा फिलहाल यह मानकर यहां रहते और उसके आदेशों का पालन करते हैं कि हम उसकी कैद में हैं और लाख चेष्टाओं के बावजूद भी उसकी गिरफ्त से निकल नहीं सकते!"

"मगर वे टॉमी और मांडूराम की तरह हमें।"

"कल क्या होगा, यह सोचकर हमें आतंकित नहीं होना है, क्योंकि आतंक मृत्यु को हमारे और नजदीक ले आएगा मरना ही है तो डरें क्यों सीमा साथ-साथ ही मरेंगे। एक-दूसरे की बांहों में समाए हर पति-पत्नी को ऐसी खूबसूरत मौत भी तो नसीब नहीं होती!"

"राज!" भावावेश में सीमा गजराज से लिपट गई और गजराज ने उसे बांहों में यूं कस लिया जैसे प्रतिज्ञा कर रहा हो कि मौत के झपटने पर भी वह सीमा को इन बांहों से मुक्त नहीं करेगा।

उस वक्त नौ बजकर, पैंतालीस मिनट हुए थे, जब गजराज ने नीले रंग के एयर बैग की दोनों तनिया अपने बाज़ुओं में डालकर कंधों पर फंसाते हुए कहा–"चलो सीमा!"

"राज!" सीमा ने उसकी पीठ पर टिके बैग को देखते हुए पुकारा।

"हूं!" गजराज ने जेब से निकालकर एक सिगरेट सुलगाई।

"ऐसी मानसिक अवस्था में क्या तुम कैमिल फाल की खूबसूरती का आनंद उठा सकोगे?"

"फाल की खूबसूरती का आनंद उठाने वहां कौन जा रहा है?"

"फिर?"

"निकल्सन ने फोन पर यही कहा था कि हम वहां पहुंचें।"

"क्या हम उसका आदेश मानने के लिए इतने बाध्य हैं क्या ऐसा नहीं हो सकता राज कि आज सारे दिन हम कहीं न जाएं यहीं, इसी डाक बंगले में एक-दूसरे की बांहों में समाए पड़े रहें एक-दूसरे को प्यार करते रहें खूब प्यार, बेइंतहा इतना ज्यादा कि जितना हम अपनी सारी लंबी जिंदगी में करते।"

गजराज उसके नजदीक आ गया।। भावुक स्वर में बोला–"कह तो तुम ठीक रही हो सीमा फाल पर जाने की इच्छा तो मेरी भी नहीं है। पर हम उसके आदेशों का पालन करने के लिए बाध्य हैं फिर भी मेरी और अपनी लंबी उम्र को खत्म क्यों समझ रही हो? पगली। हम जिएंगे भगवान ने चाहा तो इस मुसीबत से बचकर साफ निकल जाएंगे हम और फिर जिंदगी में कभी ऐसी सुनसान जगह की तरफ देखेंगे भी नहीं!"

"अगर हम फाल पर न जाएं तो वे क्या करेंगे?"

"शायद तुम उस पत्र में दी गई धमकी को भूल गई हो?"

सीमा की आंखों के सामने पत्र में लिखा एक-एक शब्द नाच उठा और उन शब्दों को स्मरण करते ही उसके चेहरे का रंग उड़ गया। गजराज उसे समझा रहा था–"वैसे भी इस डाक बंगले में पड़े-पड़े हम ज्यादा आतंकित रहेंगे खुली हवा में शायद कुछ राहत मिले।"

सीमा चुपचाप उसे देखती रही। इस वक्त उन दोनों के जिस्मों पर घूमने वाले कपड़े थे। पैरों में कपड़े के जूते। बाल आदि संवरे हुए थे। सिगरेट में कई कश लगाने के बाद गजराज ने कहा–"उठो सीमा, चलना तो होगा ही। थरमस और पानी की बोतल उठा लो!"

सीमा ने थरमस और बोतल उठाकर कंधों पर लटका ली।

उस वक्त दस बजकर पांच मिनट हुए थे जब अनमने भाव से वे बाहर निकले। लॉन पार करके मुख्य द्वार की तरफ बढ़ गए। सीमा के दाएं तथा गजराज के बाएं हाथ की उंगलियां एक-दूसरे के हाथ पर कसी हुई थीं– हथेलियां आलिंगन-बद्ध।

एक-दूसरे का हाथ मजबूती के साथ पकड़े वे लॉन पार कर थे कि नजर एक साथ ही सर्वेंट क्वार्टर की तरफ उठी।

दोनों के जिस्म में झुरझुरी-सी दौड़ गई।

एक-दूसरे के हाथ पर उंगलियों का कसाव बढ़ता चला गया।

शायद दोनों ही के जिस्मों में यह अजीब-सा तनाव इस एकमात्र विचार के परिणामस्वरूप उत्पन्न हुआ था कि उस बंद दरवाज़े के पीछे मांडूराम की लाश पड़ी है एक-दूसरे से वे बोले कुछ नहीं।

लकड़ी का बना द्वार पार करके लॉन से बाहर निकल आए।

कुछ दूर पहलगाम की तरफ जाने वाली पक्की सड़क पर चले, किंतु शीघ्र ही वह स्थान आ गया, जहां से एक पगडंडी कटकर पहाड़ों की तरफ चली गई थी वे जानते थे कि यह पगडंडी छोटे-छोटे दो

पहाड़ों और एक दर्रे को पार करने के बाद कैमिल फाल तक पहुंचेगी।

यहां से सड़क छोड़कर उन्हें इसी पगडंडी पर बढ़ना था।

दोनों के कदम स्वयं ही वहां ठिठक गए, एकाएक सीमा ने कहा—
"अगर हम फाल की तरफ जाने के स्थान पर पैदल ही पहलगाम की
तरफ बढ़ जाएं राज तो वे हमारा क्या बिगाड़ लेंगे?"

"सोच तो मैं भी यही रहा हूं सीमा।"

मगर अभी गजराज का वाक्य पूरा भी न हुआ था कि सारे वातावरण
में किसी मोटर साइकिल के स्टार्ट होने की आवाज़ गूंज उठी और इस
आवाज़ को सुनकर वे दोनों न सिर्फ उछल पड़े, बल्कि उनके चेहरे के
रंग गजब की तेजी के साथ सफेद पड़ते चले गए।

आतंकित और सवालिया नजरों से उन्होंने एक-दूसरे को देखा।

सीना ताने खड़े ऊंचे-ऊंचे पहाड़ों, दर्रों, घाटियों और वादियों में
दूर-दूर तक गूंजती मोटर साइकिल की आवाज़ कम-से-कम उन्हें बहुत
ही डरावनी एवं रहस्यमय मालूम दी।

मोटर साइकिल की आवाज़ निरंतर गूंज रही थी।

जैसे उस सामने वाले मोड़ के पार सड़क पर तेजी से हर साइकिल
इधर-उधर चकरा रही हो। इतनी बात तो स्पष्ट थी ही कि मोटर साइकिल
सड़क पर ही कहीं हो सकती थी, सड़क से हटकर नहीं।

दोनों के चेहरों पर हवाइयां उड़ रही थीं।

"तुम यहीं रहना सीमा मैं देखता हूं!" कहने के साथ ही गजराज ने
सीमा का हाथ छोड़ा और कुछ इतनी तेजी के साथ सड़क के मोड़ की
तरफ भागा जैसे उसके पीछे भूत लगे हों।

"राज रुक जाओ राज। मैं यहां अकेली नहीं रह सकती!" बुरी तरह
घबराकर सीमा उसकी तरफ दौड़ती हुई चीखी।

मगर गजराज रुका नहीं।

जेब से रिवॉल्वर निकालने के बाद उसने अपनी रफ्तार कुछ और

27

तेज कर दी तथा दौड़ता हुआ ही चीखा–"तुम वहीं रहो सीमा, मेरे पीछे मत आना!"

"राज! रुक जाओ राज, मुझे अकेली मत छोड़ो!" बुरी तरह रोती हुई सीमा कुछ दूर तक उसकी तरफ दौड़ी जरूर थी, परंतु दहशत की अधिकता और टांगों के बुरी तरह कांपने की वजह से लड़खड़ाकर गिर पड़ी।

उधर आंधी-तूफान की तरह भागता हुआ गजराज सड़क के मोड़ पर घूम गया और घूमते ही उसकी दृष्टि कोई तीस गज दूर सड़क पर खड़ी मोटर साइकिल पर पड़ी। स्टार्ट मोटर साइकिल स्टैंड पर खड़ी थी।

एक युवक हैंडिल पकड़े मोटर साइकिल की गद्दी पर बैठा था और तीन उसके इर्द-गिर्द खड़े थे। उनमें से एक वह भयानक शक्ल वाला गुंडा भी था, जिसे रात के समय खिड़की के पार खड़ा देखकर सीमा डर गई थी।

उन्हीं में से एक स्वयं मांडूराम भी था। हां, वही मांडूराम जिसकी लाश गजराज और सीमा ने सर्वेंट क्वार्टर के फर्श पर पड़ी देखी थी।

इस वक्त अपने तीन साथियों के साथ खड़ा वह मुस्कुरा रहा था।

अजीब से ढंग से मुस्कुराते हुए वे चारों तेजी से भागकर अपनी तरफ आते गजराज को देख रहे थे और सबसे ज्यादा हैरात की बात यह थी कि उन्हें देखकर गजराज न चौंका था न ठिठका था और न ही अपने हाथ में दबे रिवॉल्वर से उन पर कोई फायर किया था।

हां, भागते हुए भी उसने उन्हें अपने रिवॉल्वर वाले हाथ से कोई इशारा जरूर किया और इस इशारे को देखते ही मोटर साइकिल पर सवार युवक ने मोटर साइकिल स्टैंड से उतारी और अगले ही पल मोटर साइकिल एक टर्न लेने के बाद सड़क पर विपरीत दिशा में दौड़ती चली गई।

संकेत मिलते ही मांडूराम समेत बाकी तीनों ने सड़क छोड़कर दाईं तरफ के पहाड़ की तरफ जम्प लगाई और फिर वे पहाड़ों पर चढ़ने के अभ्यस्त से एक विशाल पत्थर पर बढ़ते चले गए।

गजराज स्वयं भी इस पत्थर के इधर वाले सिरे से उस पर चढ़ने लगा।

मोटर साइकिल विपरीत दिशा के मोड़ पर घूमने के बाद लुप्त हो गई हां, वातावरण में उसकी आवाज़ अब भी गूँज रही थी। इधर उन तीनों के साथ ही गजराज भी पत्थर के शीर्ष पर पहुंच गया और फिर वे चारों उस विशाल पत्थर की बैक में गुम हो गए।

सड़क से अब वे नजर नहीं आ रहे थे।

बेतहाशा भागकर यहां पहुँचने के कारण कई पलों तक तो वह सिर्फ हांफते रहे। सबसे पहले भयानक शक्ल वाले गुंडे ने खुद को नियंत्रित किया बोला–"क्या स्थिति है राज?"

"स्थिति बहुत बढ़िया है निक्कल!" हांफते हुए गजराज ने बताया– "हमारे फैलाए हुए घटनाक्रम में फंसकर वह उससे कहीं ज्यादा आतंकित हो गई है जितना हमने कल्पना की थी!"

"टॉमी की लाश का उस पर क्या असर हुआ?"

"बुरी तरह रोने-पीटने लगी है वह बहुत भयभीत है। मुझे तो डर है कि कहीं वह दहशत की अधिकता के कारण ही दम न तोड़ दे!"

"हो सकता है, बहुत-से लोग ज्यादा खौफ बर्दाश्त नहीं कर पाते टैरर उनका हार्टफेल कर देता है।" मांडूराम ने कहा।

निकल्सन बोला–"अगर ऐसा हो जाए तो अच्छा ही है, हमें कैमिल फाल पर ले जाकर कत्ल करने की मुसीबत से भी निजात मिल जाएगी और डॉक्टर भी इससे ज्यादा कुछ नहीं कह सकेगा कि उसका हार्टफेल हो गया!"

"ऐसा होना हमारे लिए ठीक नहीं रहेगा!"

"क्यों?"

"हत्या योजनाबद्ध तरीके से ही हो तो ठीक है।"

"चलो ऐसा ही सही उसमें भी अब ज्यादा देर नहीं है!" निकल्सन

पूरी गर्मजोशी के साथ कहता चला गया–"आज शाम तक हत्या हो जाएगी।"

"तुम कैमिल फाल पर पत्थर सेट करके रख आए हो न?"

"बल्लो रखकर आया है।"

गजराज ने मांडूराम के बराबर में खड़े युवक से पूछा–"क्यों बल्लो?"

"फिक्र मत करो, पत्थर एकदम सेट है।"

"वह हमारी योजना का सबसे और आखिरी प्वाइंट है, उसमें अगर चूक हो गई तो सारी मेहनत पर पानी फिर जाएगा, इसलिए अच्छी तरह सोचकर जवाब दो।"

"बल्लो, कहीं ऐसा तो नहीं कि पत्थर सीमा के खड़े होने के बावजूद भी टस-से-मस न हो?"

बल्लो ने लापरवाही, किंतु पूरे विश्वास के साथ कहा–"ऐसा नहीं होगा बस अपनी पत्नी को उस पर चढ़ाना तुम्हारा काम है।"

"वह मैं कर लूंगा।"

"तुमने हमें सड़क से यहां पहुंच जाने और बागेश को मोटर साइकिल लेकर भाग जाने का संकेत क्यों किया था?" निकल्सन ने पूछा।

"दरअसल वह इतनी डर गई है कि एक पल भी अकेली नहीं रहना चाहती। जब मैं इस तरफ भागा तब भी वह मेरे पीछे भागी थी और यही सोचकर मैंने सड़क खाली करा दी थी कहीं वह मोड़ तक न पहुंच जाए।"

"ओह!" निकल्सन के मुंह से सिर्फ इतना ही निकला, जबकि मांडूराम ने पूछा–"मेरी लाश को सामने देखकर उस पर क्या प्रतिक्रिया हुई?"

रहस्यमय मुस्कान के साथ गजराज ने पूछा–"या तुमने नहीं देखी?"

"देखी तो थी। चीखकर बेचारी कैसे लिपट गई थी जैसे तुम ही उसके सबसे बड़े रहनुमा हो, काश! बेचारी सीमा को यह पता होता कि यह सारा ड्रामा खुद तुमने रचा है। पत्नी की हत्या की सारी योजना तुमने बनाई!"

"ज्यादा बक-बक नहीं किया करते हैं टीटू!" मांडूराम को टीटू के नाम से पुकारते हुए उसने थोड़े कठोर स्वर में कहा–"ऐसी बातें बार बार दोहराने की नहीं होती हैं!"

बड़े ही बदतमीजी-भरे अंदाज में आंख मारते हुए टीटू ने कहा–"क्यों मैंने कुछ गलत कहा है क्या?"

"ये मत भूलो कि अपनी बीवी की हत्या मैं सिर्फ अपने ही लाभ के लिए नहीं कर रहा हूं! उसकी हत्या होने से हम सबको बराबर का फायदा होने वाला है। ब्रिजेश की आत्मा ने हमसे एक-एक सुहागिन की हत्या मांगी है। जब तक यह हत्या नहीं होगी, तब तक आत्मा हमें 'वैन' का पता नहीं बताएगी और अपने साथ-साथ तुम सबके फायदे के लिए मैंने अपनी ही बीवी को चुन लिया!"

कुछ कहने के लिए टीटू ने मुंह खोला ही था कि निकल्सन ने हाथ उठाकर उसे डपट दिया–"बेकार की बहस मत करो टीटू यहां हम एकबार फिर और अंतिम बार सीमा के कत्ल तक की योजना को ठोक-बजाकर देखने के लिए मिले हैं पूरा यकीनन कर लेने के लिए कि कहीं किसी गड़बड़ की संभावना तो नहीं हैं?"

"मेरे ख्याल से सब ठीक ही चल रहा है।" गजराज ने कहा।

"तब ठीक है, तुम उसे लेकर कैमिल फाल पहुंचो।"

एकाएक-ही गजराज ने बल्लो से पूछा–"मांडूराम तो वहां ठीक-ठाक है न?"

"उसकी तुम फिक्र मत करो, वह ठीक है!"

एक पल के लिए उनके बीच खामोशी छा गई जैसे कहने-पूछने के लिए किसी के पास कुछ न रह गया हो तभी बल्लो उकताए स्वर में बोला–"समझ में नहीं आता कि आप लोग इतना लंबा-चौड़ा विचार-विमर्श क्यों करते हैं अरे, जो काम करना है, उसे आनन-फानन में कर-कराकर खत्म करो!"

बड़ी रहस्यमय मुस्कान के साथ गजराज ने कहा–"तुम्हारी समझ में तो यह बात ही नहीं आ रही होगी कि हम सीमा को कैमिल फाल पर ले जाकर उसी ढंग से मारने के झमेले में क्यों पड़े हुए हैं। हम पांच हैं वह अकेली। मदद के लिए यहां दूर-दूर तक कोई नहीं है फिर भला हम उसे यूं ही मार क्यों नहीं डालते?"

"बात बिल्कुल दुरुस्त है!" बल्लो बोला–"इतना लंबा लफड़ा करने की बेवकूफी अपने दिमाग में बिल्कुल नहीं आती। तुम पांच की बात करते हो उस सुहागिन को खत्म करने के लिए मैं अकेला ही काफी हूं।"

"वह तो ठीक है, मगर उस अवस्था में किसी भी जासूस को लाश स्वयं बता देगी कि उसकी हत्या की गई है!"

निकल्सन ने बात पूरी की–"जबकि हम यह चाहते हैं कि धुरंधर से धुरंधर जासूस भी लाश को देखकर यही कहे कि एक दुर्घटनावश सीमा की मृत्यु हो गई है!"

"अपुन इन लफड़ों में नहीं पड़ता!" लापरवाही के साथ कंधे उचकाकर बुरा-सा मुंह बनाते हुए बल्लो ने कहा–"तुम जानो और तुम्हारा काम।"

निकल्सन और गजराज धीमे-से मुस्कुराकर रह गए। तब गजराज ने कहा–"काफी देर हो गई है अब मुझे यहां से चलना चाहिए!"

सड़क पर गिरने के कारण सीमा के घुटने छिल गए। दो स्थान से साड़ी के तार भी खिंच गए थे, परंतु दहशत दिलोदिमाग पर इस कदर हावी थी कि वह फुर्ती के साथ उठकर पुनः भागी।

गजराज तब तक मोड़ के पार गुम हो चुका था।

घुटनों में लगी चोट के कारण वह बहुत तेज तो नहीं दौड़ पा रही थी, परंतु लंगड़ाती हुई दौड़ रही थी। उस वक्त वह, मोड़ के नजदीक पहुंची थी, जब वातावरण में गूंजने वाली मोटर साइकिल की आवाज़ दूर होती चली गई।

जब वह मोड़ पर घूमी तब सड़क दूर-दूर तक सुनसान पड़ी थी। सड़क के कम-से-कम अगले मोड़ तक उसे कोई भी नज़र नहीं आया। गजराज भी नहीं।

और, गजराज को इस तरह गायब पाकर सीमा चकरा गई। उसके रहे-सहे हौसले पस्त हो गए! यह अहसास होते ही कि अब वह यहां बिल्कुल अकेली है, सीमा बुरी तरह नर्वस हो गई। समझ में नहीं आया कि आखिर गजराज कहां चला गया?

कमजोर-सी वह पागलों की तरह सड़क पर दौड़ती हुई चीखी– "राज . . . राज कहां हो तुम . . . प्लीज, सामने आओ राज मुझे बहुत डर लग रहा है।"

उसकी आवाज़ पहाड़ियों में भटकी और प्रतिध्वनित होकर रह गई।

किसी भी तरफ से जवाब न मिलने पर सीमा एकदम टूट गई। इस बार वह बुरी तरह रोती हुई चिल्ला उठी–"राज-राज-राज।"

इस बार राज की आवाज़ उभरी–"तुम घबराओ मत सीमा मैं यहां हूं!"

सीमा ने चौंककर आवाज़ की दिशा में देखा। अपना पति उसे दाईं तरफ एक विशाल पत्थर के शीर्ष पर खड़ा नज़र आया।

"राज-राज!" वह दीवानों की तरह कह उठी–"तुम वहां क्या कर रहे हो। मेरे पास आ जाओ मुझे बहुत डर लग रहा है।"

"डरो नहीं सीमा मैं आ रहा हूं।" कहने के साथ ही गजराज उस पत्थर से नीचे एक अन्य पत्थर पर कूद पड़ा। उसके हाथ में अभी तक रिवॉल्वर था और पत्थरों पर किसी बंदर की तरह उछलता-कूदता वह सड़क की तरफ आ रहा था।

पत्थरों से उतरकर नीचे आते गजराज को देखकर सीमा की आंखों में वैसे ही भाव उभरे थे, जैसे अकेली और भयभीत हिरनी की आखों में अपने 'सहारे' को देखकर उभरते हैं। गजराज सड़क पर पहुंचकर

उसकी-तरफ बढ़ा ही था कि राज-राज चिल्लाती हुई सीमा कमान से छूटे तीर की तरह उसकी तरफ लपकी।

आगे बढ़कर गजराज ने पूरे अपनत्व के साथ सीमा को बांहों में भर लिया।

सीमा की रुलाई का बांध मानो टूट गया। फफक-फफककर रो पड़ी वह। धूर्त गजराज उसे सांत्वना देने लगा। जी भरकर आंसू बहाने के बाद सीमा ने कहा–"मुझे तुम वहां अकेला क्यों छोड़ आए थे राज?"

"तुम इतनी क्यों डर जाती हो सीमा? इधर मैं उन्हीं हरामजादों की तलाश में आया था।"

"नहीं राज किसी हालत में तुम मुझे अकेली मत छोड़ो। तुमसे दूर होते ही मझे डर लगने लगता है कि जाने किस तरफ से कोई मझ पर झपट पड़ेगा। कोई दरिंदा मेरी गर्दन दबा डालेगा राज और फिर मैं उफ्फ प्लीज तुम मेरे साथ रहो।"

"अगर ऐसी बात है तो अब नहीं छोड़ूंगा। तुम डरो मत।"

पति के आश्वासन के बाद सीमा कुछ देर तक सिर्फ सिसकती रही। जब कुछ नियंत्रित हुई तो पूछा–"तुम वहां उस पत्थर पर क्यों चढ़े थे राज?"

"ऊंचाई से सड़क को दूर तक देखने के लिए।"

"क्यों?"

"भागता हुआ जब मैं इस मोड़ पर मुड़ा तो एक मोटर साइकिल पर सवार मैंने तीन आदमियों को देखा। मोटर साइकिल विपरीत दिशा में दौड़ती चली जा रही थी। मैं पैदल था अतः उनका पीछा नहीं कर सकता था, मगर फिर भी मैं उनकी शक्ल देख लेना चाहता था, इसीलिए ऊंचे स्थान पर चढ़ा।"

"क्या तुम उनमें से किसी की शक्ल देख सके?"

"हां मैंने उन तीनों की शक्ल बिल्कुल साफ देखी थी। उनमें से एक वही भयानक शक्ल वाला गंजा था बाकी दो को मैंने पहले कभी नहीं देखा।"

"उफ्फ् ये लोग आखिर हमसे चाहते क्या हैं राज?"

"यह तो वही जानें, मगर इस घटना ने यह स्पष्ट कर दिया है सीमा कि हम पैदल भी पहलगाम नहीं पहुंच सकते, सड़क पर वे मौजूद हैं। यूं कहना चाहिए कि एक प्रकार से सड़क की नाकेबंदी किए हुए हैं वे लोग!"

"क्या इस सड़क का इस्तेमाल अन्य लोग या पर्यटक नहीं करते हैं राज?"

"करते क्यों नहीं हैं। वे पर्यटक इसी सड़क का इस्तेमाल करते हैं, जिन्हें कैमिल फाल देखना हो मगर कश्मीर की यात्रा पर आने वाले बहुत कम पर्यटक ही फाल तक पहुंचने की हिम्मत कर पाते हैं।"

"क्यों?"

क्योंकि फाल पहलगाम से दूर है और पहलगाम से फाल तक कोई खच्चर आदि उपलब्ध नहीं है। फाल देखने वाले को अपने किसी निजी वाहन से सड़क के उस हिस्से तक पहुंचना होता है, जहां से पगडंडी कटती है। वाहन को वहीं छोड़कर फाल तक पैदल जाना होता है। पर्यटक आमतौर से ऐसी मुसीबत नहीं उठाते हैं, कुछ खब्ती किस्म के लोग ही फाल तक पहुंचते हैं।

"तो क्यों न हम अपनी आगे की यात्रा इस सड़क ही पर पहलगाम की तरफ शुरू कर दें। भाग्य से यदि कोई फाल देखने का शौकीन रास्ते में मिल गया तो हमें इस मुसीबुत से छुटकारा मिल जाएगा राज!"

"ऐसा हो जाए तो हमारे नसीब ही न जाग जाएं सीमा, मगर!"

"मगर?"

"हम एक ऐसी अंधी उम्मीद के भरोसे पर उन जालिमों के आदेश का उल्लंघन करने का खतरा नहीं उठा सकते, जिसके होने की आशा ही बहुत कम है। मैं निकल्सन के पत्र में लिखे शब्दों को याद करके कांप उठता हूं!"

उन शब्दों को याद करके सीमा के जिस्म में झुरझुरी दौड़ गई। बोली— "मगर राज अब मुझमें फाल की तरफ जाने की हिम्मत नहीं है!"

सीमा के ये शब्द सुनकर गजराज ने अंदर ही अंदर घबराहट-सी महसूस की। उसे लगा कि अगर सीमा अपनी इस बात पर अड़ गई तो सारी योजना रेत के महल की तरह बिखर जाएगी, मगर इस परिस्थिति से निकलने के लिए भी उसने एक 'ट्रिक' संभालकर रखी थी। बोला— "जब मोटर साइकिल विपरीत दिशा में भाग रही थी, तब मैंने उन तीनों में से एक को एक कागज़ सड़क की तरफ उछालते देखा था। सबसे पहले हमें उस कागज़ को तलाश करना चाहिए। देखें तो सही कि उसमें उन्होंने क्या लिखा है?"

सीमा का चेहरा सफेद पड़ गया। बोली—"फिर कोई धमकी होगी।"

सड़क पर काफी दूर जाकर वे कागज़ को तलाश करने लगे। थोड़ी देर के ड्रामा के बाद गजराज ने कहा—"तुम जरा उधर, बाईं तरफ देखो सीमा मैं इधर देखता हूं।"

अलग होते ही गजराज ने अपनी जेब से कागज़ निकालकर सड़क के किनारे पड़े छोटे-छोटे पत्थरों के बीच उछाल दिया और इस हरकत के करीब पांच मिनट बाद वह जोर से चीखा—"मिल गया!"

बाईं तरफ मौजूद सीमा ने एकदम चौंककर उसकी तरफ देखा तब तक गजराज झपटने के-से अंदाज में पत्थरों के बीच पड़े कागज़ को उठा चुका था।

36

जब तक गजराज ने कागज़ की तहें खोलीं, तब तक उत्सुक सीमा लपककर उसके नजदीक आ गई थी और फिर दोनों ने एक साथ कागज़ पढ़ा लिखा था–

"तुम मेरे आदेश का उल्लंघन कर रहे हो गजराज। बस बहुत हो चुका अगर यह पत्र मिलते ही तुमने कैमिल फाल के लिए अपना सफर शुरू नहीं कर दिया तो यह निश्चित समझ लो कि पहले पत्र में लिखे एक-एक शब्द पर अमल शुरू हो जाएगा। इस भुलावे में मत रहना कि तुमसे अपना 'काम' निकालने से पहले हम तुम्हारा मर्डर नहीं कर सकते। जहां खड़े हो वहां से अगर पहलगाम की तरफ बढ़े तो पहलगाम कम-से-कम जिंदगी में कभी नहीं आएगा। हां, एक किलोमीटर अंदर ही अंदर वह स्थान जरूर आ जाएगा, जहां तुम अपनी बीवी की इज्जत लुटती अपनी आंखों से देखने के बाद हमेशा के लिए लाश में बदल जाओगे!

इसके ठीक विपरीत यदि तुम कैमिल फाल पहुंचे तो मैं खुद वहां तुमसे मिलकर उस 'काम' के बारे में बताऊंगा। यकीनन वह काम तुम्हारे लिए रसगुल्ला खाने जितना आसान है। उस काम को करने के बाद तुम पहलगाम ही नहीं अपने शहर देहली भी आराम से पहुंच सकोगे और बाकी जिंदगी के भरपूर मजे लूट सकोगे।

याद रहे पहलगाम की तरफ जाने वाली सड़क पर हमारा कब्जा है और तुमसे सिर्फ एक फर्लांग दूर हम तुम्हें तुम्हारी बेवकूफी का मजा चखाने के लिए मौजूद हैं!

–तुम्हारा निकल्सन

शाम के चार बज रहे थे।

सूर्य की रश्मियां हर तरफ बिखरी हुई थीं। जहां इस वक्त वे बैठे थे, वहां से चारों तरफ दृष्टि के अंतिम छोर तक हरियाली-ही-हरियाली

बिखरी पड़ी थी। दूर-दूर तक फैली हरी-भरी वह जगह गुलमर्ग के गोल्फ के मैदान जैसी थी। हरी घास सूर्य की रश्मियों के कारण चमचमा रही थी।

हरियाली से भरे आकाश को चूमते-से नज़र आने वाले पहाड़ों से घिरे ऊंचे-नीचे इस मैदान के ऊपर उन्होंने एक बैड शीट बिछा ली थी।

थर्मस से चाय और एयर बैग से निकालकर अभी-अभी लंच जैसा ब्रेकफास्ट किया था उन्होंने।

मैदान के दाईं तरफ वह जगह थी, जिसे कैमिल फाल के नाम से पुकारा जाता था। बहुत ही ऊंचा पहाड़ था वह। ध्यान से देखने पर पहाड़ ऊंट के आकार का नज़र आता था। जैसे कोई विशालतम ऊंट अपना मुंह फाड़े खड़ा हो और उसके खुले हुए मुंह से खंगलते हुए स्वच्छ पानी की मोटी धार निकल रही थी। पानी की यह धार ऊंट के मुंह से कोई पचास गज नीचे एक अन्य पत्थर पर गिर रही थी।

इस पत्थर पर गिरता हुआ पानी निरंतर पूरी घाटी को भयानक आवाज़ के साथ गर्जाए रखता है। आवाज़ के साथ ही पानी पत्थर पर गिरने के बाद चारों तरफ छितरा जाता है और फिर पानी की बहुत-सी धाराएं विभिन्न स्थानों से गुजरकर सौ गज नीचे मिल जाती हैं।

यहां से यह पानी लिद्दर नदी में बदल जाता है।

हालांकि कैमिल फाल मैदान से इतना ज्यादा ऊपर है कि वहां से देखने पर पर फाल बहुत छोटा नज़र आता है, परंतु मैदान ही की एक ऐसी पहाड़ी भी है, जहां हमेशा वर्षा-सी होती रहती है।

यानी ऊंट के मुँह से निकलकर जलधारा जब पत्थर से टकराती है तो छितराए पानी की फुहारें उस छोटी-सी पहाड़ी तक पहुंचती है।

पहाड़ी पर खड़े होकर फुहारों में भीगने का अपना अलग ही आनंद है। मगर उपरोक्त संपूर्ण प्राकृतिक सौंदर्य न सीमा को लुभा रहा था, न ही गजराज को। सीमा दहशत के कारण बेहाल थी तो गजराज इस उलझन के कारण कि योजना में वह सफल होगा या नहीं। यहां पहुँचे

उन्हें एक घंटा गुजर चुका था। वह स्वयं थक गया था और कल्पना कर सकता था कि उससे कहीं ज्यादा ही थकी हुई होगी।

नाश्ते के खाली बर्तन एयरबैग में रखते हुए गजराज ने कहा–"अब यहां से उठें सीमा!"

"बैठे रहो राज उठने का मन नहीं है!"

"जब यहां आ ही गए हैं तो उस पहाड़ी पर चलकर फुहारों का आनंद भी जरूर लेंगे!"

"क्या तुम्हें ऐसे हालातों में फुहारों का आनंद लेने की बात सूझ रही है राज?"

गजराज के होंठों पर फीकी मुस्कान उभर आई। बड़ा ही जबरदस्त अभिनेता था वह, बोला–"सूझ तो कुछ गया है डार्लिंग मगर किसी एक ही स्थान पर यूं खाली बैठ जाने से दिमाग ज्यादा परेशान होगा। उस पहाड़ी पर जाने का टार्गेट हमारा कुछ समय गुजार देगा। शायद मन भी बहल जाए और हो सकता है कि इसी बीच कहीं से अगर प्रकट होकर निकल्सन और उसके साथी हमें वह 'काम' भी बता दें!"

सीमा ने कोई खास प्रतिरोध नहीं किया।

बैड शीट उठाकर उन्होंने बैग में डाली और फिर हाथ-में-हाथ डाले उस पहाड़ी की तरफ बढ़ गए। पहाड़ी की चढ़ाई एकदम खड़ी या टिपीकल नहीं थी।

वे धीरे-धीरे आसानी के साथ बातें करते चढ़ते चले गए और पहाड़ी के शीर्ष पर पहुंचते ही चौंक पड़े। पहाड़ी के दूसरी तरफ यानी ढलान की समाप्ति पर उन्हें एक 'डेरा' नज़र आ रहा था।

यही डेरा तो उनके चौंकने की वजह था।

सीमा अचानक ही उत्साहित होकर चीख पड़ी–"वहां कोई है राज!"

"ऐसा ही लगता है।" कहने को गजराज कह तो गया, मगर हकीकत

यह है कि अंदर-ही-अंदर वह बुरी तरह दहलकर रह गया था। वहां डेरे की मौजूदगी सचमुच इस बात का द्योतक थी कि उसमें कोई रह रहा है।

उसके साथियों के अलावा भी यहां कोई है!

सारी योजना को रेत के महल की तरह बिखेर देने के लिए यह एकमात्र वजह ही काफी थी। योजना बनाते समय कम-से-कम इस स्थान पर उन्होंने किसी अन्य व्यक्ति की मौजूदगी की कल्पना नहीं की थी।

वह कौन हो सकता है यहां। इस वीराने में वह क्या कर रहा है?

इस किस्म के ढेर सारे सवालों ने गजराज की अंतरात्मा को हिलाकर रख दिया। अपने ही विचारों में वह इस कदर गुम हो गया था कि बहुत नजदीक खड़ी सीमा की आवाज़ तक नहीं सुन सका।

चौंका तब जबकि दोनों कंधे पकड़कर सीमा ने उसे बुरी तरह झंझोड़ा, वह कह रही थी–"राज कहां खो गए हो तुम?"

"आं हां सीमा!" वह हड़बड़ाया।

"क्या हो गया है तुम्हें?"

"कुछ नहीं!"

"तुम मेरी आवाज़ नहीं सुन रहे हो देखो, वह डेरा है अगर यहां रहने वाले का सहारा मिल जाए तो हम पर से उनकी पकड़ कुछ कम हो सकती है, अरे तुम एकाएक ही इतने नर्वस नज़र क्यों आने लगे हो। राज तुम्हारे चेहरे पर यह ढेर सारा पसीना क्यों उभर आया है?"

"पसीना हां?" बौखलाए गजराज ने हाथ से अपने चेहरे पर उभर आए पसीने को साफ करते हुए कहा–"उस डेरे को देखकर तुम कुछ और सोच रही हो सीमा और मैं कुछ और!"

"तुम क्या सोच रहे हो?"

इस बीच गजराज खुद को काफी हद तक संभाल चुका था। अपनी घबराहट को छुपाकर इस वक्त सीमा को बरगलाना बहुत जरूरी था,

अतः दिमाग को नियंत्रण में बोला–"मैं सोच रहा हूं सीमा कि शायद यह डेरा निकल्सन और उसके साथियों का ही है।"

"क्या कह रहे हो?" सीमा की रूह कांप गई।

सीमा पर अपनी बात का समुचित प्रभाव होता देखकर गजराज उत्साहित हुआ बोला–"उन कमीनों के अलावा यहां इतने सन्नाटे में भला डेरा डालकर कौन रहेगा सीमा जरूर इस डेरे में वही होंगे!"

आतंक के कारण सीमा सन्न-सी खड़ी रह गई। मगर उससे कहीं ज्यादा 'सन्न' गजराज था। सीमा को उसने भले ही बरगला दिया हो, परंतु स्वयं अच्छी तरह जानता था कि उस डेरे से निकल्सन आदि का कोई संबंध नहीं है और यही सोच-सोचकर वह मरा जा रहा था कि इस स्थान पर डेरा डालकर भला कौन रह रहा है?

अपनी सारी योजना धराशायी होती नज़र आ रही थी उसे।

कांपते स्वर में सीमा ने पूछा–"अब हम क्या करें राज?"

"मेरा ख्याल तो ये है कि हमें यहां से चलना चाहिए!" डरी-सी दृष्टि से उस डेरे की तरफ देखते हुए गजराज ने कहा।

"अगर ये वही हैं तो इनसे बचकर हम कहां जा सकेंगे?"

"कहीं भी, मगर इस डेरे से दूर।"

"फायदा क्या है राज। अब तक यह बात स्पष्ट हो चुकी है कि हम इनसे बात किए इनका काम जाने या शायद उसे पूरा किए बिना इस मुसीबत से नहीं निकल सकेंगे। हम यहां रुके भी तो इसीलिए हैं कि इनसे मिलें और बात करके यह जानें कि वे हमसे क्या काम कराना चाहते हैं?"

"यह सब तो ठीक है मगर।"

"उसकी बात पर ध्यान दिए बिना सीमा अपनी ही धुन में कहती चली गई–"और फिर हमारे नसीब से यह भी तो हो सकता है कि इस डेरे का निकल्सन आदि से कोई संबंध ही न हो। डेरा किसी और ही का हो उस हालत में हमें एक सहारा मिल जाएगा राज!"

सीमा की बातें अक्षरशः सत्य थीं। इतना ज्यादा फिट कि उसे सीमा को बरगलाने के लिए कोई तर्कसंगत बात नहीं सूझ रही थी और फिर कम-से-कम यह तो वह भी जानना ही चाहता था कि यह डेरा आखिर है किसका?

अभी वह अपने ही विचारों में गुम था कि डेरे की तरफ मुंह करके सीमा कांपती हुई, मगर जोरदार आवाज़ में चीखी–"डेरे में कोई है?"

फाल की गर्जना के बीच यह एक वाक्य सारी घाटी में गूंज उठा।

मगर डेरे की तरफ कोई चहल-पहल नज़र नहीं आई। जीवन का कोई हल्का-सा चिन्ह तक नहीं था। वहां सुनसान स्थान पर मौजूद वह डेरा बड़ा ही अजीब एवं रहस्यमय प्रतीत हो रहा था।

गजराज किंकर्तव्यविमूढ़-सा खड़ा डेरे की तरफ देखता रहा।

सीमा पुनः पागलों की तरह चीखी–"हम आ गए हैं निकल्सन और यह जानने के लिए आतुर हैं कि आखिर तुमने हमें किस काम के लिए कैद कर रखा है। प्लीज डेरे के बाहर निकलकर हमें वह काम बताओ!"

घाटी की दीवारों से टकराकर सीमा की आवाज़ प्रतिध्वनित होती रही और बस इससे ज्यादा जवाब में कुछ भी तो नहीं हो रहा था।

स्वयं गजराज डेरे से बाहर निकलने वाले चेहरे को देखने के लिए बेताब था।

इस बार हिम्मत कर चीख भी पड़ा–"अगर मेरी इस आवाज़ के बाद भी डेरे से बाहर नहीं निकले तो हम समझेंगे कि तुम हमसे कोई काम लेना नहीं चाहते और अब हम तुम्हारी कैद से आजाद हैं!"

परिणाम वही ढाक के तीन पात।

सीमा के साथ-साथ चीखते हुए गजराज का गला भी कुढ़ने लगा और जब वे थक गए तो हांफती हुई सीमा ने कहा–"लगता है राज कि डेरे में कोई नहीं है!"

"ऐसा ही लगता है!" गजराज के दिलो-दिमाग पर छाई घबराहट

कुछ कम हुई थी–"उस डेरे में नहीं, शायद आसपास भी कोई नहीं है वरना हमारी इतनी सारी आवाज़ों में से किसी एक को सुनकर तो वह सामने आता?"

मगर किसी को होना भी जरूर चाहिए। अगर कोई नहीं है तो फिर यह डेरा किसका है, किसने और किस मकसद से इसे यहां गाड़ रखा है।"

"बात यह भी ठीक है!"

"मेरे ख्याल से हमें नीचे उतरकर डेरे तक जाना चाहिए, देखना चाहिए कि वह किसका है? शायद डेरे को भीतर से देखने पर कुछ पता लगे!

गजराज स्वयं भी यही चाहता था, क्योंकि इस डेरे ने कम-से-कम एक बार डेरे के मालिक को देखने की उसमें प्रबल जिज्ञासा पैदा कर दी थी। 'ग्रुप' के अलावा किसी अन्य आदमी की यहां मौजूदगी भी खतरनाक थी। वे फंस सकते थे। अपनी आगे की योजना पर वह इस डेरे का रहस्य जानने के बाद ही अमल करना चाहता था।

उसने रिस्टवॉच में समय देखा।

योजना का अगला चरण शुरू होने में अभी समय था। इस समय में वे दोनों डेरे को चैक करने के बाद पुनः यहां आ सकते थे और वैसे भी गजराज यह जाने बिना कि डेरे का मालिक कौन है और कहां है मानसिक स्तर पर आगे की योजना पर काम करने के लिए तैयार नहीं था क्योंकि इस अकेले व्यक्ति की गवाही उसे बड़ी आसानी से फांसी के फंदे तक पहुंचा सकती थी।

अतः बिना किसी बाधा के उसने सीमा की सलाह मान ली।

वे शीघ्र ही नीचे पहुंच गए।

डेरे के आसपास तो क्या दूर-दूर तक भी सन्नाटे के अलावा कोई नहीं था। धड़कते दिल से वे डेरे की तरफ बढ़ गए। डेरे की बगल में उन्हें

एक छोटा-सा तम्बू गड़ा नज़र आया। तम्बू को चारों तरफ से कनातों से घेर रखा था।

एक तरफ से कनात हटाकर वे तम्बू के अंदर पहुंचे। वहां कदम रखते ही उनके नथुनों में घोड़े की 'लीद' की बदबू धंस गई।

स्थान खाली था। कुछ देर तक वे कनातों से घिरे उस स्थान का निरीक्षण करते रहे, फिर गजराज बोला–"ऐसा नज़र आता है जैसे यहां घोड़ा बांधा जाता रहा हो?"

"इसका मतलब डेरे में रहने वाले के पास घोड़ा भी है!"

"हां! गजराज ने उत्तर बहुत संक्षेप में दिया था, परंतु यह महसूस करके उसके माथे पर पसीने की बूंदे छलछला आई कि घोड़ा भी गायब है। इसका मतलब डेरे का मालिक अपने घोड़े पर सवार होकर कहीं गया हुआ है! वहां से निकलकर वे डेरे में पहुंचे।

डेरा अंदर से भी खाली पड़ा था। एक कोने में बुझा हुआ पैट्रोमेक्स लटक रहा था। उसके नीचे जमीन पर घासलेट की कनस्तरी थी। बाईं तरफ एक गद्देदार बिस्तर लगा हुआ था।

तकिया और लिहाफ अस्त-व्यस्त पड़े थे।

गजराज की निगाहें एक अच्छे इन्वेस्टिगेटर की तरह सारे डेरे में घूम गई। जगह-जगह उसे सिगरेट के टोटे पड़े नज़र आए। गजराज ने आगे बढ़कर उनमें से कई टोटे उठा लिए और थोड़ी देर तक उन्हें देखते रहने के बाद घोषणा की–"इस डेरे का मालिक चारमीनार की सिगरेट पीता है!"

"इन हालातों से हमें क्या लाभ होने वाला है राज किसी तरह यह पता लगाओ वह कौन है। अगर वह उस ग्रुप से बाहर का कोई आदमी है तो फिलहाल हमारे लिए भगवान से कम महत्व नहीं रखता है!"

"हां!" गजराज मन-ही-मन बड़बड़ाया–"तुम्हारे लिए वह निश्चित ही भगवान जितना महत्व रखता है, मगर मेरे लिए वह साक्षात् शैतान

है। सारी योजना को बिखेरे दे रहा है कम्बख्त, अभी तक की सारी मेहनत पर पानी फेरे दे रहा है!"

परंतु उपरोक्त शब्दों को सीमा सुन नहीं सकी। उसने सिर्फ इतना महसूस किया कि गजराज कुछ बड़बड़ा रहा है, अतः उसने पूछ लिया–"क्या कहने की कोशिश कर रहे हो राज?"

"यही कि आदमी की सिगरेट के ब्रांड से भी उसके स्तर का पता लगता है। चारमीनार बहुत चीप सिगरेट है और इसी आधार पर मैं गारंटी के साथ कह सकता हूं कि यहां रहने वाला व्यक्ति बहुत धनवान नहीं हो सकता।"

"क्या कोई गरीब आदमी एक घोड़े और इतने ताम-झाम के साथ यहां रह सकता है? मेरे ख्याल से घोड़ा और वह सब सामान महंगे किराए का है?"

गजराज पर कोई जवाब न बन पड़ा।

सारी जासूसी धरी रह गई थी उसकी झेंप मिटाने के लिए किसी ऐसी वस्तु की तलाश में वहां बिस्तर आदि को उलटने-पलटने लगा कि जिससे डेरे के मालिक के बारे में कुछ ज्यादा पता लगा सके।

मगर वहां कोई ऐसी वस्तु नहीं थी।

इस बीच गजराज इस नतीजे पर पहुंच गया कि यहां रहने वाला वह खब्ती जो भी कोई है इस वक्त अपने घोड़े पर सवार होकर कहीं घूमने गया हुआ है।

वह शायद अंधेरा होने से पहले ही लौट आएगा।

यह बात समझ में आते ही उसके दिमाग ने बड़ी तेजी से काम करना शुरू कर दिया। पहली बात तो उसकी समझ में यह आई कि अब ज्यादा देर तक ठहरे रहना बेवकूफी है। इस आदमी के लौटने से पहले ही मुझे अपनी योजना को पूर्ण कर लेना चाहिए।

यह बात बहुत स्पष्ट थी कि डेरे का मालिक इस वक्त आसपास

कहीं भी मौजूद नहीं है और फिर योजना के अगले चरण का समय भी होने ही वाला था।

सवा पांच बजे वे उसी छोटी-सी पहाड़ी पर खड़े थे। कैमिल फाल के एक पत्थर पर गिरने के कारण निरंतर नन्ही-नन्ही वर्षा-सी होती रहती है।

वे फुहारें इस वक्त उनके जिस्मों पर भी गिर रही थीं।

जहां वे खड़े थे, वहां से नीचे की तरफ बिल्कुल खड़ा ढलान था और हरी-भरी भूमि वाला यह ठलान नीचे करीब चालीस गज तक चला गया था।

ढलान की समाप्ति पर यानी पहाड़ी के शीर्ष से चालीस गज नीचे फाल के पानी से बनी हुई लिद्दर नदी बह रही थी। पथरीली लिद्दर नदी।

हां लिद्दर में केवल दो ही चीजें हैं।

बड़े-छोटे असंख्य पत्थर और उनके ऊपर तथा दाएं-बाएं से होकर बहता हुआ बर्फ-सा शीतल और कांच-सा साफ तेजी से बहता नीले रंग का पानी।

विशाल से विशालतम पत्थर लिद्दर में पड़ा नज़र आता है।

ऊपर से ढलान पर यदि कोई पत्थर लुढ़क जाए तो फिर शायद लिद्दर नदी में गिरने से उसे स्वयं ईश्वर भी नहीं रोक सकता। नदी का दूसरा किनारा भी उतनी ही ऊंचाई पर है जितना यह, मगर उस तरफ घने और हरे-भरे वृक्षों का जंगल है।

जबकि इधर समूचे ढलान पर मिलाकर भी पांच या छह वृक्ष होंगे।

कहने का तात्पर्य यह कि कम-से-कम लिद्दर को पार करके उस किनारे पर जाना या उधर से इधर आना असंभव है। गजराज और सीमा जिस पहाड़ी पर खड़े थे वहां इधर-उधर बहुत से पत्थर बिखरे पड़े थे।

मगर गजराज को ऐसे विशाल पत्थर की तलाश थी, जो किसी

बहुत ही छोटी-सी 'कंकर' पर टिका हुआ हो और ऐसे विशाल पत्थर को तलाश करने में उसे ज्यादा समय नहीं लगा।

सीमा का हाथ पकड़े, उसे बातों में उलझाकर वह उसी तरफ ले गया। पत्थर के नजदीक पहुंचते-पहुंचते जाने क्यों उसका दिल असामान्य गति से धड़कने लगा था।

शायद अपने ही दिल में छुपे इस विचार के कारण कि मैं सीमा की हत्या करने वाला हूं। एक सुहागिन की हत्या!

गजराज ने चोर दृष्टि से रिस्टवॉच की तरफ देखा। योजना के अगले चरण का समय हो चुका था और नदी का दूसरा किनारा अभी सूना ही था।

दिमाग में झुंझलाहट भरा एक विचार उभरा–'कहां मर गया निकल्सन?'

तभी सामने वाले किनारे पर मौजूद एक वृक्ष के मोटे तने की बैक से निकलकर सामने आता हुआ निकल्सन उसे चमका। गजराज का दिल बहुत जोर से धड़का। चोर दृष्टि से उसने समीप खड़ी सीमा की तरफ देखा।

परंतु सीमा का ध्यान निकल्सन की तरफ बिल्कुल नहीं था वह गर्दन उठाकर कैमिल फाल की तरफ देख रही थी। उसी तरफ देखते हुए गजराज ने स्वयं को नियंत्रित करके पूछा–"उधर क्या देख रही हो डार्लिंग?"

"कितना सुंदर फाल है राज, अगर हम यहीं सही मानसिक स्थिति में आए होते तो यह सब कितना अच्छा लगता?"

"वह देखो!" उस तरफ उंगली उठाकर गजराज ने कहा–"इस ऊंट के आकार वाले पहाड़ की आंखें तक यहां से साफ चमकती हैं। ऐसी जैसे सचमुच के ऊंट की वास्तविक आखें हों।"

"हां।" कहकर सीमा चुप रह गई।

गर्दन उठाए गजराज ऐसा नाटक कर रहा था, जैसे उस फाल में ही खोया हुआ हो, जबकि वास्तविकता यह थी कि वह वहां कुछ भी नहीं देख रहा था।

उसे तो सिर्फ सीमा के चीखने का इंतजार था।

उस क्षण का इंतजार जबकि सीमा दूसरे किनारे पर खड़े निकल्सन को देखकर चीख पड़ेगी और ऐसा तभी होना था, जब सीमा की दृष्टि निकल्सन पर पड़ जाए।

एक मिनट . . . दो मिनट . . . तीन-चार और पांच मिनट गुजर गए। सामने ही दूसरे किनारे पर खड़े निकल्सन पर सीमा की नजर न पड़ी और गजराज बुरी तरह बेताब हो उठा। जिस क्षण का उसे इंतजार था, वह आ ही नहीं रहा था।

गजराज ने सोचा कि यदि सीमा की दृष्टि निकल्सन पर पड़ी ही नहीं तो सब गड़बड़ हो जाएगा बुरी तरह बेचैन होने के बाद तभी वह स्वयं सीमा का ध्यान निकल्सन की तरफ आकर्षित करने के लिए घूमना ही चाहता था कि–

वहां सीमा के हलक से निकलने वाली डरावनी चीख गूंज उठी।

गजराज एकदम घूमा–"क्या हुआ सीमा!"

"वह!" सीमा ने लिद्दर के पार वाले किनारे की तरफ उंगली उठाई!

पलटकर गजराज ने इस तरह उधर देखा, जैसे पहली ही बार देख रहा हो और फिर चौंके हुए स्वर में कह उठा–"ओह वह कमीना यहां!"

ओवरकोट की जेबों में हाथ डाले निकल्सन किसी पत्थर की-सी मूर्ति के समान स्थिर खड़ा अपनी विचित्र और भयानक आंखों से उन्हें घूर रहा था।

थर-थर कांपती हुई सीमा गजराज से लिपट गई।

गजराज ने एक झटके से रिवॉल्वर निकालकर उसकी तरफ तान

दिया। सीमा से बोला–“डरो मत सीमा, वह नदी के उस पार है। हमारा कुछ नहीं बिगाड़ सकता!”

भयभीत सीमा निकल्सन की तरफ देख रही थी।

गजराज के हाथ में दबे रिवॉल्वर को देखकर वहां खड़ा निकल्सन हंसा और यह हंसी इतनी भयानक और क्रूर थी कि सीमा के रोंगटे खड़े हो गए।

भय के कारण टांगें कांपने लगीं उसकी।

गजराज ने चीखकर पूछा–“हमसे क्या चाहते हो तुम?”

लिद्दर के पार सामने वाले किनारे पर खड़े निकल्सन ने कुछ कहा नहीं, दोनों हाथ ओवरकोट की जेबों में ठूंसे पत्थर के बने किसी स्टेचू के समान वह स्थिर खड़ा उन्हें घूरता रहा और निकल्सन के घूरने का यह अंदाज सीमा की टांगें कंपकंपाए दे रहा था। कम-से-कम उसे निकल्सन बहुत ही खूंखार नज़र आ रहा था।

गजराज ने एक बार फिर चीखकर उससे सवाल किया।

इस बार निकल्सन ने अपना दायां हाथ जेब से बाहर निकाला और इसी हाथ से उसने दोनों को अपने पास बुलाने का संकेत किया।

सीमा के जिस्म पर मौजूद सभी मसामों ने पसीना उगल दिया।

हाथ के इशारे से अपनी तरफ बुलाने का निकल्सन का यह अंदाज उसे बहुत ही डरावना महसूस दिया था, जबकि गजराज ने चीखकर कहा–“हम नदी के इस पार हैं, उधर आने का कोई रास्ता नहीं है!”

जवाब में उसने अपना हाथ वापस जेब में ठूंस लिया और इस बारे चहलकदमी-सा करता हुआ एक तरफ को बढ़ा।

“मेरे सवालों का जवाब दो, वर्ना मैं तुम्हें गोली मार दूंगा।”

निकल्सन ने एक हिकारत भरी दृष्टि उनकी तरफ उछाली।

“धांय!” गजराज ने एक फायर किया।

सारी घाटी फायर की जोरदार आवाज़ से गूंज उठी। मगर निकल्सन

ठिठका तक नहीं था। अपने दाएं हाथ से बाएं कंधे पर उसने ऐसा 'एक्शन' किया जैसे लापरवाही के साथ कोट पर लगे किसी बाल को झाड़ रहा हो।

गजराज के चेहरे पर हैरत के भाव उभर आए।

"हे . . . हे भगवान!" सीमा बड़बड़ाई–"यह आदमी है या भूत! मैंने उस रात भी देखा था। गोलियां तो इस पर असर ही नहीं करतीं।"

देखते-ही-देखते चहलकदमी करता हुआ निकल्सन एक विशाल पत्थर की बैक में लुप्त हो गया, मगर गजराज अब भी उस तरफ यूं देख रहा था, जैसे वह उसे नज़र आ रहा हो।

सीमा बड़बड़ाई–"हे भगवान अब क्या होगा?"

गजराज ने हाथ उठाकर उसे चुप रहने के लिए कहा और दृष्टि उस पत्थर पर ही जमी रही, जिसके पीछे निकल्सन गुम हुआ था।

उत्सुक सीमा ने पूछा–"क्या वह अभी भी तुम्हें नज़र आ रहा है?"

"हां वहां अकेला नहीं है तीनों मौजूद हैं उसके अन्य वो साथी भी।"

"वहां क्या कर रहे हैं वे?

"आपस में कुछ बातें कर रहे हैं।"

"क्या?"

वह तो मैं यहां से भला कैसे बता सकता हूं मगर हां, इतना जरूर देख रहा हूं कि बीच-बीच में वे इधर ही की तरफ कुछ इशारा कर रहे हैं!"

बुरी तरह उत्सुक सीमा ने उचककर उधर देखने की कोशिश करते हुए कहा–"मगर मुझे तो वे नज़र नहीं आ रहे हैं राज!"

"अरे?" गजराज इस तरह चौंककर उछल पड़ा जैसे सीमा की बात सुनी ही न हो, बोला–"कमाल है यह भला कैसे हो सकता है!"

"क्या हो गया है?" सीमा जिज्ञासा की अधिकता के कारण पागल हुई जा रही थी।

उनके समीप ही मोटर साइकिल भी खड़ी है। हैरत की बात है मोटर साइकिल को भला वे कैसे ले आए? ऐसा तो कोई रास्ता ही नहीं?"

"मोटर साइकिल?"

"हां!" दृष्टि वहीं गड़ाए गजराज ने कहा।

सीमा का बेचैन स्वर–"मगर मुझे तो कुछ नज़र ही नहीं आ रहा है!"

"ओह!" इतनी देर में पहली बार गजराज ने सीमा की तरफ देखा। गजराज का समूचा चेहरा इस वक्त पसीने से भरभराया हुआ था। दिल उसका इस सोच के कारण हथौड़े की तरह पसलियों पर चोट कर रहा था कि सीमा के मरने का क्षण अब बहुत ही नजदीक आ गया है। अपनी योजना के इस अंतिम और नाजुक चरण पर आकर वह बहुत ही नर्वस हो रहा था, फिर भी सीमा को दिखाने के लिए उसने आंखों से ही अपनी और सीमा की लम्बाई के फर्क को तोला। मुंह से बहुत ही शुष्क स्वर निकला–"तुम्हारी लम्बाई बहुत कम है, मुझे वे नज़र आ रहे हैं!"

सीमा सिर्फ उसके निस्तेज चेहरे को देखती रह गई।

गजराज ने अपने चारों तरफ इस तरह दृष्टि घुमाई जैसे किसी चीज को तलाश कर रहा हो, फिर विशाल पत्थर पर उसकी दृष्टि ठहर गई।

दिल जैसे किसी क्रिकेट की गेंद के समान सख्त हो गया और उछल-उछलकर उसके कंठ पर वार करने लगा और फिर अपना समूचा साहस जुटाकर उसने सीमा को इस जीवन का अंतिम वाक्य कह ही दिया–"तुम इस पत्थर पर खड़े होकर देख सकती हो।"

सीमा ने कुछ कहने के लिए मुंह खोला ही था कि–

अचानक ही उस सामने वाले किनारे से किसी मोटर साइकिल के स्टार्ट होने की आवाज़ गूंज उठी–यह आवाज़ बड़े भयानक अंदाज में

सारी घाटी में प्रतिध्वनित हो रही थी। गजराज ने एक झटके से उधर देखते हुए कहा–"अरे मोटर साइकिल पर सवार होकर वे तो शायद कहीं जाने की तैयारी कर रहे हैं!"

"प्लीज राज! मैं उन्हें देखना चाहती हूं।"

बस यही तो चाहता था गजराज।

इसी क्षण के लिए तो यह सारी जिज्ञासा पैदा की गई थी। उसने जल्दी से सीमा को सहारा दिया। सीमा ने एक पैर पत्थर पर रखा!

धड़कते दिल से गजराज ने उसे पत्थर पर चढ़ा दिया! गजराज के हौंसले पस्त हुए जा रहे थे। घाटी में मोटर साइकिल की आवाज़ निरंतर गूंज रही थी और उस तरफ देखती हुई सीमा ने कहा–"मुझे तो वहां अब भी कुछ नज़र नहीं आ रहा है राज!"

गजराज के छक्के छूट गए।

उफ्फ् . . . पत्थर लुढ़क क्यों नहीं रहा है?

पत्थर को कम्बख्तों ने सही नहीं रखा है या मैंने ही इसे किसी गलत पत्थर पर चढ़ा दिया है?

बौखलाए-से स्वर में गजराज ने कहा–"उधर विशाल पत्थर की बाई तरफ ध्यान से देखो सीमा वे तीनों वहीं खड़े हैं, मोटर साइकिल भी!"

पत्थर पर खड़ी सीमा ध्यान से उस तरफ देखने लगी।

पत्थर के टस से मस न होने पर उत्तेजना के कारण गजराज का बुरा हाल हुआ जा रहा था। तभी वातावरण में गूंजने वाली मोटर साइकिल की आवाज़ बंद हो गई और इस आवाज़ के बंद होते ही घाटी भेदती एक और आवाज़ गजराज के कानों में पड़ी।

इस आवाज़ को सुनते ही गजराज के रोंगटे खड़े हो गए।

किसी घोड़े के दौड़ने से उत्पन्न होने वाली टापों की आवाज़ थी वह।

गजराज के जेहन में एक ही शब्द गूंजा–'सत्यानाश!'

चकित सीमा ने कहा–"वहां तो कुछ भी नहीं है राज!"

"अब वहां क्या नज़र आएगा!" अपना बायां जूता पत्थर की जड़ में ठूंसकर जोर लगाते हुए गजराज ने पस्त स्वर में कहा–"अपनी मोटर साइकिल पर बैठकर वे तीनों जा चुके हैं!"

"लेकिन मैंने तो वहां किसी को . . ."

और सीमा के मुंह से निकलने वाले आगे के सभी शब्द एक लंबी चीख में बदल गए। गजराज के हल्के-से प्रयत्न से पत्थर लुढ़क गया था।

उस पर से लड़खड़ाकर सीमा ढलान पर जा गिरी।

"सीमा . . .।" योजना के मुताबिक गजराज जोर से चीखा।

परंतु सीमा बेचारी कुछ बोलने की स्थिति में कहां थी। मुँह से चीखें निकालती वह तो उस विशाल पत्थर की तरह खड़े ढलान पर लिद्दर की तरफ लुढ़कती जा रही थी। गजराज पत्नी से बेइंतहा प्यार करने वाले पति के समान हलक फाड़कर चिल्ला रहा था–"सीमा-सीमा-सीमा!"

टापों की आवाज़ नजदीक आती जा रही थी।

ढलान पर लुढ़कने वाला पत्थर शायद सीमा से भारी था, अतः लुढ़कती हुई सीमा के पैरों के ऊपर से गुजरकर वह आगे निकल गया।

फिर पत्थर 'धम्म' से लिद्दर में पड़े किसी पत्थर से टकराया।

गजराज जानता था कि अगले कुछ ही पलों बाद सीमा का भी वही हश्र होने वाला है। उसका सिर लिद्दर के बीच पड़े किसी पत्थर से टकराएगा और फिर एकदम किसी तरबूज की तरह कट जाएगा वह। गजराज यह भी जानता था कि उसका चीखना इस सबको होने से रोक नहीं सकेगा, अतः वह चीखे चला जा रहा था।

लेकिन शीघ्र ही एक ऐसा क्षण आया, जब उसके हलक ने स्वयं ही चीखना बंद कर दिया। वह अवाक् और जड़वत् किसी स्टेचू के समान खड़ा रह गया।

जिस दृश्य को उसकी आंखें देख रही थीं, उसे देखकर गजराज

के तिरपन कांप गए। बुरी तरह चीखने के चक्कर में वह यह नहीं देख सका कि वह सब कुछ कैसे हो गया, इस वक्त इतना जरूर देख रहा था कि सीमा के दोनों हाथों में उस वक्त ढलान पर खड़े एक कमजोर से पेड़ की जड़!

वह वहीं रुक गई है।

पत्थर की तरह लिद्दर तक नहीं पहुंच सकी है सीमा।

पतली-सी जड़ वाला वह कमजोर पेड़ सीमा का वजन संभाले जोर-जोर से हिल रहा था और उससे उलसी सीमा बुरी तरह रोती हुई चीख रही थी, "राज-राज मुझे बचाओ राज, यह पेड़ टूटने वाला है!"

पसीने में डूबा गजराज हक्का-बक्का-सा वहां खड़ा कांपता रहा। उसका दिमाग ठस्स हो गया था। समझ नहीं पा रहा था कि क्या करे। अगर उसका बस चलता तो कम्बख्त पेड़ को उखाड़कर फेंक देता।

मगर पेड़ गजराज की पहुंच से बहुत बाहर था।

सीमा ने उसी अवस्था में चीखकर वही सब कुछ पुनः कहा और इस बार गजराज की इच्छा चीखकर यह कह देने की थी कि उस पेड़ को छोड़ दे हरामजादी। तेरी हत्या के लिए यह सारा ड्रामा मैंने ही रचा था। मैं तेरी कोई मदद नहीं करूंगा। क्यों मेरी गर्दन को पकड़कर मौत के ऊपर लटक गई है? छोड़ दे पेड़ को!

परंतु ऐसा कुछ नहीं कहा गजराज ने।

जब तीसरी बार चीखकर सीमा ने अपने शब्द दोहराए तो जोर से बोला–"तुम उस पेड़ को मजबूती के साथ पकड़े रहो सीमा, मैं कुछ करता हूं!"

कहकर वह तेजी से घूमा। सीमा को बचाने के लिए किसी चीज की तलाश में नहीं, बल्कि किसी ऐसी वस्तु की तलाश में था, जिससे उस कमजोर पेड़ को यहीं से उखाड़ फैंके और बौखलाई हुई उसकी नज़र एक भारी पत्थर पर टिक गई।

बिजली की-सी गति से उसके जेहन में यह विचार कौंधा कि अगर मैं इस पत्थर को पेड़ की सीध में लुढ़का दूं तो काम हो जाएगा।

सीमा की चीखें और घोड़े की टापें वहां निरंतर गूंज रही थीं।

उत्साहित-से गजराज ने अपने हाथ में दबा रिवॉल्वर एक तरफ फैंका और अभी वह पत्थर की तरफ लपकने की चेष्टा कर ही रहा था कि टापों की आवाज़ पहाड़ी के शीर्ष पर पहुंच गई।

गजराज ने बौखलाकर उधर देखा।

अधेड़ आयु का एक घुड़सवार आंधी-तूफान की तरह इधर ही दौड़ा चला आ रहा था। गुस्से के कारण गजराज तिलमिला उठा।

यह हरामजादा यहां कहां से आ गया?

अवाक् खड़ा गजराज अभी अपने होश संभाल भी नहीं पाया था कि घुड़वार आनन-फानन में उसके नजदीक पहुंच गया। घोड़ा रोकते हुए उसने तीव्र स्वर में पूछा–"क्या हुआ, ये औरत की चीखें कैसी हैं?"

गजराज की इच्छा हुई कि पत्थर उठाकर अधेड़ के सिर पर दे मारे।

घुड़सवार ने प्रश्न किया जरूर था, परंतु उत्तर के लिए गजराज ही के बोलने की कोई प्रतीक्षा नहीं की उसने, बल्कि बिजली की-सी गति से घोड़े से उतरा।

दौड़कर वहां पहुँचा, जहां कुछ देर पहले गजराज खड़ा था। ढलान पर मौजूद दृश्य को देखकर उसके मुंह से निकल पड़ा–"अरे वह तो मौत के ऊपर लटक रही है!"

गजराज का दिल चाहा कि आगे बढ़कर इस अधेड़ को भी ढलान पर धक्का दे दे, परंतु ऐसा किया नहीं उसने, क्योंकि जानता था कि छोटी-सी भूल फांसी के फंदे को लाकर सीधा उसके गले में डाल देगी। बड़ी तेजी से यह बात उसके जेहन में कौंधी कि अब हालात बदल चुके हैं।

उसने पुनः अभिनय शुरू कर देना चाहिए वर्ना वह फंस जाएगा

और समय की इस नाजुकता को भांपते ही वह चीख पड़ा–"वह मेरी पत्नी है प्लीज किसी तरह उसे बचा लीजिए म . . . मैं!"

अधेड़ विद्युतचालित किसी पुतले की तरह घूमा।

उसकी नीली आखों से आंखें मिलते ही गजराज सन्न रह गया। उफ्फ् ब्लेड की धार से भी कई गुना ज्यादा पैनी थी वे आंखें। गजराज को लगा कि अधेड़ उसकी छाती को चाक करके दिल में छुपे चोर को देख रहा है।

गजराज को अपना जीवनदीप बुझता नज़र आया!

संभलकर वह फिर सीमा को बचाने के लिए गिड़गिड़ा उठा, जबकि उसके गिड़गिड़ाने से पहले ही अधेड़ अपने घोड़े की तरफ झपटा।

जीने के नीचे से उसने एक लंबी रस्सी की गुच्छी निकाली।

गजराज का दिलो-दिमाग हाहाकार कर रहा था। उसे लग रहा था कि अब दुनिया की कोई भी ताकत सीमा को मरने नहीं देगी और युवकों से भी कहीं ज्यादा फुर्तीले इस अधेड़ को रोकने की कोई युक्ति उसे नज़र नहीं आ रही थी।

निकल्सन, बल्लो, टीटू और बागेश लिद्दर के पार वाले किनारे पर पड़े एक विशाल पत्थर की बैक में छुपे यह सारा खेल देख रहे थे, जो उनके सामने वाले किनारे से नीचे ढलान पर चल रहा था।

दांत पीसते हुए टीटू ने कहा–"यह कौन उल्लू का पट्ठा है और यहां कहां से पहुंच गया?"

"मुझे तो लगता है सारा गुड़ गोबर हुआ जा रहा है।"

बागेश बोला–"कुछ करो निक्क! देखो वह रस्सी की गुच्छी खोल रहा है। कुछ देर में रस्सी लटका देगा और फिर सीमा इस रस्सी को पकड़ लेगी!"

जबकि निकल्सन का चेहरा इस वक्त बिल्कुल 'फक' पड़ा हुआ था। ऐसा कि जैसे सामने वाले किनारे पर मौजूद वह किसी ऐसी चीज

को भी देख रहा हो, जिसे उसके साथी नहीं देख पा रहे।

उसके चेहरे पर हवाइयां उड़ रही थी।

"अरे!" टीटू की आवाज़–"अब तो रस्सी सुलझाने में राज भी उसकी मदद कर रहा है। कहीं वह पागल तो नहीं हो गया है?"

बागेश बड़बड़ाया–"सारा प्लान चौपट हो गया लगता है!"

बल्लो के चेहरे पर उत्तेजना और गुस्से के भाव थे। अपने बाएं हाथ को घूंसे की शक्ल देकर जोर-जोर से पत्थर पर मारता हुआ बोला–"नहीं मैं सारे खेल को इतनी आसानी से खत्म नहीं होने दूंगा!"

"क्या मतलब?" बौखलाकर निकल्सन ने उनकी तरफ देखा।

"तेरी जेब में रिवॉल्वर है निक्कू निकाल और शूट कर दे उस हरामजादी को, फिर देखूंगा कि कैसे उस पेड़ को पकड़े रहती है!"

"और वह?"

"एक गोली उस बुड्ढ़े के भेजे में उतार दे। लुढ़कता हुआ वह भी नदी में जा गिरेगा। पता नहीं घोड़े पर सवार यहाँ क्या कर रहा है कुत्ता!"

"नहीं!" निकल्सन इस तरह चीख पड़ा जैसे बल्लो ने कोई बहुत खतरनाक बात कह दी हो।

बल्लो गुर्राया–"क्यों नहीं?"

"तुम उस आदमी को नहीं जानते हो!"

"क्या मतलब! कौन है वह?"

"पंडितजी!"

झुंझलाए हुए बल्लो ने पूछा–"कौन पंडितजी?"

"केशव पंडित एलआईसी का सबसे ज्यादा धुरंधर जासूस है वह। लोमड़ी से कई गुना ज्यादा चालाक, चीते से कहीं ज्यादा फुर्तीला और आदमखोर, शेर से भी ज्यादा खतरनाक!"

"तुम्हारा दिमाग खराब हो गया है!"

"दिमाग तुम्हारा खराब है!" निकल्सन गुर्रा उठा–"उसे जानते नहीं

हो, इसलिए बेवकूफी-से भरी बातें कर रहे हो अगर उसे यह इल्म हो गया कि यहां सीमा का कत्ल करने की कोशिश की जा रही थी तो वह हमारी धज्जियां बिखेरकर रख देगा। जिस कानून की पकड़ से अभी तक हम बहुत दूर हैं, वही कानून हमें अपने शिकंजे में इस कदर कस लेगा कि . . .''

''बकवास मत करो। मैं नहीं जानता कि ऐसी वह क्या अफलातूनी चीज है कि जिसने तुम्हारे चेहरे पर बारह बजा दिए हैं। मगर इतना जानता हूं कि रिवॉल्वर से निकली गोली से बड़ा अफलातून कोई नहीं होता। कम्बख्त के भेजे में एक गोली लगेगी और हमेशा के लिए अपनी सभी खूबियों के साथ मुंह फाड़े-फाड़े पड़ा रह जाएगा। फिर कोई बात उसे पता भी लग जाए तो हमारा बिगाड़ ही क्या सकेगा?''

''भगवान के लिए होश में आओ बल्लो। उसका मरना इतना आसान नहीं है!''

''रिवॉल्वर की गोली से किसी भी आदमी का मरना एक जितना ही आसान है। यकीन नहीं तो जेब से रिवॉल्वर निकालकर मुझे दो। मेरा निशाना कभी नहीं चूकता है!''

''इस तरह कोई समस्या हल न होगी। उल्टे इस झमेले में हम इतनी बुरी तरह फंस जाएंगे कि सारी जिंदगी भी 'वैन' तक नहीं पहुंच सकेंगे!''

''और इस वक्त वहां क्या तुम्हारे ख्याल से माने हमारी कोई समस्या हल हो रही है?'' उत्तेजित बल्लो ने सामने वाले किनारे की तरफ संकेत करके कहा–''देखो वह सीमा की तरफ रस्सी उछाल रहा है। वह हरामजादी रस्सी को पकड़ने की कोशिश कर रही है और देखो उस कमीने राज को, बुड्ढ़े के काम में वह उसकी मदद कर रहा है। एक गोली इस हरामजादे को भी मारनी पड़ेगी।''

निकल्सन ने उस तरफ देखा। सचमुच वही सब चल रहा था, जो बल्लो ने कहा था।

निकल्सन की बुद्धि सठियाकर रह गई। कुछ समझ में नहीं आया उसकी, जबकि बल्लो पुनः अपनी उसी उत्तेजित अवस्था में गुर्राया– "क्या सोच रहे हो निक्कू, यह सोचने का नहीं कुछ करने का वक्त है!"

किसी बेवकूफ की तरह निकल्सन ने बल्लो की तरफ देखा। बड़े ही अजीब-से टूटे स्वर में बोला–"यह वक्त कुछ करने का भी नहीं है!"

"मैं पूछता हूं क्यों?"

क्योंकि वैसा सबकुछ होना मेरे ख्याल से इस वक्त असंभव है जैसा तुम करना चाहते हो और अगर हो भी गया तो हमें कोई लाभ नहीं होगा। 'वैन' तक पहुंचने से पहले ही हम जेल की चारदीवारी में चक्की पीस रहे होंगे!"

"और जो हो रहा है। उसके होने से क्या हम 'वैन' तक पहुंच जाएंगे। देखो उस हरामजादी ने पेड़ छोड़कर रस्सी पकड़ ली है वे दोनों रस्सी को ऊपर खींच रहे हैं वह बच जाएगी निक्कू उसके बचने में अब कुछ ही पल हैं और अगर सुहागिन की हत्या न हुई तो 'ब्रिजेश की आत्मा' हमें कुछ नहीं बताएगी। हमें कभी मालूम नहीं हो सकेगा कि वैन कहां है?"

"सुहागिन की हत्या हम फिर कभी भी कर सकते हैं, मगर वह हत्या करने का कम-से-कम यह वक्त बिल्कुल नहीं है!"

"और मैं कहता हूं कि अब भी वक्त है हमारे पास चंद ही क्षण बाकी बचे हैं। सीमा को वे काफी ऊपर तक खींच चुके हैं अगर हम इन चंद क्षणों में चूक गए तो जीवन में फिर कभी सुहागिन की हत्या करने का मौका नहीं मिलेगा। पासे अभी भी पलट सकते हैं बस एक गोली रस्सी पर और दूसरी उस बुड्ढ़े के भेजे में। दोनों की लाशें लिद्दर में जा गिरेंगी!"

"उससे हमारी समस्या हल नहीं होगी। हमारी योजना थी कि सुहागिन की हत्या कर दें और वह हत्या नज़र भी न आए दुर्घटना महसूस दे!"

"भाड़ में जाए तुम और तुम्हारी योजना!"

"पागल मत बनो बल्लो इस तरह उन्हें खत्म कर देने से सारी दुनिया जान जाएगी कि उनकी हत्याएं की गई हैं और फिर इन हत्याओं के जुर्म से ही बचते फिरेंगे हम!"

"तुम इस तरह नहीं मानोगे काश मैं इतनी देर तक चाकू फेंक सकता!" कहने के साथ ही बल्लो ने उसकी जेब से रिवॉल्वर निकालने के लिए उस पर जम्प लगा दी। निकल्सन का एक मजबूत हाथ उसके जबड़े पर पड़ा।

एक दबी-दबी-सी चीख के साथ बल्लो पीछे उलट गया।

निकल्सन गुर्राया–"बागेश, टीटू इसे पकड़ लो। यह हमेशा की तरह अपने 'ठस्स' दिमाग से न सोचकर उत्तेजना में बेवकूफी करने जा रहा है!"

बल्लो उछलकर खड़ा होता हुआ चीखा–"बेवकूफी तुम कर रहे हो!"

"अगर यह अपनी मूर्खता में कामयाब हो गया तो हम सब बुरी तरह फंस जाएंगे टीटू। हमारी सारी योजना, अभी तक की सारी मेहनत मिट्टी में मिल जाएगी बागेश संभाल इस मूर्ख को!"

"हालांकि टीटू और बागेश स्वयं निर्णय नहीं कर पाए थे कि वर्तमान परिस्थितियों में दोनों में से कौन ठीक कर रहा है, परंतु पिछला अनुभव यह था कि बल्लो अक्खड़पने से फैसले करता है और निकल्सन दिमाग से तथा निकल्सन के दिमागी फैसलों ने उन्हें कई बार मुसीबत से बचाया था।

इस बैक ग्राउंड के आधार पर उन्हें लगा कि बल्लो ही गलत होगा और उन दोनों ने एक साथ जम्प लगाकर बल्लो को जकड़ लिया।

बल्लो ने चीख पड़ने के लिए मुंह फाड़ा ही था कि निकल्सन ने झपटकर उसके मुंह पर हाथ रख लिया। बल्लो के मुंह से सिर्फ 'गूं-गूं'

की आवाज़ निकलकर रह गई। हाथ मानो कुकर का ढक्कन बन गया था।

निकल्सन शायद नहीं जानता था कि पंडितजी को उनकी यहां उपस्थिति का कोई आभास हो। केशव पंडित से खूब परिचित था वह।

"सीमा . . . सीमा!" उसके सुरक्षित पहाड़ी के शीर्ष पर पहुंचते ही गजराज दौड़कर उससे लिपट गया।

पंडितजी अपने स्थान पर खड़े हांफ रहे थे।

सीमा का चेहरा इस वक्त हल्दी की तरह पीला जर्द पड़ा हुआ था, साक्षात् मौत की परछाइयां अभी तक उसके चेहरे पर नृत्य कर रही थीं। गजराज के यूं दौड़कर लिपट जाने पर अपनी निस्तेज आंखें खोलकर उसने कुछ बोलने की कोशिश जरूर की थी, किंतु मुंह से कोई शब्द नहीं सिर्फ कराह ही निकल सकी।

होंठ फड़फड़ाकर रह गए। आंखें बंद होती चली गईं।

"सीमा-सीमा!" उसे झंझोड़ता हुआ गजराज पागलों की तरह चीख पड़ा, किंतु एक हल्के से झटके के बाद सीमा का सारा ढीला शरीर पड़ गया।

गर्दन एक तरफ लुढ़क गई।

सांसों को नियंत्रित करने के बाद अब पंडितजी अपनी जेब से चारमीनार का पैकिट निकालकर एक सिगरेट सुलगा रहे थे।

एक बहुत ही गहरा कश लिया उन्होंने।

विक्षिप्तों के-से अंदाज में रोते-पीटते गजराज ने उनसे कहा–"देखिए प्लीज देखिए तो सही मेरी सीमा को क्या हो गया है?"

धुंआ उगलते हुए पंडितजी ने बहुत ही कड़वा-सा मुंह बनाया और अपने स्वभावानुसार शांत एवं गंभीर स्वर में बोले–"वह सिर्फ बेहोश हुई है!"

"मगर!"

"मरी नहीं है। इसके नसीब में यदि मरना होता तो यूं मौत की गिरफ्त में इतनी बुरी तरह से फंसने के बाद निकल न आती। मुझे तो हैरत है कि इसने बेहोश होने में इतना समय लिया। जितनी देर तक मौत के जबड़ों के बीच यह फंसी रही उतनी देर तक उस अवस्था में शायद हम खुद भी खुद को होश में न रख पाते!"

गजराज हाथ जोड़कर सीमा के पास से खड़ा होता हुआ बोला– "आपका एहसान मैं जिंदगी भर नहीं भूल सकूंगा। हालांकि इस वीराने में किसी की मदद की कल्पना नहीं की जा सकती थी, परंतु आप भगवान की तरह प्रकट हो गए। सच अगर आप सही वक्त पर न आ गए होते तो मैंने सीमा को खो दिया था। इसे बचाने के लिए मेरे पास तो रस्सी भी नहीं थी!"

अपनी नीली और पैनी आंखों से उसे घूरते हुए पंडितजी ने कहा– "भगवान जो करता है शायद अच्छे के लिए ही करता है!"

"आप वही हैं न जो इस पहाड़ी के नीचे डेरे में रह रहे हैं?"

"हां क्या तुम हमें जानते हो?"

"सिर्फ आपका डेरा देखा था। उस वक्त आप वहां नहीं थे। ऐसे वीराने में किसी के द्वारा डेरा डालकर रहना हमें अजीब लगा था और जिज्ञासावश हम डेरे के अंदर चले गए थे। वहां हमने जिस सिगरेट के टोटे पड़े देखे थे आप वही सिगरेट पी रहे हैं?"

"ओह!" अपनी सिगरेट की तरफ देखकर पंडित जी उस युवक के 'क्लू' मिलाने पर धीमे से हंस पड़े। बोले–"हमारा नाम केशव पंडित है। परिचित लोग केवल पंडितजी कहते हैं!"

पंडितजी के ये शब्द गजराज के दिलो-दिमाग पर जैसे बिजली बनकर गिरे। दिमाग एकदम 'सुन्न' पड़ गया। दिल ने मानो धड़कना बंद कर दिया था। अवाक्-सा वह मूर्खों की तरह पंडितजी के गोरे-चिट्टे और सिंदूरी सुर्खी लिए चेहरे तथा लंबे घने तथा कानों के समीप सफेद

बालों के गुच्छों को देखता रह गया।

"क्या हुआ आपको?" पंडितजी ने पूछा।

"आं!" गजराज की तंद्रा भंग हुई। पंडितजी ने सिगरेट में एक कश लगाया और ठीक इसी समय गजराज ने उनकी गोरी एवं मोटी-मोटी तीन उंगलियों में जगमगाती हुई हीरे की तीन अंगूठियां देखी। धुंआ उगलते हुए उन्होंने पुनः कहा–"कहां खो गए हो मिस्टर?"

"गजराज . . . मेरा नाम गजराज है।"

"क्या सोचने लगे थे?"

"कहीं आप वही केशव पंडित तो नहीं हैं एलआईसी के जासूस?"

मोहक मुस्कान के साथ पंडितजी ने कहा–"आप हमें जानते हैं?"

"हां।"

"कैसे?"

"आपको भला कौन नहीं जानता। आपके बारे में मैंने बहुत सुना और पढ़ा है। मेरठ में हुए कविता हत्याकांड के सिलसिले में करीब-करीब रोज ही अखबारों में आपका नाम होता था। दहेज के लिए की गई बहुत ही निर्मम और वीभत्स हत्या थी वह। उस हत्याकांड को एक ही पढ़ाई बांधकर वेदप्रकाश शर्मा ने *बहू मांगे इंसाफ़* नाम का उपन्यास लिखा था। मैंने वह भी पढ़ा है।"

"ओह!" पंडितजी ठहाका लगाकर हंस पड़े–"वह तो बस यूं ही–वेद प्रकाश शर्मा ने हमारे बारे में बढ़ा-चढ़ाकर लिख दिया था वरना इतने 'काइयां' इतने 'खुर्राट' हम हैं नहीं!"

"मैं-मैं ये नहीं मान सकता, बल्कि कहना कि *बहू मांगे इंसाफ़* में लेखक आपके करेक्टर के साथ न्याय नहीं कर सका था, वर्ना जिस ढंग से उस हत्याकांड की गुत्थियां आपने सुलझाई थीं, उसे देखते हुए उपन्यास का शीर्षक ही 'केशव पंडित' होना चाहिए था। पुलिस, अदालत, कानून और समाज ने कविता को मृत मान लिया था, किंतु

आप ही ने इसे नहीं स्वीकारा और कविता को जीवित साबित करने के लिए निकल पड़े। फिर जसवंत, मनजीत, सुलक्षणा, रेखा, बंसी और हरनाम की बहुत ही पुख्ता एवं सुदृढ़ स्कीम के परखच्चे उड़ा दिए आपने। उनके पड्यंत्र का जब आपने पर्दाफाश किया तो सारा भारत चकित रह गया। अदालत तक ने दांतों तले उंगली दबा ली!"

पंडित के करेक्टर में एक खास कमी थी और ये कि अपनी प्रशंसा सुनकर वे मन-ही-मन बहुत खुश हुआ करते थे। यह कमी लोगों में अक्सर पाई जाती है और इसी ईश्वरप्रदत्त कमजोरी के कारण पंडितजी गजराज के मुंह से अपनी प्रशंसा सुनकर मंद-मंद मुस्कुराते रहे, मगर उन्हें सामने देखकर गजराज के होश फाख्ता हुए जा रहे थे।

मगर प्रशंसा सुनने की कमजोरी होने के पंडितजी में खासियत यह थी कि वे अपने वर्तमान को चैक करने में बिल्कुल नहीं चूकते थे और न ही प्रशंसा करने वाले पर किसी ढील का इस्तेमाल करते थे, अतः उन्होंने पूछा–"तो मिसेज सीमा आप की पत्नी हैं मिस्टर गजराज?"

"जी हां!"

"कहां के रहने वाले हैं आप लोग?"

"देहली के!"

"गुड।" पंडितजी कह उठे–"आजकल हम भी देहली में ही हैं!"

"आप देहली में?" गजराज का हृदय कांप उठा–"मगर आप तो यूपी में थे। मेरठ यूपी का ही एक महानगर है न?"

"सरकारी नौकरियों में ट्रांसफर होने में कितनी देर लगती है?"

एकाएक ही गजराज को सीमा की एक पॉलिसी याद हो आई–हां देहली में सीमा के नाम पचास हजार की एक पॉलिसी है और पंडितजी भी आजकल देहली में ही है उफ्फ यह मैं क्या करने वाला था?

सीमा यदि मर जाती तो इसकी पॉलिसी का क्लेम एलआईसी के पास जरूर जाता और फिर यह खुर्राट अधेड़ सजग हो उठता। क्लेम में यह जरूर कोई अड़ंगा लगाता। सारी योजना की बखिया उधेड़कर रख देता यह।

गजराज यही सोच-सोचकर मरा जा रहा था कि पंडितजी आजकल देहली में हैं, जबकि सिगरेट में एक और कश के बाद पंडितजी ने पूछा–"देहली में कहां रहते हैं आप?"

"जनकपुरी।"

"ओह कमाल है। आजकल हम भी जनकपुरी में ही स्थित अपने कार्यालय में बैठते हैं!"

गजराज के पसीने छूटने को हो गए। बोला–"भई कमाल है पंडितजी एक ही बस्ती में रहने के बावजूद हमारी भेंट कभी न हो सकी खैर देहली की व्यस्त जिंदगी में ऐसा अक्सर हो जाता है आप सुनाइए कश्मीर किस लिए आए?"

"उसी सिलसिले में जिसमें आप आए हैं।"

"जी?" इस बार उसके चेहरे पर पसीना उभर ही जो आया।

"घूमने भाई घूमने!" जाने क्यों पंडितजी ठहाका लगाकर हंस उठे– "भारत भर के लोग कश्मीर को सिर्फ देखने भर के लिए आते हैं बस तो यहां सकते नहीं देखो कैसी अजीब बात है यूं कहने को कश्मीर अपने ही देश का एक हिस्सा है, मगर सिर्फ 'कहने' के लिए वर्ना तो हमारे मुल्क के प्रधानमंत्री और राष्ट्रपति तक यहां एक इंच जमीन नहीं खरीद सकते।"

"वाकई यह एक अजीब विडम्बना है पंडितजी। खैर फिर भी आपके कश्मीर घूमने का अंदाज मेरी समझ में नहीं आया। यहां इस वीरान स्थान पर हालांकि पर्यटक कभी-कभी आते हैं ज्यादातर यात्री पहलगाम को देखने के बाद वहीं से लौट जाते हैं। धार्मिक प्रवृत्ति के हुए

तो ज्यादा-से-ज्यादा अमरनाथजी तक चले गए अन्यथा 'चंदन कड़ी' आदि देखी और लौट गए। कैमिल फाल तक तो गिने-चुने पर्यटक ही पहुंचते हैं और एक आप हैं कि यहां डेरा डालकर ही बस गए। यह भला घूमने का कौन-सा अंदाज है?"

पंडितजी यूं मुस्कुराए जैसे किसी बच्चे ने अच्छे-खासे सौ के नोट के बारे में पूछा हो कि यह क्या है। बोले-'टैंट का सामान और ये घोड़ी किराए पर लेकर हम तीन दिन पहले यहां आए थे। दिल में यह निश्चय लेकर कि कैमिल फाल के शीर्ष तक जाएंगे वहां जहां से यह झरना गिर रहा है!"

"बड़ा दुस्साहस से भरा निर्णय था आपका?"

"और आज हम अपना लक्ष्य पूरा करके यहां लौट आए हैं। सच 'कैमिल' के आकार के इस पहाड़ की चोटी से गिरते हुए झरने का दृश्य बड़ा ही मनोहारी है। दूर से झरना पानी की सिर्फ एक मोटी धार नज़र आता है, मगर वहां पहुंचने पर पता लगता है कि गिरते हुए झरने की चौड़ाई उतनी ही है, जितनी यहां लिद्दर की चौड़ाई!"

"वहां पहुंचने वाले आप शायद पहले ही व्यक्ति होंगे!"

"ऐसी बात नहीं है मनोहारी दृश्य देखने के बहुत से दुःसाहसी शौकीन होते हैं, मगर ऐसे लोगों को तंबू और घोड़ी पहलगाम से ही किराए पर लेकर चलना होता है!"

"फिर भी कैमिल के शीर्ष पर पहुंचना एक खतरनाक काम है।"

"सो तो है मगर।"

"मगर क्या?"

"क्या अब मैं आपसे कुछ सवाल पूछ सकता हूं?"

सिगरेट के अंतिम सिरे को जमीन पर डालते हुए पंडित ने सामान्य स्वर में जब यह इजाजत चाही तो गजराज का दिल 'धक्क' से रह गया। जब वे जूते से सिगरेट को मसल रहे थे, तब गजराज अपने

धड़कते दिल को नियंत्रित करने की भरपूर चेष्टा कर रहा था, बोला–
"मुझसे क्या पूछना चाहते हैं आप?"

"ऐसी खतरनाक दुर्घटना कैसे घट गई?"

गजराज के समूचे जिस्म में सनसनी दौड़ गई। फिलहाल पंडितजी
के सवालों से बचने के लिए बोला –"कहानी लंबी है पंडितजी। कहीं
आराम से बैठकर सुनाऊं तो दिल को सुकून मिले फिलहाल तो मुझे
सीमा की फिक्र है!"

"लगता है कि अपनी पत्नी से तुम बहुत ज्यादा प्यार करते हो?"

"बेइंतहा, ऐसा भला कौन होगा जिसे सीमा जैसी पत्नी से प्यार
न हो?"

"ऐसे लोग भी होते हैं मिस्टर गजराज जो पत्नी को दुश्मन समझते
हैं या किसी वजह से अपनी राह का कांटा। क्लेम्स पर काम करते-करते
ऐसा हमने कई बार पाया हक पत्नी के बीमे की छोटी-मोटी रकम को
हासिल करने के लिए पति पत्नी का मर्डर तक कर देता है।"

"ऐसा भला मैं क्यों करूंगा। दौलत की हमारे पास कोई कमी नहीं
है!"

पंडितजी ने बहुत ही गौर से उसे देखा और फिर एक बहुत ही
जोरदार ठहाका लगाकर हंस पड़े, बोले–"हमारा मतलब यह नहीं था
मिस्टर गजराज, हम तो तुम्हारी पहली बात का जवाब दे रहे थे। तुमने
कहा था कि ऐसा पति दुनिया में भला कौन होगा हमने बताया कि ऐसे
पति हमने देखे हैं!"

गजराज का दिल बैठने लगा। उसे महसूस दिया कि वह व्यर्थ ही
नर्वस हो रहा है, एक ही मूर्खतापूर्ण वाक्य कह गया वह और अब उसे
अपने उस मूर्खतापूर्ण वाक्य पर पर्दा डालने के लिए भी कोई शब्द नहीं
मिल रहे थे। पंडितजी ने कहा–"जो कुछ हमने देखा है उससे महसूस
देता है कि सीमा से तुम्हें बेहद प्यार है!"

"क्या देखा है आपने?" मस्तक पर पसीना छलछला आया।

"सीमा को मौत के जबड़े में फंसा देखकर तुम्हारा चीखना, हमारे सामने उसे बचाने के लिए गिड़गिड़ाना और उसके बेहोश होने पर तुम्हारी बौखलाहट!"

"ओह!"

"मगर यदि एक बात पर गौर करें तो लगता है कि सीमा से तुम्हें बिल्कुल प्यार नहीं है!"

छक्के छूट गए गजराज के। बोला–"कौन-सी बात?"

"अगर तुम्हें सीमा से प्यार होता तो तुम उसे इस खतरनाक पहाड़ी पर किसी ऐसे 'स्पॉट' तक पहुंचने ही नहीं देते, जहां से उसके ढलान पर लुढ़क जाने की संभावना हो!"

"मैं कह तो चुका हूं कि वह लंबी कहानी है, आप प्लीज सीमा को उठाकर इस घोड़ी पर लादने में मेरी मदद कीजिए। पहले हम डेरे में पहुंचकर इसे होश में लाने की कोशिश करते हैं तब वहीं बैठकर मैं आपको सबकुछ बताऊंगा अचानक ही हम एक बहुत ही बड़ी मुसीबत में फंस गए थे!"

"फिर भी मैं अपने चंद-सवालों का जवाब यहीं चाहूंगा!"

"कैसे सवाल?"

अचानक ही पंडितजी घूमे। उनकी पीठ अपनी तरफ होते ही अपने दिलोदिमाग पर छाई घबराहट को कम करने के लिए गजराज ने एक सिगरेट सुलगाई, जबकि चहलकदमी करते पंडितजी घोड़ी के नीचे पड़े रिवॉल्वर को उठाकर फिरकनी की तरह पुनः उसकी तरफ घूमकर बोले–"यह रिवॉल्वर किसका है?"

"मेरा!" झूठ बोलना गजराज ने मुनासिब नहीं समझा, क्योंकि रिवॉल्वर का लाइसेंस उसके नाम था।

"क्या इससे फायर आप ही ने किया था?"

"जी हां!"

"किस पर!"

"उस सामने वाले किनारे पर एक आदमी था!" सामने वाले किनारे की तरफ इशारा करने के बहाने गजराज ने अपनी पीठ उनकी तरफ कर ली। वह नहीं चाहता था कि चेहरे पर उभरने वाले घबराहट के ढेर सारे चिन्हों में से पंडितजी किसी एक को भी देख सकें।

"सामने वाले किनारे पर एक आदमी?" पंडितजी चौंक पड़े।

"जी हां एक नहीं तीन आदमी थे वे!"

"तीन!"

"हां!"

चहलकदमी करते हुए पंडितजी उसके नजदीक आए। बोले–"चलो मान लिया कि वहां तीन आदमी थे, मगर इसमें उन पर फायर करने की जरूरत कहां से आ पड़ी?"

"फायर मैंने उनमें से सिर्फ एक पर किया था और क्यों किया था, मैं फिर कहता हूं कि इसके पीछे लंबी कहानी है!"

छोड़ो इस सवाल को यह बताओ कि तुम्हारी गोली उसे लगी या नहीं?"

"नहीं! मेरा निशाना शायद चूक गया था!" कहने को कह गया, परंतु इसी क्षण उसे यह बात स्मरण हो आई कि उसके रिवॉल्वर में नकली गोलियाँ थीं और उन नकली गोलियों में से एक अभी भी रिवॉल्वर में है। उस रिवॉल्वर में जो इस वक्त इस काइयां आदमी के कब्जे में है। उफ्फ क्या होने वाला है भगवान?

गजराज का दिल चाहा कि वह घूमे और पंडितजी के हाथ से रिवॉल्वर छीन ले, मगर नहीं ऐसा करना महान मूर्खता होगी लेकिन अगर यह रिवॉल्वर इस खर्राट जासूस के हाथ में रहा तो क्या वह उसमें मौजूद गोली को देख नहीं लेगा?

क्या यह पहचान नहीं जाएगा कि गोली नकली है?

जरूर पहचान जाएगा। गजराज की आंखों के सामने *बहू मांगे इंसाफ़* के वे दृश्य चकरा उठे, जिनमें इस काइयां जासूस ने छोटे-छोटे प्वाइंट्स को पकड़कर असंभव को संभव कर दिखाया था।

मुजरिमों की सुदृढ़ योजना को रेत के महल की तरह गिरा दिया था इसने।

यह जानने के बाद कि गोली नकली है यह मेरे बारे में क्या सोचेगा?

गजराज का दिल चाह रहा था कि धरती फटे और यहीं इसी वक्त धरती में समा जाए। अचानक ही पीछे से पंडितजी ने उसके कंधे पर हाथ रखा और इस क्षण गजराज का समूचा जिस्म तेज हवा के बीच सूखे पत्ते की तरह कांप उठा।

"क्या उन तीनों के पास कोई मोटर साइकिल भी थी?"

"ह-हां।" वह बड़ी मुश्किल से कह सका।

"कमाल है!" उसे पंडितजी की बड़बड़ाहट सुनाई दी –"यहां भला मोटर साइकिल कैसे पहुंच सकती है! पहले तो सामने वाले किनारे पर किसी व्यक्ति का पहुंचना ही कम हैरतअंगेज नहीं है, क्योंकि सरकारी डाक बंगले से यहां तक पहुंचने के लिए तो फिर भी विधिवत रास्ता है, मगर उस किनारे तक पहुंचने के लिए कोई रास्ता नहीं है और फिर मोटर साइकिल का वहां पहुंचना तो असंभव ही है।"

"यही मैंने सोचा था!"

पंडितजी ने पूछा–"क्या मोटर साइकिल आपने अपनी आंखों से देखी थी?"

गजराज जानता था कि वह मोटर साइकिल नहीं थी, मगर चूंकि सीमा से मोटर साइकिल के वहां होने की बात कह चुका था और सीमा अभी जीवित थी होश में आने पर इस बारे में पंडितजी को बता सकती थी, अतः अपने ही द्वारा फैलाए गए विवशता के जाल में फंसकर यहां झूठ बोलना जरूरी हो गया था बोला–"जी हां मोटर साइकिल

पर सवार होकर मैंने उन्हें उस पत्थर के पीछे गुम होते भी देखा था!"

और इस बार पंडितजी ने उसके दोनों कंधे पकड़कर जबरदस्ती अपनी तरफ घुमा लिया। पंडितजी की इस हरकत ने तो गजराज के होश ही उड़ा दिए।

टांगें कांप गई उसकी।

चेहरे पर उभर आए पीलेपन को लाख चेष्टाओं के बावजूद भी वह छुपा नहीं सका। पंडितजी की नीली ब्लेड की धार से भी कई गुना ज्यादा पैनी आंखें गजराज के चेहरे पर गड़कर रह गई थीं। गजराज ने पंडितजी के चेहरे पर इस वक्त पत्थर की-सी सख्ती महसूस की, यह भी कि वे उसके चेहरे को चीरती चली जा रही हैं। गजराज की आत्मा तक कांप उठी, जबकि इस बार पंडितजी के मुंह से निकला–"तुम झूठ क्यों बोल रहे हो?"

"झूठ भला झूठ क्यों बोलूंगा?"

"यही तो हम जानना चाहते हैं!"

"क्या झूठ बोला है मैंने?" वहां कोई मोटर साइकिल नहीं थी। तुमने कोई मोटर साइकिल नहीं देखी!"

गजराज दृढ़तापूर्वक कह उठा–"मोटर साइकिल वहां थी!"

"यह झूठ है!" पंडितजी गुर्रा उठे–"सफेद झूठ!"

"आप यह कैसे कह सकते हैं। उस वक्त आप तो यहां थे भी नहीं!"

"हम यहां नहीं थे मगर इतनी दूर भी नहीं थे कि मोटर साइकिल की आवाज़ सुनी न हो। सारी घाटी में गूंजती उस आवाज़ को हमने अपने इन कानों से सुना था मिस्टर गजराज और हमारे ये कान कभी-कभी आंखों का काम भी करते हैं!"

"क्या मतलब?"

"मतलब ये कि जिस अचानक ढंग से मोटर साइकिल की आवाज़ तभी शुरू हुई थी, उसी अचानक ढंग से बंद भी हो गई। गौर करो

मिस्टर गजराज आवाज़ बिल्कुल 'अचानक' बंद हो गई थी। मोटर साइकिल को स्टार्ट करने पर आवाज़ 'अचानक' शुरू हो तो सकती है, मगर यदि उस पर कोई सवार होकर चले तो आवाज़ 'अचानक' बंद नहीं होगी, बल्कि क्रमशः दूर होती हुई धीमी पड़ती हुई एक समय पर हमारे कानों को सुनाई देनी बंद हो जाएगी!"

गजराज का कलेजा मुंह में आ गया। बोला–"तो फिर आप आवाज़ बंद हो जाने पर किस नतीजे पर पहुंचे?"

"वहां मोटर साइकिल नहीं जा सकती। इस ठोस हकीकत की रोशनी में हम दावे के साथ कह सकते हैं कि मोटर साइकिल की आवाज़ किसी टेप में भरी हुई थी जिसे किसी खास मकसद से इस घाटी में कहीं चलाया गया और मकसद पूरा होने पर उसे 'ऑफ' कर दिया गया। आवाज़ अचानक बंद!"

प्राण खुश्क हो गए गजराज के। उफ्फ ये काइयां आदमी कितनी छोटी बातों पर ध्यान देता है। गजराज जानता था कि निकल्सन आदि ने वह आवाज़ एक टेप से ही पैदा की थी और उस हकीकत को बिना देखे यह खुर्राट जासूस किस तरह जान गया था?

मगर अब, पंडितजी से बचे रहने के लिए उसे अपने कथन पर डटे रहना जरूरी था। पंडितजी ने उसे उसी दृष्टि से घूरते हुए पूछा–"क्या आप मेरी बात से इत्तफाक नहीं करते हैं मिस्टर गजराज?"

"इत्तफाक तो करता हूं पंडितजी मगर?"

"मगर?"

"मोटर साइकिल क्योंकि मैंने अपनी आंखों से देखी है, इसलिए मान नहीं सकता!"

"और आवाज़ का अचानक बंद होना?"

"हो सकता है कि कुछ ही दूर जाकर मोटर साइकिल 'अचानक' बंद हो गई हो?"

"आगे जाने के बाद उन्होंने उसे फिर स्टार्ट किया होगा?"

"यह भी तो हो सकता है कि उससे आगे का सफर उन्होंने मोटर साइकिल को बिना स्टार्ट किए उसे पैदल ही धकेलते हुए किया हो!"

"क्यों?"

"यहां हर तरफ ऊंची-नीची पहाड़ियां हैं। हो सकता है कि रास्ते में कोई ऐसी पहाड़ी या उसका ढलान आ गया हो, जिसे वे स्टार्ट मोटर साइकिल पर सवार होकर पार न कर सकते हों!"

"हो तो सभी कुछ सकता है मिस्टर गजराज, मगर हम जरा ऐसे संयोगों के होने की कल्पना कम ही किया करते हैं खैर यहां खड़े-खड़े बात करते शायद हमें काफी समय हो गया है देखिए वातावरण में अंधेरा भी घिरने लगा है क्यों न यहां से चलें। बाकी बातें डेरे ही में करेंगे!"

"मैं तो बहुत पहले से यही कह रहा हूं!"

"चलते हैं!" कहने के साथ ही पंडितजी बेहोश पड़ी सीमा की तरफ बढ़ गए और फिर दोनों ने मिलकर सीमा के बेहोश जिस्म को घोड़ी पर लादा।

अब इस पहाड़ी से नीचे की तरफ उनकी यात्रा शुरू हो गई।

रास्ते में गजराज यह सोच-सोचकर खुश हो रहा था कि जिन पंडितजी को *बहू मांगे इंसाफ़* का जसवंत चकमा नहीं दे सका था, उसे मैंने चकमा दे दिया।

परंतु शीघ्र ही उसे यह ख्याल आया कि क्या पंडितजी सचमुच चकमे में आए हैं? ऐसे लगते तो नहीं हैं वे और फिर अभी हुआ ही क्या है?

अभी तो शुरू से आखिर तक की कहानी उसे पंडितजी को सुनानी होगी और उस लंबी कहानी में कहीं भी कोई भी मोटर साइकिल की आवाज़ जैसा 'माइनर' लूज़ प्वाइंट हो सकता है। पंडितजी के पैने दिमाग से वह छुप नहीं सकेगा!

अपनी तरफ से पूरी बारीकियों के साथ गजराज ने समूची कहानी पर दृष्टिपात किया। ऐसा करने के पीछे उसका मकसद कहानी के उस लूज प्वाइंट को पंडितजी को बताते समय गोल कर जाना था मगर तभी उसे ख्याल आया कि किसी भी प्वाइंट को वह 'गोल' नहीं कर सकेगा, क्योंकि सीमा अभी जीवित है और होश में आने पर इन्हें वही सबकुछ अक्षरशः बताएगी जो हुआ था।

उफ्फ सीमा जीवित क्यों है?

अगर वह मर गई होती तो मैं कोई भी सशक्त कहानी घड़ सकता था और फिर क्या सीमा के दिल में मेरे लिए अब भी वही स्थान होगा, जो पत्थर पर चढ़ने से पहले था। क्या अब भी वह मुझ पर इतना ही विश्वास करती होगी?

कहीं ऐसा तो नहीं है कि सीमा ने भी यह महसूस कर लिया हो कि मैं उसे कत्ल करना चाहता था? कहीं गिरने से पहले उसने यह तो महसूस नहीं कर लिया था कि अपने जूते से मैंने ही पत्थर को लुढ़काया था?

अगर ऐसा हुआ तो उसके होश में आते ही मेरा खेल खत्म हो जाएगा।

डेरे के अंदर पैट्रोमेक्स का दुधिया प्रकाश बिखरा हुआ था। वहां मौजूद एकमात्र बिस्तर पर सीमा के बेहोश जिस्म को डालकर गर्दन तक उसे लिहाफ उड़ा दिया गया था। इस किस्म के सभी कार्यों से फारिग होकर जब पंडितजी ने सिगरेट सुलगाई तो साथ ही गजराज ने भी अपनी जेब से फोर स्क्वायर का पैकिट निकालकर एक सिगरेट सुलगा ली।

जमीन पर बिछे बिस्तर के एक कोने पर स्वयं बैठते हुए पंडितजी ने दूसरे कोने की तरफ इशारा करते हुए कहा–"बैठो मिस्टर गजराज!"

गजराज नहीं चाहता था कि सीमा के होश में आने से पहले

पंडितजी को कोई बयान देना पड़े, अतः बोला–"क्या आपके डेरे में पानी नहीं है?"

"जरूर है, क्यों प्यास लगी है क्या?"

"जी नहीं!"

"तो?"

"मैं सोच रहा था कि हमें सीमा को होश में लाने की कोशिश करनी चाहिए, पानी के छींटें चेहरे पर डालने से शायद इसकी चेतना लौट आए।"

"लौट तो आएगी, मगर हमारे ख्याल से इस तरह होश में लाना ठीक नहीं होगा।"

"क्यों?"

"जब यह बेहोश हुई थी तब दहशत के कारण बुरी तरह त्रस्त थी और अब यह प्राकृतिक ढंग से ही होश में आए तो बेहतर है, अप्राकृतिक ढंग से होश में लाने पर इसके दिमाग पर गलत और खतरनाक प्रभाव पड़ सकता है!"

गजराज का दिल चाहा कि अपनी बात मनवाने के लिए जिद करे, परंतु फिर यह सोचकर उसने इरादा त्याग दिया कि ऐसी जिद करने पर पंडितजी को लगेगा कि मुझे सीमा के दिमाग पर किसी बुरे असर पड़ने की फिक्र ही नहीं है, और तब ये यह भी सोच सकते हैं कि मैं सीमा से कोई प्यार नहीं करता हूं!

विवशता थी।

आगे बढ़कर गजराज बिस्तर के दूसरे कोने पर बैठ गया।

"हम वह लंबी कहानी जानना चाहते हैं जिसके परिणामस्वरूप सीमा को हमने मौत के इतने करीब देखा।" उसके बैठते ही पंडितजी ने पूछ लिया।

वही हो गया, जिसका डर था। गजराज को हिम्मत हारनी पड़ी और

अब शुरू हो जाना गजराज के लिए शुरू होने से कहीं ज्यादा खतरनाक था, अतः वह शुरू हो गया। उसने वे सभी बातें बता दी, जो उसकी नज़र में सीमा को मालूम थीं, जो बीसेक प्वाइंट उसने फ्लो में गोल करने चाहे उन्हें बीच-बीच में पंडितजी ने 'डीप' सवाल करके स्पष्ट करा लिए।

पत्थर के साथ ही सीमा के ढलान पर लुढ़कने तक की कहानी सुनते-सुनते पंडितजी के चेहरे पर भी हैरत के भाव उभर आए और गजराज के चुप होने पर बोले–"बहुत ही अजीब, भय और सनसनी से भरे हुए क्षण आज सुबह से आप पति-पत्नी गुजारते चले आ रहे हैं!"

"क्या करते पंडितजी मजबूर थे। अब आप ही बताइए कि उपरोक्त हालातों में पति-पत्नी का एक सीधा-साधा और सामान्य-सा जोड़ा कर भी क्या सकता था?"

"सचमुच कुछ भी नहीं!"

"ऐन वक्त पर यदि आप न आ गए होते तब, सीमा तो शायद मर ही चुकी थी मैं भी जीवित न रहता। शायद उसी ढलान पर से लिद्दर में कूदकर अपनी जान दे देता!"

उसकी बात पर कोई ध्यान न देते हुए पंडितजी ने पूछा–"तो जो कुछ तुमने बताया है, उसके मुताबिक मांडूराम की लाश सर्वेंट क्वार्टर में और टॉमी की लाश पानी की टंकी में अभी तक पड़ी होगी?"

गजराज जानता था कि कम-से-कम मांडूराम की लाश सर्वेंट क्वार्टर में बिल्कुल नहीं है, इसलिए बोला–"शायद!"

"और उस सूअर की लाश भी!"

"जी हां, उसे भी वहीं होना चाहिए!"

"डरावने चेहरे वाला शीशे के बाहर खड़ा होकर आपको डराता है आप उस पर फायर करते हैं, मगर फायर का उस पर कोई असर नहीं होता क्यों?"

नकली गोली के चक्कर से बचने के लिए गजराज ने कहा–"मुझे तो लगता है कि उसने बुलेट प्रूफ लिबास पहन रखा होगा!"

"बेशक किसी भी व्यक्ति पर केवल दो ही स्थितियों में गोली असर नहीं करती है। पहली वह जो तुमने कही और दूसरी यह कि रिवॉल्वर में गोलियां ही नकली हों।"

गजराज जल्दी से बोला–"वाह रिवॉल्वर मेरा है, भला उसमें नकली गोलियां कैसे हो सकती हैं?"

पंडित इस तरह मुस्कुराए जैसे उसने कोई बचकानी बात कह दी हो बोले–"जो आदमी आपके बंद कमरे में सूअर को पहुंचा सकता है उसके लिए रिवॉल्वर में भरी गोलियों को बदल देना भी मुश्किल नहीं होगा!"

"लेकिन, अगर रिवॉल्वर में नकली गोलियां होती तो भला सूअर!"

वैरी गुड, यह एक सशक्त प्वाइंट है क्या आपने आज सारे दिन में कभी अपने रिवॉल्वर के चैंबर को खोलकर देखा था?"

"नहीं! यह 'सेफ प्वाइंट' गजराज अपने पास रखना चाहता था और उसके उत्तर के बाद इस बार पंडितजी ने एकदम से कोई सवाल नहीं किया, बल्कि अचानक ही बड़े कुटिल और रहस्यमय अंदाज में मुस्कुराने लगे वे।

उनकी यह मुस्कुराहट नश्तर के समान गजराज के कलेजे में उतरती चली गई। उसे लगा कि जाने पंडितजी क्या समझ गए हैं। विचलित और बेचैन हो उठा वह, बिना पूछे रहा न गया तो पूछा–आप इस तरह क्यों मुस्कुरा रहे हैं?"

"हम एक बार फिर यह साबित कर सकते हैं कि हमारे कान आंखों का काम भी करते हैं!"

"वह कैसे?" अचानक ही गजराज का दिल बड़ी जोर-जोर से धड़कने लगा था।

पंडितजी ने अपनी जेब से उसका रिवॉल्वर निकालते हुए कहा– "हमारा दावा है कि इसमें नकली गोलियां भरी हुई थी!"

"यह दावा आप कैसे कर सकते हैं?" आश्चर्य के कारण गजराज का बुरा हाल था।

क्योंकि हमने अपनी जिंदगी में अनगिनत बार गोलियों की आवाज़ सुनी है और उस आवाज़ के आधार पर हम दावा पेश कर सकते हैं कि वह असली गोली का धमाका नहीं था!"

हे भगवान इस जालिम से कुछ छुप भी सकेगा या नहीं? मन-ही-मन कांपते हुए गजराज ने खुद कहा, परंतु प्रत्यक्ष में अविश्वसनीय स्वर में बोला–"हद करते हैं आप, ऐसा भला कैसे हो सकता है?"

"ऐसे अवसरों के लिए हमारे बुजुर्ग एक कहावत छोड़ गए हैं यह कि नाई की दुकान पर बाल कटाने गए किसी व्यक्ति ने पछा–'नाई-नाई, मेरे बाल कितने?' जवाब में नाई बोला–'अभी आपके सामने आ जाते हैं जिजमान!'" रहस्यमय ढंग से मुस्कुराते हुए पंडितजी ने 'चैंबर' खोल दिया।

पूरे चैंबर में मात्र एक गोली थी।

गजराज के पसीने छूटने को हो रहे थे। घबराहट को छुपाने के लिए उसने सिगरेट निकालकर सुलगाई। तब तक पंडितजी चैंबर को उलट चुके थे और अपनी हथेली पर रखी गोली को उसे दिखाते हुए बोले–"यह देखो मिस्टर गजराज क्या तुम इसे असली गोली कह सकते हो?"

गजराज का चेहरा पीला पड़ गया था बोला–"समझ में नहीं आ रहा है कि मेरे रिवॉल्वर में नकली गोलियां कहां से आ गई?"

"सारा काम पूरी तरह सोच-समझकर योजनाबद्ध तरीके से किया गया है। प्लानर्स को यह मालूम था कि जो हालात वे तुम्हारे सामने उत्पन्न करने जा रहे हैं, उनमें फंसकर तुम सबसे पहला फायर सूअर पर करोगे। अतः पहली गोली इसमें असली ही रखी गई। प्लानर्स के अनुसार ऐसी अवस्था में तुम्हें इस बात की कल्पना भी नहीं हो सकती थी कि रिवॉल्वर में बाकी गोलियां नकली हैं!"

"मगर इतना सबकुछ कर कौन सकता है?"

"आपकी पत्नी!"

गजराज यूं उछल पड़ा जैसे किसी शक्तिशाली स्विंग ने उसे उछाला हो। सिगरेट हाथ से छूट गई और अचानक ही उसका सारा जिस्म पसीने से भरभरा उठा। हैरत में डूबी अविश्वसनीय नज़रों से वह पंडितजी को देखता रह गया। उन पंडितजी को जिनके होंठों पर मंद-मंद मुस्कान थिरक रही थी। गजराज महसूस कर रहा था कि आवाज़ गले में कहीं फंस रही है। बड़ी मुश्किल से कह सका–"आप यह क्या कह रहे हैं?"

"सिर्फ यह कि सीमा ऐसा कर सकती है!"

"ऐसा कैसे हो सकता है? नहीं यह नामुमकिन है!"

"हम यह अच्छी तरह जानते हैं कि इस दुनिया में नामुमकिन कुछ भी नहीं है!"

"मगर!"

"हर तरफ से बंद बैडरूम में केवल आप दोनों थे, इसलिए आप दोनों में से किसी की मदद के बिना सूअर अंदर नहीं आ सकता। दरवाज़ा अंदर से खोला गया, सूअर को कमरे में लेकर उसे पुनः बंद कर दिया गया। यह काम सीमा उस वक्त बड़ी आसानी से कर सकती है, जब आप सो रहे थे। आपके रिवॉल्वर की गोलियां बदल लेना भी सबसे आसान सीमा के लिए ही है फिर सुबह के पांच बजे आपको जगाकर उसने ड्रामा शुरू कर दिया!"

गजराज को लगा कि मैं पंडितजी की बातों के व्यूहजाल में फंसने जा रहा हूं या किसी हद तक फंस भी चुका हूं, पर अब मैंने बहुत ज्यादा संभलकर इस खुर्राट आदमी का सामना नहीं किया तो यह मेरे हाथ में हथकड़ियां डलवा देगा।

अतः बोला–"लेकिन सीमा ऐसा करेगी क्यों?"

"यह हम सीमा के अतीत को खंगालने पर जान सकते हैं?"

"मतलब?"

गजराज की आंखों में इस वक्त वैसे ही भाव थे जैसे उस हिरन की आंखों में होते हैं जिस पर झपटने की तैयारी शेर कर रहा हो और अपनी नीली आंखों से उन्हीं आंखों में झांकते हुए पंडितजी ने पछा— "गौर करके बताइए मिस्टर गजराज क्या आपकी पत्नी की जिंदगी में कोई दूसरा पुरुष तो नहीं है?"

"नहीं!"

"आपकी शादी होने से पहले रहा हो?"

"जहां तक मेरी जानकारी है कोई नहीं रहा!"

"दूसरी वजह दौलत हो सकती है!"

"दौलत?" गजराज की आवाज़ कांप गई।

"आपके बाद आपकी सारी दौलत की मालकिन शायद सीमा ही बने?"

धड़कते दिल से गजराज को कहना ही पड़ा—"मेरे पास अपनी कोई दौलत नहीं है पंडितजी, सारी दौलत सीमा की है।"

"क्या मतलब?" पंडितजी के मस्तक पर बल पड़ गए।

"हालांकि जानता हूं उस बात की रोशनी में आप जो शक सीमा पर कर रहे हैं वही मुझ पर करने लगेंगे मगर फिर भी हकीकत आपको बताने में मैं कोई हिचक महसूस नहीं कर रहा हूं।" यह सब बताना गजराज की मजबूरी थी—"मैं मूल रूप से अमृतसर का हूं देहली अपने मामा का प्रिंटिंग प्रेस चलाता हूं और वहीं मेरी मुलाकात सीमा से हुई। प्यार के बाद हमने शादी कर ली सीमा के माता-पिता करोड़ों की दौलत उसके नाम छोड़कर मरे हैं। केवल उसके अंकल जीवित हैं और वे भी अंधे हैं। मैं भी उसी कोठी में रहने लगा!"

पंडितजी के होंठ सीटी बजाने के-से अंदाज में सिकुड़ गए। बोले— "इसका मतलब यह कि दौलत की वजह से भी सीमा पर शक नहीं किया जा सकता?"

अब अपने बचाव के लिए गजराज हर तरफ से चौकस नज़र आ रहा था। वह समझ सकता था कि इतनी बातों के बाद पंडितजी क्या सोच सकते हैं। इस बात को खुद कहकर उसने बात को हल्का करने का निश्चय किया बोला–"लेकिन इस अतीत की मौजूदगी में मुझ पर शक किया जा सकता है!"

"क्यों?" पंडितजी बड़े ही दिलचस्प ढंग से मुस्कुराए।

"नज़र आता है कि दौलत की वजह से मैं सीमा को।"

पंडितजी खिलखिलाकर हंस पड़े–"नज़र तो आता है मिस्टर गजराज, मगर यकीन मानो हमारे सवालों के पीछे ऐसी मंशा बिल्कुल नहीं थी!"

गजराज ने कुछ कहने के लिए मुंह खोला ही था कि सीमा के होंठों से निकली कराह ने दोनों का ध्यान भंग किया।

गजराज का दिल घंटे की तरह बजने लगा।

"आह-आह!" सीमा के होंठों से दर्द में डूबी कराह निकल रही थी। पंडितजी ने एक सिगरेट सुलगा ली, जबकि गजराज अधीर भाव से सीमा के सिरहाने पहुंचा और उसके सिर को अपनी गोद में रखकर बोला–"होश में आओ सीमा देखो, हमें पंडितजी का सहारा मिल गया है। अब हमारा कोई कुछ नहीं बिगाड़ सकता!"

सीमा के होंठों से निकलने वाली कराहें तेज होती चली गई।

"खोलने के प्रयास में सीमा की आंखें फड़फड़ा रही थीं मुंह से निकला–"पानी!"

पंडितजी तुरंत अपने स्थान से उठे। डेरे के एक कोने में रखे 'प्लास्टिक' के केन से उसके ढक्कन में पानी लेकर आए।

सीमा के मुंह में पानी डाला गया।

जब उसने आंखें खोलीं तो गजराज और पंडितजी ने भी मौत की छाया को उनमें नृत्य करते देखा। गजराज ने उसे पुनः सांत्वना दी–

"अब आतंकित होने की कोई वजह नहीं रह गई है सीमा। पंडितजी के संरक्षण में हम बिल्कुल सुरक्षित हैं!"

दर्द से कराहती सीमा ने पंडितजी की तरफ देखा।

फिर गजराज ने जल्दी-जल्दी संक्षेप में उसे पंडितजी का परिचय दे दिया। उसकी आंखों में राहत के चिन्ह नज़र आए, परंतु दर्दयुक्त कराहें अब भी मुंह से निकल रही थी।

"क्या बात है बेटी, कहीं दर्द है क्या?" पंडितजी ने पूछा।

सीमा ने बड़ी मुस्किल से कमजोर स्वर में कहा–"टांगों में आह मेरी टांगों में बहुत दर्द है राज, हिल नहीं रही हैं आह अरे मैं टांगों को अपनी इच्छा से हिला नहीं पा रही हूं राज बहुत दर्द है!"

यह सोचकर गजराज घबरा गया कि सीमा की टांगों को कहीं कुछ हो तो नहीं गया है, परंतु अगले ही पल उसे सांत्वना देता हुआ बोला–"घबराओ मत सीमा, कुछ नहीं हुआ है। सब ठीक हो जाएगा!"

तुमने बताया था न कि वह पत्थर सीमा के पैरों पर से होता हुआ नदी में गिरा था?" पंडितजी पूछा।

"जी!"

"ओह!" पंडितजी के चेहरे पर चिंता की लकीरें उभर आईं– "तुम्हारी उम्र हमारी बेटी जैसी है सीमा बेटी, अगर इजाजत दो तो क्या हम तुम्हारी टांगें देख सकते हैं?"

सीमा के स्थान पर गजराज बोला–"आप कैसी बात कर रहे हैं पंडितजी, अगर आप बता सकते हैं तो जल्दी से देखकर बताइए मेरी सीमा के पैरों को क्या हो गया है?"

पंडितजी ने टांगों की तरफ से लिहाफ हटाया। साड़ी पहले ही घुटनों तक सिमटी हुई थी और घुटनों से नीचे का सीमा की दोनों टांगों का हिस्सा बुरी तरह सूजा हुआ था। पंडितजी के वहां हाथ रखते ही सीमा दर्द से चीख पड़ी।

पंडितजी ने हाथ हटा लिए।

सीमा से कहा–"जरा अपने पैर की उंगलियों को हिलाने की कोशिश करो बेटी!"

फिर सीमा को उन्होंने कोशिश करते देखा, मगर उंगलियां नहीं हिलीं। पंडितजी के चेहरे पर मोड़क चिंता की लकीरों में वृद्धि हो गई।

गजराज सवालिया नज़रों से उसकी तरफ देख रहा था।

पंडितजी ने उसकी तरफ कोई ध्यान न देते हुए सीमा की बाईं टांग धीमे से पकड़ी और फिर अचानक ही एक तेज झटका दिया उन्होंने।

दर्द की अधिकता के कारण सीमा हलक फाड़कर चिल्ला उठी।

"क्या कर रहे हो पंडितजी?" चकित अंदाज में लगभग चीखते हुए गजराज ने पूछा।

टांगों पर लिहाफ ढकते हुए पंडितजी ने गंभीर स्वर में एक सुलझे हुए डॉक्टर की तरह सीमा को सुनाने के लिए कहा, "टांगों में सिर्फ सूजन है। हड्डी आदि कोई नहीं टूटी है। भगवान का शुक्र है कि टांगों पर से इतने भारी पत्थर के गुजर जाने पर भी केवल सूजन ही आई है।"

"अब क्या होगा पंडितजी?"

"ज्यादा घबराने की बात नहीं। कुछ दवाओं, आराम और थोड़ी-सी मालिश के बाद सूजन उतर जाएगी।"

"लेकिन यहां?"

"यहां 'फर्स्ट एड' के रूप में सीमा को आराम देने के अलावा कुछ भी नहीं है, जो भी इलाज हो सकेगा वह पहलगाम, बल्कि शायद श्रीनगर पहुंचने पर ही मिलेगा!"

लेकिन श्रीनगर तक हम, सीमा को इस हालत में लेकर पहुंचेंगे कैसे?"

"पहुंच जाएंगे मिस्टर गजराज, तुम बहुत ज्यादा फिक्र मत करो। सुबह होते ही हम यहां से रवाना हो जाएंगे, सीमा के लिए हमारे पास घोड़ी है। डाक बंगले पर पहुंचने के बाद पहलगाम पुलिस स्टेशन को फोन द्वारा।"

"लेकिन डाक बंगले के फोन पर तो प्रत्येक नंबर पर। दूसरी तरफ से वह निकल्सन नाम का आदमी ही फोन उठाता है!"

जाने क्यों मुस्कुराए पंडितजी और बोले–"तुम्हारे साथ घटी घटनाओं में यह सबसे अजीब और दिलचस्प बात है, दुनिया में आज तक ऐसी कोई तकनीक निर्मित नहीं हुई, जिससे फोन में यह खूबी भरी जाए अतः हम उस फोन को 'चैक' जरूर करना चाहेंगे। अगर फोन के माध्यम से हमें डाक बंगले पर भी कोई बाहरी मदद न मिली तो वहां से पहलगाम तक की यात्रा भी इसी तरह करनी होगी।"

गजराज ने अधीर स्वर में पूछा–"क्या हम इसी समय नहीं निकल सकते?"

"रात काफी हो गई है, रास्ता दुर्गम है। डाक बंगले की तरफ रवाना होना इस वक्त बेवकूफी के अलावा कुछ नहीं है। फिर क्या उन तीनों का डर तुम्हारे दिमाग से निकल गया है?"

"आप जो हमारे साथ हैं?"

अजीब से ढंग से मुस्कुराने के बाद बोले पंडितजी–"मैं कोई पहलवान , सेमसन या जेम्स बांड नहीं हूं जो तीन-तीन हथियारबंद गुंडों के कब्जे में न आऊं। दिमाग से काम करने वाले जासूस की हिम्मत नहीं कि हाथापाई में किसी एक व्यक्ति का सामना भी उतनी ही सफलतापूर्वक कर सकें!"

"उनका खतरा तो यहां भी है!"

"मौत यदि सिर ही पर आ जाए तो मुर्दा भी उठकर उससे गले लगता है मिस्टर गजराज। ऐसे किसी अवसर पर आत्मरक्षा करने के लिए हम हमेशा अपने पास रिवॉल्वर रखते हैं और उसमें नकली गोलियां नहीं हो सकतीं!"

ऐसी बात नहीं कि पंडितजी के आखिरी वाक्य में छुपे व्यंग्य को गजराज समझा ही न हो, परंतु बात आगे न बढ़े, इसलिए अनभिज्ञता

प्रकट करने में ही उसने भलाई समझी और बोला–"इसका मतलब आज रात हमें सीमा की चीखें सुनते रहना होगा?"

"आज की रात हम दोनों को जागकर गुजारनी होगी!"

"सुरक्षा की दृष्टि से हमें जागना तो चाहिए ही!"

"गुड!" कहकर वे सीमा की तरफ मुखातिब होकर बोले–"क्या तुम कुछ बोलने की स्थिति में हो सीमा बेटी?"

"जी!" सीमा ने धीमे से कहा।

"आज सुबह से जो भी कुछ हुआ उसे तुम्हारे मुंह से हम संक्षेप में सुनना चाहेंगे। शायद किसी नतीजे पर पहुंच सकें!"

तब सीमा ने अपनी आंखें खुलने से आगे का सबकुछ बताना शुरू कर दिया। अभी वह यही बता रही थी कि शीशे के पीछे खड़े भयानक चेहरे को देखकर वह डर गई थी पंडितजी ने सवाल किया–"क्या उस व्यक्ति का चेहरा वाकई बहुत भयानक था?"

"हां अंकल एकदम बहुत ही डरावना।"

"क्या तुम उसका हुलिया बता सकती हो बेटी?"

"हां वह बिल्कुल गंजा था। चौड़े चेहरे वाला, दांत बाहर थे उसके और सबसे विचित्र उसकी आंखें थीं ऐसी कि शायद दुनिया में कहीं किसी दूसरे व्यक्ति की वैसी आंखें न मिलें आमतौर से आंखों का जो हिस्सा काला होता है, वह सफेद था और जो हिस्सा सफेद होता है वह काला!"

"क्या?" अचानक ही पंडितजी कई फुट उछल पड़े–"कहीं तुम यह तो नहीं कहना चाहती हो कि उसकी आंखें का तारा सफेद रंग का था?"

"जी हां बिल्कुल वही था, क्या आप उसे जानते हैं?"

किसी अनजानी सफलता-भरी उत्तेजना के कारण पंडितजी की आंखें ही नहीं, बल्कि सारा चेहरा चमचमा रहा था। दमक रहा था।

जिस्म ऐसी खुशी के कारण कांप रहा था, जैसे दुनिया-जहान की दौलत उनकी जेब में पहुंच गई हो।

और उन्हें ऐसी अवस्था में देखकर गजराज का दिल बैठा जा रहा था। उसे लग रहा था कि जरूर पंडितजी को अप्रत्याशित और कोई जबरदस्त सफलता मिल गई है!

मगर क्या?

इसी एक सवाल ने गजराज को अंदर तक हिलाकर रख दिया।

इस बीच एक सिगरेट सुलगाने के बाद पंडितजी खुद को नियंत्रित कर चुके थे, सामान्य स्वर में उन्होंने पूछा–"खैर फिर क्या हुआ?"

सीमा के कुछ बोलने से पहले ही बुरी तरह बेचैन गजराज ने पूछा– "आप उस डरावने आदमी का हुलिया सुनकर चौंके क्यों थे पंडितजी?"

"क्या आप उसे जानते हैं?" सीमा ने पूछा।

"इस बात को छोड़ो बेटी आगे बोलो!"

गजराज ने कहा–"आप हमसे कुछ छुपा रहे हैं पंडितजी!"

"हां जरूर छुपा रहे हैं!"

"क्यों?"

"क्योंकि फिलहाल इसी में तुम दोनों की भलाई है!"

"हम समझे नहीं?"

"अभी बहुत कुछ समझने का वक्त नहीं आया है बेटे, फिलहाल सिर्फ इतना ही समझ लो कि जो तुम लोगों के साथ हुआ है, उसके पीछे छुपा मकसद हमारे दिमाग में इस हुलिए ने स्पष्ट कर दिया है। अब हम समझ रहे हैं कि वे तुमसे क्या जरूरी काम लेना चाहते थे और तुम्हें क्यों आतंकित किया जा रहा था?"

"यही सब जानने के लिए तो हम बेताब हैं पंडितजी!"

"जरूर जानोगे, लेकिन अभी वक्त नहीं आया है, वक्त आने पर मैं तुम्हें सबकुछ बताऊंगा मिस्टर गजराज!"

"क्यों आखिर क्यों वक्त नहीं आया है?" मानसिक रूप से पागल-सा होकर गजराज चीख पड़ा–"हमें आप सस्पैंस में क्यों रख रहे हैं पंडितजी?"

"अभी हम सिर्फ एक अनुमान लगा सके हैं, वह गलत भी हो सकता है और सही भी। विश्वास हो जाने के बाद ही हम आपको कुछ बताएंगे!"

"यह विश्वास आपको कब होगा?"

"शायद कल डाक बंगले का निरीक्षण करने के बाद!"

"उफ्फ!" झुंझलाहट के अजीब से अंदाज में गजराज ने एक घूंसा जमीन पर मारा और उसके इस अंदाज पर पंडितजी हौले से मुस्कुरा दिए।

सीमा कभी पंडितजी को देख रही थी, कभी गजराज को।

पंडितजी ने उससे कहा–"हां तो सीमा बेटी तुम उस डरावने आदमी को देखकर डर गई उसके बाद क्या हुआ?"

सीमा बताती चली गई।

पंडितजी ने बीच में उसे दूसरी बार कहीं नहीं रोका, बल्कि सारा वृत्तांत सुनने के बाद गजराज से बोले–"हम वे दोनों पत्र देखना चाहेंगे बेटे, जो निकल्सन के नाम से तुम्हें लिखे गए हैं!"

अगले दिन करीब ग्यारह बजे वे डाक बंगले पर पहुंच गए।

रास्ते में कोई उल्लेखनीय दिक्कत पेश नहीं आई। पिछले अध्याय तक जिन बातों का उल्लेख कर दिया गया है, उनके अतिरिक्त सारी रात में ऐसी कोई बात नहीं हुई, जिसका जिक्र यहां आवश्यक हो!

हां वह सारी रात पंडितजी और गजराज ने जागते हुए जरूर गुजारी थी। पंडितजी बार-बार उस सारे वृत्तांत को अपने दिमाग में घुमाते रहे थे, जो उन्हें गजराज और सीमा के बयान से पता लगा था।

एक-एक प्वाइंट पर उन्होंने कई-कई बार गौर किया था।

यह बात तो वक्त आने पर ही पता लगेगी कि पंडितजी किस नतीजे पर पहुंचे। उनके किस वाक्य और किस हरकत का क्या उद्देश्य था!

उनके ठीक विपरीत गजराज सारी रात अपनी किस्मत को कोसता रहा था। अपनी सुदृढ़ योजना के अंतिम चरण में असफल हो जाने की वजह से कम और पंडितजी के चंगुल में फंस जाने की वजह से ज्यादा!

पंडितजी एक 'जिन्न' से नज़र आते रहे थे उसे। बार-बार वह यही सोचकर मरा जा रहा था कि जाने भविष्य में पंडितजी क्या गुल खिलाने वाले हैं?

गजराज को अपनी गर्दन पर लटकी नंगी तलवार-सी नज़र आने वाले पंडितजी इस वक्त ध्यान से बैडरूम के फर्श पर पड़ी सूअर की लाश को देख रहे थे। सीमा को बैड पर लिटा दिया गया था।

धड़कते दिल से गजराज पंडितजी की सारी कार्यप्रणाली बड़े ध्यान से देख रहा था, सूअर की लाश के करीब से हटकर वे सीधे फोन के नजदीक आए। उन्होंने रिसीवर उठाया और गजराज का हलक सूखने लगा!

डायरेक्ट्री में देखकर पंडितजी ने पहलगाम पुलिस स्टेशन का नंबर रिंग किया, दूसरी तरफ घंटी बजने लगी और उस घंटी की तरह ही गजराज के दिमाग में खतरे की घंटी टनटनाने लगी थी।

दूसरी तरफ से रिसीवर उठाया गया, साथ ही एक रोबीली आवाज़ उभरी–"हेलो, पुलिस स्टेशन!"

"हम डाक बंगले से बोल रहे हैं!"

दूसरी तरफ से पूछा गया–"क्या नाम है तुम्हारा?"

"केशव पंडित!"

"बात क्या है?"

"देखिए यहां डाक बंगले पर बंगले के चौकीदार मिस्टर मांडूराम की हत्या हो गई है!"

"कत्ल?"

"जी डाक बंगले में ठहरी मिसेज सीमा के दोनों पैरों में भी चोट लगी है। वे चल-फिर नहीं सकती। प्लीज जितनी जल्दी हो सके एक डॉक्टर को लेकर पहुंच जाइए, हमें पुलिस डॉक्टर की सख्त जरूरत है!"

"लेकिन हुआ क्या था? पूरी बात बताओ!"

"कहानी लंबी है पूरी बात फोन पर नहीं बताई जा सकती, अतः कृपया हमारी मदद के लिए आप यहां पहुंचिए। तब आपको खुद ही सबकुछ पता लग जाएगा!" कहने के बाद दूसरी तरफ से किसी वाक्य का इंतजार किए बिना पंडितजी ने रिसीवर रख दिया।

गजराज के मस्तक पर पसीना छलछला आया था।

उन बातों को सुनकर सीमा कभी पंडितजी की तरफ देख रही थी तो कभी गजराज की तरफ और पंडितजी एक झटके से गजराज की तरफ घूमे, बोले–"इस फोन पर किसी से भी संबंध स्थापित किया जा सकता है!"

"हद हो गई!" गजराज क्योंकि इन हालातों से गुजरने की कल्पना रात ही में कर चुका था, इसलिए निहायत ही मंजी हुई एक्टिंग करता हुआ बोला–"कल तो इसकी हालत यह थी कि जो भी नंबर मिलाओ।"

"कहीं ऐसा तो नहीं था मिस्टर गजराज कि घबराहट की अधिकता के कारण हर बार आप एक ही नंबर मिलाते रहे हों?"

"ऐसा कैसे हो सकता है?" पंडितजी की पकड़ पर गजराज के होश उड़ गए–"डायरेक्ट्री में देखकर मैंने हर बार अलग नंबर मिलाया था। आप सीमा से पूछ सकते हैं!"

"क्यों सीमा बेटी?" पंडितजी उसकी तरफ घूमे।

"वाकई अंकल हैरत की बात है उस समय तो ये जो भी नंबर मिलाते दूसरी तरफ से उसी दरिंदे की आवाज़ सुनाई देती थी।"

गजराज लपककर एक बहुत ही 'रिस्की' वाक्य कह उठा–"अप्सरा होटल का नंबर तो खुद सीमा ने ही रिंग किया था क्यों सीमा?"

और गजराज के इस झूठ पर सीमा की आंखें फैल गई, पंडितजी बड़ी तेजी से पुनः सीमा की तरफ घूमे, इस क्षण गजराज के चेहरे पर बड़ी तेजी से सीमा से याचना करने के भाव उभरे। जैसे कह रहा हो कि 'प्लीज सीमा मेरी बात का समर्थन कर दो।'

"क्यों बेटी?" पंडितजी ने पूछा।

"आं!" सीमा चौंककर उछल-सी पड़ी। फिर हड़बड़ाए अंदाज में जल्दी से बोली–"जी हां, अप्सरा का नंबर मैंने ही डायल किया था। दूसरी तरफ से फिर भी उसी कमीने की आवाज़ सुनाई दी!"

पंडितजी ने बड़ी गहरी नज़र से उसे देखा बोले कुछ नहीं। गजराज के तेजी से धड़कते दिल को थोड़ी राहत मिली। दरअसल उस वक्त वह हर बार एक ही नंबर रिंग करता रहा था और पंडितजी इस हकीकत तक पहुंच गए थे।

इसी वजह से सीमा की ऐसी सशक्त गवाही की जरूरत पड़ी थी उसे।

पंडितजी ने कहा–"हमारे ख्याल से एक घंटे के अंदर डॉक्टर और पुलिस यहां पहुंच जाएंगे। तब तक हम किचन का नल, छत पर मौजूद पानी की टंकी, आप लोगों की टैक्सी और सर्वेंट क्वार्टर को एक नज़र देख लेना चाहते हैं!"

"जरूर देख लीजिए!" पस्त होते हुए गजराज ने कहा–"मैं भी आपके साथ चलता हूं।"

"नहीं राज तुम यहीं रहो मुझे अकेली मत छोड़ो अब एक पल के लिए भी मुझमें अकेले रहने की हिम्मत नहीं है!"

"मगर पगली भला अब डरने की क्या बात है?"

सीमा के कुछ बोलने से पहले ही पंडितजी ने कहा–"सीमा ठीक ही कह रही है गजराज अब इसे अकेली छोड़ना ठीक नहीं है। तुम यहीं

रहो हम खुद चैक कर लेंगे!"

गजराज ठगा-सा खड़ा रह गया।

कैसी अजीब बात थी?

यह इन्वेस्टिगेटर खुद उसी के सामने, उसी के विरुद्ध इन्वेस्टिगेशन कर रहा था और वह कुछ भी नहीं कर पा रहा था।

पंडितजी बैडरूम से निकलकर किचन की तरफ जा चुके थे।

बैड पर लेटी सीमा अभी तक चकित अंदाज में उसी की तरफ देख रही थी और अभी कुछ पूछने के लिए उसने मुंह खोला ही था कि गजराज ने बड़ी फुर्ती से अपने होंठों पर उंगली रखकर उसे चुप रहने का संकेत किया।

हैरत के कारण सीमा का बुरा हाल हो गया।

गजराज दबे पांव किचन की तरफ जाने वाली गैलरी के दरवाज़े के समीप पहुंचा और 'की-होल' से आंख सटाकर बाहर की तरफ देखने लगा।

कुछ ही देर बाद उसे पंडितजी किचन से निकलकर छत की तरफ जाने वाली सीढ़ियों की तरफ बढ़ते नज़र आए और संतुष्ट होकर गजराज वहां से हट गया।

अपने पति की इन हरकतों को देखकर सीमा आश्चर्यचकित थी। अब बैड की तरफ बढ़ते हुए गजराज के चेहरे पर थोड़े इत्मीनान के भाव थे। उसके बहुत नजदीक आकर वह बोला–"अब बोलो, सीमा क्या कहना चाहती थीं?"

"आप इस तरह रहस्यमय क्यों होते जा रहे हैं?"

"ऐसा तुम्हें क्यों लगा?"

"की-होल से गैलरी में क्यों झांक रहे थे?"

"यह देखने के लिए कि कहीं वह दरवाज़े के समीप ही खड़ा हमारी बातें सुनने की चेष्टा तो नहीं कर रहा है?"

"मैं समझी नहीं!" सीमा कुछ और उलझ गई।

भोली और सीधी-साधी मासूम सीमा को चकमा देना गजराज के बाएं हाथ का खेल था, बोला—"तुम इन इन्वेस्टिगेटर्स को नहीं जानती हो सीमा। ये बेगुनाहों के बयान पर यकीन करने के स्थान पर उन्हीं पर शक करने लगते हैं। अब देखो न वह मेरे और तुम्हारे बयान पर रत्तीभर भी यकीन न करके सबकुछ खुद चैक कर रहा है!"

"इससे हम पर क्या फर्क पड़ता है?"

"फर्क तो कोई खास नहीं पड़ता, मगर मुसीबतें बढ़ जाती हैं। एक तो हम पहले ही मुसीबतों में फंसे हुए हैं दूसरे इनके चक्करों में भी उलझ जाएं तो पागल ही हो जाएंगे। तुम्हारी टांगों का इलाज करने तक का वक्त हमें नहीं देंगे ये।"

"हमने अप्सरा होटल फोन किया था। यह सच है रिंग आपने किया था मुझसे झूठ बुलवाया कि मैंने किया था बात तो एक ही है राज फोन हमने किया था इससे क्या फर्क पड़ता है कि रिंग मैंने किया हो या आपने?"

"हमारे लिए तो कोई फर्क नहीं है, मगर उसकी नज़र में फर्क हो जाता है। ये इन्वेस्टिगेटर लोग बाल की खाल नोचते फिरते हैं। जबरदस्ती वह यही सोच-सोचकर हम पर शक करने लगता कि हर बार रिंग मैंने ही क्यों किया तुमने क्यों नहीं? अब इन्हें कौन समझाए कि पति-पत्नी अलग नहीं होते कोई एक जो काम करता है, वह दोनों का किया हुआ होता है!"

इस प्रकार धूर्त गजराज ने न जाने कितनी बातें बनाकर उसे संतुष्ट कर दिया। अब सीमा बेचारी थी तो नारी ही भोली-भाली एवं नासमझ, पति को देवता मानने वाली भारतीय नारी!

पंडितजी तो वह थी नहीं, जो उसकी बातों की गहराई को समझ पाती। पंडितजी के लौटने तक वह सीमा को पूरी तरह संतुष्ट कर चुका

था और समझा चुका था कि तहकीकात करने आने वाले से भी उसे यही कहना है।

सीमा को उसने अपने लिए एक सशक्त ढाल बना दी थी।

करीब बीस मिनट बाद भागते हुए हड़बड़ाए से पंडितजी बैडरूम के मुख्य द्वार के माध्यम से वहां आए और बोले–"सर्वेंट क्वार्टर में कोई लाश नहीं है!"

"क्या?" गजराज उछल पड़ा। यह जबरदस्त एक्टिंग करने के लिए वह बहुत पहले से तैयार था और पंडितजी का यह वाक्य सुनकर सीमा भी बहुत बुरी तरह चौंकी थी। गजराज ने कहा–"आप कैसी बात कर रहे हैं पंडितजी मांडूराम की लाश हमने अपनी आंखों से देखी थी। वह वहीं पड़ी थी।"

"मगर अब वहां नहीं है!"

"कहां गई?"

"यह तो भगवान ही जाने लेकिन हां सर्वेंट क्वार्टर के फर्श पर लाल रंग जरूर बिखरा पड़ा है। गौर करने की बात ये है कि वह लाल रंग है खून नहीं!"

"हमारी समझ में कुछ नहीं आ रहा है पंडितजी!" टंकी के पानी में भी टॉमी के खून के अलावा लाल रंग मिलाया गया है, वर्ना टॉमी के खून से पानी इतना गाढ़ा लाल होने वाला नहीं था!"

"प्लीज पंडित जी, हमें अंधेरे में मत रखिए बताइए कि आपकी समझ में क्या आ रहा है आखिर पता तो लगे कि हमें किन लोगों ने यहां क्यों कैद किया था?"

पंडितजी ने एकदम से उसके सवाल का जवाब नहीं दिया, बल्कि सिगरेट में एक गहरा कश लगाते हुए उसके नजदीक आए और ढेर सारा कड़वा धुंआ बैडरूम के वातावरण में उछालते हुए बोले–"यह सबकुछ तुम कर रहे थे मिस्टर गजराज!"

"क्या?" गजराज के हलक से चीख निकल पड़ी। जिस्म के अंदर मौजूद सारे पसीने को सभी मसामों ने एक झटके से बाहर उगल दिया टांगें ही नहीं सारा जिस्म कांप उठा उसका। उसे चक्कर आने लगे। बैडरूम किसी फिरकनी की तरह आंखों के सामने घूम गया।

पंडितजी के वाक्य ने बम के से विस्फोट का काम किया वहां।

सीमा हलक फाड़कर चीख पड़ी–"नहीं ये झूठ है पंडितजी। ऐसा नहीं हो सकता। ये मेरे पति हैं ऐसा हरगिज नहीं हो सकता!"

उसे घूरते हुए पंडितजी ने कहा–"क्यों मिस्टर गजराज?"

और गजराज!

उफ्फ उसकी इस वक्त की स्थिति काबिले बयान से बाहर है। पीला जर्द चेहरा लिए वह किसी मूर्ति के समान अपनी निस्तेज आंखों से पंडितजी नाम के उस 'जिन्न' को देखता रह गया।

मुर्दे-सा खड़ा था वह।

गजराज का दिलो-दिमाग अपने काबू में न रहा। अंदर से सिर्फ एक ही वाक्य उभरकर उसके जेहन में टकराया था–'बस अब वह फंस गया है खेल खत्म!'

पंडितजी के विरोध में चीख पड़ने की लाख चेष्टाओं के बावजूद उसके मुंह से कोई आवाज़ नहीं निकल सकी। कहने के लिए अब दरअसल उसके पास कुछ रह भी नहीं गया था। अब तो अदालत, जेल की चारदीवारी और फांसी का फंदा ही उसे आंखों के सामने नज़र आ रहे थे। आश्चर्य तो उसे इस बात का था कि पंडित का वाक्य सुनकर आखिर उसकी हृदय गति रुक क्यों नहीं गई है?

लाख संभालते-संभालते भी वह अपने स्थान पर खड़ा-खड़ा लहराया और फिर धड़ाम से फर्श पर गिर पड़ा। पंडितजी पिछले दस मिनट से गजराज के चेहरे पर पानी के छींटें डालते हुए होश में लाने की चेष्टा कर रहे थे। और जब गजराज की चेतना लौटी तब भी वह

निर्जीव-सा आंखों से पंडितजी की तरफ देख रहा था।

पंडितजी के होंठों पर बड़ी ही अजीब-सी मुस्कुराहट उभरी, बोले–"क्या अब तुममें यह जानने की इच्छा नहीं है मिस्टर गजराज कि यह सब क्यों किया जा रहा था?"

"आप उन्हें छोड़ दीजिए पंडितजी, उन्होंने कुछ नहीं किया है!" पलंग पर पड़ी रहने के लिए लाचार सीमा अभी तक चीख रही थी और उसे यूं चीखते सुनकर गजराज का विवेक जैसे फिर जागा।

उसने सोचा कि सीमा उसके लिए जूझ रही है। फिर वही इतनी जल्दी हथियार क्यों डाले? क्यों न विरोध करे अपनी बात को साबित करने के लिए पंडितजी के पास आखिर सुबूत ही क्या है? हो सकता है कि अभी पंडितजी को सिर्फ शक मात्र हो। इतनी आसानी से पस्त होकर सब कुछ स्वीकार कर लेना बेवकूफी है और इन्हीं सब विचारों से प्रेरित होकर वह चीख पड़ा–"यह सब झूठ है पंडितजी, एकदम गलत और बेबुनियाद!"

"उठकर बैठो तो सही बेटे!"

अब वह उठकर बैठ गया। अपने विवेक पर पकड़ मजबूत करता हुआ बोला–"मैं आपको एक अच्छा जासूस मानता हूं परंतु इस मामले में कहीं आपसे चूक हो रही है। मैं बिल्कुल बेगुनाह हूं!"

"पूरी बात सुने बिना तुम्हें यह सबकुछ नहीं कहना चाहिए?"

"आपने एकदम से बात ही ऐसी कह दी है। मैं भला यह सब कैसे कर सकता हूं। हर पल मैं सीमा के साथ था और फिर यह सबकुछ मैं आखिर करूंगा भी क्यों?"

"हमारे पास तुम्हारे सभी सवालों का जवाब हैं, मगर शर्त ये है कि हमारी बातों को धैर्यपूर्वक सुनो और धैर्यपूर्वक ही उन्हें गलत साबित करने के लिए तर्क दो!"

"क्या मतलब?"

"तुम्हारी बीवी लाखों की मालकिन है गौर करने की बात है तुम नहीं। वह सारी दौलत सिर्फ तुम्हारी बीवी की है!"

"यह झूठ है पंडितजी!" सीमा चीख पड़ी–"भला पति-पत्नी की भी कोई चीज अलग होती है। वह दौलत हम दोनों की है।"

मायूस स्वर में गजराज बोला–"मैं जानता था सीमा कि वह ही मेरे लिए मौत का सामान बनेगी। विशेष रूप से उसका तुम्हारे नाम होना। ये इन्वेस्टिगेटर लोग भावनाओं का मोल क्या जानें ये तो सिर्फ दौलत का महत्त्व जानते हैं, ये समझते हैं कि पति दौलत के लिए अपनी पत्नी का कत्ल कर सकता है। खैर, आपको जो कहना है उसे कहिए पंडितजी मैंने किस-किस तरह क्या किया?"

पंडितजी के होंठों पर थिरक रही मुस्कान में लेश मात्र भी अंतर नहीं आया बोले–"हां, तो तुम्हारे दिल में दौलत को हथियाने का विचार आया, परंतु सीमा के जीवित रहने तक वह दौलत तुम्हारी नहीं हो सकती थी, इसलिए तुमने सीमा की हत्या करने की एक योजना बनाई!"

"डेरे में आपका ख्याल था कि मेरी हत्या करने की योजना सीमा ने बनाई है। क्यों यही संभावना व्यक्त की थी न आपने?" यह बात सीमा के लिए गजराज ने यहाँ खोल दी और उसकी मंशा भांपते हुए पंडितजी के होंठों पर नृत्य करती मुस्कुराहट कुछ और गहरी हो गई, बोले–"वह संभावना थी, जो अब कह रहे हैं यह हकीकत है!"

"हकीकत से तो आप कोसों दूर हैं खैर, कहिए!

"अपने कुछ दोस्तों के साथ मिलकर तुमने सीमा की हत्या की एक ऐसी सुदृढ़ एवं साफ-सुथरी योजना बनाई कि हत्या दुर्घटना मात्र नज़र आए। हत्या के लिए 'कैमिल फाल' को चुना और सीमा को आतंकित करने के लिए यह डाक बंगला अपने विधायक दोस्त की मदद से तुमने ले लिया। मांडूराम को दौलत का लालच देकर लाश बनने का नाटक करने के लिए तुमने पहले ही तैयार कर लिया था। अपनी पत्नी

96

के साथ तुम्हारे यहां पहुंचने से पहले ही सबकुछ करने की सारी तैयारी दोस्त कर चुके थे, जो यहां हुआ एक के अलावा अपने रिवॉल्वर में तुमने सारी गोलियां नकली भरी थी। यह सारा ड्रामा इसलिए रचा गया था ताकि बाद में पुलिस से कह सको कि यहां हुई वारदातों के कारण तुम्हारी पत्नी आतंकित थी और उसी मानसिक स्थिति के कारण पत्थर से गिरकर मर गई, जबकि वह पत्थर तुम्हारे दोस्तों ने खुद इस तरह से रखा था कि वह सीमा के चढ़ते ही ढलान पर लुढ़क पड़े और बहाना करके सीमा को पत्थर पर चढ़ाना तुम्हारा काम था!"

यह सोचकर गजराज के रोंगटे खड़े हो गए कि पंडितजी ने उसका सारा प्लान इस तरह वैनकाब कर दिया है, जैसे वे निकल्सन, बागेश, बल्लो या टीटू में से एक रहे हों, हौंसला बनाए रखकर बोला–"कहानी अच्छी गढ़ी है आपने।"

"क्या तुम पुलिस की इस कहानी को अदालत में गलत साबित कर सकते हो?"

"जवाब आपको अदालत में ही मिलेगा।"

"तुम इस कहानी को अदालत में सिर्फ इसलिए साबित कर दोगे, क्योंकि संयोग से सीमा मरी नहीं बल्कि जीवित है और इसके बयान का ही वहां महत्व होगा लेकिन जरा सोचो अगर सीमा मर जाती तो अदालत में तुम्हारा बचाव वाला कोई न होता और इसी की हत्या के जुर्म में तुम फांसी पर झूल जाते!"

उत्साहित से गजराज ने कहा–"इस बात से मतलब नहीं है कि क्या होता सिर्फ मतलब है कि वर्तमान हालातों में क्या होगा।"

"अगर सीमा मर जाती तो वही कहानी जो तुम्हें मैंने सुनाई है– 'कैमिल फाल' पर तुम्हें 'वे' जो दरअसल तुमसे एक खास काम लेना चाहते हैं!"

"जाने आप क्या कह रहे हैं मेरी समझ में कुछ नहीं आ रहा है!"

पंडितजी की मुस्कुराहट कुछ और गहरी हो गई बोले–"अपनी इन गुत्थीदार बातों को तुम्हें समझाने के लिए हमें एक और कहानी सुनानी होगी।"

"कैसी कहानी?"

हमारे देश की मुद्रा 'रुपया' है और जिस कागज़ पर 'रुपए' छापे जाते हैं, उस कागज़ का उत्पादन आज भी हमारे देश में नहीं होता है, बल्कि उस कागज़ का उत्पादन भारत के आदेश पर ब्रिटेनी सरकार करती है और यह कागज़ ब्रिटेन से भारत विमान द्वारा आता है!"

न चाहते हुए भी गजराज के एक बार पुनः पसीने छूटने लगे थे। दिल हथौड़े की तरह पसलियों पर चोट करने लगा, क्योंकि अब पंडितजी उस प्वाइंट तक पहुंचते नज़र आ रहे थे, जिस तक उनके पहुंचने की कल्पना गजराज ख्वाब में भी नहीं कर सकता था। खुद को नियंत्रित रखने की भरसक चेष्टा करता हुआ वह बोला–"लेकिन इन सब बातों का हमसे या यहां घटने वाली वारदातों से क्या संबंध है?"

"सुनते रहो!" पंडितजी बोले–"पालम एयरपोर्ट से निर्धारित स्थान तक कागज़ एक खास 'वैन' के जरिए पहुंचाया जाता है!"

गजराज के होंठ सूखने लगे।

"आज से पंद्रह दिन पहले सौ के नोट छपने के लिए उस खास कागज़ की एक 'खेप' भारत आई थी। पालम एयरपोर्ट तक वह सुरक्षित पहुंच गई और कागज़ को वैन में भी सुरक्षित रख दिया गया!"

"जी!" गजराज की सिट्टी-पिट्टी गुम।

"मगर कुछ लुटेरों ने कागज़ समेत एक जबरदस्त प्लानिंग के साथ वैन उड़ा ली।"

"यह सब अखबार में हमने भी पढ़ा था!" स्वयं को काबू में रखने के लिए गजराज को भरपूर मानसिक श्रम करना पड़ रहा था।

"देहली पुलिस, केंद्रीय खुफिया विभाग और देश के दूसरे जासूसी

विभागों के अलावा 'रा' संस्था के धुरंधर आज तक वैन और लुटेरों की तलाश में मर-खप रहे हैं परंतु अभी तक उन्हें कोई सुराग नहीं मिला है!"

अब गजराज का दिल चाह रहा था कि वह फिरकनी की तरह घूमे और फिर खुले हुए दरवाज़े को पार करके प्राणार्पण से भागता चला जाए। इतनी ज्यादा तेजी के साथ कि पंडितजी उसे पकड़ न सकें मगर फिर बेचारे के दिमाग में यह विचार उभरा कि इस तरह भागकर आखिर वह जाएगा कहां?

अपनी ही धुन में पंडितजी कहते चले जा रहे थे–"लुटेरों के द्वारा वैन को गायब करने की इस घटना का विस्तार हमें अखबारों से नहीं बल्कि 'रा' के चीफ से मिला था। वे चाहते थे कि इस बारे में छानबीन करें, परंतु हमेशा की तरह हमने उनसे क्षमा मांगते हुए कह दिया कि हम सिर्फ एलआईसी के लिए काम करते हैं!"

"ओह!" गजराज का दिल बैठता जा रहा था।

"इन सब बातों की रोशनी में 'रा' के चीफ सोच रहे हैं कि लुटेरे निश्चय ही सौ के नोट तैयार कर रहे हैं।"

"लेकिन उस घटना से यहां होने वाली।"

" 'रा' के हाथ सिर्फ एक 'क्लू' लगा है एक चश्मदीद गवाह के अनुसार वैन को गायब करने वालों में से एक का हुलिया ठीक वही था, जो सीमा ने उस डरावने व्यक्ति का बताया है!"

बस!

गजराज के हिसाब से अब खेल खत्म हो चुका था। बड़ी तेजी से उसके जेहन में यह बात कौंध गई कि एक भी प्वाइंट ऐसा नहीं है, जो पंडितजी से 'लीक' हो गया हो। सबकुछ स्पष्ट है।

कुछ ही देर बाद पुलिस यहाँ पहुंचने वाली होगी और फिर पंडितजी मुझे पुलिस के हवाले कर देंगे तब जेल की कोठरी और फांसी का फंदा!

उस सबसे अच्छी बात तो यह है कि मैं यहां से भागूं और इससे पहले कि पंडितजी मुझे पकड़ सकें किसी हजारों फुट गहरी खाई में कूद जाऊं!

अपनी सोचों को अंजाम देने के लिए गजराज खुद को मानसिक रूप से तैयार कर ही रहा था कि पंडितजी के शब्द उसके कानों में पड़े–"उस हुलिए ने स्पष्ट कर दिया कि यहां जो कुछ हुआ, उसके जिम्मेदार वे ही वैन लुटेरे हैं!"

सीमा ने पूछा–"लेकिन वैन लूटने वालों का भला हमसे क्या मतलब?"

गजराज वहां से भागने के लिए तैयार हो गया और अभी उसने पहला कदम बाहर निकाला ही था कि पंडितजी बोले–"नोट छापने के लिए उन्हें 'प्रिंटिंग प्रेस' की मुकम्मल जानकारी रखने वाले किसी व्यक्ति की जरूरत होगी और इस रूप में मिस्टर गजराज उनके लिए काम के आदमी हैं!"

भागने की कोशिश करता-करता गजराज ठिठक गया। दिल बहुत जोर से धड़क रहा था–"धक्क-धक्क!"

"हे भगवान पंडितजी क्या सोच रहे हैं और मैं क्या समझ बैठा था?"

एक पल सिर्फ एक ही पल ने तो बचा लिया है मुझे। यदि पंडितजी यह वाक्य न कहते तो अगले ही पल मैं रिवॉल्वर से निकली गोली की तरह भागने वाला था।

गजराज ने अपने होश-हवास व्यवस्थित किए!

रोती हुई सीमा कह रही थी–"सारी दुनिया में प्रेस की जानकारी रखने वाले क्या उन्हें ये ही मिले थे मेरे ही पति, मेरे ही सुहाग पर डाका डालने वाले थे वे?"

"तुम्हारे सुहाग पर नहीं बेटी तुम ही पर डाका डालना चाहते थे वे। तुम्हारे सुहाग की तो बल्कि उन्हें जरूरत थी और अपनी इसी जरूरत

को पूरा करने के लिए उन्होंने एक सुहागिन की हत्या की योजना बनाई थी!''

गजराज के जेहन में बड़ी तेजी से उसे उत्साहित करने वाले यह विचार कौंधे कि नहीं पंडितजी वैन लुटेरे अभी मुकम्मल योजना तक नहीं पहुंचे हैं, अंतिम सिरे पर पहुंचकर वे भूल कर गए हैं, चूक रहे हैं और उनकी इस चूक का भरपूर फायदा उठाते हुए उसने सवाल किया–''बात कुछ समझ में नहीं आई पंडितजी, उन्हें जरूरत मेरी थी फिर सीमा की हत्या की योजना बनाने से क्या मतलब?''

''वे चालाक और सुलझे हुए लुटेरे हैं गजराज। जिस सफाई और तरकीब से उन्होंने कागज़ से भरी वैन गायब की है, उसी से जाहिर है कि वे प्रत्येक काम एक बहुत ही गहरी और सुदृढ़ योजना बनाने के बाद करते हैं। आज तक न पकड़ा जाना ही चालाकियों का प्रमाण है और तुम्हें फंसाने की यह योजना भी उन्होंने पूरी तरह सोच-समझकर बनाई थी। उन्होंने ऐसा जाल फेंका था कि न चाहकर भी तुम उसमें फंसते और न चाहते हुए भी तुम्हें उनकी योजना में उनका साथ देना पड़ता!''

''कैसा जाल?''

''वह सब दोहराने की जरूरत नहीं है जो कुछ यहां हुआ बल्कि सिर्फ यह समझने की जरूरत है कि यह सब कुछ उन्हीं लुटेरों ने किया। उनके फेंके जाल के मुताबिक उस पत्थर पर सीमा को लुढ़ककर मर जाना था तब वे तुम्हें घेरते और तुम्हें अपराधी सिद्ध करने के लिए वही कहानी सुनाते, जो हमने तुम्हें सुनाई थी!''

''क्या मतलब?'' गजराज के चेहरे पर हर तरफ हैरत ही हैरत थी।

उन्होंने जाल ही ऐसा बिछाया था कि दुर्घटना घटे और इस ढंग से घटे कि सुनने वाला तुम्हें ही सीमा का हत्यारा समझे। तुम्हारी बैकग्राउंड योजना बनाने से पहले ही उन्होंने मालूम कर ली होगी सो,

दौलत का सीमा के नाम होना लोग सीमा की हत्या का कारण समझ लेते। वही कहानी सुनाकर लुटेरे सिद्ध कर देते कि तुम अपनी पत्नी की हत्या के जुर्म से बच नहीं सकोगे!"

"फिर?"

"तब वे कहते कि अगर तुम हमारे आदेशों का पालन करोगे तो हम तुम्हें इस हत्या के जुर्म से बचा लेंगे। उस अवस्था में तुम उनके आदेशों का पालन करने के लिए मजबूर हो जाते और उनकी स्कीम सफल!"

"उफ्फ गॉड, कैसे-कैसे चक्करदार दिमाग वाले इस दुनिया में पड़े हैं। हम तो कभी सोच भी नहीं सकते थे कि इन छोटी-मोटी घटनाओं के पीछे उनका मकसद सीमा की हत्या कर देना है और अंततः मुझे उसका हत्यारा साबित करने की धमकी देकर मुझसे अपना काम निकालने की स्कीम भी हो सकती है।"

"तुम लोगों का नसीब अच्छा था बच्चों, विशेष रूप से सीमा का। वर्ना उस ढलान से लुढ़कने के बाद किसी के बचने की कल्पना नहीं की जा सकती। सीमा के हाथ में पेड़ आ जाने को एक चमत्कार ही कहा जा सकता है और फिर संयोग ही से हम वहां पहुंच गए!"

"आप सचमुच हमारे लिए देवता साबित हुए हैं पंडितजी!"

"देवता-वेवता कुछ नहीं हैं हमारी मौजूदगी में भी अगर उन्हें सीमा की हत्या करने से लाभ होता तो वे चूकते नहीं न ही शायद हम उन्हें रोक सकते थे। वह तो हमारे पहुंचने से एक पोजिटिव प्वाइंट बस यह बन गया कि अब वे सीमा की हत्या के जुर्म में तुम्हें फंसा देने की धमकी देकर अपना 'काम' नहीं निकाल सकते थे और जब उनका मुख्य उद्देश्य पूरा नहीं हो रहा था तो सीमा की हत्या करने का विचार ही उन्होंने अपने दिमाग से निकाल दिया।"

"यानी आपकी मौजूदगी की वजह से मैं बर्बाद होने से बच गया। वर्ना मैं न सिर्फ अपनी सीमा को खो देता, बल्कि या तो इसकी हत्या

के जुर्म में फांसी के फंदे पर झूल जाता या उनके लिए नोट तैयार कर रहा होता!"

फोन करने के करीब सवा घंटे बाद पुलिस दल वहां पहुंचा। उनके साथ एक डॉक्टर भी था, जो सीमा की टांगों को चैक करने में व्यस्त हो गया। दल का नेतृत्व करने वाला इंस्पेक्टर खुद को ज्यादा स्मार्ट चुस्त एवं चौकस दर्शाने की चेष्टा कर रहा था!

सबसे पहले उसने तीनों के परिचय चाहे!

गजराज ने स्वयं अपना और सीमा का परिचय दिया। उसके बाद डपटने के से अंदाज में उसने पंडितजी से पूछा–"कहिए जनाब आप पति-पत्नी के बीच इस सुनसान और नीरस पड़ी वादियों में क्या कर रहे थे?"

उसकी पुलिसिया अकड़ पर धीमे से मुस्कुराते हुए पंडितजी ने जब अपना परिचय दिया तो इंस्पेक्टर के छक्के छूट गए!

कारण स्पष्ट था पंडितजी के नाम से वह पूर्व परिचित था!

अतः कम-से-कम पंडितजी के सामने उसकी अकड़ एकदम ढीली पड़ गई। पंडितजी उसे यहां आने और 'कैमिल फाल' पर डेरा डालने का कारण बताते रहे और वह शांत स्वभाव से सबकुछ इस तरह सुनता रहा, जैसे कोई छोटा बच्चा नानी द्वारा सुनाई जा रही परियों की दिलचस्प कहानी को सुनता है।

पंडितजी ने संक्षेप सीमा के जागने से लेकर उनके अपने से मिलने और फिर यहां पहुंचने तक की दास्तान भी सुना दी। सुनने के बाद इंस्पेक्टर स्वयं साक्षात् हैरत में नज़र आने लगा। बोला–"पिछले करीब तीस घंटों में यहां और 'कैमिल फाल' पर मिलाकर अजीब भयानक उत्तेजक, लोमहर्षक और रहस्यमय घटनाएं घटी हैं आप स्वयं एक सुलझे हुए इन्वेस्टिगेटर हैं पंडितजी। क्या आप समझ सके कि यह सब कुछ किसने और किस मकसद से किया है?"

"एक सवाल के जवाब में मिस्टर गजराज ने बताया कि देहली में वे एक प्रिंटिंग प्रेस संभालते हैं हालांकि इतनी जानकारी मिलने तक हम किसी नतीजे पर नहीं पहुंचे थे मगर फिर सीमा ने उस व्यक्ति का हुलिया बताया, जिसे देखकर यह डरी थी। उस हुलिए ने सारी गुत्थियां सुलझा दीं।"

"मैं समझा नहीं!"

"आपने अखबारों में पढ़ा होगा कि पिछले दिनों देहली में कुछ लुटेरों ने वह वैन ही गायब कर दी है, जिसमें सौ के नोट छपने के लिए लंदन में उत्पादित खास कागज़ लाया जा रहा था!"

"जी हां मैंने पढ़ा था!"

"उस लूट के एक चश्मदीद गवाह ने पुलिस को एक लुटेरे का हुलिया बताया था और वह हुलिया सीमा द्वारा बताया गया हुलिया है!"

"ओह!" इन्सपेक्टर की आंखें चमक उठी।

"हुलिए ने स्पष्ट कर दिया है कि वैन लुटेरों का ग्रुप ही यहां सक्रिय था और इन पति-पत्नी को आतंकित करने की चेष्टा कर रहा था!"

"क्यों?"

"यही सवाल स्वयं हमारे दिमाग में भी उभरा और जवाब में हमें मिस्टर गजराज के पेशे का स्मरण हो आया। लिंक जुड़ गए। वह 'काम' जिसका जिक्र आतंकवादी अपने पत्रों में करते रहे मिस्टर गजराज की देख-रेख में 'सौ' के नोट छपवाना चाह रहा होगा!"

अत्यंत प्रभावित होता हुआ इन्सपेक्टर कह उठा–"आपकी सूझ-बूझ का जवाब नहीं पंडितजी घटनाओं का विश्लेषण करने में आपको महारत हासिल है!"

पंडितजी मंद-मंद मुस्कुराते रहे। गजराज आगे बढ़कर कह उठा–"हम सारी ज़िंदगी पंडितजी के शुक्रगुजार रहेंगे इन्सपेक्टर साहब। इस मसीहा के कारण ही मैं बर्बाद होने से बच गया!"

चैक करने के बाद डॉक्टर ने कहा–"दोनों टांगें बुरी तरह से सूजी हुई हैं संभव है कि कोई हड्डी आदि भी टूटी हो, मुकम्मल जानकारी एक्स-रे आदि के बाद ही हो सकेगी। मेरे ख्याल से इन्हें जल्दी-से-जल्दी पहलगाम पहुंचना जरूरी है!"

"यहां की कार्यवाही निपटाकर चलते हैं डॉक्टर!" कहने के बाद इन्सपेक्टर पंडितजी की तरफ घूमा बोला–"मैं डाक बंगले, सर्वेंट क्वार्टर और आसपास के इलाके को जरा चैक करना चाहूंगा पंडितजी!"

"जरूर!"

और फिर यह काम शुरू हो गया।

दो सिपाहियों के अलावा पंडितजी और गजराज भी उनके साथ थे। जो पंडितजी कुछ ही देर पहले तक गजराज को 'जिन्न' से नजर आ रहे थे, अब वे ही उसे सचमुच का 'मसीहा' लग रहे थे। पुलिस के जिन सवालों का सामना करने की कल्पना मात्र से ही उसके होश उड़े जा रहे थे उन सभी को खुद पंडितजी ने 'फेस' कर लिया था।

डाक बंगले को चैक करते जब वे बंगले के पिछवाड़े स्थित 'स्टोर रूम' के सामने से गुजरे तो एक अनजाने भयवश पुनः गजराज का दिल धड़क उठा। स्टोर रूम के छोटे-से दरवाज़े पर ताला लटका हुआ था।

हालांकि इंस्पेक्टर उस पर कोई खास ध्यान दिए बिना आगे निकल गया, मगर पंडितजी जाने क्यों ठिठक गए और यह देखते ही गजराज की सांसें जहां-की-तहां रुक गई कि पंडितजी उस छोटे-से ताले को घूर रहे हैं!

उन्हें अपने साथ न आता पाकर इंस्पेक्टर ठिठका। पलटकर बोला–"क्या बात है पंडितजी?"

उसके प्रश्न पर कोई ध्यान न देते हुए पंडितजी ने गजराज से पूछा–"यह शायद स्टोर रूम है?"

"जी हां!" गजराज ने संभलकर एक झटके से कहा।

फिर पंडितजी अपने करीब आते हुए इंस्पेक्टर से बोले–"इस सारे मामले की जड़ तक पहुंचने के लिए फिलहाल हमारे पास एकमात्र मांडूराम ही है और स्टोर शायद मांडूराम के चार्ज में ही रहता होगा?"

"स्वाभाविक है। वह चौकीदार था!"

"क्यों न स्टोर रूम को चैक करें। संभव है कि इसके अंदर से मांडूराम के बारे में कोई लाभप्रद जानकारी मिल सके!"

"लेकिन इस पर तो ताला लगा हुआ है!" बौखलाए हुए गजराज ने जल्दी से कहा।

इंस्पेक्टर बोला–"चाबी तो मांडूराम के पास ही होगी। अगर आप इसे चैक करना आवश्यक समझते हैं पंडितजी तो ताला तुड़वाया जा सकता है!"

गजराज की बौखलाहट को बड़े ध्यान से देखते हुए पंडितजी ने कहा–"ताला तुड़वा दो इंस्पेक्टर!"

इंस्पेक्टर का आदेश मिलते ही एक सिपाही आगे बढ़ा तो गजराज के समूचे जिस्म पर हजारों चीटियां-सी रेंगने लगी। दिमाग तक सुन्न पड़ता चला गया उसका!

ताला इतना कमजोर था कि सिपाही ने एक ही झटके में उसे मरोड़कर एक तरफ फेंक दिया और तब जबकि स्टोर का दरवाज़ा खोला गया।

वे सभी उछल पड़े–"पंडितजी भी!"

"अरे!" दरवाज़ा खोलने वाला सिपाही तो चीख ही पड़ा था–"यहां तो कोई बंधा पड़ा है सरकार!"

सचमुच स्टोर रूम के अंदर मौजूद लिहाफ, गद्दों और फोल्डिंग पलंग आदि सामान के बीच एक व्यक्ति बंधा पड़ा था। उसके हाथ किसी ने रेशम की डोरी से पीठ पर बांध रखे थे। पैर भी बंधे हुए थे।

मुंह पर चिपका हुआ था एक टेप।

तात्पर्य यह कि न तो स्वेच्छा से वह हिल-डुल ही सकता था और न ही बोल सकता था। गजराज के अलावा अभी तक सब उसे अचरज भरी नज़रों से देख ही रहे थे कि अचानक गजराज की तरफ पलटते हुए पंडितजी ने पूछा–"कौन है ये?"

"मैं नहीं जानता!" हड़बड़ाए हुए गजराज ने पूरी सावधानी से जवाब दिया।

उसकी आंखों में झांकते हुए पंडितजी ने पूछा–"क्या तुमने इसे पहले कभी नहीं देखा?"

"जी नहीं!"

अधेड़ आयु का वह व्यक्ति रो पड़ने की-सी स्थिति में आंखों में याचना लिए इन सबकी तरफ देख रहा था। कुछ बोलने या तेजी से सांस लेने के प्रयास में मुंह पर लगा टेप कांप-सा रहा था। इंस्पेक्टर के आदेश पर उसके मुंह से टेप हटाया गया।

"साब मुझे बचा लो साब वे मुझे मार डालेंगे!"

टेप हटते ही वह रोता हुआ इंस्पेक्टर की तरफ मुखातिब होकर गिड़गिड़ा उठा।

इंस्पेक्टर ने गुर्राकर पूछा–"कौन है तू और कौन लोग मार डालेंगे तुझे?"

"मैं यहां का चौकीदार हूं साब मांडूराम। उन्होंने बांधकर मुझे यहां डाल दिया है। यहां इसी हालत में पड़े आज मुझे चार दिन हो गए हैं!"

ठीक इसी समय गजराज ने खूबसूरत एक्टिंग की–"नहीं, यह मांडूराम नहीं है। यह कोई उन्हीं लुटेरों का साथी है पंडितजी। मांडूराम से तो इसकी शक्ल दूर-दूर तक भी नहीं मिलती!"

"मैं ही हूं साब!" वह सीधा गजराज से ही संबोधित होकर बोला–

"जो आपको अपना नाम मांडूराम बताता था, वह मांडूराम नहीं था। वह तो उन्हीं चारों में से एक था। आप उसे मांडूराम ही समझते थे।"

"तुम्हें कैसे मालूम कि ये लोग किसी अन्य को मांडूराम समझते थे?" अब उसके नजदीक पहुंचते हुए पंडितजी ने पूछा।

"दरवाज़ा बंद होने के कारण ये मुझे नहीं देख पाते थे साब, मगर मैं यहां पड़ा-पड़ा दरवाज़ों में मौजद दरारों के कारण दरवाज़े के छिद्र से गुजरने वाले प्रत्येक व्यक्ति का अहसास करता था, टेप के कारण मैं बोल नहीं पाता था, परंतु बाहर की आवाज़ें मुझे साफ सुनाई देती थीं। ये बाबू साब मांडूराम कहकर आवाज़ लगाते थे तो उन्हीं चारों में से एक हरामखोर 'जी साब' कहता था। इन साब के साथ कोई मेमसाब भी थी, वे भी उसी को मांडूराम समझती थी। मैं यहां पड़ा-पड़ा सब कुछ सुनता रहता था, मगर कुछ कर नहीं सकता था!"

"ऐसा उन्होंने क्यों किया था?"

"मैं क्या जानूं साब मुझे तो बस इतना ही मालूम है कि दो मोटर साइकिलों पर आज से चार दिन पहले यहां चार साब आए और उन्होंने मेरी ये गत बनाकर मुझे यहां डाल दिया। तब उनमें से एक बोला कि कुछ दिनों के लिए मैं यहां आराम करूं और मांडूराम वह बनेगा। उसके अगले ही दिन ये साब और इनकी मेमसाब यहां आईं। उसने इन्हें अपना नाम मांडूराम ही बताया होगा, तभी तो ये लोग उसे मांडूराम कहते थे। जब ये लोग घूमने के लिए डाक बंगले से बाहर कहीं चले जाते, तब वह खाना देता था। मैं उससे पूछा करता था कि वह साब मेमसाब से झूठमूठ ही अपना नाम मांडूराम क्यों बताता है, तब वह मुझे डपटकर चुप कर देता। परसों रात से तो वह मुझे खाना देने भी नहीं आया है साब!"

"क्या उसकी शक्ल तुमसे मिलती थी?"

बिल्कुल नहीं साब!"

"क्या तुम उसका हुलिया बता सकते हो?"

"वह तो एकदम जवान था साब। बड़ी-बड़ी मूंछें थी उसकी, दाएं गाल पर किसी चोट का निशान था!"

गजराज कह उठा–"यह तो सचमुच उसी का हुलिया है, जिसे मैं और सीमा मांडूराम समझते रहे। सर्वेंट क्वार्टर में हमने लाश भी उसी की देखी थी। इसकी नहीं उफ्फ, हम तो सोच भी नहीं सकते, थे कि वास्तविक मांडूराम को उन्होंने यहां कैद कर रखा है और उन जालिमों का ही एक साथी अपना नाम मांडूराम बताकर हमारे साथ रह रहा है!"

"क्या तुम्हारे विधायक दोस्त ने तुम्हें मांडूराम का फोटो नहीं दिखाया था?"

"जी नहीं, उसने सिर्फ इतना ही कहा था कि यहां हमें मांडूराम नाम का चौकीदार मिलेगा। हम तो उसी को मांडूराम समझते रहे!"

पंडितजी इंस्पेक्टर की तरफ पलटकर बोले–"समझे कुछ?"

"सबकुछ समझ में आ रहा है पंडितजी। उन लुटेरों में से एक मांडूराम के नाम से इन लोगों के इतना नजदीक रहा कि इन्हें आतंकित करने का हर इंतजाम बड़ी आसानी से कर सकता था। मिस्टर गजराज के रिवॉल्वर में गोलियां बदलने जैसा हर काम!"

गजराज, सीमा और मांडूराम को साथ लिए पुलिस दल पहलगाम की तरफ रवाना हो गया। इंस्पेक्टर ने पंडितजी से भी अपने साथ जीप ही में चलने का अनुरोध किया था, परंतु पंडितजी ने कहा–"हम अपनी घोड़ी से आ रहे हैं। तुम्हारे पहुंचने के करीब एक घंटे बाद ही पहुंच जाएंगे!"

पहलगाम थाने पर पहुंचने के बाद इंस्पेक्टर ने गजराज, सीमा और मांडूराम के लिखित बयान आदि की कार्यवाही जारी की।

मांडूराम द्वारा बताए गए हुलिए के लोगों की खोज उसने आरंभ कर दी थी!

पुलिस कार्रवाई निपटी ही थी कि पंडितजी वहां पहुंच गए फिर इंस्पेक्टर ने पंडितजी के भी लिखित बयान लिए।

सीमा का उचित इलाज श्रीनगर में ही होता था, अतः इंस्पेक्टर ने दो सिपाहियों के पहरे में उनके श्रीनगर पहुंचने का प्रबंध कर दिया।

अनेक औपचारिक बातों के बाद वे विदा हुए। पंडितजी से विदा होते समय गजराज बार-बार उनका शुक्रिया अदा करना नहीं भूला था।

रात को आठ बजे तक वे श्रीनगर पहुंच गए।

गजराज ने सीमा को अस्पताल में भर्ती करा दिया। एक्स-रे आदि हो गए। डॉक्टर ने बताया कि असली स्थिति एक्स-रे देखने के बाद पता लग सकेगी।

पंडितजी नाम की तलवार अपनी गर्दन पर से हट जाने की वजह से अब गजराज खुद को आजाद एवं स्वच्छंद महसूस कर रहा था!

मगर अपराधी या जिनके दिल में चोर हो भला कितनी देर तक निश्चिंत रह सकते हैं? उनका अपना दिमाग अपनी सोचें ही प्रत्येक पल उन्हें आतंकित रखती हैं। ऐसे लोगों का हर क्षण खौफ और तनाव में डूबकर गुजरता है।

अस्पताल में सीमा के बैड के समीप बैठे गजराज के जेहन में विचार उठने लगे कि मेरे साथी इस वक्त कहां और किन हालातों में होंगे?

इंस्पेक्टर ने उनकी खोज में जाल बिछवाया है।

अगर उनमें से कोई उसके जाल में फंस गया तो?

बस यही सोचकर वह खौफ और तनाव से भरी जिंदगी में पहुंच गया।

उसे लगने लगा कि खतरा अभी टला नहीं है। पंडितजी पहलगाम में हैं। उनके रहते निकल्सन, बागेश, टीटू और बल्लो में से किसी का भी पुलिस की पकड़ में आ जाना मुश्किल नहीं होगा और अगर ऐसा हो गया तो?

खेल खत्म!

अभी वह अपने ही विचारों में गुम था कि सीमा ने उसे पुकारा–
"राज!"

"आं हां बोलो सीमा!" वह बेइंतहा प्यार जताता हुआ बोला।

टूटे मन से सीमा ने कहा–"चलो यहां से!"

"कहां?" गजराज चौंका!

"देहली अपने घर।"

चलेंगे सीमा तुम ठीक तो हो जाओ।"

"क्या तुम मुझे इसी हालत में घर नहीं ले जा सकते?"

"क्या मतलब?"

"इलाज देहली में हो जाएगा राज यहां से मुझे ले चलो। यहां से
देहली के लिए सीधा प्लेन पकड़कर वहां पहुंचने में हमें कोई दिक्कत
नहीं होगी!"

"पगली!" सीमा का मुखड़ा दोनों हथेलियों के बीच भरकर
गजराज असीम प्यार दर्शाता हुआ बोला–"तुम शायद अब भी डर
रही हो?"

"मैं डर नहीं रही हूं!"

"फिर?"

"अब बिल्कुल मन नहीं लग रहा है यहां, घर की बहुत याद आ
रही है!"

सच्चाई यह थी कि स्वयं राज भी जल्दी-से-जल्दी कश्मीर से
निकल जाना चाहता था। यहां रहते दिलोदिमाग पर उसे अजीब-सी
दहशत सवार महसूस दे रही थी अतः बोला–"करूंगा तो वही सीमा,
जो तुम चाहोगी, परंतु मैं सोच रहा था कि तुम जरा ठीक हो जाती तो।"

"ठीक होने का मन से बहुत गहरा संबंध होता है राज, अब यहां
मेरा मन बिल्कुल नहीं लग रहा है। घर जाकर शायद मुझे आधा आराम
तो यूं ही मिल जाए!"

"जैसी तुम्हारी मर्जी!" गजराज ने इस तरह से कहा जैसे उस पर कोई बहुत बड़ा एहसान कर रहा हो, परंतु सीमा के अंधे अंकल की शक्ल जेहन में चकराते ही जाने क्यों उसके रोंगटे खड़े हो गए। सोचने लगा कि एक बार फिर वह उसी कोठी में जाने के लिए विवश है, जो वर्तमान हालातों में उस अंधे अंकल की मौजूदगी के कारण उसे कोठी नहीं चीते की मांद-सी नज़र आती है!

उसकी नज़र में सीमा का अंधा अंकल किसी खतरनाक चीते से कम नहीं है!

देहली पहुंचने के तीन दिन बाद रात के समय!

गजराज ने उस कमरे में कदम रखा, जिसमें मात्र चालीस वॉट के एक बल्ब की पीली रोशनी बिखरी हुई थी। अंदर कदम रखते ही बल्लो की व्यंग्य में डूबी आवाज़ गूंज उठी–"आओ-आओ महारथी।"

गजराज चुप रहा।

वहां मौजूद निकल्सन, टीटू और बागेश भी शांत थे।

एक डिनर टेबल के चारों तरफ वे कुर्सियों पर बैठे थे। बीच में एक्स रम की बोतल खुली रखी थी। उसके समीप ही एक प्लेट में नमकीन और चारों के सामने चार गिलास रखे थे।

मुंह लटकाए गजराज आगे बढ़कर खामोशी के साथ एक खाली कुर्सी पर बैठ गया। सब उसी की तरफ देख रहे थे।

कमरे में ऐसी खामोशी छाई रही कि सुई भी गिरे तो आवाज़ सुनाई दे और इस खामोशी को तोड़ते हुए गजराज ने कहा–"प्लीज निक्कू मुझे एक पैग दो!"

"हां-हां क्यों नहीं, महाबदौलत को एक जाम पेश किया जाए!" बल्लो ने दांत भींचकर पुनः उस पर व्यंग्य कसा और जवाब में इस

बार गजराज ने उसे कठोर दृष्टि से घूरते हुए कहा–"तुम मुझ पर ये व्यंग्य क्यों कस रहे हो?"

"जी नहीं आप पर तो फूलों की वर्षा होनी चाहिए!" बल्लो ने उसी अंदाज में कहा–"बड़ा तीर मारकर लौटे हैं आप क्यों?"

"स्कीम फेल हो जाने में दोष मुझ अकेले का नहीं है!" गजराज ने खिन्न स्वर में कहा।

"जी नहीं जनाब, भला आपका दोष क्यों होता, दोष तो हमारा था हमारे बाप का था आप तो बिल्कुल निर्दोष हैं। एक साल के बच्चे जितने!"

गुर्राकर बागेश ने कहा–"तुम बिना सोचे-समझे और बहुत ज्यादा बोलते हो बल्लो। जुबान पर काबू रखा करो!"

"काबू रखूं तुम भी कहते हो कि काबू रखूं मगर जरा मुझे ये बता दो कैसे, क्या राज के कारण ही सारी योजना फेल नहीं हो गई है!"

"क्या किया मैंने?"

"अपनी प्यारी बीबी को बचाने के लिए तुम उस हरामजादे बुड्ढे की मदद कर रहे थे। क्या उस उल्लू के पट्ठे को भी ढलान पर लुढ़का देना मुश्किल काम था?"

"निकल्सन ने निर्णायक स्वर में कहा–"दोषी हममें से कोई नहीं है!"

"क्या मतलब?" बल्लो गुर्राया!

"दोषी है वक्त। सीमा के मरने का वक्त नहीं आया था सो नहीं मरी!"

"मैं निकल्सन की बात का समर्थन करता हूं।" बागेश ने कहा तो सब बागेश की तरफ देखने लगे और कुछ देर तक शांत रहने के बाद बागेश ने किसी नायक तरह कहा–"सचमुच सीमा के मरने का वक्त नहीं आया था सो वह बच गई। वर्ना हमारी योजना में कोई कमी नहीं थी। जहां गड़बड़ हुई वहां के बारे में हममें से कोई सोच भी नही सका था। किसी ने कल्पना नहीं की थी कि कोई पेड़ उसे बचा लेगा और शायद वह पेड़

भी मुकम्मल तरीके से बहुत ज्यादा देर तक उसे बचाए न रख पाता, मगर तभी कम्बख्त वह बूढ़ा वहां पहुंच गया वहां, जहां हमने किसी आदमी को तो क्या, चिड़िया के बच्चे तक की उम्मीद नहीं की थी!"

"लेकिन मैं पूछता हूं ऐसा वह बूढ़ा चीज़ क्या था जिसकी वजह से इतने आगे कदम निकालने के बावजूद भी हम पीछे लौट आए?"

"बुड्ढ़े को देखकर जैसा आतंक मैंने निकल्सन के चेहरे पर देखा था, कुछ वैसा ही राज के चेहरे पर भी देख रहा था और इसका मतलब है कि वह निश्चय ही करामाती बुड्ढ़ा था हम तीनों को शांत दिमाग से उसके बारे में सुनना चाहिए। निक्कू या राज में से कोई उसके बारे में बताएगा!"

गजराज ने उन्हें केशव पंडित के बारे में विस्तारपूर्वक बताया और अंत में बोला–"आजकल वह देहली में है, इससे भी ज्यादा खतरनाक बात ये है कि सीमा के नाम पचास हजार की एक पॉलिसी है?"

"क्या?" बल्लो के अलावा सभी के मुंह से एकदम निकल पड़ा।

"इन सब बातों की रोशनी में मैं भगवान का लाख-लाख शुक्रिया अदा कर रहा हूं कि हमारी स्कीम नाकामयाब हो गई। कामयाब होने का मतलब था सीमा की मृत्यु और मृत्यु को पुलिस भले ही दुर्घटना मान लेती परंतु पंडितजी नहीं मानते, क्लेम के कागज़ातों को अपनी टेबल पर पहुंचते ही वे इस मामले की तफ्तीश करने निकल पड़ते और उनके निकलने का मतलब था हम सबका वैनकाब हो जाना। सारी योजना की धज्जियां उड़ा देते वे!"

"यानी तुम योजना के असफल हो जाने को अपने हक में समझ रहे हो?"

"बेशक!"

"ये खूब रही। उस उल्लू के पट्ठे ब्रिजेश की आत्मा सुहागिन की हत्या होने से पहले हमें वैन का पता बताएगी नहीं! और पंडित के डर से सुहागिन की हत्या हम करेंगे नहीं। रह गए ठन-ठन गोपाल जहां के तहां!"

निकल्सन बोला–"राज ठीक कह रहा है। योजना का असफल होना हमारे हक में हुआ है। अब इस सारी घटना को नजरअंदाज ब्रिजेश की आत्मा को खुश करने के लिए और कोई रास्ता निकालना पड़ेगा!"

"रास्ता ही क्या निकालना है?" बल्लो पुनः झुंझलाए हुए स्वर में बोला–"आप लोग व्यर्थ ही यहां बैठे-बैठे ख्याली पुलाव पकाते रहते हैं और फिर इन पुलाबों को नाम देते हैं योजना का। एक कत्ल के लिए लंबी-चौड़ी योजनाएं बनाने की जरूरत क्या है यह काम मुझ अकेले के हवाले कर दो, ब्रिजेश की आत्मा की शर्त पूरी करने में मुझे दो से ज्यादा घंटे नहीं लगेंगे। यही तो शर्त है न कि हम हैं क्या जरूरी है सीमा ही हो। पैरों में बिछुए, कलाइयों में चूड़ियां, माथे पर बिंदी और मांग में सिंदूर सजाए सैकड़ों औरतें रोज सड़क पर इधर से उधर मंडराती रहती हैं। किसी भी एक को सुनसान गली में खींचूंगा और कर दूंगा हलाल बस हो गई ब्रिजेश की शर्त पूरी?"

"मगर तुम उसकी सुहागिना शर्त भूल रहे हो" गजराज ने कहा–"वह शर्त जिसकी वजह से हमने दुनिया भर की सुहागिनों को छोड़कर सिर्फ सीमा को ही चुना था!"

दूसरी शर्त पूरी करने के लिए हम कहीं डकैती डाल सकते हैं!"

"दो जुर्म करने से अच्छा है कि एक ही जुर्म करें और ब्रिजेश की लगाई हुई दोनों शर्तें उस एक ही जुर्म से पूरी हो जाएं!"

"ऐसा कैसे संभव है?"

"मेरी राय है कि हत्या सीमा की ही की जाए!"

"अभी तो तुम कह रहे थे कि सीमा का बच जाना हम सबकी खुशकिस्मती है। तब क्या उसके मरने पर पंडितजी।"

"पंडितजी देहली में होंगे ही नहीं!"

निकल्सन की आंखें सिकुड़ गई बोला–"क्या कहना चाहते हो?"

"सीमा का कत्ल करने से पहले मैं किसी भी तरह अपने विधायक

दोस्त से कहकर पंडितजी की ट्रांसफर किसी अन्य प्रदेश में करा दूंगा बस फिर सीमा का मरना उनकी रेंज से बाहर होगा!"

उसे गहरी दृष्टि से देखते हुए, निकल्सन ने कहा–"लगता है कि सीमा की हत्या करने के लिए तुमने कोई नई स्कीम तैयार की है!"

"स्कीम का सबसे पहला और महत्वपूर्ण काम पंडितजी का ट्रांसफर कराना है सो मैं करा लूंगा बस उसके बाद किसी भी ऐसे तरीके से हत्या की जा सकती है, जो पुलिस को मात्र दुर्घटना नज़र आए!"

"क्या अब तुम कोठी में ही सीमा का कत्ल करने की बात सोच रहे हो?"

"हां!"

निकल्सन के स्थान पर बागेश बोला–"क्या तुम उसके अंधे अंकल को भूल गए हो।"

"नहीं!"

"फिर?"

"फिर क्या?"

"पहले भी तो हम सबने तुम्हें यही सलाह दी थी कि कोठी में ही दुर्घटना से नज़र आने वाले कारण से हत्या कर दी जाए, मगर तुमने कहा था कि अंधे अंकल और टॉमी की मौजूदगी में वह कोठी-कोठी नहीं चीते की मांद है। टॉमी हर वक्त सीमा के इर्द-गिर्द रहता है। अंधा अंकल अंधा होने के बावजूद आंखों वालों से कहीं ज्यादा देखता है। तुमने कहा था कि हत्या कोठी में होनी नामुमकिन है इसीलिए सीमा को वहां से निकालकर कश्मीर ले जाया गया और अब तुम अपनी ही बात को उलट रहे हो। क्या अब वह कोठी चीते की मांद नहीं रही?"

"चीते की मांद वह अब भी है और यकीन मानो, अंधे अंकल की मौजूदगी में कत्ल करना बेहद कठिन है, परंतु टॉमी के रूप में इस मांद का एक चीता मर चुका है, उसकी मौजूदगी में काम असंभव था अब

116

सिर्फ कठिन है, ब्रिजेश की दो शर्तें पूरी करने के लिए हम कुछ भी करें। कठिनाइयों से तो गुजरना ही होगा!"

"नहीं।" टीटू बोला–"सीमा को ही टार्गेट बनाए रखने में लफड़े हैं मेरी राय है कि कत्ल के लिए अब हमें सीमा को छोड़कर किसी अन्य सुहागिन को चुनना चाहिए!"

"हरगिज नहीं ऐसा हम किसी हालत में नहीं कर सकते!" अचानक ही बुरी तरह उत्तेजित होकर गजराज चीख पड़ा–"सुहागिन के रूप में अगर हत्या होगी तो सिर्फ सीमा की उसके अलावा किसी की नहीं। तुम सब मेरे दोस्त हो वैन की लूट में मेरे पार्टनर मुझे इस तरह मंझधार में फंसा नहीं छोड़ सकते तुम!"

अचानक ही उत्तेजित होकर चीख पड़ने के कारण सभी चौंककर हैरतभरी नज़रों से उसकी तरफ देखने लगे। शब्दों और एकाएक ही यूं भड़क उठने की वजह किसी की समझ में नहीं आई थी।

ब्लेड की धार-सा पैना सन्नाटा छा गया वहां।

गजराज ने उसी उत्तेजित अवस्था में अपना गिलास उठाया और एक ही सांस में खाली कर गया। जिस क्षण उसने खाली गिलास मेज पर पटका उस क्षण निकल्सन ने बड़े संतुलित स्वर में पूछा–"बात क्या है राज सुहागिन के रूप में तुम सीमा ही की हत्या करने पर इतना जोर क्यों दे रहे हो और फिर ऐसी कौन-सी मझधार में फंस गए हो तुम?"

गजराज उसी उत्तेजित अवस्था में कहता चला गया–"वह मरी तो नहीं, मगर अपाहिज हो गई है। दोनों टांगें बेकार हो गई हैं उसकी, पत्नी के रूप में अब वह मेरे किसी काम की नहीं है।"

सन्नाटा कुछ और गहरा हो गया।

टीटू ने पूछा–"क्या उसकी टांगें बेकार हो गई हैं?"

"हां व्हील चेयर पकड़ ली है उसने!"

निकल्सन ने पूछा–"यह सब कैसे हुआ?"

गजराज अभी तक उसी उत्तेजित अवस्था में था–"ढलान पर लुढ़कता हुआ पत्थर उसकी टांगों को लेकर ही गया। अब डॉक्टर का कहना है कि टांगों की हड्डियां टूट गई हैं। खुद मैंने एक्स-रे देखे हैं।"

"ओह!" निकल्सन के मुंह से हमदर्दी भरा स्वर निकला–"तुम्हारे साथ वाकई अजीब ट्रेजडी हो गई है!"

"देखो निक्लू ये बात ठीक नहीं है। सीमा मेरी अच्छी खासी बीवी थी उससे मुझे कोई शिकायत भी नहीं थीं और वह खूबसूरत भी थी। ऐसी हालत में जब ब्रिजेश की आत्मा ने हमारे सामने दो शर्तें रख दी। हम पांचों के सामने समस्या आ गई थी। उस समय अपनी सीमा को मैंने बलि की बकरी बनाकर तुम सबके सामने प्रस्तुत कर दिया। तुम लोगों को आश्चर्य हुआ कि मैं अपनी ही बीवी की बलि देने के लिए तैयार हूं। अपने साथ-साथ तुम सबके फायदे के लिए ही मैं सीमा की बलि देने के लिए तैयार हो गया था क्योंकि उसकी मौत से ब्रिजेश की दोनों शर्तें पूरी हो रही थी। अब जबकि सीमा मेरे लिए किसी काम की न रही तुम सबका पीछे हटना इंसानियत नहीं है!"

"क्या कहते हो दोस्तों?" निकल्सन ने अन्य तीनों से पूछा।

"राज की बात अपनी जगह बिल्कुल ठीक है!" बागेश ने कहा– "निश्चय ही उस वक्त यह समस्या हल्की थी और संयोग से ट्रेजडी ऐसी हो गई है कि यह मुसीबत में फंस गया है। मगर फिर भी किसी एक को मुसीबत में फंसने के हम प्लान को नहीं छोड़ सकते या सारे ग्रुप को ऐसी मुसीबत में नहीं फंसा सकते कि सभी जेल की चक्की पीसते नज़र आएं। हां दो प्रपोजल हैं। इतना जरूर है कि राज के हक में जाने वाले प्रपोजल पर सहानुभूतिपूर्वक विचार किया जाना चाहिए आए दिन क्या खतरा कम रहता है, सीमा के कत्ल की कोई ठोस स्कीम तैयार हो सकती है तो प्रीफेंस उसी को दिया जाएगा!"

उत्साहित गजराज ने कहा–"ठोस स्कीम मेरे पास है!"

निकल्सन ने कहा–"योजना के बारे में तो खैर हम बाद में सुनेंगे पहले तुम यह बताओ कि सीमा को बचाने के लिए तुम्हारे और पंडितजी के बीच क्या बातें हुई?"

गजराज ने जेब से निकालकर सिगरेट सुलगाते हुए कहा–"स्कीम में नाकामयाब होने पर जितना मानसिक तनाव मुझे झेलना पड़ा है, उतना तुममें से किसी को नहीं, क्योंकि पंडितजी नाम के उस आदमी के एक-एक सवाल का जवाब मुझे सिर्फ मुझे ही देना पड़ा है!"

"हम वही सब सुनना चाहते हैं!"

गजराज सारा वृत्तांत उसी क्रम में सुनाता चला गया, जिसमें उसके सामने आता गया था और सुनते-सुनते कई स्थानों पर तो बल्लो समेत उन चारों के ही हौसले पस्त हो गए थे। सांसें तक रुक गई थीं। बल्लो जैसे अक्खड़ मिजाज के आदमी को कई बार गजराज ने मस्तक से पसीना पोंछते देखा था।

जब गजराज ने अंत सुनाया तो सभी को कुछ राहत-सी मिली। खड़े हुए रोंगटे अपनी सामान्य स्थिति में आए।

निकल्सन बोला–"इस सबसे तो परिणाम यह निकलता है कि एकमात्र मेरे हुलिए के आधार पर पंडितजी सीमा की हत्या का संबंध वैन से जोड़ चुके हैं भले ही थोड़े गलत ढंग से सही, मगर यह सारी जानकारी वे 'रॉ' के चीफ को दे सकते हैं!"

"उससे क्या होगा?"

"उनकी नज़र में वैन लुटेरे नोट छपवाने के लिए तुम्हें फंसाने की कोशिश कर रहे हैं। ऐसी अवस्था में 'रॉ' के जासूस इस उम्मीद में तुम्हारे चारों तरफ बिखर सकते हैं कि एक बार फिर तुम्हें फंसाने की कोशिश करें तो वे लुटेरों को धर दबोचें!"

"ऐसा नहीं होगा!"

"क्यों नहीं होगा?"

"क्योंकि पहलगाम से श्रीनगर आते समय जब मैंने लुटेरों का कृत्रिम डर दर्शाते हुए पंडितजी से साथ चलने के लिए रिक्वेस्ट की तब पंडितजी ने कहा था वे लुटेरे इतने बेवकूफ हरगिज नहीं हैं कि इतना सबकुछ हो जाने के बावजूद भी तुम ही पर हाथ डालने की मूर्खता करें। हां इतना निश्चित है कि उन्हें प्रिंटिंग प्रेस की टैक्नीकल जानकारी रखने वाले किसी व्यक्ति की जरूरत है और वे अपनी इस जरूरत को निश्चय ही पूरा करेंगे, परंतु किसी अन्य व्यक्ति से इतना सबकुछ होने के बाद तुम्हारे तो आसपास भी वे नहीं फटकेंगे!"

"इससे क्या होता है?"

"'रॉ' के चीफ को अपनी रिपोर्ट देने के साथ ही वे उपरोक्त शब्द भी जरूर कहेंगे और 'रा' का चीफ इन शब्दों की गहराई को समझ लेगा। वह प्रिंटिंग प्रेस की टैक्नीकल जानकारी रखने वाले देहली के एक-एक व्यक्ति के पीछे 'रा' के जासूसों को लगा सकता है, मगर मेरे पीछे नहीं!"

"राज की बातों में दम है!" निकल्सन ने अन्य तीनों से कहा।

बागेश बोला—"फिर भी चौबीस घंटे अब राज को जरूर सतर्क रहने की जरूरत है, क्योंकि आशा के विपरीत यदि 'रॉ' के जासूस इसे वाच करने लगे तो इसकी हल्की-सी चूक से ही वे न केवल इसका रहस्य जान जाएंगे बल्कि इसके माध्यम से हम तक भी पहुंच जाएंगे और . . ."

"और?" गजराज ने टोका।

"ऐसे हालातों में तुम्हारा सीमा की हत्या की किसी स्कीम पर काम करना बहुत ही ज्यादा खतरनाक है!"

"पहली बात तो यह है कि मेरे पीछे जासूसों के लगाने की संभावना मात्र एक परसेंट है दूसरे योजना पर अमल करने से पहले यहां से पंडितजी का ट्रांसफर करा देना निहायत जरूरी है। उसमें समय लगेगा और इस समय में मेरे पीछे लगे सामान्य दिनचर्या से बोर होकर मेरा पीछा छोड़ चुके होंगे तब मैं अपनी योजना को पूरी करने के लिए सक्रिय होऊंगा।"

"ठीक है मगर फिर भी सीमा की हत्या की किसी योजना पर हम तुम्हें काम तभी करने देंगे, जब तुम्हारी योजना से संतुष्ट हो जाएं अतः योजना बताओ!"

"उससे पहले मैं यह जानना चाहता हूं कि कैमिल फाल से तुम सब लोग सुरक्षित यहां कैसे पहुंचे। इंस्पेक्टर ने तुम्हारी तलाश जारी करा दी थी!"

"वह अगले दिन दोपहर की बात है, जबकि तब तक तो हम श्रीनगर पहुंच चुके थे!"

"क्या मतलब?"

"मैं पंडितजी को जानता था!" निकल्सन ने बताया–"इसलिए उन्हें वहां देखते ही समझ गया कि न सिर्फ सारा खेल बिगड़ चुका है, बल्कि हम सभी लोग कानून की पकड़ से बहुत नजदीक पहुंच गए हैं, हां, अपने अक्खड़ मिजाज और बात को गहराई से न सोचने की वजह से बल्लो ने जरूर थोड़ी प्रॉब्लम खड़ी की, मगर हम तीनों ने मिलकर इसे बेहोश कर दिया और उसी समय वहां से डाक बंगले के लिए रवाना हो गए। वहां से मोटर साइकिलों के जरिए पहलगाम और पहलगाम से सुबह को श्रीनगर आने वाली सबसे पहली बस से नगर!"

"ओह गॉड!" गजराज बोला–"सीमा के साथ प्लेन में आने तक मैं यही सोच-सोचकर मरा जा रहा था कि कहीं तुममें से कोई पुलिस के हत्थे न चढ़ जाए!"

मुल्क की सर्वोच्च संस्था 'रॉ' के चीफ मिस्टर एन.डी. राव अपने एयरकंडीशंड एवं साउंडप्रूफ में विशाल मेज के पीछे रिवॉल्विंग चेयर पर बैठे उस वक्त किसी फाइल का अध्यनन कर रहे थे जब लाल रंग का इंटरकॉम भिनभिनाया।

दृष्टि फाइल पर ही टिकाए रिसीवर उठाकर उन्होंने कहा–"हैलो!"

"सर पंडितजी आपसे मिलना चाहते हैं!" रिसेप्शनिस्ट की आवाज़।

"कौन पंडितजी?"

"एल.आई. सी. के प्रख्यात जासूस सर केशव पंडित!"

"क्या?" मिस्टर राव उछल पड़े–"कौन, क्या कहा तुमने केशव पंडित यहां आए हैं?"

"फौरन भेजो उन्हें! कहने के साथ ही मिस्टर राव ने रिसीवर रख दिया।

यदि पद की दृष्टि से देखा जाए तो तो मिस्टर राव के सामने पंडितजी कुछ भी नहीं थे। मगर मिस्टर राव पंडितजी की काबलियत से अच्छी तरह परिचित थे। वे जानते थे कि सरकार पंडितजी को बड़े-से-बड़ा पद ऑफर कर चुकी है, परंतु वे कभी स्वीकारते नहीं हैं। इसीलिए मिस्टर रॉव पंडितजी का बहुत आदर करते थे।

दरवाज़ा खुला और पंडितजी ने अंदर कदम रखा।

मिस्टर राव ने कर्सी से खड़े होकर उनका स्वागत किया, फिर विशाल मेज के ऊपर हवा में दो धुरंधरों के हाथ मिले।

"बैठिए पंडितजी क्या लेंगे?"

बैठते हुए पंडितजी ने कहा–"कुछ नहीं!"

"ये नहीं हो सकता, एक कप चाय तो आपको लेनी ही होगी!" कहने के बाद पंडितजी के जवाब की प्रतीक्षा किए बिना मिस्टर रॉव ने इंटरकॉम पर चाय का ऑर्डर दिया और जिस समय वे चाय का ऑर्डर दे रहे थे, उस समय पंडितजी ने जेब से पैकिट निकालकर चारमीनार की एक सिगरेट सुलगाई।

जब मिस्टर रॉव रिसीवर वापस क्रेडिल पर रख रहे थे, तब कड़वा-सा मुंह बनाते हुए पंडितजी ने गाढ़े धुएं के साथ शब्द उगले–"हम यहां एक खास मसले पर बातचीत करने आए हैं!"

"सो तो आपके आने से ही जाहिर है!"

"आपने हमसे एक वैन रॉबरी के संबंध में बात की थी न, उस वैन

के संबंध में जिसमें लंदन से आने वाला खास कागज़ था?"

"हम चाहते थे कि उस सीरियस मामले में आप 'रॉ' के लिए काम करें, मगर अफसोस कि आपने इंकार कर दिया!"

"अगर हम यह पूछें कि उस मामले में कहां तक प्रगति हुई है तो क्या आप बता सकेंगे?"

पंडितजी का वाक्य समाप्त होने तक दरवाज़ा खुला और ऑफिस के द्वार पर खड़ा रहने वाला दरबान मेज पर चाय रखकर चला गया। कप उठाकर एक चुस्की लेने के बाद मिस्टर रॉव ने कहा–" 'रॉ' के जासूस अभी तक ऐसी कोई खास प्रगति नहीं कर सके हैं? जिसका उल्लेख किया जा सके।"

"क्या मतलब?"

"वारदात होने के बाद 'रॉ' के हाथ 'क्लू' के रूप में केवल दो व्यक्ति थे। पहला एक टैक्सी ड्राइवर, जिसने सारी वारदात अपनी आंखों से देखी है. यानी चश्मदीद गवाह दूसरा व्यक्ति 'रॉ' को मृत मिला था। लुटेरों का ही एक साथी वह पुलिस की गोली से मरा था।"

"इन दोनों के बारे में आप हमें पहले ही बता चुके हैं!"

"आगे बढ़ने के लिए हमारे पास मात्र ये ही दो माध्यम थे टैक्सी ड्राइवर ने जिस लुटेरे का हुलिया बताया है, वह अलवर का कुख्यात गुंडा निक्कू है। पिछले एक साल तक वह जेल में था और जासूस हजार कोशिशों के बावजूद यह पता नहीं लगा सके हैं कि जेल से निकलने के बाद वह कहां गया, कहां रहा?"

"हुं।"

"अलवर में निक्कू के सभी परिचितों पर चौबीस घंटे नज़र रखी जा रही है अगर वह उनमें से किसी से मिला तो तुरंत पकड़ा जाएगा, परंतु ऐसी मूर्खतापूर्ण हरकत करता वह नज़र नहीं आता!"

"खैर उस मृत लुटेरे के बारे में पता चला?"

“उसका नाम ब्रिजेश है। देहली में नोट छपने वाले इस खास कागज़ को जहां रखा जाता था, ब्रिजेश उसी ऑफिस में तीसरी श्रेणी का एक कर्मचारी था!”

“ओह तो इसकी इंफॉरमेशन लुटेरों के लिए उपयोगी रही होगी?”

“जाहिर है ब्रिजेश की एक पत्नी और दो छोटे बच्चे हैं, 'रा' के जासूस उसकी पत्नी से कुछ उगलवाने की हर कोशिश करने के बाद इस नतीजे पर पहुंचे हैं कि सर्विस के अलावा ब्रिजेश जो भी घोटाला कर था उसके बारे में पत्नी को रत्तीभर भी जानकारी नहीं है। पत्नी की मदद से ही ब्रिजेश के मिलने-जुलने वालों की एक लिस्ट बनाई गई। पत्नी के साथ ही उन सब पर भी नज़र रखी जा रही है, परंतु कोई उल्लेखनीय सफलता हाथ नहीं लगी!”

“यानी अभी तक आप लुटेरों से बहुत दूर हैं?”

“पूरी गंभीरता के साथ हम इस सच्चाई स्वीकार करते हैं!”

“मेज के बीचोबीच रखी शीशे की चौड़ी ऐश-ट्रे में सिगरेट के पिछले टुकड़े को मसलते हुए पंडितजी ने कहा–'हालांकि हम इस केस पर काम नहीं कर रहे थे, परंतु संयोग शायद बहुत बड़ी चीज होती है और उसी संयोग के कारण हमें एक ऐसी जानकारी मिल गई, जो निश्चय ही आपको लुटेरों के नहीं, बल्कि सफलता के बहुत नजदीक ले जाएगी।”

“हम वह जानकारी जानने के लिए उत्सुक हैं!”

“हम इन लुटेरों में से कम-से-कम एक का नाम आपको बता सकते हैं!”

“प्लीज पंडितजी, बताइए कि वह कौन है, कहां रहता है?”

“उसका नाम गजराज है जनकपुरी में रहता है वह एक प्रिंटिंग प्रेस का मालिक है और हम नहीं समझते कि 'रा' के पास मौजूद हजारों ब्लैकलिस्टों में कहीं उसका फोटो होगा!”

“आपको कैसे पता लगा कि वह?”

“जवाब में आपको पहलगाम से पच्चीस किलोमीटर दूर सरकारी

डाक बंगले और वहां से कोई पांच किलोमीटर दूर कैमिल फाल पर घटने वाली वारदातों से संबंधित एक लंबी कहानी सुननी होगी।"

"हम कोई भी कहानी सुनने के लिए तैयार हैं!"

जवाब में पंडितजी ने कैमिल फाल पर गजराज और सीमा से हुई भेंट से लेकर पहलगाम में उनसे विदाई तक की पूरी बातें विस्तारपूर्वक सुना दीं। सुनने के बाद असमंजस में भरे स्वर में मिस्टर रॉव ने कहा– "अंजीब बात कर हैं आप पहले कह रहे थे कि गजराज ही एक लुटेरा है और अब पूरी कहानी के बाद कह रहे हैं क़ि नोट छपवाने में मदद लेने लिए लुटेरों ने सारा षड्यंत्र उसके खिलाफ रचा था?"

"यह बात हमने सिर्फ उससे कही है!" पंडितजी के होंठों पर रहस्यमय मुस्कान थी।

"क्या मतलब?"

"पग-पग पर गजराज के चेहरे पर जो भाव हड़बड़ाहट, बौखलाहट और उतार-चढ़ाव हमने देखे हैं, उनके आधार पर दावे के साथ कह सकते हैं कि वहां जो भी कुछ हो रहा था, उसकी पूरी जिम्मेदारी गजराज की है। हर पत्ता केवल उसी के इशारे पर खड़क रहा था। और इस सारे कांड में उसके जो साथी थे, उनमें से एक आपका वैन लुटेरा निक्लू भी था। जाहिर है कि वैन लुटेरों का समूचा ग्रुप वहां सीमा की हत्या के लिए सक्रिय था!"

"क्यों?"

"सच्चाई ये है कि इस 'क्यों' का जवाब सोचने की भरसक चेष्टा के बावजूद हमें नहीं मिला है। सीमा की हत्या क्यों करना चाहते हैं वे, सीमा का पति खुद गजराज भी अपनी पत्नी की हत्या इस ढंग से क्यों कराना चाहता है, हत्या दुर्घटना ही नज़र आए!"

"इसकी वजह दौलत हो सकती है आपने बताया था कि सारी दौलत सीमा के नाम है!"

"जिन्होंने खास कागज़ से भरी वैन लूट ली है। नोट छापने का जिनके पास सारा मसाला है, वे भला सीमा की छोटी-सी दौलत के लिए उसकी हत्या क्यों करेंगे?"

"वाकई यह विचारणीय प्रश्न है!"

"जाहिर है कि सीमा को मारने का मकसद दौलत से कुछ बड़ा है फिलहाल हमें वह दिखाई नहीं दे रहा है, मगर इसका मतलब यह नहीं कि वे सीमा के मर्डर की कोशिश नहीं कर रहे थे या वे वैन लुटेरे नहीं हैं।"

"अगर आप इतने डेफिनेट थे तो पहलगाम में आपने गजराज को पुलिस के हवाले क्यों नहीं कर दिया। एक झूठी कहानी गढ़कर उसे छोड़ क्यों दिया?"

"हमारे ख्याल से उन पर हाथ तब डालना चाहिए, जब वह अपने अन्य साथियों के साथ वैन के नजदीक हो। इसलिए सबकुछ समझने के बावजूद हमने उसके सामने अंतिम क्षणों में भटक जाना या चूक जाने का नाटक किया।"

"कमाल है पंडितजी, वाकई आपका जवाब नहीं!"

"हमें पूरा विश्वास है कि सीमा का मर्डर करने की वह दूसरी कोशिश जरूर करेगा और हम चाहते हैं कि सीमा का मर्डर न हो सके।"

"व्यक्तिगत रूप से आप ऐसा क्यों चाहते हैं?"

"क्योंकि उस लड़की में हमने एक आदर्श और भारतीय पत्नी के समूचे गुण देखे हैं। दुर्भाग्य से वह गजराज जैसे जालिम और क्रूर आदमी की पत्नी बन गई है। वह बेचारी इतनी सीधी और मासूम है कि गजराज की इतनी धूर्तताओं के बावजूद उस पर शक ही नहीं कर पार रही है दरअसल वह उन मूर्ख पत्नियों में से है, जो अपने पति के विषय में नैगेटिव ढंग से सोचने तक को पाप समझती हैं ऐसा पाप जिसे उनकी नज़र में भगवान भी माफ नहीं करेगा। हां इस कलियुग

में हम उसे 'मूर्ख' ही कहेंगे। आज के युग में सीता और सावित्री जैसे करेक्टर की स्त्री को 'मूर्ख' ही तो कहा जाएगा मिस्टर रॉव हमारे कानों में इस वक्त भी सीमा की उस वक्त की चीख-चिल्लाहटें गूंज रही हैं, जब हमने उसके पति को सारी वारदातों का जिम्मेदार कहा था!"

"हां, एक यह नहीं, आपसे पूछना भूल गए पंडितजी!" मिस्टर रॉव को जैसे कुछ याद आया–"जब आप यह नहीं चाहते थे कि गजराज यह भांप सके कि आप सच्चाई तक पहुंच गए हैं तो फिर आपने कदम-कदम पर उससे ऐसे वाक्य क्यों कहे, जिन्हें सुनकर उसकी सिट्टी-पिटटी गुम हो जाती थी। अपने विचार घुमा-फिराकर आप उसके सामने इस तरह पेश क्यों करते रहे कि वह आतंकित रहे?"

जवाब देने से पहले पंडितजी के होंठों पर बड़ी ही रहस्यमय मुस्कान उभरी। एक और सिगरेट सुलगाते हुए वे बोले–"सारे हालातों को भली-भांति समझने के बाद दरअसल हमें उन राक्षसों के बीच फंसी सीमा से सहानुभूति हो गई थी। यह सोचकर कुछ ज्यादा ही कि गजराज को वह अपना एकमात्र सहारा समझ रही है, दरअसल वही उसका सबसे बड़ा दुश्मन है। सीमा से हमें जितनी सहानुभूति होती जाती, गजराज से उतनी ही घृणा। यह सोच-सोचकर हम क्रोध से पागल हो गए कि इस जालिम ने सीमा को कितनी भयभीत, आतंकित और डरी हुई कर रखा है। बस, उसका बदला उसी ढंग से चुकाने के मकसद से हमने गजराज को कदम-कदम पर भयभीत किया। आतंकित रखा और उसे उत्तेजना के उस दौर से गुजारा जिसमें से वह सीमा को गुजारता रहा था। उसकी हालत हमने यह कर दी कि जब तक उसके साथ रहे पंडितजी के नाम को नंगी तलवार के रूप में उसने गर्दन पर लटके महसूस किया!"

"यानी आपको इस झमेले में फंसने के बाद सीमा से बहुत ज्यादा लगाव हो गया?"

"उसके कई कारण हैं, पहला एक आदर्श पत्नी होना दूसरा गुंडों के बीच फंसी रजिया जैसी उसकी स्थिति और तीसरा उसका हमारी क्लाइंट होना!"

"क्लाइंट?"

"देहली आते ही हमने जनकपुरी के अपने क्लाइंट्स की लिस्ट देखी। लिस्ट में सीमा का नाम भी है। पचास हजार की पॉलिसी ले रखी है उसने और सारी किस्तें नियमित रूप से जमा होती रही हैं!"

हंसते हुए मिस्टर रॉव ने कहा–"यानी अगर सीमा का मर्डर हो गया तो जासूसी के मैदान में आप भी कूद पड़ें?"

"सीमा का मर्डर नहीं होगा मिस्टर रॉव।" एकाएक ही पंडितजी दांत भींचकर गुर्रा उठे।

मिस्टर रॉव के मजाक पर एकाएक ही वे बड़े ज्यादा उत्तेजित नज़र आने लगे थे। एक-एक शब्द को चबाते हुए बोले–"अगर इंफॉरमेशन के बावजूद भी सीमा का मर्डर हो गया तो लानत है मुल्क की 'रॉ' जैसी सर्वोच्च जासूसी संस्था पर।"

"अरे आप तो सीरियस हो गए पंडितजी!"

"वह हमारी क्लाइंट है। उसके मरने से हमारी कंपनी को पचास हजार का नुकसान होने वाला है और इसीलिए हम आपको बताने आए हैं कि कुछ दरिंदे उसके मर्डर की कोशिश कर रहे हैं। अगर अब भी मर्डर हो जाता है तो यह बड़ी शर्म की बात होगी!"

"आप यकीन रखें पंडितजी मर्डर नहीं हो सकेगा!"

पंडितजी के चेहरे से उत्तेजना कुछ कम हुई, बोले–"अब क्या करना है कैसे करना है यह सारी जिम्मेदारी आपकी है!"

"आपको धन्यवाद देने के लिए हमारे पास उचित शब्द नहीं हैं। हमारी बहुत बड़ी प्रॉब्लम हल कर दी है आपने और फिलहाल हम सिर्फ इतना ही कह सकते हैं कि यकीन रखें आपके द्वारा दी गई

इंफॉरमेशन का हम भरपूर लाभ उठाएंगे। सीमा ठाकुर की सुरक्षा और गजराज के जरिए पूरे ग्रुप तथा वैन तक पहुंचने के लिए हम 'रॉ' के जासूसों को नियुक्त कर देंगे। उनकी इजाजत बिना गजराज के इर्द-गिर्द पत्ता तक नहीं फड़क सकेगा सीमा के मरने की बात तो दूर है!"

"थैंक्यू हमें आपसे यही उम्मीद है!" कहने के साथ ही अपनी बाकी सिगरेट ऐश-ट्रे में मसलते हुए पंडितजी उठ खड़े हुए सहयोग और लेने स्वरूप उन्होंने अपना हाथ मिस्टर रॉव की तरफ बढ़ा दिया।

एक बार फिर मेज के ऊपर दो धुरंधरों के हाथ मिले।

भीमकाय अंधे बलवंत ठाकुर के जिस्म पर हमेशा की तरह इस वक्त भी उसका परम्परागत लिबास था मिलिट्री के सार्जेंट की वर्दी।

हां वह हमेशा इसी वेश में रहता था पैरों में मिलिट्री वाले भारी जूते। काई रंग की पतलून और उसी रंग की कमीज। छाती पर बाईं तरफ लगे तमगे कभी उसके सार्जेंट होने के गवाह थे। चौड़े सख्त और खुरदरे चेहरे वाले बलवंत की मूंछें देखकर ही दस वर्ष की आयु तक का बच्चा डर सकता था।

उसके कंधे मजबूत, हाथ चौड़े और भारी थे। दाएं हाथ की मोटी-मोटी उंगलियों के बीच उस वक्त भी उसका रिवॉल्वर था और बाएं हाथ में के दाने। कोठी के लॉन में हरे कालीन-सी बिछी घास को रौंदता हुआ वह चहलकदमी कर रहा था।

एकाएक ही उसने 'बाजरे के दाने' लॉन में एक तरफ उछाल दिए।

फिर रिवॉल्वर संभाले जाने किसकी घात में खड़ा नज़र आया। पांच मिनट तक मूर्ति के समान उसी अवस्था में खड़ा रहा।

छठे मिनट पंख फड़फड़ाता हुआ एक कबूतर 'बाजरे' पर झपटा और ठीक इसी क्षण बलवंत ठाकुर ने बिजली की-सी फुर्ती का परिचय देते हुए कबूतर के पंखों की फड़फड़ाहट पर फायर झोंक दिया।

"धांय!" आवाज़ दूर-दूर तक गूंजती चली गई।

गोली कबूतर के सीने में लगी थी और वह लहूलुहान होकर वहीं लॉन में पड़ा तड़पने लगा। बलवंत के चेहरे पर ऐसी चमक उभरी जैसे कबूतर की तड़पन को अपनी आंखों से देख रहा हो।

आसपास रहने वाले बलवंत की इस रोजमर्रा की आदत से परिचित थे। अतः किसी ने इस फायर का कारण जानने की कोशिश नहीं की। हां अपने हाथों से व्हील चेयर को चलाती हुई सीमा जरूर द्वार से निकलकर शैड के नीचे पहुंची।

बलवंत एकदम उसकी तरफ घूमकर बोला–"आओ सीमा!"

और सीमा अपने अंकल की आंखों को एक बार फिर देखती रह गई। बड़ी-बड़ी परंतु निस्तेज एवं खुली आंखों को, इनमें रोशनी नहीं थी। रंग ऐसा था, जैसे ढेर सारे बलगम के दो धब्बे झांक रहे हों!

हां उन आंखों में बलगम ही इकट्ठा हो गया-सा लगता था।

कभी वह सचमुच मिलिट्री में सार्जेंट हुआ करता था। जब से अंधा हुआ था तब से उसके सूंघने एवं श्रवणशक्ति में आश्चर्यजनक वृद्धि हुई थी और ये ही दोनों शक्तियां उसकी आंखों का काम करती थीं।

सीमा से वह प्यार करता था, किंतु गजराज से उतनी ही नफरत। थोड़ा सनकी मिजाज था वह या फिर शायद आंखों की ज्योति चली जाने के कारण हर क्षण स्वयं ही पर झुंझलाया-सा रहता था।

"चुप क्यों हो बेटी?" सीमा की तरफ देखते हुए उसने पूछा।

अपनी तरफ तने हुए रिवॉल्वर से खौफ-सा खाती हुई सीमा ने कहा–"उस रिवॉल्वर को जेब में रख लीजिए अंकल!"

"क्यों?" बलवंत के काले मोटे एवं भद्दे होंठ मुस्कुराने के अंदाज में फैले थे।

"आपसे कितनी बार कहा है कि इस तरह फायरिंग न किया करें!"

रिवॉल्वर जेब में रखता हुआ बलवंत ठीक किसी आंखों वाले की

तरह व्हील चेयर की तरफ बढ़ता हुआ बोला–"क्यों न किया करूं?"

"किसी दिन निशाना चूक जाए और गोली किसी व्यक्ति को।"

"बलवंत के रिवॉल्वर से निकली गोली वहीं लगती है बेटी, जहां मारी जाती है!"

"चलो मान लेती हूं फिर भी उन बेगुनाह मासूम और भूखे पक्षियों का खून बहाने से लाभ?"

"मैं तो सिर्फ पक्षियों का खून बहाता हूं। इस कोठी में तो ऐसे लोग भी रहते हैं, जिन्हें मेरी बेगुनाह और मासूम बेटी का खून पीने की लत है!"

"अंकल!" सीमा ने प्रतिरोध में कहा।

हंसा बलवंत।

बड़ी भयानक हंसी थी उसकी, बोला–"बुरा मान गई बेटी!"

"आपसे कितनी बार कहूं कि राज ऐसा नहीं है!"

"और मैं तुमसे कितनी बार कहूं कि राज वैसा ही है जैसा मुझे लगता है एक नंबर का हरामी, धूर्त, धोखेबाज और दौलत का लालची!"

"उफ्फ अंकल आप ऐसा क्यों सोचते हैं?"

"इसलिए कि मेरी छठी इंद्री यही कहती है और बस यह आजमाई हुई बात है कि छठी इंद्री ने कभी मुझसे झूठ नहीं बोला है!"

"इस मामले में जरूर झूठ बोला है आपकी छठी इंद्री ने। देर-सवेर राज के बारे में आपको अपनी राय बदलनी ही होगी!"

"हूं!" एक फीके-से हुंकारे के बाद बलवंत ने कहा–"टांगें गंवाकर भी तू अंधी ही रही!"

"आप मेरी टांगों के लिए भी राज को ही दोष देते हैं?"

"मगर मैं अंधा नहीं हूं!" अपनी ही धुन में बलवंत कहता चला गया–"भइया-भाभी के बाद तेरी सारी जिम्मेदारी मुझ पर है। मेरी इच्छा के खिलाफ उस सपोलिए से शादी करके तूने ठीक नहीं किया सीमा।

मैं जानता हूं कि वह आगे तुझे भी मारने की कोशिश जरूर करेगा मगर तेरी टांगें जाने की वजह से अब मैं पहले से ज्यादा सतर्क हो गया हूं। जिस क्षण इस नीयत से उसके हाथ तेरी तरफ बढ़ेंगे, उस क्षण मेरा रिवॉल्वर उसके भेजे के परखच्चे उड़ा देगा!"

"प्लीज अंकल आप ऐसी अहमकाना बात न किया करें!"

बलवंत ने कुछ कहने के लिए मुंह खोला मगर फिर कुछ कहे बिना ही बंद कर लिया और अपनी बलगमदार ज्योतिहीन आंखों से सीमा की व्हील चेयर के पीछे मौजूद दरवाज़े की तरफ देखता हुआ बड़बड़ाया–"इधर ही आ रहा है सूअर!"

सीमा ने व्हील चेयर घुमाई।

चौखट पार करते हुए गजराज ने कहा–"गुड मॉर्निंग अंकल!"

"मॉर्निंग!" विवश से बलवंत ने कहते हुए इतना कड़वा मुंह बनाया जैसे नीम के पत्ते चबा रहा हो। वे बलगमदार गंदी आंखें गजराज ही पर टिकी हुई थीं और गजराज को महसूस दे रहा था वह उसे ही नहीं जिस्म के अंदर छुपी उसकी आत्मा को भी देख रहा है। इस अंधे के सामने पड़ते ही गजराज हालांकि लाख संभालते-संभालते भी अपनी सामान्य अवस्था को गंवा ही देता था, परंतु फिर भी उसने काफी हद तक सामान्य स्वर में पूछा–"कितने कबूतर मार चुके हैं अंकल?"

"तुमने कितने फायर की आवाज़ सुनी?"

"एक!"

"तो बस! समझ लो कि एक ही कबूतर मरा है दूसरे लोगों की तरह न कभी मेरा वार खाली जाता है और न ही निशाना चुकता है!"

अंधा जो कुछ कह रहा था, उसे महसूस करके गजराज थरथरा उठा। इसके सामने पड़ने पर हमेशा एक ही बात उसके पक्ष में रहती थी यह कि अंधा उसके चेहरे पर उत्पन्न होने वाले भावों को गहराई से पढ़ सकता था। स्वयं को संयत रखने की भरपूर चेष्टा करते गजराज

ने कहा–"इसमें किसी को क्या शक हो सकता है कि आपका निशाना अचूक है!"

"कम-से-कम तुम इस सच्चाई को हमेशा याद रखना!" कहने के बाद बलवंत घूमा और फिर पतलून की जेब से रिवॉल्वर निकालकर उस तरफ बढ़ गया, जिधर उसने कबूतरों के लिए बाजरा डाल रखा था।

टीटू और बागेश!

दो जिस्म एक जान समझा जाता था उन्हें।

दोनों हमेशा एक ही साथ नज़र आते मिलकर क्राइम करते।

दोनों के नाम साथ ही आते जैसे एक ही नाम हो।

क्राइम की दुनिया के बहुत से लोग उन्हें जानते थे और जो जानते थे उन्हें यह भी मालूम था कि वे छोटी-मोटी चोरी-चकारी जैसे जुर्म ही करते हैं।

कोई सोच भी नहीं सकता था कि वैन रॉबरी जैसे बड़े और योजनाबद्ध तरीके से किए गए क्राइम से भी उनका कोई संबंध हो सकता है।

उस वक्त रात के करीब ग्यारह बजे थे, जब दोनों ही नशे में धुत्त अपने क्वार्टर के दरवाज़े पर पहुंचे। आसपास के क्वाटर्स में अंधेरा और गैलरी में सन्नाटा छाया हुआ था।

ताला खोलने के बाद टीटू जहां अंदर की तरफ से दरवाज़े की चटकनी बढ़ाने की कोशिश करने लगा, वहीं बागेश लाइट ऑन करने के लिए स्विच टटोलने लगा था। हाथ स्विच पर पड़ते ही लाइट ऑन हो गई और लाइट के ऑन होते ही–

"खबरदार जो एक ने भी चालाकी दिखाने की कोशिश की!" उनके कानों में यह कर्कश आवाज़ पिघले हुए शीशे की तरह उतरी।

और फिर जो कुछ उन्होंने देखा उसे देखकर न केवल सकपका गए,

बल्कि इस ही क्षण में उनका नशा भी काफूर हो गया।

दरअसल अपनी तरफ तने रिवॉल्वर के भाड़-से मुंह को देखकर अच्छे-से-अच्छा नशा भी काफूर हो जाता है और वह रिवॉल्वर कमरे में मौजूद एक राइटिंग टेबल के समीप खड़े नकाबपोश के हाथ में था।

नकाबपोश की सिर्फ आंखें ही उन्हें नज़र आ रही थीं।

"चोर के घर में गिरहकट?" टीटू बड़बड़ाया।

बागेश बोला– कौन हो भाई, अगर यहां कुछ लेने के लिए आए हो तो गलती कर बैठे हो सारे शहर में हमसे ज्यादा कंगला कोई नहीं मिलेगा।"

"तो वैन लूटने के बाद भी कंगले हो?"

रहा-सहा नशा भी गायब।

कान खड़े हो गए उनके। क्षणभर के लिए चौंककर एक-दूसरे की तरफ देखा। बागेश ने जल्दी से कहा–"वैन कौन-सी वैन भई?"

"वही, जिसमें लंदन से कागज़ आ रहा था।"

कागज़ तुम्हारा दिमाग तो ठीक है बड़े भाई, कागज़ भी भला कोई लूटने की चीज है?"

"ज्यादा होशियार बनने की कोशिश मत करो!" नकाबपोश ने कहा–"मैं उस कागज़ की बात कर रहा हूं जो सौ-सौ के नोट छापने के लिए आ रहा था। ऐ बैल्ट की तरफ हाथ मत ले जाओ मिस्टर टीटू, वर्ना खोपड़ी में सूराख कर दूंगा!"

वाकई बैल्ट की तरफ बढ़ता हुआ हाथ जहां-का-तहां रूक गया। नकाबपोश को बागेश के साथ बातों में मशगूल समझकर टीटू ने यह हरकत की थी, परंतु नकाबपोश कहीं ज्यादा सुर्ता और चालाक साबित हुआ बोला–"मैं जानता हूं कि तुम मोटर साइकिल की चेन से बैल्ट का काम लेते हो!"

अब एक साथ दोनों की सिट्टी-पिट्टी गुम।

134

"बराए मेहरबानी, चेन मेरे हवाले कर दो!" नकाबपोश ने आदेशात्मक स्वर में चेतावनी दी–"और अगर इस सारी प्रक्रिया के बीच तुमने कोई भी नाजायज हरकत, करने की चेष्टा की तो भेजे में एक सूराख बन जाएगा, जिसके रास्ते से तुम्हारी रूह कत्थक करती हुई जिस्म से बाहर निकल सके!"

दोनों के होश फाख्ता!

नकाबपोश जरूरत से ज्यादा चौकस और सतर्क नज़र आ रहा था।

टीटू को बैल्ट के स्थाम पर बंधी चेन उसके हवाले करनी पड़ी तब नकाबपोश ने उन्हें आगे आने और हाथ ऊपर उठाकर अगल-बगल की पट्टी पर बैठ जाने का हुक्म दिया।

विवशता थी।

टीटू सोचने की जहमत बागेश के मुकाबले जरा कम उठाता था, इसलिए इस वक्त केवल यह सोच रहा था कि सामने मौजूद नकाबपोश आखिर है कौन?

जबकि बागेश इससे आगे की बात सोच रहा था कि आखिर यह हमसे चाहता क्या है कैसे जानता है कि हमारा संबंध वैन से है?

रिवॉल्वर से उन्हें कवर किए नकाबपोश अपने स्थान से हटा तो मेज पर उन्हें 'नेशनल पैनासोनिक' नामक 'टू इन वन' रखा नज़र आया। टीटू और बागेश की दृष्टि न चाहते हुए उस पर स्थिर हो गई, जबकि रिवॉल्वर को हवा में लहराते हुए नकाबपोश ने कहा–"इसे 'टू इन वन' कहते हैं, यानी एक चीज के अंदर दो चीजें ट्रांजिस्टर भी और टेप-रिकार्डर भी, कहिए आप क्या सुनना पसंद करेंगे?"

बेचारे बागेश और टीटू क्या जवाब देते?

नकाबपोश ने कहा–"टाइम ज्यादा हो गया है अपने मुल्क के तो शायद सभी रेडियो स्टेशन खामोश हो गए होंगे हां पाकिस्तान आदि से शायद गाने आ रहे हों, मगर जरूरी नहीं कि वे गाने आ रहे हों अतः

कोई रिस्क न उठाते हुए हम अपने मनोरंजन के लिए टेप ही स्टार्ट कर कर लेते हैं!"

टीटू और बागेश की जीभें कहीं तालू से जा चिपकी थीं।

नकाबपोश ने 'प्ले' वाला स्विच दबा दिया।

टेप चालू हो गया और उसमें से जो आवाज़ें निकलकर कमरे में गूंजने लगीं, उन्हें सुनते-सुनते टीटू और बागेश को छठी का दूध याद आ गया। पसीने से चेहरे भरभरा उठे। कानों में जैसे पिघला हुआ सीसा डाला जा रहा हो। आँखें नकाबपोश पर जमी थीं। वह उन्हें साक्षात 'जिन्न' नज़र आ रहा था। ऐसा 'जिन्न' चिराग घिसे ही प्रकट हो गया था। टेप में वे भी बातें भरी हुई थीं, जो पहलगाम वाले मिशन से लौटने के बाद उन सबने एक स्थान पर बैठकर गजराज से की थी।

बातें खत्म टेप ऑफ!

टीटू बागेश तो बेचारे कुछ बोलने की स्थिति में थे ही नहीं बहरहाल नकाबपोश शुरू हो गया–"आपका यह मनोरंजन मैंने इसलिए किया ताकि बार-बार यह कहकर समय बर्बाद न करें कि वैन से आपका कोई संबंध नहीं!

वे अब भी गूंगे की तरह उसकी तरफ देखते रहे।

"पहले दिमाग में यह ख्याल आया था कि इसे पंडितजी या मिस्टर रॉव के पास पहुंचा दूं कुछ नावां-पत्ता भी मिल जाएगा, 'बंदा' देशभक्त नहीं तो कम-से-कम एक आदर्श नागरिक तो कहलाएगा ही, फिर सोचा कि इस मनोरंजन के लिए आप लोग शायद उनसे कुछ ज्यादा ही टैक्स दे दें, क्यों मैंने कुछ गलत सोचा था क्या?"

"नहीं!" टीटू के मुंह से निकला।

"फिर?"

खुद को संयत रखने की चेष्टा करते हुए बागेश ने पूछा–"क्या चाहते हो तुम?"

"टेप में जो कुछ है, वह वैन की रॉबरी से संबंधित वारदात का सारांश है, जबकि मैं इन्हीं सब घटनाओं को विस्तारपूर्वक सुनने का अभिलाषी हूं। असली 'सौ' के नोट तैयार करने का सुविचार सबसे पहले किसके दिमाग में आया, तुम लोग कैसे मिले और फिर सारा काम किस योजना अंतर्गत किया गया आदि?"

टीटू और बागेश ने विवश अंदाज में एक-दूसरे की तरफ देखा।

"हम दोनों नासिक के रहने वाले हैं!" बागेश ने बताना शुरू किया – हमारे पिता नासिक की उस प्रेस में कर्मचारी हैं, जहां नोट, स्टांप और डाक टिकट छपते हैं। वे दोनों घनिष्ठ दोस्त हैं उन्हीं के संबंधों के कारण बचपन में हमारी दोस्ती हो गई।"

साथ ही खेलते-कूदते, शरारतें करते बड़े हुए।

लड़कपन ही में बिगड़े हुए लड़कों की सोहबत मिली और हम उन्हीं में रम गए, शराब और जुए जैसी बुरी लतों को पूरा करने के लिए मां की गुल्लक और पिता की जेब से पैसे चुराने लगे। हमारी हरकतें पिताओं से ज्यादा दिन न छिप सकी।

पढ़ने में जीरो थे। पढ़-लिखकर हम नवाब नहीं बन सकेंगे, यह बात जल्दी ही पिताओं के भेजे में समा गई, अतः उन्होंने वही मैकेनिकल काम हमें सिखाने का बीड़ा उठा लिया जो खुद करते थे। सोचा कि अपने-अपने रिटायरमेंट पर हमें अपने स्थान पर लगा देंगे। मेरे पिता नोट छापने के लिए विभिन्न कलर्स को मिलाकर कलर तैयार करते थे और टीटू के पिता ब्लॉक मेकर थे, यानी विभिन्न नोटों के ब्लॉक्स तैयार करना उनका काम था।

भला हमारी दिलचस्पी इन 'बोर' कामों में कहां थी। सो उनके सभी प्रयास विफल हो गए, उम्र बढ़ने के साथ ही हमारी जरूरतें बढ़ने लगी और जरूरतों के साथ ही उन्हें पूरा करने के लिए हरकतें भी।

वेश्यावृत्ति तक का शौक लग गया हमें।

एक दिन पूरा पैसा न चुकाए जाने पर वेश्यालय को चलाने वाली 'आंटी' से झगड़ा हो रहा था कि हमारा पैसा निकल्सन ने चुकता कर दिया।

वहां से निकालकर वह हमें देशी शराब के एक ठेके में ले गया।

यहां वह बोला–"तुम जैसे बेवकूफ मैंने सारी जिंदगी में नहीं देखे हैं!"

"क्या मतलब?" हम दोनों के मुंह से एकदम निकल पड़ा।

"ये छोटी-छोटी चोरी या राहजनी करके तुम अपनी शक्ति का दुरुपयोग कर रहे हो मुकद्दर से अभी तक तो किसी चक्कर में पुलिस के हत्थे नहीं चढ़े हो, मगर यदि यही सबकुछ करते रहे तो एक न एक दिन जरूर चढ़ जाओगे।"

"तुम कहना क्या चाहते हो?" दोनों की बुद्धि कुंद हुई जा रही थी।

"अगर चाहो तो कोई बड़ा काम कर सकते हो, ऐसा काम जिससे एक ही बार में तुम दोनों को कम-से-कम एक-एक करोड़ रुपया तो मिले।"

हमारे मुंह से चींखें निकल गई–"एक-एक करोड़?"

"हां।"

"ऐसा कौन-सा काम है?"

"अपने-अपने पिताओं से तुम्हें वह सीखना चाहिए, जो वे सिखाना चाहते हैं।"

हम दोनों उछल पड़े, इस एक ही वाक्य से उसका तात्पर्य समझ गए। सवालिया नज़रों से हमने एक-दूसरे की तरफ देखा, फिर मैं बोला–"वाकई, गजब का आइडिया दे रहे हो तुम, हैरत है कि बचपन से आज तक हमारे दिमाग में नोट छापने वाली मशीन बनने का यह आइडिया क्यों नहीं आया?"

"क्या मतलब?" निकल्सन ने हमें घूरकर देखा।

"तुम यही तो कहना चाहते हो कि हम अपने अपने बापों से उनके हुनर सीख लें, तो फिर हम जितने का चाहे, उतने नकली नोट तैयार कर सकते हैं!"

"नकली, नहीं बेवकूफों, असली। नकली नोट तो मार्केट में आते ही पकड़े जाएंगे और तुम करोड़पति तो क्या लखपति भी नहीं बन पाओगे हां, जेलपति बनना जरूर निश्चित हो जाएगा।"

हम भाड़-सा मुंह फाड़े उसकी तरफ देखते रह गए!

वह बोला–"मैं असली नोट तैयार करने की बात कर रहा हूं!"

"असली नोट।"

"हां।"

"वह कैसे?"

"यह मैं अगली मुलाकात पर बताऊंगा, मेरे पास असली नोट तैयार करने की बहुत जबरदस्त स्कीम है, विचार-विमर्श करके बता देना कि उस पर काम करने के लिए तैयार हो या नहीं?" कहने के बाद वह न केवल हमारे पास से उठ गया, बल्कि ठेके ही से बाहर चला गया।

हम दोनों किंकर्त्तव्यविमूढ़ से वहीं बैठे रह गए।

बाद में हमने उसके ऑफर पर विचार किया, बातों ही बातों में यह बात निकली कि आखिर वह कैसे जानता था कि हमारे पिता नासिक प्रेस में काम करते हैं तब इस नतीजे पर पहुंचे कि निश्चय ही उसके जेहन में कोई लंबी स्कीम है इसलिए उसने हमारी पूरी बैक ग्राउंड पता लगा ली है।

अगर उसके पास सचमुच कोई ऐसी योजना है, जिससे हमारे हाथ एक-एक करोड़ रुपया लग सके तो इसमें बुराई ही क्या है। करोड़पति बनने की कल्पना ने ही हमें रोमांचित करके रख दिया था।

बेचैनी से भरे पंद्रह दिनों के बाद उसने खुद ही हमसे संबंध स्थापित किया। हमने उसे अपने निर्णय से अवगत कराया तो वह बोला–"फिर ठीक है आज ही से अपने करेक्टर में मूलभूत परिवर्तन होंगे!"

"कैसे परिवर्तन?"

"तुम आज से यह चोरी और राहजनी की घटनाएं करनी छोड़ दोगे। जेब खर्च के लिए पांच-पांच सौ रुपया महीना मैं तुम्हें देता रहूंगा। जानते हो क्यों?"

"क्यों?"

"ताकि अपनी जरूरतों को पूरा करने के लिए तुम्हें कोई भी ऐसा जुर्म करने की जरूरत न पड़े, जिससे पुलिस के हत्थे चढ़ सको, क्योंकि तुम्हारा एक बार पुलिस की नज़र में आ जाना ही तुम्हें मेरी स्कीम के लिए बेकार आदमी साबित कर देगा।"

हम चुपचाप उसे देखते रहे।

"अपने माता-पिता की नज़रों में आने वाले कल से तुम्हें सद्बुद्धि आ जाएगी। तुम दोनों ही अपने-अपने बापों से कहोगे कि आवारगी की दुनिया में भटककर तुमने देख लिया है, वहां कुछ नहीं है अब तुम कुछ काम करना चाहते हो इस तरह तुम नोटों के लिए 'कलर स्कीम' तैयार करने में माहिर हो जाओगे और टीटू ब्लॉक मेकिंग में!"

"मान लिया हो गए, फिर?"

"इतनी आसानी से न तो एक ही पल में तुम अपने बापों का विश्वास जीत पाओगे और न ही क्षण भर में वे सारे हुनर सीख जाओगे जो वे जानते हैं। सारे हुनर सीखने के लिए कम-से-कम छह महीने लगेंगे!"

"छह महीने?" दोनों उछल पड़े।

"पूरा साल भी लग सकता है!"

"हम तुम्हारी स्कीम जानना चाहते हैं।"

"हमारा टार्गेट है नोट तैयार करना। नकली नहीं, बिल्कुल असली। नोट ऐसे जिन्हें कोई भी स्पेशलिस्ट किसी भी कोण से देखकर नकली साबित न कर सके। स्वयं गवर्नर भी नासिक प्रेस में और हमारी प्रेस में छपे नोटों में फर्क न निकाल सके और यह करामात उस दिन हो

जाएगी जब तुम वे सारे हुनर सीख लोगे, जो बूढ़े होने तक तुम्हारे बापों ने सीखे हैं!"

"ऐसा एकोरेट नोट भला कैसे तैयार हो सकता है? कलर स्कीम और ब्लॉक्स के अलावा भी बहुत-सी चीजों की जरूरत पड़ती है जैसे लंदन से निर्मित होने वाले खास कागज़ की!"

"योजना बनाने वाले ने सबकुछ सोच लिया है। जब तुम अपने-अपने कामों में महारत हासिल कर लोगे तब हर आवश्यक चीज का प्रबंध हो जाएगा!"

"क्या यह योजना तुमने नहीं बनाई है?"

"नहीं!" निकल्सन ने बिल्कुल साफ कहा।

"फिर किसने बनाई है?"

"प्रिंटिंग प्रेस की पूरी टैक्नीकल जानकारी रखने वाले एक ऐसे व्यक्ति ने जो ढेर सारी दौलत का मालिक बनना चाहता है। इसी फेर में उसने बिना मां-बाप की एक दौलतमंद लड़की से शादी भी की, मगर हसरत पूरी न हो सकी, क्योंकि सारी दौलत आज तक भी उसकी बीबी के ही नाम है, खर्चे के लिए वह कुछ भी ले तो जरूर सकता है, मनचाहे ठंग से उसे खर्च नहीं कर सकता। इस स्थिति ने दौलत के प्रति उसकी ललक को कुछ और ज्यादा बढ़ा दिया। उसी के शब्दों में एक बार अपनी प्रेस में बैठा वह 'धाड़-धाड़' करके कागज़ छाप रही मशीन को देख रहा था। उसके जेहन में यह बात चकराने लगी कि ऐसी ही किसी मशीन पर नोट छपते हैं और वह मशीन कितनी भाग्यशाली होगी? सोचते-सोचते वह यह सोचने लगा कि उसकी यह मशीन भी तो वह भाग्यशाली मशीन हो सकती है बस यहीं से उसके दिमाग में नोट छापने की बात आई और फिर उसके जेहन ने वह खूबसूरत योजना उगल दी!"

"कैसी योजना?"

"मैं अलवर का माना हुआ गुंडा हूं। मेरा एक पैर हमेशा बाहर रहता है, दूसरा जेल में और अपनी इस जिंदगी से परेशान आ चुका था। कोई ऐसा बड़ा काम करना चाहता था, जिससे एक ही बार में वारे-न्यारे हो जाए, न जाने कैसे उसे मेरी इस मनःस्थिति की जानकारी हो गई खैर, इसे मैं कोई खास बात नहीं समझता, क्योंकि कोई भी आदमी अपने काम के आदमी की तलाश कर ही लेता है। मैं उसे अपने काम का लगा और मुझसे मिलकर उसने अपना प्रस्ताव रखा योजना बताई, वह मुझे पसंद आई और मैं उसके साथ काम करने के लिए तैयार हो गया!"

"हम भी योजना जानने के बाद ही तैयार होंगे!"

"योजना के हमें तीन किस्म के व्यक्तियों की जरूरत थी। पहले तो उन दो कामों की पूरी जानकारी रखने वाले, जो तुम्हारे पिता करते हैं, और तीसरे व्यक्ति के रूप में ऐसे व्यक्ति की जो हमें लंदन से आने वाले कागज़ की एक खेप दिलवा सके। ये तीनों व्यक्ति तलाश करने की उसने मुझे सौंपी।"

"और तुमने हमें तलाश कर लिया?"

"जाहिर है!"

"तीसरे किस्म का आदमी मिला?"

"जब तक तुम अपने-अपने कामों में महारत हासिल करोगे, तब तक तुम्हारी ही तरह मैं उसे भी तलाश कर ही लूंगा।"

"योजना मेरी समझ में आ रही है!" बागेश ने कहा–"टीटू ब्लॉक्स तैयार करेगा, मैं कलर स्कीम। तीसरे व्यक्ति के जरिए लंदन से आने वाले कागज़ की खेप प्राप्त की जाएगी फिर प्लानर के प्रेस में वे ही नोट तैयार होंगे, जो नासिक में होते!"

"तुम समझदार हो मगर फिलहाल इतनी दूर तक की बात न सोचकर अपने-अपने बापों के हुनर सीखने पर लग जाओ!" कहने के साथ ही उसने पांच-पांच के नोटों की दो गड्डियां हमारे सामने डाल दी।

बागेश के चुप होने पर नकाबपोश ने पूछा–"फिर क्या हुआ?"

"अगले दिन से हम अपने मां-बापों की नज़रों में सुधरे हुए जाहिल लड़के थे, सो उन्होंने हमें अपने-अपने काम की ट्रेनिंग देनी शुरू कर दी। हम पूरा ध्यान लगाकर काम सीखते रहे, करोड़ों की आशा में किसी भी प्वाइंट को हम इतनी जल्दी पकड़ लेते कि हमारे बापों को हैरत के साथ फख्र होता।"

पांच-पांच सौ रुपए की किस्त लेते हमें नौ महीने गुजर गए।

फिर दसवीं पगार पर हां, हम उसे पगार ही कहने लगे थे हमने निकल्सन से कहा–"अब तो अपने-अपने काम में हम दक्ष हो गए हैं, आगे की कार्यवाही कब होगी?"

"अगले हफ्ते देहली में हम सबकी एक मीटिंग होगी। उसमें आगे की कार्यवाही के बारे में विस्तार से विचार-विमर्श किया जाएगा और इस योजना पर काम करने वाले सभी लोगों का आपस में परिचय होगा?"

"परिचय!"

"हां।"

मैं बोला–"क्या तुमने उस आदमी को खोज लिया है, जिसके माध्यम से हम खास कागज़ की एक खेप हासिल करेंगे?"

"हां उसके अलावा हमें एक और खास आदमी की भी जरूरत थी मैंने उसे भी न सिर्फ खोज निकाला है, बल्कि अपने ग्रुप में शामिल कर लिया है!"

"ग्रुप?" मेरे मुंह से स्वयं ही निकल पड़ा।

"हां अब हम इसे ग्रुप ही कह सकते हैं!" निकल्सन ने बताया–"वह ग्रुप जिसका हर सदस्य आने वाले समय में कम-से-कम एक करोड़ का मालिक बनने वाला है। उस लक्ष्य तक पहुंचने के लिए हम सभी अलग-अलग अपने-अपने ढंग से काम कर रहे हैं!"

"हमारे इस ग्रुप में कुल कितने सदस्य हैं?"

"मुख्य प्लानर सहित छह!" बताने के बाद निकल्सन ने कहा, "और बस, इस बारे में तुम आगे कोई सवाल नहीं करोगे, क्योंकि अगले हफ्ते होने वाली मीटिंग में सबका एक-दूसरे से परिचय होने वाला है। मुख्य प्लानर से भी!"

उस दिन बात यहीं खत्म हो गई।

अगले हफ्ते वाकई देहली में मीटिंग हुई।

मीटिंग शुरू होने पर खड़े होकर गजराज ने कहना शुरू किया।

"करीब ग्यारह महीने से हम सभी एकमात्र स्कीम पर काम कर रहे थे, किंतु एक-दूसरे से परिचित नहीं थे। योजना को एक अभेद्य कवच पहनाने के लिए मैंने यह जरूरी समझा था और जब महसूस किया कि हम सबको आपस में एक हो जाना चाहिए तो यहां एक साथ बैठे हैं!"

सभी खामोश!

"यह अच्छी तरह से समझकर और मानकर चलना है कि लक्ष्यप्राप्ति पर जो भी कुछ हमें मिलेगा वह सबके संयुक्त प्रयास का परिणाम होगा और प्राप्त धन के छह बराबर हिस्से किए जाएंगे, अतः हम सब बराबर के पार्टनर हैं।"

"जिस प्रोजेक्ट पर अभी तक हम अपने-अपने क्षेत्र में अलग-अलग काम कर रहे थे उसी पर अब आगे की कार्यवाही सबको मिलकर एकसाथ रहकर करनी है, अतः एक-दूसरे को यदि बेहतर ढंग से समझ लें तो शायद भविष्य में कोई दिक्कत न आए। ठीक से तो एक दूसरे के साथ रहकर हो सकेंगे, मगर फिर भी प्रत्येक के करेक्टर की कम-से-कम एक विशेषता मैं यहां बता देता हूं और उस श्रृंखला में सबसे पहले खुद ही को लेता हूं।"

वह सांस लेने के लिए रुका था आगे बोला–"मेरा नाम तो आप जान ही गए हैं। एक लाइसेंसदार रिवॉल्वर हमेशा मेरे पास रहता है। निशाना अच्छा है, मगर ऐसा नहीं, जिसे अचूक कहा जा सके। वैसे भी

रिवॉल्वर का लाइसेंसदार, होने के कारण मैं उसका उपयोग बिना सोचे-समझे कर नहीं सकता। बेशक मैं एक अच्छा प्लानर और अभिनेता हूं परंतु मार-धाड़ के अवसरों के लिए बिल्कुल बेकार नर्वस हो जाने वाला! हमारा दूसरा साथी है निकल्सन-अलवर इसके नाम से कांपता है। पुलिस इसे अच्छी तरह जानती है। बिना लाइसेंस का रिवॉल्वर हमेशा जेब में रखता है। निशाना एकदम अचूक है यह न सिर्फ प्लानर अच्छा है बल्कि 'क्वीक माइंडेड' भी है। यानी तत्काल सही निर्णय लेने की निकल्सन में अद्‌भुत क्षमता है। व्यर्थ का खून-खराबा करना इसे पसंद नहीं, परंतु आवश्यक कत्ल करने में कभी नहीं हिचकेगा। बागेश और टीटू के बारे में अलग-अलग बताना उन पर अन्याय करना होगा। ये दो जिस्म एक जान हैं। एक का हथियार चेन है, दूसरे का कैप। पिछली जिंदगी में छोटी-मोटी चोरी एवं राहजनी करते रहे हैं, परंतु पुलिस के हत्थे कभी नहीं चढ़े। ये सामान्य बुद्धि वाले हैं अतः बुद्धि का इस्तेमाल बहुत अधिक नहीं करते, मगर जो काम इन्हें बताया जाए बखूबी अंजाम देते हैं! हमारा पांचवां साथी है–बल्लो, दिमाग से पैदल। काम को आनन-फानन में निपटाने का कायल। किसी भी काम को करने के लिए अगर लंबी-चौड़ी योजनाएं बनाई जाएं तो उनसे बहुत चिढ़ता है। निखरा हुआ चाकूबाज अक्खड़ मिजाज किंतु, पलक झपकते ही किसी की अंतड़ियां निकालने में एक पल नहीं हिचकेगा!"

मैं चुप न रह सका। जो सवाल मन में उठ रहा था, वह कर ही दिया–"हमारे लंबे प्रोजेक्ट में इस खून-खराबा पसंद करने वाले की क्या जरूरत थी?"

"अभी तक जितने भी कार्य किए गए हैं, उनमें हमें कहीं भी अपने बल्लो जैसे साथी की जरूरत नहीं पड़ी। मगर भविष्य में हम कागज़ से भरी वैन लूटने वाले हैं और उस काम में सबसे ज्यादा जरूरत बल्लो ही की पड़ेगी!"

"ठीक है!" मैं बैठ गया।

"अब रह जाता है हमारा छठा साथी यानी ब्रिजेश–वह बेचारा सीधा-साधा सरकारी कर्मचारी है। जेब में कोई हथियार रखना या खून-खराबा करना तो दूर, खूनन-खराबा होते देखना तक इसके बस का नहीं है, हां, ड्राइविंग में इसे महारत हासिल है और निश्चय ही यह हममें सबसे ज्यादा मनोरंजक व्यक्ति है!"

"मनोरंजक?" बल्लो कह उठा।

"हां बात-बात पर ऐसी पहेलियां पूछ बैठेगा, जिनके जवाब हालांकि बहुत आसान होंगे, परंतु आप दे नहीं सकेंगे। पहेलियां पूछना इसका शौक है जो कुछ कहेगा पहेली में कहेगा!"

"हम समझे नहीं!" टीटू बोला।

गजराज टीटू की तरफ मुखातिब होकर बोला–"मान लो कि मेरी बीवी का नाम सीमा है। सीमा के भाई का नाम जोगेंद्र और इन दोनों के पिता का नाम महेंद्र ठाकुर अब इसे तुमसे मेरा नाम पूछना है तो यह इस तरह नहीं पूछेगा कि ये आदमी जो सामने खड़ा है इसका क्या नाम है?"

"तो?"

"घुमा-फिराकर, अच्छी-खासी पहेली बनाकर नाम पूछेगा!"

"कैसे?"

"पूछेगा कि महेंद ठाकुर के बेटे की बहन के पति का नाम बताओ!"

ब्रिजेश के अलावा सभी लोग ठहाका लगाकर हंस पड़े। जब ठहाके रुके तो गजराज ने कहा–"इस अजीब आदत के कारण ब्रिजेश बहुत दिलचस्प व्यक्ति है अगर अब भी न समझे हों तो एक पहेली ब्रिजेश ही से पुछवाऊं?"

"जरूर पुछवाओ!" मैं बोला।

मेरे उत्सुकता दिखाते ही गजराज के कुछ कहने की प्रतीक्षा किए बिना ब्रिजेश शुरू हो गया। मुझ ही से मुखातिब होकर उसने कहना शुरू

किया था–"माना कि तुम एक पायलेट हो। एक विमान लेकर दिल्ली से वाया नागपुर और मुंबई, पूना के लिए चलते हो। जब विमान दिल्ली से चलता है तो उसमें 125 यात्री हैं। नागपुर पहुंचने पर इनमें से 64 यात्री उतर जाते हैं और 32 अन्य चढ़ जाते हैं। इसी तरह विमान में अब जो संख्या है, उसमें से बंबई में 32 यात्री उतर जाते हैं और 64 अन्य चढ़ जाते हैं ध्यान रहे हिसाब में गड़बड़ न हो जाए, इसलिए फिर दोहराता हूं कि नागपुर में 64 यात्री उतरते और 32 चढ़ते हैं समझ गए?"

"हां!" मैं मन-ही-मन यात्रियों की संख्या का हिसाब लगाता हुआ बोला।

"अब तुम हिसाब लगाकर बताओ कि इस विमान के पायलेट की उम्र क्या है?"

मेरी खोपड़ी घूम गई। अभी तक सोच रहा था कि शायद वह मुझसे पूना पहुँचने वाले यात्रियों की संख्या पूछेगा। मगर उसका सवाल बड़ा अटपटा था मेरे मुंह से बरबस ही निकल गया–"यात्रियों की संख्या से पायलेट की उम्र का क्या संबंध?"

"उतरने-चढ़ने वाले यात्रियों का हिसाब लगाकर तुम्हें यही तो बताना है!"

मैं घूम गया। कुछ समझ में नहीं आ रहा था। मदद के लिए मैंने निकल्सन और गजराज की तरफ देखा। टीटू, गजराज और बल्लो की स्थिति मुझ जैसी ही थी, जबकि निकल्सन के होंठों पर मैंने रहस्यमय मुस्कान को थिरकते देखा। बोला–"शायद तुम्हें ब्रिजेश के सवाल का जवाब मालूम है निक्लू?"

"हां मगर पहले तुम कोशिश कर लो!" निकल्सन ने कहा।

मैंने एक बार फिर गजराज, बल्लो के चेहरों को पढ़ा और फिर उनका नेतृत्व करता हुआ बोला–"हार मान गए। हमारी समझ में कुछ नहीं आ रहा है!"

हंसते हुए निकल्सन ने बताया–"ब्रिजेश ने तुम्हारी उम्र पूछी है!"

"मेरी उम्र?" मैं चिंहुक उठा।

"हां सबसे पहला वाक्य उसने यही कहा था। माना कि तुम एक पायलेट हो। अपनी उम्र बता देते। वही ब्रिजेश के सवाल का सही जवाब था!"

"ओह!" समझने के बाद मैं ही नहीं, बल्कि टीटू बल्लो और गजराज भी ठहाका लगाकर हंस पड़े। ब्रिजेश द्वारा पूछे गए सवाल के घुमाव-फिराव में मुझे मजा आया। वह वाकई पहेलियों में दिलचस्प फुलझड़ियां छोड़ने वाला युवक था!

परिचय आदि की औपचारिकता और थोड़े से मनोरंजन के बाद गजराज ने कहा–"अब तुम बिना किसी पहेली का इस्तेमाल करे अन्य दोस्तों को कागज़ लाने वाली वैन, उसकी सुरक्षा-व्यवस्था और टाइम-टेबल आदि के बारे में बताओ।"

ब्रिजेश बिना किसी हिचक के शुरू हो गया–"वैन का आकार संजय गांधी की मारुति जैसा है, यानी वैन छोटी ही है। फर्क सिर्फ इतना है कि मारुति की बॉडी आम है जबकि इस वैन की बॉडी एक इंच मोटी स्टील की है। शीशा बुलेटप्रूफ और अंदर से यह दो भागों में विभक्त है। एक-ड्राइविंग कक्ष, दूसरा-पीछे की तरफ वह हिस्सा जहां कागज़ रखा जाता है। दोनों के बीच स्टील का पार्टीशन हैं और इस पार्टीशन में छह इंच का एक वर्गाकार मोखला है, जिसके माध्यम से ड्राइवर पिछले हिस्से में मौजूद अपने साथी से कभी भी बात कर सकता है। स्वाभाविक रूप से ड्राइविंग का छोटा और पीछे वाला कक्ष बड़ा है क्योंकि उसमें कागज़ रखा जाता है।"

"आगे बढ़ो।"

"वैन में केवल दो दरवाज़े हैं एक ड्राइवर के लिए उसके दाईं तरफ और दूसरा पिछले कक्ष से संबंधित वैन के पीछे। हम यूं भी कह सकते

हैं कि वैन के पीछे वाली दीवार दरअसल स्टील के दो बड़े किवाड़ों से मिलकर बनी है। दोनों ही दरवाज़ों से संबंधित दोनों कक्षों में 'स्विच' है। जब तक अंदर से दोनों स्विच बंद रहते हैं तब तक दरवाज़े नहीं खुल सकते।"

"क्या मतलब?"

"एयरपोर्ट से कागज़ लेकर जब वैन गोदाम के लिए चलती है, तब इसके साथ केवल दो आदमी होते हैं पहला ड्राइवर, दूसरा-पिछले कक्ष में कागज़ के साथ एक बंदूकधारी गार्ड। दोनों को ये सख्त निर्देश हैं कि एयरपोर्ट से चलने से पूर्व ही वे दरवाज़ों से संबंधित अपने-अपने कक्ष में मौजूद स्विच ऑफ कर लें और किसी भी स्थिति में गोदाम के गैराज में पहुंचने से पहले उन्हें न खोलें।"

"यानी दरवाज़ों को बाहर से नहीं खोला जा सकता?"

"नहीं!"

"फिर भला वैन को कब्जे में करने के बाद भी हम कागज़ तक कैसे पहुंचेंगे?"

"हमें इस सिद्धांत को मानकर चलना है कि अगर समस्या है तो निश्चय ही कहीं-न-कहीं उसका समाधान भी जरूर होगा, क्योंकि बिना समाधान के समस्या पैदा ही नहीं हो सकती।"

गजराज के सोचने का यह तरीका हम सबको अच्छा लगा।

ब्रिजेश ने आगे कहा–"जितने सख्त निर्देश दरवाज़े से संबंधित स्विचेज के लिए हैं उतने ही ड्राइवर से वैन को ड्राइव करते रहने के लिए। किसी भी हालत में गोदाम से पहले वह वैन को नहीं रोकेगा!"

"अगर निक्कू फायरिंग करके उसके टायरों को ही शहीद कर दे तो?" गजराज ने पूछा।

"नहीं हो सकेंगे। विंडस्क्रीन की तरह वे भी बुलेट प्रूफ हैं!"

"ओह वैन में कोई खिड़की आदि तो होगी?"

"खिड़कियां नहीं है हां, पिछले केबिन से संबंधित तीन तरह की बॉडियों में तीन छह बाई छह के मोखले जरूर खुल सकते हैं वे भी तब जबकि कागज़ के साथ बैठा गार्ड चाहे ये मोखले किसी भी खतरे के समय में बाहर फायरिंग करने के लिए बनाए गए हैं। उनसे संबंधित स्विच भी केबिन के अंदर ही है!"

"और?"

"ड्राइविंग कक्ष में एक वायरलेस है, जिसे ऑन करते ही स्वतः उसका सीधा संबंध पुलिस कंट्रोलरूम से स्थापित हो जाएगा। ड्राइवर को निर्देश है कि अगर वह वैन को किसी भी किस्म के खतरे में महसूस करे तो तुरंत वायरलेस द्वारा कंट्रोलरूम को सूचना प्रेषित कर दे। ऐसा होते ही पुलिस की पैट्रोल गाड़ियां वैन की तरफ दौड़ पड़ेंगी!"

"कम-से-कम मैं तो समझ नहीं पा रहा हूं कि इस वैन को हम लूटेंगे कैसे?" बल्लो कह उठा।

"समाधान बाद में सोचे जाएंगे। हां तो ब्रिजेश अगर सुरक्षा व्यवस्थाएं खत्म हो गई हो तो अब तुम वैन के टाइम-टेबल के बारे में बताओ!"

"जिस प्लेन से कागज़ आ रहा है। वैन उसके पालम पर पहुंचने से पांच मिनट पूर्व ही एयरपोर्ट पर पहुंच जाती है। विमान के लैंड करने के पंद्रह मिनट बाद तक कागज़ वैन में रखा जा चुका होता है और सोलहवें मिनट पर वैन वहां से रवाना हो जाती है। ड्राइवर को निर्देश है कि वह वैन को चालीस किलोमीटर प्रति घंटा की रफ्तार से चलाएगा, इस तरह लगभग आधे घंटे के बाद वैन गोदाम में होती है।"

"उस वक्त पालम वाली सड़क पर अच्छा-खासा 'रश' रहता होगा?"

"बेशक लंदन से फ्लाइट आई है और कम-से-कम इस फ्लाइट से आने वाले यात्री तो रोड पर होंगे ही।"

"यानी सड़क पर हम कोई बहुत लंबी-चौड़ी वारदात नहीं कर सकते?"

"मेरे ख्याल से नहीं।"

"कोई और ऐसी विशेष बात जो समय आने पर हमारे लिए समस्या बने?" गजराज ने पूछा।

"फिलहाल मेरे जेहन में ऐसी कोई बात नहीं है हां, इतना आप समझ लीजिए कि आम आदमी को उस वैन का रहस्य मालूम नहीं है। यानी यह जानना तो दूर कि 'वैन' लंदन से आने वाले कागज़ को लेने जाती है, आम आदमी भी यह नहीं जानता कि फलां फ्लाइट से भारत का सबसे कीमती कागज़ आ रहा है।"

"आम आदमी को इन बातों से मतलब ही क्या है?" गजराज ने कहा–"यह बताओ कि विमान से वैन तक कागज़ कौन पहुंचाता है?"

"यह जिम्मेदारी 'एयर इंडिया' की है!"

"क्या मतलब?"

"लंदन से एयर इंडिया वाले ही कागज़ को अपने चार्ज में लेते हैं वहां से भारत लाना और वैन तक पहुंचाना है का काम है परंतु विमान से वैन के बीच में कागज़ को लूट लेने की तो कल्पना ही व्यर्थ है!"

"क्यों?"

"उस वक्त 'एयरपोर्ट' पर न केवल जबरदस्त भीड़ रहती है, बल्कि 'एयर इंडिया' के सशस्त्र गार्ड कागज़ के चारों तरफ रहते हैं अगर उन्हें कागज़ की तरफ कोई आस दृष्टि से देखता हुआ भी मिले तो वे उसकी आंखें निकाल लें। यहां कागज़ को हथियाने की कोशिश करके मरा तो जा सकता है, मगर कागज़ हासिल नहीं किया जा सकता!"

"यानी टार्गेट हमें वैन को ही बनाना होगा?"

"निर्विवाद!"

"ठीक है उसी लाइन पर कुछ सोचेगें!" गजराज ने कहा–"अब तुम्हें

इस बात की पूरी रिपोर्ट रखनी है ब्रिजेश कि कब कितने नोट छपने के लिए कितना कागज़ लंदन से आ रहा है।"

"मैं अपना काम बखूबी कर लूंगा!"

मेरे प्रेरक पाठक सोच रहे होंगे कि मैं 'वैन रॉबरी' के इस किस्से को इतना संक्षेप में क्यों लिख रहा हूं?

अगर विस्तारपूर्वक रॉबरी की योजना और घटना के बारे में लिखा जाए तो अपना कम्पलीट पूरा एक उपन्यास तैयार हो सकता है, परंतु कम-से-कम इस उपन्यास में मेरा विषय 'वैन रॉबरी' नहीं है। अगर हम 'वैन रॉबरी' के विस्तार में गए तो मूल कथानक के लिए पर्याप्त पृष्ठ नहीं मिल सकेंगे। दिमाग में इस विचार को रखते हुए ही 'रॉबरी' की घटना को पढ़ें। हां, टीटू का जोड़ीदार, यानी बागेश रहस्यमय व्यक्ति को बता रहा था।

"इस तरह लगभग हर हफ्ते देहली में हमारी मीटिंग होने लगी। हम दोनों हर हफ हफ्ते नासिक से देहली आकर मीटिंग में भाग लेते थे। इन मीटिंगों के जरिए ही हम छहों न केवल एक-दूसरे से अच्छी तरह परिचित हो गए, बल्कि आपस में काफी खुल भी गए। दोस्त बन गए।

दसवीं मीटिंग में ब्रिजेश ने अपने पहेलियां बुझाने वाले अंदाज में कहा–"एक समुद्र है। इस समुद्र में चार सौ अस्सी घंटे नीचे सोने से भरी एक वैन पड़ी है!"

"क्या बक रहे हो?" गजराज झुंझलाया।

गौरवमयी मुस्कान के साथ ब्रिजेश ने कहा–"क्या आपमें से कोई दिन की लंबाई नाप सकता है?"

"दिन साला कोई थान है, जिसे गज लेकर नापना शुरू कर दें?" ब्रिजेश की पहेलियों पर सबसे ज्यादा बल्लो ही झुंझलाया करता था।

"दिन भी थान जैसी ही चीज है प्यारे नापो इसे!"

निकल्सन कह उठा–"चार सौ अस्सी घंटे का मतलब है बीस दिन!"

वैरी गुड ये हुई न बात। हां, तो साहिबान समय एक समुद्र है, जिसकी गहराई कोई नहीं नाप सकता, मगर इस समुद्र के किस स्थान पर हमारी वैन है, यह हम जान चुके हैं!”

“क्या तुम यह कहना चाह रहे हो कि बीस दिन बाद लंदन से कागज़ आ रहा है?” मैंने उत्सुक भाव से पूछा।

“बिल्कुल ठीक समझे!”

टीटू गुर्राया–“हर बात को घूमा-फिराकर कहना क्या तुम्हें डॉक्टर ने बता रखा है। सीधे शब्दों में यह इंफॉरमेशन नहीं दे सकते थे?”

“ये आदमी साला आधा पागल है!” बल्लो ने बुरा-सा मुंह बनाया।

दोनों में से किसी के भी कमेंट्स का ब्रिजेश ने बुरा नहीं माना बल्कि अपनी चिरस्थाई मुस्कान के साथ बोला–“हमें निर्धारित करना चाहिए कि बीस दिन के इस समय रूपी समुद्र को किस तरह तैरकर पूरा करेंगे?”

“तुम्हारा मतलब योजना बनाने से है न?”

“बेशक!”

“कितना कागज़ आ रहा है?” बल्लो ने अधीरतापूर्वक पूछा।

“चार करोड़ अस्सी लाख रुपए छपने के लिए!”

“चार करोड़ अस्सी लाख?” न चाहते हुए भी हमारे होंठों से निकलने वाली बड़बड़ाहटें कमरे में गूंज उठीं। मेरा दिल बहुत जोर-जोर से धड़कने लगा था। आंखों के सामने नोट ही नोट चकरा रहे थे ढेर सारे नोट।

मैं उनमें से अपना हिस्सा अलग करने के लिए अभी जोड़-तोड़ कर ही रहा था कि निकल्सन ने कहा–“यानी हम सबके हिस्से में अस्सी-अस्सी लाख रुपए आ सकते हैं?”

“हां!” ब्रिजेश ने कहा।

परंतु मेरे दिल की धड़कनें कुछ और तीव्र हो गई थीं। अस्सी लाख का नाम सुनकर मैं किसी ऐसे विलासी बादशाह के जीवन परिचय में

भटकने लगा था, जिसने सारी जिंदगी ऐश और सिर्फ ऐश ही ली हो क्योंकि इस जीवन-परिचय ही से तो मुझे वे तरीके निकालने थे, जिन पर अस्सी लाख खर्च किए जा सकें और मैं ही नहीं शायद हर साथी उस बादशाह के जीवन-परिचय में भटक रहा था।

तभी तो वहां अजीब-सा सन्नाटा व्याप्त हो गया।

एकाएक ही हम सबको संबोधित करते हुए निकल्सन ने कहा–"हमें इस खेप को लूट लेने की कोई सशक्त योजना बना लेनी चाहिए!"

गजराज ने पलटकर ब्रिजेश से पूछा–"अब तुम हमें बताओ कि यह खेप कौन-सी फ्लाइट से आ रही है?"

"आज से ठीक बीसवें रोज सोमवार के दिन फ्लाइट नंबर सात सौ बावन रात आठ बजकर पांच मिनट पर पालम पर लैंड करेगी।"

"यानी वैन पूरे आठ बजे पालम पर पहुंच जाएगी?"

"हां, आठ बीस तक कागज़ उस पर लाद दिया जाएगा और आठ इक्कीस पर वैन पालम से गोदाम के लिए रवाना हो जाएगी!"

"फ्लाइट लेट भी तो हो सकती है?"

"जरूर हो सकती है, मगर जरूरी नहीं है, यानी फ्लाइट के लेट होने के आधार पर हम कोई योजना तैयार नहीं कर सकते।"

"क्या तुम कागज़ के विमान से वैन तक पहुंचने की संपूर्ण प्रक्रिया बता सकते हो?"

"विमान के लैंड होते ही आने वाले यात्री कस्टम आदि से गुजरते हुए उस द्वार के माध्यम से बाहर निकलते हैं, जिस पर 'अंतर्राष्ट्रीय आगमन' लिखा है!"

"वह तो जाहिर ही है, क्योंकि फ्लाइट लंदन से आई है!"

"मगर वैन 'राष्ट्रीय आगमन' वाले द्वार पर खड़ी की जाती है और कागज़ दरअसल इसी मार्ग से वैन तक पहुंचता है। लंदन से फ्लाइट आई होने की वजह से उस वक्त सारी गहमागहमी 'अंतर्राष्ट्रीय

आगमन' वाले द्वार से रनवे तक वाले रास्ते पर होती है और इसी गहमागहमी से बचने के लिए कागज़ को देहली पुलिस के जवान गार्ड और एयर इंडिया के अधिकारी अपनी देख-रेख में राष्ट्रीय आगमन वाले द्वार से बाहर निकालते हैं!"

"क्या इस कागज़ को कोई कस्टम अधिकारी चैक नहीं करता है?"

"नहीं!"

"वैन का ड्राइवर और गार्ड एयरपोर्ट पर बीस मिनट कहां गुजारते हैं?"

"यह बात किसी निर्धारित प्रक्रिया में नहीं आती है। बीस मिनट वे जिस तरह चाहें गुजारते हैं हां वैन के इर्द-गिर्द ही रहने के आदेश उन्हें जरूर हैं।"

"तब तो वे प्रतीक्षालय में ही रहते होंगे, क्योंकि वहां आराम से बैठकर प्रत्येक पल वैन को भी अपनी नज़र में रख सकते हैं!"

"आमतौर पर वे प्रतीक्षालय में ही रहते हैं!"

"क्या एयर इंडिया के अधिकारी ड्राइवर और गार्ड को पहचानते हैं?"

"जरूरी नहीं है हां, वर्दी आदि की जानकारी तो सभी को है!"

"वे गार्ड और ड्राइवर तुम्हें तो जानते होंगे?"

"लो भला मुझे क्यों नहीं जानेंगे। हम लोग एक ही विभाग में हैं।"

गजराज चुप रह गया। कुछ सोचता-सा महसूस दे रहा था वह। हम सभी उसकी तरफ देख रहे थे और कुछ देर बाद उसने पुनः ब्रिजेश के सामने सवालों का तांता लगा दिया। ब्रिजेश उसके सभी सवालों का जवाब देता चला गया। गजराज के सवाल ऐसे थे कि हम सबको 'ऊब' होने लगी, मगर टोका किसी ने नहीं। कम से कम मेरी समझ में यह बात बिल्कुल नहीं आ रही थी कि व्यर्थ के से नज़र आने वाले सवाल गजराज क्यों पूछ रहा था। अंत में गजराज ने कहा–"ब्रिजेश

155

द्वारा दी गई जानकारियों के आधार पर मेरे जेहन में कागज़ को लूटने की एक ही रूपरेखा बन रही है!"

टीटू बोला–"हम जानना चाहते हैं!"

"अभी नहीं!"

"क्या मतलब?" मैंने पूछा।

"अभी सिर्फ रूपरेखा बन रही है और वह भी अस्पष्ट और धुंधली-सी। मैं और निकल्सन मिलकर शायद अगले हफ्ते तक उसे किसी ठोस योजना में बदल लेंगे!"

इस तरह अगले हफ्ते हम चारों के सामने योजना रखने की घोषणा के साथ यह मीटिंग समाप्त हो गई और सचमुच गजराज और निकल्सन ने एक योजना रखी। यह योजना दुःसाहसपूर्ण तो जरूर थी, परंतु ठोस थी। किसी भी किस्म के खतरे से बहुत दूर!

"मैं वह योजना जानना चाहता हूं।" नकाबपोश गुर्राया।

बागेश ने एक नज़र विवशता के अंदाज में टीटू की तरफ देखा। दरअसल नकाबपोश के हाथ में दबे रिवॉल्वर का हुक उसकी जुबान खोले हुए था। बोला–"मैं आपको एयरपोर्ट पर घटी घटना सुनाता हूं उसी से स्कीम भी आपकी समझ में आ जाएगी!"

"बको!" नकाबपोश गुर्राया।

उस वक्त आठ बजने में पांच मिनट बाकी थे, जब मैं और टीटू तीन-तीन रुपए के ऐंट्री टिकट लेकर 'राष्ट्रीय आगमन' वाले द्वार से प्रतीक्षालय में दाखिल हुए। योजना के अनुसार वहां हमें गजराज और निकल्सन पहले ही से बैठे नज़र आए।"

अपरिचितों की तरह वे एक-दूसरे से काफी अलग-अलग कुर्सियों पर बैठे थे। आपस में हमारी नज़रें मिलीं जरूर, परंतु किसी ने भी ऐसी कोई प्रतिक्रिया जाहिर नहीं की, जैसे हम आपस में परिचित हों।

हम भी दो खाली कुर्सियों पर बैठ गए।

दिल धड़क रहे थे। शायद इसलिए क्योंकि हम जानते थे कि आने वाले कुछ ही समय बाद यहां बहुत बड़ा बखेड़ा होने वाला है। ऐसा बखेड़ा जिसे हम 'खून-खराबे' का नाम भी दे सकते हैं और उस खून-खराबे में हम सभी को बराबर हिस्सा लेना था।

प्रतीक्षालय में व्यक्तियों की संख्या को भीड़ तो नहीं कहा जा सकता, बहुत कम लोग भी नही थे। पचास के करीब की संख्या तो रही ही होगी।

हम यही सोच-सोचकर दुबले हुए जा रहे थे कि जो कुछ यहां होने वाला है, क्या वह सचमच उतनी ही खामोशी के साथ हो जाएगा जैसा गजराज ने सोचा है? पांच मिनट हमें पांच युगों के समान महसूस हुए, परंतु ये पांच युग गुजरते ही बड़ी तेजी से आकर चमकदार स्टील की बनी एक छोटी-सी वैन 'राष्ट्रीय आगमन' वाले द्वार के ठीक सामने रुकी।

हम प्रतीक्षालय में से ही उसे साफ देख सकते थे।

दिल की धड़कनें इस तरह बढ़ गई जैसे भाप का इंजन धीरे-धीरे रफ्तार पकड़ने की तरफ अग्रसर हो रहा हो। बाहर की तरफ 'यू' के आकार में टर्न लेने के बाद वैन द्वार के अत्यंत समीप सरकती चली आ रही थी और मैंने चोर दृष्टि गजराज और निकल्सन पर डाली।

"उनकी हालत भी कुछ अपने जैसी ही महसूस की। हमने वैन के पिछले तथा ड्राइवर की तरफ वाले दरवाज़े को एक साथ ही खुलते देखा, फिर ड्राइवर और गार्ड एक साथ द्वार की तरफ बढ़े।

वे दोनों अच्छे-खासे स्वस्थ व्यक्ति मालूम पड़ रहे थे। डाइवर के जिस्म पर सफेद वर्दी थी और गार्ड के जिस्म पर खाकी। छज्जे वाली कैप में दोनों खूब जंच रहे थे। गार्ड के कंधे पर इस वक्त भी दुनाली बंदूक थी।

अंदर आने के बाद वे अगल-बगल की दो ऐसी कुर्सियों पर बैठ

गए, जहां से शीशेदार द्वार के बाहर खड़ी वैन पर आराम से नज़र रख सकते थे।

दरवाज़ा पार करके प्रतीक्षालय में दाखिल होते बल्लो पर दृष्टि पड़ते ही मेरा दिल गेंद की तरह उछलकर कंठ में आ अटका।

वह कम्बख्त शक्ल से ही हिंसक नज़र आ रहा था। द्वार के समीप ही खड़े होकर उसने ऊंट की तरह गर्दन उठाई और हॉल में मौजूद एक-एक व्यक्ति पर नज़र डालने लगा। हमें देखकर वह धीमे से मुस्कुराया था, किंतु हममें से किसी ने भी उसकी मुस्कुराहट का जवाब नहीं दिया था।

तभी, दो मिनट बाद लंदन से आने वाली फ्लाइट के लैंड होने की घोषणा हुई। स्कीम के अनुसार बल्लो प्रतीक्षालय को पार करता हुआ रनवे की तरफ जाने वाली गैलरी की तरफ बढ़ गया।

दूसरों की हालत का तो सही वर्णन मैं नहीं कर सकता। परंतु खून-खराबे का समय जितना नजदीक आता जा रहा था, मेरी हालत उसी अनुपात में खस्ता होती जा रही थी।

बल्लो गैलरी में ओझल हो गया।

कुछ ही देर बाद विमान के लैंड होने का ऐलान गूंजा और फिर लैंड होने की आवाज़ प्रतीक्षालय तक आई। वहां किसी किस्म की गहमागहमी नहीं मची, क्योंकि वहां मौजूद किसी भी व्यक्ति का इस फ्लाइट से कोई संबंध नहीं था।

अब सबसे महत्वपूर्ण काम ब्रिजेश का था।

मुझे वहां टहलते पुलिस के जवान और एयर इंडिया के गार्ड जरूरत से कुछ ज्यादा ही सतर्क नज़र आने लगे। मेरा जिस्म सुन्न पड़ने लगा।

तभी आंधी की तरह ब्रिजेश प्रतीक्षालय में दाखिल हुआ। मैंने देखा कि एयर इंडिया का एक गार्ड उसे घूर रहा था और इस तरह से अनभिज्ञ ब्रिजेश तीर की तरह गार्ड और ड्राइवर की तरफ बढ़ा।

मैं सोच रहा था कि गड़बड़ हो गई है, क्योंकि एयर इंडिया के गार्ड

को बराबर उसी की तरफ घूरते देख रहा था। उधर, ब्रिजेश के समीप पहुंचते ही ड्राइवर चौंके हुए स्वर में बोला–"अरे तुम यहां ब्रिजेश?"

"हां मुझे यहां बॉस ने भेजा है।"

वैन के गार्ड ने पूछा–"क्या बात है तुम कुछ घबराए हुए महसूस दे रहे हो?"

"तुम दोनों के लिए एक बहुत ही खास और अर्जेंट मैसेज है!"

"क्या?"

ब्रिजेश ने आतंकित नज़रों से चारों तरफ देखा। फिर बोला–"बहुत बड़ी गड़बड़ हो गई है मगर। नहीं मेरे साथ आओ!" कहने के साथ ही वह जिस तेजी के साथ उन तक आया था, उसी तेजी के साथ रनवे तक जाने वाली गैलरी की तरफ बढ़ गया।

स्वाभाविक रूप से वे दोनों ब्रिजेश के पीछे लपके।

मैं देख रहा था कि अब एयर इंडिया के उस गार्ड ने उन पर से दृष्टि हटा ली है। उन्हें आपस में बातें करते देखकर शायद गार्ड ने यह सोचा था कि वे दोस्त हैं।

काश उसने उनके बीच होने वाली चंद बातें सुन ली होतीं।

जो कुछ उसके सामने हुआ था, उसकी गहराई में न पहुंचकर गार्ड प्रतीक्षालय में मौजूद दूसरे यात्रियों को घूरने लगा। उधर ब्रिजेश, ड्राइवर और वैन का गार्ड गैलरी में लुप्त हो गए थे।

हम चारों की नज़रें आपस में मिलीं।

फिर एक-एक करके हम चारों ही गैलरी की तरफ बढ़ गए। हम गेट नंबर चार की तरफ बढ़ रहे थे। इसी गेट के माध्यम से कागज़ बाहर आ रहा था।

गैलरी सुनसान पड़ी थी।

जेंट्स टॉयलेट के करीब हम ठिठके। रनवे पर खड़ा लंदन से आने वाला विमान वहीं से साफ चमक रहा था। लगभग सारे यात्री विमान

से उतरकर कस्टम की तरफ बढ़ चुके थे।

एयर इंडिया के कर्मचारी विमान के गर्भ से यात्रियों का सामान निकाल हाथ से चलने वाली गाड़ियों पर लाद रहे थे।

उसी सामान में खास कागज़ भी था।

कागज़ के चारों तरफ मुझे सचमुच सशस्त्र जवान मुस्तैदी के साथ खड़े नज़र आए और गजराज, निकल्सन तथा टीटू के साथ मैं भी टॉयलेट में घुस गया।

वैन का ड्राइवर और गार्ड वहीं थे। ब्रिजेश भी। बल्लो एक कोने में पेशाब करने का नाटक कर रहा था।

"बोलो भी क्या बात है। क्या कहलवाया है बॉस ने?" ब्रिजेश ने कुछ ऐसे अंदाज में हम चारों की तरफ इशारा किया, जैसे उनसे कह रहा हो कि हम लोगों की मौजूदगी में भला वह बॉस का संदेश कैसे दे सकता है?"

हम टॉयलेट के लिए बने पार्टीशन की तरफ बढ़ गए। टॉयलेट बहुत बड़ा नहीं था और इस वक्त वहां केवल हम ही थे।

पार्टीशन की तरफ गार्ड और ड्राइवर की पीठ थी।

वे ब्रिजेश के मुंह अपने बॉस का संदेश सुनने के लिए बेताब नज़र आ रहे थे और उनसे कहीं ज्यादा का अभिनय ब्रिजेश कर रहा था।

इस क्षण बल्लो सहित हम पांचों ने अपनी-अपनी जेबों से काले रंग के नकाब निकालकर सिर और चेहरों पर डाल लिए।

गार्ड और ड्राइवर इस तरफ पीठ होने के कारण हमारी हरकत को नहीं देख सके थे। बेचैनी के साथ ड्राइवर ने कहा–"ओफ्फो उनकी परवाह न कर ब्रिजेश। जल्दी से बताओ कि बॉस ने क्या कहलवाया है?"

"संदेश सीक्रेट है!" ब्रिजेश ने हमारी तरफ चोर दृष्टि से देखते हुए कहा–"ओह अच्छा खैर, तुम इधर आओ!" कहने के साथ

योजनानुसार वह ड्राइवर का हाथ पकड़े लैट्रीन वाले केबिन की तरफ ले गया।

अभी लैट्रीन का दरवाज़ा उसने खोला ही था कि बल्लो फुर्ती से लैट्रीन की तरफ झपटा। मैं और टीटू अपनी तरफ पीठ किए खड़े गार्ड की तरफ।

उधर वही काम गजराज कर था, अतः आनन-फानन में ड्राइवर और गार्ड हमारे कब्जे में थे। हम छह थे वे दो!

चाहकर भी बेचारे कर क्या सकते थे?

वे हमारे बंधनों में छटपटा रहे थे। मुक्त होना तो दूर स्वेच्छा से चीख भी नहीं सकते थे।

निकल्सन ने इस बीच टॉयलेट का दरवाज़ा अंदर से बंद कर लिया था और उस वक्त मेरे रोंगटे खड़े हो गए, जब वहां किर्र-र की आवाज़ गूंजी।

मैं जानता था कि यह बल्लो के चौदह इंच लंबे गरारीदार चाकू की आवाज़ है। नजदीक आता हुआ निकल्सन तीव्र स्वर में बोला–"समय कम है जल्दी करो खींचकर लैट्रीन में ले जाओ इन्हें।"

उधर गजराज, ब्रिजेश तथा इधर मैं और टीटू पहले ही यह कोशिश कर रहे थे। गार्ड को खींचकर लेन की तरफ ले जाना आसान नहीं था, क्योकि हमारे बंधनों से निकलने के लिए वह भरपूर चेष्टा कर रहा था।

हमसे ले गजराज और ब्रिजेश ड्राइवर को लिए एक लैट्रीन में घुस गए और गार्ड को खींचते समय मैंने चमकदार लंबा चाकू हाथ में लिए बल्लो को उस लैट्रीन में दाखिल होते देखा।

इस लैट्रीन का दरवाज़ा बंद हो गया।

टॉयलेट के अंदर केवल दो लैट्रीन केबिंस थे और गार्ड को जकड़े हम दूसरे केबिन की तरफ ही बढ़ रहे थे!

दरवाज़े के समीप पहुंचकर निकल्सन ने उसे खोलना चाहा, परंतु

वह खुला नहीं और इस अप्रत्याशित स्थिति ने निकल्सन को एकदम बौखला दिया।

उसने तीव्र स्वर में कहा–"इस लैट्रीन का दरवाज़ा अदंर से बंद है!"

मेरे और टीटू के होश फाख्ता हो गए।

दरवाज़े के अंदर से बंद होने का एक ही अर्थ था–"लैट्रीन में कोई है।"

और इस संभावना ने हमारे रोंगटे खड़े कर दिए।

निकल्सन ने फुर्ती से अपना अवैध रिवॉल्वर निकाल लिया और बंद दरवाज़े को पीटता हुआ गर्जा–"कौन है अंदर, बाहर निकलो!"

तभी उस केबिन के अंदर से एक घुटी-घुटी चीख उभरकर समूचे टॉयलेट में गूंज गई जिसके अंदर ब्रिजेश, गजराज और बल्लो ड्राइवर को लेकर घुसे थे।

मैं समझ सकता था कि यह चीख क्यों और किसके मुंह से निकली होगी?

मेरी आंखों के सामने खून ही खून नाच गया। ड्राइवर के जिस्म से निकला खून और उस खून से रंगा बल्लो का चाकू।

इधर रिवॉल्वर संभाले निकल्सन केबिन की दीवार पर चढ़ गया।

लैट्रीन केबिंस की दीवारें टॉयलेट की छत तक नहीं गई थीं। बल्कि छत से करीब दो फुट नीचे ही उनका शीर्ष था और इसी शीर्ष पर पहुंचकर निकल्सन ने केबिन नंबर दो के अंदर मौजूद व्यक्ति को रिवॉल्वर से कवर करके कहा–"हाथ ऊपर उठा लो।"

हम गार्ड को जकड़े खड़े थे।

निकल्सन बड़े ही खतरनाक स्वर में कह रहा था–"अगर मुंह से कोई भी आवाज़ निकालने की कोशिश की तो गोली मार दूंगा!"

निश्चय ही केबिन के अंदर मौजूद युवक की सिट्टी-पिट्टी गुम हो गई थी।

"दरवाज़ा खोलकर बाहर निकल!" निकल्सन ने गुर्राकर दूसरा आदेश दिया।

अगले क्षण दरवाज़ा खुला और जो व्यक्ति बाहर निकला, उसका चेहरा पीला जर्द पड़ा हुआ था। जिस्म पर मौजूद कपड़े ही बता रहे थे कि वह कोई टैक्सी ड्राइवर है।

भयवश वह थर-थर कांप रहा था।

वह शायद कोई डरपोक किस्म का व्यक्ति था, जिसने लैट्रीन में बैठे होने पर हमारी आवाज़ें सुनने के बावजूद भी शोर मचाने का साहस नहीं किया था।

अभी शायद वह टॉयलेट के अंदर घट रही घटना को ठीक से समझने की चेष्टा कर ही रहा था कि ऊपर से कूदते हुए निकल्सन ने रिवॉल्वर के दस्ते का वार जोर से उसकी खोपड़ी पर किया। वह फर्श पर लुढ़क गया।

टैक्सी ड्राइवर बेहोश हो चुका था।

उसके बेहोश जिस्म को खींचकर दरवाज़े के समीप से हटाते निकल्सन ने तीव्र स्वर में हमसे कहा–"उसे अंदर ले आओ। जल्दी करो बहुत देर हो गई है।"

गार्ड को संभाले हम आगे बढ़े।

तभी पहले केबिन का दरवाज़ा खुला।

हाथ में खून से रंगा चाकू लिए बल्लो, गजराज और ब्रिजेश बाहर निकले, गजराज और ब्रिजेश के चेहरे कागज़ की तरह सफेद पड़े हुए थे, जबकि बल्लो के होंठों पर अब भी क्रूर मुस्कुराहट नाच रही थी। आंखों में हिंसक चमक नज़र आ रही थी, जो बेहोश टैक्सी ड्राइवर को देखते ही कुछ और बढ़ गई। बोला–"ये कौन है?"

"इस लैट्रीन में मौजूद था कम्बख्त!" निकल्सन ने बताया।

"ओह!"

"अब हमारे पास ज्यादा समय नहीं है बल्लो, अगर कोई टॉयलेट के लिए इधर आ गया तो दरवाज़ा अंदर से बंद पाकर चौंक पड़ेगा। जल्दी करो।"

मैं और टीटू गार्ड को खींचते हुए लैट्रीन के अंदर ले गए। हमारे पीछे ही झपटते हुए बल्लो ने भी अंदर कदम रखा और अंदर कदम रखते ही वहां बिजली-सी कौंधी। बल्लो के हाथ में दबा चाकू गार्ड के पेट में धंस गया।

गार्ड ने पूरी ताकत से चीख पड़ना चाहा।

परंतु बौखलाए हुए मैंने इस चीख को टॉयलेट की सरहद से बाहर नहीं निकलने दिया। मैं और टीटू उस वक्त बुरी तरह कांप रहे थे जब बल्लो ने पूरी बेरहमी के साथ गार्ड के पेट में धंसे चाकू को एक वृत्त की शक्ल में घुमाया।

घुटी-घुटी-सी चीख के साथ गार्ड का जिस्म ठंडा और ढीला पड़ गया। लगभग एक साथ ही मैंने और टीटू ने उसे छोड़ दिया।

लाश धम्म से लैट्रीन फ्लश पर गिरी।

फिर हम तीनों लैट्रीन से बाहर निकल आए। बल्लो ने निकल्सन से कहा–"क्या इस टैक्सी ड्राइवर का भी क्रियाकर्म करना है?"

"नहीं इसकी जरूरत नहीं है!"

मैं जल्दी से बोला–"यह हमारे बारे में किसी को बता सकता है!"

"हममें से किसी की शक्ल नहीं देखी है इसने और व्यर्थ का खून-खराबा मुझे पसंद नहीं है। इसे इसी अवस्था में किसी भी लाश के साथ बंद कर दो!"

गजराज टैक्सी ड्राइवर के बेहोश जिस्म को पकड़कर दूसरे नंबर के लैट्रीन केबिन में घुस गया और निकल्सन पहले में, दोनों ने अंदर से बंद कर लिए।

बल्लो ने खून से रंगा चाकू बंद करके जेब में डाल लिया।

मैंने और ब्रिजेश ने अपने ओवरकोट की जेब से छज्जे वाले कैप

निकालकर सिरों पर रख लिए। ओवरकोट उतारकर टीटू को संभलवाए।

अब मेरे जिस्म पर वैन के गार्ड जैसी वर्दी थी और ब्रिजेश के जिस्म पर ड्राइवर जैसी। दोनों लैट्रीन केबिंस का दरवाज़ा अंदर से बंद करने के बाद निकल्सन और गजराज ऊपर की तरफ से टॉयलेट के फर्श पर कूद पड़े।

बल्लो अंदर से बंद टॉयलेट की चटकनी खोलने के लिए आगे बढ़ा।

"कोई खास गड़बड़ नहीं हुई थी और टैक्सी ड्राइवर के रूप में जो थोड़ी बहुत गड़बड़ हुई थी, उसे समय रहते सुधार लिया गया था।"

टॉयलेट के अंदर का सारा काम मुश्किल से हमने दस मिनट में पूरा कर लिया था और इन दस मिनटों में कोई भी टॉयलेट के लिए इधर नहीं आया था।

और अब हमें वहां कम-से-कम टॉयलेट के लिए किसी के आने की कोई परवाह नहीं थी, क्योंकि दोनों लाशें और एक बेहोश लैट्रीन केबिंस में बंद थे। टॉयलेट के लिए आने वाले वहां होकर जा सकते थे। उनमें से किसी को पता नहीं लग सकता था कि लैट्रीन केबिंस में क्या है?

हां लैट्रीन के लिए अंदर आने वाले किसी भी व्यक्ति से खतरा जरूर था, मगर वह भी ऐसा नहीं कि हमें अपने फंस जाने का डर हो।

इस संबंध में योजना बनाते समय गजराज कहा था कि लैट्रीन का इस्तेमाल बहुत ही कम लोग करते हैं, अतः लैट्रीन के लिए शीघ्र ही किसी के पहुंचने की संभावना बहुत कम है।

फिर भी अगर मान लें कि वहां कोई पहुंच जाता है तो वह दोनों केबिंस को अंदर से बंद पर यही सोचेगा कि शायद अंदर उससे पहले ही कोई बैठा है। कम-से-कम पंदह मिनट तक उसे किसी किस्म का शक नहीं होगा। बाहर खड़ा लैट्रीन खाली होने की प्रतीक्षा करता रहेगा और इतना समय हमारे लिए काफी है!"

गजराज का यह ख्याल इस वक्त मुझे दुरुस्त लगा।

बल्लो द्वारा टॉयलेट का दरवाज़ा खोले जाने के तीन मिनट बाद तक भी वहां टॉयलेट या लैट्रीन के लिए कोई नहीं आया। गजराज ने एक संभावना व्यक्त की–"अगर वह टैक्सी ड्राइवर पंद्रह मिनट से पहले होश में आ गया निकल्सन?"

"तीस मिनट से पहले उसे होश नहीं आएगा!" निकल्सन ने पूरे कॉन्फीडेंस के साथ कहा। फिर अपनी रिस्टवॉच पर नज़र डालता हुआ बोला–"कागज़ वैन में रखा जा रहा होगा तुम निकलो ब्रिजेश और बागेश!"

बिना कुछ बोले हम टॉयलेट के दरवाज़े की तरफ बढ़ गए। ब्रिजेश की उस वक्त की मन:स्थिति की तो मैं ठीक से नहीं बता सकता किंतु जहां तक मेरा प्रश्न है हौंसले जवाब दे रहे थे, मगर योजना के अनुसार काम तो करना ही था।

कम-से-कम इतने आगे बढ़ने के बाद वापस नहीं लौटा जा सकता था।

योजना के सबसे खतरनाक और संवेदनशील कार्य इस टॉयलेट में कंप्लीट हो चुका था।

इससे कुछ कम परंतु दूसरे नंबर के खतरनाक और संवेदनशील क्षण अब उस काम को करने में आने वाले थे, जिसे करने का भार मेरे और ब्रिजेश के कंधों पर था। वह काम था एयरपोर्ट से वैन को ले जाना।

कोई भी यह बातें ताड़ सकता था कि वैन के ड्राइवर और गार्ड बदल गए हैं।

हमने कैप्स के छज्जे झुका लिए। गैलरी पार करते समय अचानक ही मुझे उस गार्ड का ख्याल आ गया, जो निरंतर काफी देर तक ड्राइवर और ब्रिजेश को घूरता रहा था।

जेहन में उसकी आकृति उभरते ही मेरे मस्तक पर पसीना उभरने लगा। लगने लगा कि वह निश्चय ही इस परिवर्तन को ताड़ जाएगा।

मेरी आंखों के सामने लैट्रीन केबिंस में पड़ी लाशें चकरा गईं।

लगा कि जेल की चक्की पीसने का अवसर नहीं मिलेगा मुझे। जुर्म इतना संगीन हो चुका है कि फांसी का फंदा सीधा मेरी गर्दन में डाल दिया जाएगा!

ये कल्पनाएं मेरे होश उड़ाए दे रही थी।

बहुत चाहा कि अपने दिमाग को उन भयानक कल्पनाओं से मुक्त कर लूं किंतु सफल न हो सका और उसी मानसिक तनाव से घिरा प्रतीक्षालय में पहुंच गया।

उस वक्त सशस्त्र पहरे में कागज़ का आखिरी बंडल वैन में रखा जा रहा था।

"तेजी से आओ!" कहने के साथ ही ब्रिजेश ने रफ्तार बढ़ा दी और किंकर्तव्यविमूढ़-सा मैं उसके पीछे लपक लिया। मेरी नज़र प्रत्येक पल उस गार्ड को तलाश कर रही थी।

इस डर से मैं मरा जा रहा था कि कहीं खड़ा वह हमें न देख रहा हो भगवान से बार-बार यही दुआ करता हुआ ब्रिजेश के साथ दरवाज़े की तरफ बढ़ रहा था कि वैन को यहां से लेकर निकलने तक कोई गड़बड़ न हो।

वैन के नजदीक ही खड़ा वह गार्ड मुझे नज़र आया।

उसकी तरफ से मैंने मुंह घुमा लिया। दरवाज़ा पार करते ही लपकने के से अंदाज में वैन के पिछले केबिन की तरफ बढ़ा और उधर लगभग मुझ जैसी ही अवस्था में ब्रिजेश ड्राइविंग कक्ष की तरफ।

पिछले कक्ष में दाखिल होते ही मैंने झट से दरवाज़ा बंद कर लिया। इधर से ड्राइविंग कक्ष का दरवाज़ा भी बंद होने की आवाज़ आई।

मैंने जल्दी से ढूंढकर स्विच दबा दिया।

अब दरवाज़ा अंदर से लॉक हो चुका था और वह मेरी इजाजत के बिना नहीं खुल सकता था।

टॉयलेट से निकलने के बाद इस क्षण पहली बार मैंने ठीक से सांस ली। अब मैं सुरक्षित था।

वैन का इंजन जाग उठा।

यह संकेत था कि कोई गड़बड़ नहीं हुई है। हम सफल हो गए हैं। यह दूसरा और अंतिम संवेदनशील काम भी सफलतापूर्वक पूरा हो गया है!

भगवान ने मेरी सुन ली थी।

उस क्षण मैं सोच रहा था कि इस वैन और वैन में भरे कागज़, बल्कि कागज़ नहीं चार करोड़ अस्सी लाख रुपए के मालिक हम हैं। नहीं जानता था कि असल गड़बड़ तो अब होने वाली थी!

ऐसी गड़बड़, जिसके बारे में हममें से किसी ने कभी ख्वाब में भी नहीं सोचा था।

वैन एयरपोर्ट से रवाना हो गई।

टैक्सी स्टैंड को पार करती हुई सड़क पर आई और फिर गोली-सी गति के साथ देहली के अंदर आने वाली सड़क पर दौड़ने लगी।

गुड़गांव रोड वाले चौराहे से गुजरते ही ब्रिजेश ने अपनी तरफ से पार्टीशन के बीच बने मोखले को खोल लिया बोला–"कैसे हो दोस्त?"

ठीक हूं ब्रिजेश हमने बाजी मार ली है!" सफलता के नशे में चूर जोश में भरा कहता ही चला गया–"अब सारी दुनिया की पुलिस मिल जाने पर भी हमें तलाश नहीं कर सकेगी। हम चार करोड़ अस्सी लाख के मालिक हैं बिरजू चार करोड़ अस्सी लाख के। वाह मजा आ गया।"

ठहाका लगाकर हंस पड़ा ब्रिजेश!

अब न मेरी आंखों के सामने टॉयलेट की लैट्रीन के केबिंस में पड़ी लाशें चकरा रही थीं, न ही उस गार्ड की आकृति।

जो गुजर चुका था, उस पर सोचने का होश किसे था?

मैं विंडस्क्रीन के पार जगमग करके चमचमा रही सड़क को देख रहा था। वैन के आगे एक मर्सीडीज चली जा रही थी। ब्रिजेश से

बोला–"सामने वह मर्सीडीज चली जा रही है ब्रिजेश।"

"हूं मर्सीडीज होती क्या है?"

"मैं सोच रहा हूं कि भरी सड़क पर वाहनों के बीच यह वैन रॉबरी हो रही है, किसी कम्बख्त को गुमान तक नहीं है सब अपनी धुन में मग्न है!"

इसी तरह की मूर्खतापूर्ण बातें करते पांच मिनट गुजर गए। उस वक्त वैन बसंत विहार से आने वाली रोड को क्रॉस करके आगे बढ़ रही थी, जब मैंने कहा–"बस थोड़ा आगे जाकर हमें यह सड़क छोड़ देनी है!"

"जानता हूं!" कहने के साथ ही ब्रिजेश ने अपना ध्यान ड्राइविंग पर केंद्रित कर दिया अब, उसे ज्यादा डिस्टर्ब करना मैंने भी उचित नहीं समझा।

एक सड़क पालम गांव से आकर इस सड़क से मिलती है, मगर उस सड़क तक पहुंचने से पहले ही ब्रिजेश ने योजनानुसार वैन दाईं तरफ की एक पतली, किंतु पक्की सड़क पर मोड़ दी।

अब वैन हिचकोले खाने लगी थी।

दो मिनट के बाद ही हमारी वैन अंधेरे में थी, परंतु वैन की शक्तिशाली हैडलाइट्स कम-से-कम ब्रिजेश को कोई परेशानी नहीं होने दे रही थी।

पांच मिनट में हम मुख्य सड़क से काफी दूर निकल आए।

सात मिनट बाद उसने निश्चित स्थान पर वैन रोक दी। बोला–"उतर जाओ बागेश, अब तुम्हें ट्रक में आ रहे साथियों की मदद करनी है!"

"जानता हूं। एक मिनट भी गंवाए बिना तुम यहां से निकल जाओ!" कहने के साथ ही मैंने स्विच ऑन किया। दरवाज़े का लॉक खुल गया।

दरवाज़ा खोलकर मैं वैन के बाहर कूद गया।

इधर मैंने बाहर ही से दरवाज़ा वापस बंद किया और उधर ब्रिजेश ने वैन थोड़ी-सी बैक की उसकी दिशा बदली और थोड़ी-सी मेहनत के

बाद ही वह वैन को इस छोटी-सी सड़क पर तिरछी करने में कामयाब हो गया।

अब वैन की हैडलाइट दाईं तरफ दूर तक फैले प्लेन खेतों को रोशन कर रही थी और इन्हीं खेतों में लोहे की छः-छः इंच मोटी विशाल चादरें पड़ी थीं।

वे चादरें दस फिट चौड़ी और बीस फिट लंबी थीं।

एक-दूसरे से मिलीं वे दूर तक पड़ी नज़र आ रही थी। संक्षेप में अगर यह कहा जाए तो गलत होगा कि खेतों में दस फिट चौड़ी तथा तीन सौ फिट लंबी लोहे की पूरी एक सड़क बनी और यह सड़क गजराज की योजना के अनुसार एयरपोर्ट पर पहुंचने से पहले हम ही लोगों ने तैयार की थी।

हम लोहे की इन चादरों को एक ट्रक में भरकर यहां लाए थे। कुल पंद्रह चादरें थी और हम सबने मिलकर इन्हें एक दूसरे से हुए इस सड़क के छोर से खेतों-खेतों एक ऐसी छोटी सड़क से मिला दिया था, जिसका संबंध न तो किसी रूप से इसी सड़क से था और न ही देहली-पालम की मुख्य सड़क से।

योजना के अनुसार वैन को लोहे की इस सड़क से उस छोटी सड़क पर पहुंच जाना था। बस, वहां अपने गंतव्य पर।

यह सारा इंतजाम इसलिए किया गया था, क्योंकि वैन के गायब होने की सूचना मिलते ही पुलिस के द्वारा मुख्य मार्ग तथा उससे जुड़ी सड़कों की खाक छान मारना स्वाभाविक ही था, अतः हम ऐसी किसी सड़क पर नहीं रह सकते थे।

पहले धीरे से सरककर वैन नीचे उतरी और फिर धीमी चाल से खेतों के बीच बनी लोहे की सड़क को पार करने लगी। वैन के बोझ से लोहे की चादरों के अंतिम सिरे आपस में टकराकर हल्की-हल्की आवाज़ें उत्पन्न कर रहे थे।

मगर वहां दूर तक भी इन आवाज़ों की तरफ कोई ध्यान देने वाला

नहीं था। मैं आराम से वहां खड़ा खेतों के बीच छाए अंधेरे में गुम होती वैन को देखता रहा। अब मैं सिर्फ वैन की उपस्थिति का अहसास उसकी लाइटों से ही कर सकता था।

जानता था कि हमारे द्वारा बनाई गई लोहे की उस टेम्परेरी सड़क को वैन ज्यादा-से-ज्यादा पांच मिनट में तय कर लेगी, मगर इन पांच मिनटों की वजह से ही फिर सारी जिंदगी भी पुलिस उसे तलाश नहीं कर सकती थी।

अंधेरे के बीच यूं खड़े मुझे पांच मिनट गुजर गए।

अब न वातावरण में लोहे की चादरों की आवाज़ गूंज रही थी और न ही वैन की लाइटें नज़र आ रही थी। समझ सकता था कि वैन उस छोटी-सी सड़क पर पहुंचने के बाद पेड़ों के झुरमुट में खो गई है।

पांच मिनट बाद रोशनी के दो बिंदु नज़र आए थे। वे निरंतर मेरे नजदीक आते जा रहे थे, फिर ट्रक के इंजन की गड़गड़ाहट भी कानों तक पहुंचीं और कुछ ही देर बाद एक ट्रक बिल्कुल नजदीक आ रुका।

उसमें से गजराज, निकल्सन, टीटू और बल्लो कूदे!

"क्या रहा?" मेरी तरफ झपटते से निकल्सन ने पूछा।

मैंने बताया–"वैन लोहे की सड़क पार कर गई है!"

"गुड अब हमें लोहे की सड़क हमेशा के लिए खत्म कर देनी है।" कहने के साथ ही गजराज पुनः ट्रक की ड्राइविंग सीट की तरफ लपका और फिर अगले ही पल ट्रक का इंजन जाग उठा।

ट्रक ने टर्न लिया और फिर वह भी वैन की तरह ही लोहे की सड़क पर उतर गया। ट्रक पहली चादर पार करने के बाद दूसरी चादर पर रुक गया।

गजराज खेत में कूदा।

निकल्सन ने कहा–"जल्दी करो ये पहली चादर ट्रक में रखवा दो!"

यह वाक्य निकल्सन ने व्यर्थ ही बोला था, क्योंकि हम सभी जानते

थे कि अब यह काम करना है। कठोर परिश्रम के इस काम को चार व्यक्तियों की अपेक्षा पांच ज्यादा आसानी से कर सकते थे इसीलिए मुझे वैन से यहां उतरने की जरूरत पड़ी थी। काश योजना में मेरा वहां उतरना जरूरी न होता!

बल्लो ट्रक पर चढ़ गया।

चादर के चार कोनों पर हम चारों लगे और फिर थोड़े से श्रम के बाद हमने सारी चादर खेत से उठाकर ट्रक में लाद दी। जेब से टॉर्च निकालकर निकल्सन सरकारी सड़क की तरफ बढ़ा।

कुछ देर तक बहुत ध्यान से उस स्थान का निरीक्षण करता रहा जहां से ट्रक और वैन सड़क छोड़कर चादर पर आई थीं।

संतुष्ट होकर ट्रक के नजदीक लौटा बोला–"वहां वैन या ट्रक में से किसी के भी पहियों के निशान नहीं हैं कोई ख्वाब में भी नहीं सोच सकेगा कि वहां से सड़क छोड़कर खेतों में उतर गई है।"

"मेरे ख्याल से समय तेजी से गुजर रहा है। हमें जल्दी करनी चाहिए।" कहने के बाद गजराज पुनः ट्रक की ड्राइविंग सीट की तरफ बढ़ गया।

ट्रक तीसरी चादर पर खड़ा करके हमने दूसरे नंबर की चादर ट्रक में चढ़ा दी। चौथी चादर पर खड़ा करके तीसरी। इसी प्रकार चादरों को ट्रक में लादते हम उस छोटी-सी सड़क पर पहुंच गए, जिसका संबंध न मुख्य मार्ग से था और न ही उससे जिससे हम यहां पहुंचे थे।

सड़क पर खड़े ट्रक में पूरी पंद्रह चादरें लदी थी।

अब हमने ट्रक से पूरे पांच फावड़े उठाए। खेत जहां हमने सड़क बनाई थी वहां की मिट्टी थोड़ी सख्त हो गई थी और फाबड़ों से हमने उसे दुरुस्त कर दिया।

यह काम कठिन तो नहीं था, मगर फिर भी पूरा एक घंटा लग गया।

इस समय हम जो भी कुछ कर रहे थे, उसका लक्ष्य मात्र था कि

पुलिस किसी भी माध्यम से वैन तक न पहुंच सके और पूर्णतया संतुष्ट होने के बाद ही हमने अपने फावड़े ट्रक में रखे।

फिर ट्रक वहां से रवाना हो गया।

हम सभी खुश थे। मगर नहीं जानते थे कि सारी योजना पूरी तरह कामयाब होने के बावजूद भी हम असफल हो गए हैं।

"इस सड़क पर दस किलोमीटर चलने के बाद योजनानुसार हम गजराज के फार्म पर पहुंच गए। यह फार्म उसकी बीवी की मिल्कियत का एक हिस्सा है।" बागेश बताता ही चला गया–"वहां गजराज की कई हजार गज जमीन है। उसकी देखभाल भले ही गजराज करता हो, परंतु नाम सबकुछ उसकी बीवी के ही है। इसी जमीन के काफी बड़े हिस्से में उसने 'फार्म हाउस' बना रखा है। घने विशाल और ऊंचे-नीचे वृक्षों से घिरे इस फार्म हाउस में आलू रखने के लिए एक बहुत बड़ा गोदाम है। किसी कोल्ड स्टोरेज के हॉल जितना बड़ा है!"

"फिर?" ध्यान से सुनते हुए नकाबपोश ने कहा।

"इस हॉल के दरवाज़े को हम फाटक कह सकते हैं। टीन के बड़े-बड़े किवाड़ों से युक्त एक इतना विशाल फाटक जिसमें ट्रक आसानी से प्रविष्ट हो सके। कोल्ड स्टोरेज के लिए आलू ले जाने वाले ट्रक यहां से आते-जाते रहते हैं। जब हमने उस फाटक के सामने ट्रक रोका तो एक साथ सभी चौंक पड़े!"

"क्यों?"

"चौंकने का कारण था फाटक पर लटक रहा मोटा ताला!"

"मतलब?"

"योजना के अनुसार दरवाज़ा खुला मिलना चाहिए था!"

"विस्तार से बताओ!"

"इस हॉल के फर्श का बीचोबीच वाला काफी बड़ा स्थान ऐसा है, जो एक गुप्त बटन दबाने पर अपने स्थान से गायब हो जाता है। यहीं से

173

एक ढलवां सड़क फर्श के नीचे चली गई है।

ट्रक इस सडक पर आराम से उतर सकता है और नीचे एक ऊपर वाले हॉल जितना ही बड़ा दूसरा हॉल है।"

"यानी तहखाना?"

"जी हां, इतना बड़ा कि जिसमें ट्रक आसानी से जा सके। तहखाने में एक अन्य गुप्त बटन है, जिससे नीचे पहुंचकर तहखाने के द्वार को बंद किया जा सकता है और द्वार बंद होने के बाद ऊपर वाले गोदाम में टहलता कोई व्यक्ति यह कल्पना नहीं कर सकता कि इसके नीचे इतना ही बड़ा एक और हॉल है। मैं यह तो न नहीं जानता था कि यह तहखाना भी गजराज की बीवी की मिल्कियत है या इसका निर्माण फार्म के अपने कब्जे में होने के बाद गजराज ने खुद करवाया था, मगर इस तहखाने में गजराज द्वारा किया गया इंतजाम हमें पसंद आया था!"

"कैसा इंतजाम?"

"वहां दो प्रिंटिंग मशीनें खड़ी थीं, प्रेस से संबंधित अन्य सारा सामान भी वहां मौजूद था–इंक, रूले और चेस आदि।"

"यानी नोट इसी तहखाने में तैयार होने थे?"

"जी हां और योजना के अनुसार ब्रिजेश का काम वैन को इसी के नीचे छुपे तहखाने में पहुंचा देना था। जिस ढंग से सबकुछ हुआ था, उसके मुताबिक ब्रिजेश को यहां हमसे डेढ़ घंटे पहले ही पहुंच जाना चाहिए था!"

"ओह।!"

"मगर गोदाम के फाटक पर झूल रहा ताला इस बात का गवाह था कि वह अभी तक वहां नहीं पहुंचा है। असमंजस में फंसे हम पांचों बेचैन और व्यग्र से ब्रिजेश के अभी तक यहां न पहुंचने पर बातें करते रहे। ताले की चाबी भी उसी के पास थी। ताले को तोड़कर हम गोदाम में और फिर ट्रक समेत तहखाने में पहुंच गए, मगर वैन या ब्रिजेश वहां भी नहीं था!"

"गुड यानी ब्रिजेश वैन को लेकर गायब हो गया था?"

"हां!" बागेश ने बताया–"और हम यही सोच-सोचकर हैरान थे कि ब्रिजेश वैन समेत कहां, कैसे और क्यों गायब हो गया है?"

"शायद उसके दिमाग में बदी आ गई थी!"

"विचार-विमर्श करते जो ढेर सारे कारण हमें सूझे उनमें वैन समेत ब्रिजेश के गायब होने का यह भी एक सशक्त कारण था मगर हमें कुछ जंच नहीं रहा था, क्योंकि प्रिंटिंग प्रेस और हमारे अभाव में ब्रिजेश के लिए वह कागज़ 'आम' कागज़ से ज्यादा काम का नहीं था। वह नोट तैयार नहीं कर सकता था!"

"यकीनन!"

"इसीलिए हमें उसके दिमाग में बदी आ जाने और कागज़ को लेकर स्वेच्छा से गायब हो जाने वाली बात नहीं जंच रही थी, अतः सोचने लगे कि कहीं वह किसी खतरे में तो नहीं फंस गया है। किसी अप्रत्याशित मुसीबत का शिकार तो नहीं हो गया है वह। मगर वैन हमें रास्ते में भी कहीं नहीं मिली थी और यही सब सोचते-सोचते टीटू ने कहा–"कहीं वह उल्लू का पट्ठा 'फार्म हाउस' का रास्ता तो नहीं भूल गया है?"

दिल इस बात को भी नहीं मान रहा था, क्योंकि 'फार्म हाउस' का रास्ता इतना पेचदार नहीं था कि जिसे ब्रिजेश भूल गया हो। फिर भी सारी रात हम उस सड़क पर वैन और ब्रिजेश की तलाश में खाक छानते रहे!

मिलता तो तब जब वह सड़क पर होता।

हम सब परेशान, हैरान और झुंझलाए हुए थे। ऐसे लुटेरों की मानसिक स्थिति की कल्पना कोई भी कर सकता है, जो कुछ ही देर पहले तक खुद को करोड़पति समझ रहे थे। सारी योजना अक्षरशः खरी उतरी थी, परंतु वैन से बहुत दूर थे।

सुबह का समाचार-पत्र पढ़कर हमारी खोपड़ी उलट गई।

समाचार-पत्र के अनुसार वैन रॉबरी की सूचना पुलिस को रात के नौ बजे मिली। तब, जबकि निश्चित समय पर वैन गोदाम में नहीं पहुंची।

पुलिस सक्रिय हो उठी।

वायरलेस पर वैन के चालक कक्ष से संबंध स्थापित करने की जी तोड़, परंतु नाकाम कोशिश की जाती रही। पुलिस की जीपों ने एयरपोर्ट से गोदाम तक के रास्ते की खाक छान मारी।

उधर साढे नौ बजे लैट्रीन केबिन में पड़ा ड्राइवर होश में आया। वहां से निकलकर जब उसने टॉयलेट में हुए कांड की जानकारी एयर इंडिया के अधिकारियों को दी तो हड़कंप मच गया।

लैट्रीन से प्राप्त होने वाली लाशों ने तो तहलका ही मचा दिया।

अब स्पष्ट हो चुका था कि वैन की रॉबरी कर ली गई। मुख्य मार्ग और उससे जुड़ी सभी सड़कों को चैक कर लिया गया। नाकेबंदी कर ली गई, मगर सब व्यर्थ, अखबार छपने तक पुलिस वैन का पता नहीं लगा पाई थी।

उधर टैक्सी ड्राइवर ने पुलिस को बताया कि वह नकाब के कारण लुटेरों में से किसी की शक्ल नहीं देख सका था। हां, लैट्रीन में ही उसने एक लुटेरे द्वारा दूसरे लुटेरे को ब्रिजेश कहते जरूर सुना था।

पुलिस जान गई कि एक लुटेरे का नाम ब्रिजेश है।

एयर इंडिया के एक गार्ड ने बताया कि हड़बड़ाया-सा एक युवक वैन के गार्ड और ड्राइवर के पास आया था। वह शायद उनका कोई परिचित था। वे उसके साथ प्रतीक्षालय टॉयलेट की तरफ चले गए थे।

पुलिस के साथ ही ब्रिजेश के महकमे का बॉस भी था। पुलिस के पूछने पर गार्ड ने उस युवक का हुलिया बताया, बॉस उछल पड़ा। यह हुलिया उसके एक थर्ड ग्रेड के ब्रिजेश नामक कर्मचारी से मिलता था।

पुलिस को सूत्र मिल गया।

वह जान गई कि ब्रिजेश नामक महकमे का वह थर्ड ग्रेड कर्मचारी लुटेरों से मिला हुआ है।

पुलिस जीपें ब्रिजेश के घर की तरफ दौड़ पड़ी, मगर वह वहां नहीं था।

ब्रिजेश की पत्नी और बच्चा मिले!

पत्नी पुलिस को सिर्फ इतना ही बता सकी कि ब्रिजेश आज रात को न आने के लिए कह गया था। उसके पूछने पर भी ब्रिजेश ने नहीं बताया था कि आज रात वह कहां रहेगा। पुलिस ने मकान के चारों तरफ एक ऐसा घेरा डाल दिया, जिस पर साधारणतया की नज़र नहीं जा सकती।

रात साढ़े बारह बजे ब्रिजेश वहां आया।

जिस वक्त वह दरवाज़ा खटखटाकर अपनी पत्नी को आवाज़ें लगा रहा था, तब ढेर सारे सिपाही उस पर झपट पड़े। समय से पूर्व ही खतरे को भांपकर ब्रिजेश वहां से भागा। पुलिस दल उसके पीछे लपका।

उसे रुक जाने के लिए चेतावनी दी गई।

बार-बार की चेतावनी के बावजूद जब वह नहीं रुका तो एक सब-इंस्पेक्टर ने उसके पैर में गोली मार दी। लड़खड़ाकर एक चीख के साथ वह गिरा।

जब पुलिस दल उसके नजदीक पहुंचा, तब तक वह मर चुका था।

बाद में डॉक्टर ने बताया कि ब्रिजेश पैर में गोली लगने से नहीं बल्कि दहशत के कारण मरा है। अत्यधिक दहशत के कारण पैर में गोली लगने पर सड़क पर गिरते ही वह मर गया था।

अखबार की अंतिम पंक्ति थी–"पुलिस ने वैन तक पहुंचने का यह एकमात्र जरिया भी खो दिया है!"

बताने के बाद बागेश ने एक लंबी सांस ली। फिर बोला– "ब्रिजेश का अंत पढ़कर हम लोगों की खोपड़ी घूम गई। अब वैन जितनी दूर पुलिस से थी, उतनी ही दूर हमसे थी। हमारे सामने ढेर

सारे प्रश्न उठ खड़े हुए। यह कि ब्रिजेश रात साढ़े बारह बजे अपने घर क्यों पहुंचा था और यह कि वहां पहुंचने से पहले उसने वैन कहां छोड़ी थी?"

"स . . . च . . . च . . . !" नकाबपोश ने सहानुभूति दर्शाने–के से अंदाज में व्यंग्य किया–"सचमुच ही तुम लोगों के साथ बड़ी ट्रेजडी हुई, सारी मेहनत पर पानी फिर गया था खैर, उसके बाद क्या हुआ?"

"उसके व्यंग्य को समझने के बावजूद भी बागेश और टीटू कुछ नहीं कर सकते थे, क्योंकि इतनी लंबी कहानी के बीच वह एक क्षण के लिए भी लापरवाह नहीं हुआ था, विवश बागेश ने कहना शुरू किया–"पुलिस को रॉबरी के अन्य लटेरों के साथ वैन की तलाश थी, जबकि हमें सिर्फ वैन की। पुलिस के पास हम तक पहुंचने के लिए कोई सूत्र नहीं था और हमारे पास वैन तक पहुंचने के लिए नहीं। पुलिस वैन के लुटेरों के कब्जे में होने की बात मान रही थी, जबकि हम उनसे कहीं ज्यादा हैरान थे। वैन का पता एकमात्र ब्रिजेश ही बता सकता था और वह अब जीवित नहीं था। हमने फार्महाउस के आसपास का सारा इलाका छान मारा, परंतु सारा परिश्रम व्यर्थ!"

नकाबपोश चुप रहा।

"थक-हारकर इस नतीजे पर पहुंचे कि अब वैन कभी हमारे हाथ आने वाली नहीं है और एक-दूसरे से हमेशा के लिए विदा होने हेतु फार्म हाउस में मिले। हम असफलता के लिए एक-दूसरे पर दोषारोपण कर रहे थे। लड़-झगड़ रहे थे। ज़ी भरकर ब्रिजेश को गालियां बक रहे थे हम, तब निकल्सन ने कहा–"वैन का पता लगाने का अभी मेरे पास एक तरीका है!"

"क्या?" हम सबके मुंह से एक साथ निकल पड़ा।

"प्लानशेट!"

"यह क्या होता है?"

निकल्सन ने बताया–"मृतात्माओं से बात करने का एक तरीका!"

"क्या मतलब?" मैं बोला–"हम समझे नहीं!"

"प्लानशेट पर मृतात्माओं का आह्वान किया जाता है, अगर आत्मा आना चाहे तो प्लानशेट पर आ जाती है और हमारे जिन सवालों का चाहे तो जवाब दे देती है!"

"क्या बकवास कर रहे हो?" बल्लो बुरा-सा मुंह बनाकर कह उठा।

"क्या मतलब?" निकल्सन गुर्राया।

"आदमी मर गया, सब खेल खत्म। कुछ बाकी नहीं बचता है, आत्मा, भूत-प्रेत आदि सब बकवास है, कोरा अंधविश्वास!"

"आत्माएं होती हैं!" निकल्सन ने दृढ़तापूर्वक कहा–"अंत सिर्फ शरीर का होता है आत्मा का नहीं। आत्मा अमर है। मृत्यु के बाद शरीर को जलते या दफन होकर नष्ट होते सभी देखते हैं, परंतु क्या कभी किसी ने आत्मा का अंत देखा है, वह क्या करती है कहां जाती है। हमारे पुराण कहते हैं कि आत्माओं का एक अलग संसार है, अगर हम चाहें और सही ढंग से आत्मा का आह्वान करें तो इच्छित आत्मा से हमारी बातें हो सकती हैं!"

"हुंह!" बल्लो ने कड़वा-सा मुंह बनाया और हम सबसे बोला– "क्या आप में से किसी को निक्कू की बकवास पर यकीन आ रहा है दोस्तों!"

"मुझे आ रहा है!" गजराज कह उठा।

निकल्सन समेत सभी की दृष्टि गजराज पर चिपक गई, जबकि गजराज ने गंभीर स्वर में कहा–"हालांकि मैंने भूत-प्रेत या आत्माओं के बारे में कभी प्रत्यक्षतः होते कुछ नहीं देखा है, परंतु इस विषय पर पढ़ा बहुत कुछ है। किसी पुस्तक में एक बार मैंने यह भी पढ़ा था कि स्व. रवींद्रनाथ टैगोर के संबंधियों द्वारा प्लानशैट पर आह्वान करने पर टैगोर साहब की आत्मा ने जवाब दिए थे!"

भरपूर व्यंग्य के साथ बल्लो ने पूछा–"भला क्या ज़वाब-सवाल हुए थे उस प्लानशेट पर?"

"रवींद्रनाथ टैगोर की आत्मा ने सभी सवालों का जवाब दिया था, अंत में जब उनसे यह पूछा गया कि आप इस वक्त जहां हैं, वह स्थान कैसा है और यहां वहां आप स्वयं को कैसा महसूस करते हैं तो प्लानशेट पर जवाब आया कि जिस पुल को जानने का आनंद मैंने मरने के बाद पाया है, उसे तुम्हारे जीवित रहते भला क्यों बता दें?"

"वाह-वाह बहुत खूब, क्या जवाब था!"

"यह खिल्ली उड़ाने वाली बात नहीं है बल्लो!" एकाएक ही क्रोधित अंदाज में निकल्सन गुर्रा उठा–"मरने के बाद आत्मा का स्वभाव भी वही रहता है जो मृत्यु से पूर्व व्यक्ति का रहा हो।

टैगोर साहब विनोदी स्वभाव के थे और मरणोपरांत प्लानशेट पर दिया गया उसका यह जवाब भी विनोद से भरपूर था!"

"तुम दोनों का दिमाग खराब हो गया है!" बल्लो गुर्राया–"तुम बोलो टीटू और बागेश, क्या तुम्हारे ख्याल से इनकी इस बकवास पर यकीन कर लिया जाए?"

"मेरा विश्वास तो इस किस्म की बातों में नहीं है, परंतु सोच रहा हूं कि अगर प्रयोग करके देख ही लिया जाए तो बुराई क्या है?" टीटू ने कहा।

"क्या मतलब?" टीटू पर तो बल्लो गुर्रा ही उठा।

टीटू हल्की-सी मुस्कान के साथ बोला–"भूत-प्रेत और आत्माओं के संबंध में निश्चय ही मेरे विचार भी ठीक तुम्हारे जैसे हैं बल्लो, मगर फिर भी इस संबंध में यदि निक्लू और राज कुछ कर दिखाने का दावा कर रहे हैं तो उन्हें करने देने में हमारा क्या नुकसान है! क्यों बागेश?"

"मैं तुमसे सहमत हूं टीटू!"

मेरी इस बात के बाद बल्लो अकेला पड़ गया, अब उस अकेले की

राय कोई महत्त्व नहीं रखती थी, वह चुप रह गया।

टीटू ने निकल्सन से कहा–"अगर तुम्हारा प्लानशेट में विश्वास है तो अपनी कोशिश जरूर कर सकते हो!"

"मगर!" गजराज ने थोड़ा अटकते हुए कहा–"मैंने पढ़ा है कि प्लानशेट पर आत्माओं को बुलाने के लिए कम-से-कम एक 'माध्यम' की जरूरत जरूर पड़ती है। यह 'माध्यम' हम कहां से लाएंगे?"

"माध्यम मैं खुद हूं!" निकल्सन ने कहा।

"वैरी गुड!" गजराज की आंखें चमक उठीं।

जबकि टीटू ने पूछा–"माध्यम क्या होता है?"

"उस व्यक्ति को 'माध्यम' कहते हैं, जिसके जरिए आत्मा प्लानशेट पर आती है। 'माध्यम' जन्मजात होते हैं, यानी व्यक्ति खुद नहीं जान पाता कि मैं 'माध्यम' हूं!"

"फिर तुमने कैसे जाना?" मैंने पूछा।

"एक दिन एक 'ओझा' (आत्माओं का आह्वान करने वाला) की दृष्टि मुझ पर पड़ी और मेरी आंखों में झांकते हुए उसने कहा कि तुम एक अच्छे माध्यम हो। काफी दिन तक उसके साथ रहा, मुझे माध्यम बनाकर अनेक आत्माओं से बातें की उसने!"

"इसका मतलब हमें एक ओझा की जरूरत पड़ेगी?"

"नहीं, उसके साथ रहते-रहते मैं आत्माओं को आह्वान करने की कला सीख गया था। मैं खुद ही आह्वान कर सकता हूं।"

मैंने सवाल किया–"तो क्या तुम्हारे ख्याल से आह्वान करने पर ब्रिजेश की आत्मा फिर प्लानशेट पर आने और हमारे सवालों का जवाब देने के लिए बाध्य होगी?"

"नहीं!"

"फिर?"

"दरअसल आत्माओं से बात करने के बहुत-से तरीके हैं, ऐसे

तरीके भी हैं कि जिनसे आत्मा के आने और जवाब देने के लिए बात की जा सके, परंतु वह 'ओझा' की बहुत परिपक्व स्थिति होती है, उतना ज्ञान प्राप्त करने के लिए बहुत कुछ करना पड़ता है। प्लानशेट आत्माओं से बात करने का सबसे सरल और प्राथमिक तरीका है, आपके पास यदि कोई माध्यम हो तो आप भी आत्मा से बात कर सकते हैं अतः यदि आत्मा चाहती है तो आपके आह्वान करने पर वह प्लानशेट पर आएगी नहीं चाहेगी तो नहीं। इसी तरह वह आपके जिन सवालों का जवाब चाहेगी देगी न चाहेगी तो नहीं। आप उसे बाध्य नहीं कर सकते!"

"तब तो ब्रिजेश की आत्मा ने वैन का पता बता दिया!" बल्लो सचमुच इन बातों से बोर हो रहा था, मैं बोला–"फिर भी ट्राई करने में कोई नुकसान नहीं है। प्लानशेट पर ब्रिजेश को कब बुला रहे हो निक्लू?"

"नहा-धोकर कल सुबह!"

"क्यों, अभी क्यों नहीं?" बल्लो ने पुनः कहा।

उसके खिल्ली उड़ाने वाले अंदाज पर ध्यान दिए बिना निकल्सन ने कहा–"आत्मा से बात करने के लिए कई तरह की तैयारियां करनी पड़ती हैं।"

अगले दिन सुबह!

फार्म हाउस के तहखाने का ही एक कमरा।

उसके फर्श को खूब अच्छी तरह धोकर साफ किया गया था, दीवारों में जहां-तहां अगरबत्तियां सुलग रही थी, अगरबत्तियों का पूरा पैकिट एक ही बार में खाली कर दिया गया था, सुगंधित धुएं से कमरा भरा पड़ा था।

बहुत ही पवित्र एवं स्वच्छ वातावरण था वहां।

फर्श पर बीचोबीच 'जूट' के बने पांच आसन रखे थे, नहाए-धोए

हम चारों एक वृत्त की शक्ल में आसनों पर बैठ गए।

निकल्सन ने कमरे का दरवाज़ा बंद किया।

"अरे, दरवाज़ा बंद क्यों कर रहे हो। फिर ब्रिजेश की आत्मा कमरे में कैसी आएगी!" बल्लो इस समय भी व्यंग करने से नहीं चूका।

निकल्सन मुस्कुराता हुआ वापस आया, अपने आसन पर बैठता हुआ बोला–"आत्मा को रास्ते की नहीं माध्यम की जरूरत होती है और वह मैं हूं!"

बल्लो चुप रह गया।

कमरे में मात्र एक बल्ब का प्रकाश था।

निकल्सन ने एक कागज़ युक्त पैड और पैंसिल निकालकर हम सबके बीच में रख दी, फिर जेब से चार कागज़ निकालकर एक-एक हम चारों को दिया, बोला–"एक ही मंत्र की ये चार कॉपियां हैं। संस्कृत का छोटा-सा मंत्र है, इसे कंठस्थ कर लो!"

"उससे क्या होगा?"

"आत्मा को आह्वान करने के लिए सभी को इस मंत्र का उच्चारण करना जरूरी है और जब आह्वान किया जाएगा, तब कमरे में अंधेरा होगा, तुम इस कागज़ पर लिखे मंत्र को पढ़ नहीं सकोगे, अतः कंठस्थ होना जरूरी है!"

"क्या आत्मा को रोशनी से डर लगता है?"

"प्लीज बल्लो, मजाक मत उड़ाओ। अगर मन में विश्वास नहीं है तो न सही, बस जो होता खामोश रहकर उसे देखते रहो।"

"हम मंत्र को 'याद' करने की कोशिश करने लगे। इस बीच निकल्सन ने न केवल 'पैड' के चारों तरफ कई धूपबत्तियां जला दीं, बल्कि चने की दाल के थोड़े से दाने भी बिखेर दिए।

पंदह मिनट बाद वह मंत्र हम सभी को कंठस्थ था।

"अब मैं लाइट ऑफ कर रहा हूं!" कहने के साथ ही निकल्सन

उठा और स्विच की तरफ बढ़ता हुआ बोला–"याद रखना, मन ही मन मंत्र का उच्चारण उस वक्त तक करते रहना है जब तक कि पैंसिल के कागज़ पर चलने की आवाज़ स्पष्ट सुनाई न दे!"

"क्या यह पैंसिल कागज़ पर चलेगी?"

"अगर ब्रिजेश की आत्मा आई तो, यकीनन!"

अभी कोई प्रश्न करने के लिए मैंने मुंह खोला ही था कि निकल्सन ने लाइट ऑफ कर दी, कमरे में अंधेरा हो गया।

कागज़-सा अंधेरा, हाथ को हाथ सुझाई नहीं दे रहा था।

मगर पैड के चारों तरफ सुलगकर खुशबूदार धुंआ छोड़ती हुई धूपबत्तियां स्पष्ट नज़र आ रही थीं उनकी अत्यंत मद्धिम रोशनी में हम कागज़युक्त पैड और उस पर पड़ी पैंसिल को साए के रूप में देख सकते थे।

स्विच के पास से आकर हमें निकल्सन के अपने आसन पर बैठ जाने का आभास हुआ, एकाएक ही कमरे का वातावरण हमें रहस्यमय एवं डरावना महसूस देने लगा। अंधेरे में निकल्सन की आवाज़ गूंजी– "अब आप सब लोग मन ही मन मंत्र का उच्चारण करें!"

हमने उसके आदेश का पालन किया।

अगले पांच मिनट बाद हमें कमरे में अजीब-सी बोझिलता का आभास हुआ फिर, यह बोझिलता बढ़ती चली गई। यह सच्चाई है, हमें ऐसा महसूस देने लगा कि कमरे में हम पांचों के अलावा भी कोई शख्स है।

और फिर धूपबत्तियों के प्रकाश में मैंने अचानक ही जादुई ढंग से पैड पर पड़ी पैंसिल को खड़े होते देखा।

पैंसिल स्वयं ही कागज़ पर चलने लगी।

मेरे रोंगटे खड़े हो गए।

यह तो मैं नहीं देख पा रहा था कि पैंसिल कागज़ पर क्या लिख रही

है, परंतु अंधेरे में गूंजती, पैंसिल के कागज़ पर घिसटने की आवाज़ हम सभी के कानों तक समान रूप से पहुंच रही थी।

एकाएक अंधेरे में निकल्सन की आवाज़ गूंजी–"क्या तुम आ गए हो?" जवाब में उतनी देर तक पैंसिल घिसटी जितनी देर में 'हां' या 'नहीं' लिखा जा सकता था, घिसट की आवाज़ बंद होते ही निकल्सन ने कहा–"अपना नाम बताओ!"

उतनी देर तक पैंसिल के घिसटने की आवाज़ आई जितनी देर में तीन अक्षर का नाम लिखा जा सकता था, तब निकल्सन ने अगला सवाल किया–"क्या तुम हमें वैन का पता बता सकते हो?'

पैंसिल पुनः घिसटी।

निकल्सन ने फिर पूछा–"क्या तुम टीटू के अंदर प्रविष्ट होकर हम सबसे बात कर सकते हो?"

पैंसिल ने घिसटकर कुछ लिखा। तब निकल्सन ने कहा–"अब तुम कुछ देर के लिए यहां से जा सकते हो जरूरत पड़ी तो फिर बुलाएंगे!"

पैंसिल चमत्कारिक ढंग से पैड पर गिर पड़ी।

हमें आभास हुआ कि निकल्सन अपने आसन से उठकर स्विच की तरफ गया है। अगले दो-चार पलों बाद ही 'चट' की आवाज़ के साथ कमरा बल्ब के प्रकाश से भर गया। जब तक हमारी आंखें रोशनी की अभ्यस्त हुई तब तक निकल्सन लौटकर हमारे करीब आ चुका था। हम सभी ने पैड पर पैंसिल से बनी ब्रिजेश की आकृति देखी।

पहले सवाल के जवाब में कागज़ पर 'हां' लिखा था। दूसरे के जवाब में 'ब्रिजेश' तीसरे सवाल के जवाब में लिखा था 'कुछ शर्तों पर' और चौथे सवाल के जवाब में लिखा था कर सकता हूं!"

पढ़कर हम चकित रह गए, वहीं बल्लो की हालत देखने लायक थी। हम काफी समय से एक-दूसरे के संपर्क में थे, अतः दावे के साथ

कह सकते थे कि जिस हस्तलेख में कागज़ पर जवाब लिखे हुए थे, वह ब्रिजेश का ही हस्तलेख था!

"वाह हम सफल हो गए हैं दोस्तों। ब्रिजेश टीटू के माध्यम से हमसे सीधी बातचीत करने के लिए तैयार हो गया है और हमें वैन का पता बताने के लिए भी!"

हम सबके चेहरे दमक उठे।

जबकि टीटू का चेहरा पीला पड़ गया। अजीब से खौफ में डूबे स्वर में उसने पूछा–"मेरे माध्यम से क्या मतलब?"

"ब्रिजेश की आत्मा तुम्हारे जिस्म के अंदर प्रविष्ट होगी और फिर जो कुछ पूछा जाएगा उसका जवाब तुम नहीं तुम्हारे मुंह से ब्रिजेश की आत्मा देगी!"

"क्या कह रहे हो?" वह बौखला उठा। बेहद आतंकित नज़र आ रहा था वह।

निकल्सन ने कहा–"इसमें डरने की कोई बात नहीं है दोस्त। तुम्हें किसी किस्म का कोई नुकसान नहीं होगा!"

इस प्रकार काफी समझाने पर टीटू सहयोग देने और माध्यम बनने के लिए तैयार हो गया। निकल्सन ने कहा–"अब मैं जो कुछ करूंगा उसमें लाइट ऑफ करने की कोई जरूरत नहीं है!"

जवाब में इस बार बल्लू ने कोई व्यंग्य नहीं किया। पैड पर लगे कागज़ पर मौजूद ब्रिजेश की राइटिंग देखने वाले क्षण से ही वह बहुत प्रभावित नज़र आ रहा था।

एक बार उसकी तरफ देखकर निकल्सन धीमे से मुस्कुराया फिर बोला–"तुम आंखें बंद कर लो टीटू।"

"क्यों?"

"ब्रिजेश की आत्मा को बुलाया जा रहा है!" एक बार फिर टीटू का चेहरा भय से पीला पड़ा, मगर आंखें बंद कर लीं उसने। तब

निकल्सन ने कहा–"अब तुम तब तक आंखें न खोलना, जब तक मैं न कहूं!"

टीटू आंखें बंद किए रहा, परंतु उसके चेहरे को देखकर लग रहा था कि जैसे उसके जिस्म में एक बूंद भी खून न हो। उधर टीटू के ठीक सामने बैठा निकल्सन जाने क्या-क्या बड़बड़ाने लगा। पता नहीं वह क्या कह रहा था, क्योंकि बड़बड़ाहट ठीक उसके होंठों तक ही सीमित थी।

हम तीनों कभी निकल्सन की तरफ देखते थे तो कभी टीटू की तरफ। पांच मिनट बाद जो दृश्य मैंने टीटू के चेहरे पर देखा तो मेरी इच्छा चीख पड़ने की हुई।

दहशत के कारण बुरा हाल हो गया मेरा।

टीटू का चेहरा विकृत होता जा रहा था। डरावना, वीभत्स और बहुत ही भयानक। मेरी हथेली और तलवे। तक पसीने से भीग गए।

जिस्म का सारा रोयां खड़ा हो गया।

अजीब सनसनी फैल गई थी कमरे में और फिर मेरे देखते ही देखते टीटू का चेहरा लाल पड़ने लगा। लाल सुर्ख मानो सारे जिस्म का रक्त इकट्ठा होकर सिर्फ और सिर्फ उसके चेहरे पर ही सिमटता जा रहा हो!

और फिर टीटू ने एक झटके से आखें खोल दी।

न चाहते हुए भी मेरे, राज और बल्लो के मुंह से घुटी-घुटी-सी चीखें निकल पड़ी और हमारे मुंह इन चीखों का निकल पड़ना स्वाभाविक ही था।

उफ्फ किसी हीटर के वायरों-सी दहक रही थी टीटू की आंखें। खून के मोटे-मोटे लोथड़े से तैरते नज़र आ रहे थे। वह स्थिरता के साथ एकटक सिर्फ निकल्सन को घूर रहा था, जबकि निकल्सन ने तनिक-सा भी खौफ खाए बिना कहा–"मैंने कहा था टीटू कि मेरी आज्ञा के बिना आंखें नहीं खोलोगे!"

"मैं ब्रिजेश हूं!" टीटू के मुंह से यह आवाज़ निकली तो मैं उछल पड़ा।

नहीं यह टीटू की आवाज़ हरगिज नहीं थी। यह ब्रिजेश की आवाज़ थी और मैं अच्छी तरह जानता था कि टीटू के पास किसी की आवाज़ की नकल करने का जरा भी आर्ट नहीं है। उस वक्त टीटू के घूरने तक का अंदाज ब्रिजेश जैसा था।

"तो तुम ब्रिजेश हो?" निकल्सन ने बिना विचलित हुए पूछा।

"हां।"""

"वैन लेकर कहां चले गए थे?"

"यह मैं तुम्हें इतनी आसानी से नहीं बताऊंगा?"

दहकती आंखों में झांकते हुए निकल्सन ने पूछा–"यह तो बता सकते हो कि क्यों चले गए थे?'

"जरूर!"

"बताओ!"

"वैन रॉबरी के इस काम में मेरी जरूरत वैन को तहखाने में पहुंचा देने पर ही खत्म हो जाती थी। उसके बाद नोट तैयार करने के लिए तुम्हारी, राज, बल्लो, बागेश और टीटू की जरूरत तो थी, मगर मेरी बिल्कल नहीं। इस स्थिति पर सोच-विचार करके मेरे जेहन में वह धारणा घर कर गई कि तहखाने में वैन के पहुंचने के बाद तुम सब मिलकर मुझे मार डालोगे?"

निकल्सन ने विरोध किया–"हमारी ऐसी कोई योजना नहीं थी!"

"भले ही न रही हो, मगर मेरे दिमाग में यही वहम बैठ गया था।"

"खैर फिर?"

"उस स्थिति से बचने के लिए गजराज की योजना सुनने के बाद मैंने अपनी एक अलग छोटी-सी योजना तैयार कर ली!"

"कैसी योजना?"

मैंने सोचा कि सड़क पार करने के बाद वैन सिर्फ मेरे कब्जे में होगी मैं उसे लेकर तहखाने के स्थान की बजाय किसी ऐसे गुप्त स्थान पर पहुंच जाऊंगा, जिसके बारे में तुममें से किसी को मालूम न हो और ऐसे स्थान का इंतजाम करके मैंने किया भी वही!"

"मगर इससे तुम्हें क्या लाभ होने वाला था। क्या तुम अकेले ही उस सारे कागज़ के नोट तैयार कर सकते थे?"

"नहीं!"

"फिर?"

"मेरी योजना तुम्हें ब्लैकमेल करके अपना काम निकालने की थी?"

"किस तरह?"

"किसी भी ढंग से मैं तुम्हारे पास सूचना पहुंचाता कि वैन का पता तुम्हें तब बताऊंगा, जब मेरा हिस्सा मुझे पहुंचा दोगे?"

"जब सारा कागज़ ही तुम्हारे पास था तो हम भला तुम्हारा हिस्सा।"

"तुम्हारे तैयार होने पर किसी भी माध्यम से मैं उतना कागज़ तुम्हारे पास पहुंचा देता, जितने पर लाख रुपए छप सकते थे और अब ये नोट अपने पास पहुंचने के बाद मैं बाकी सारा कागज़ तुम्हें ईमानदारी से सौंप देने वाला था!"

"ओह!" निकल्सन उसकी पूरी योजना को समझता हुआ बोला– "तुमने व्यर्थ ही अपने दिमाग में वहम पालकर गड़बड़ा दिया। तुम्हें मारकर हिस्सा हड़पने की हमारी कोई स्कीम नहीं थी।"

टीटू के मुंह का उपयोग करती हुई ब्रिजेश की आत्मा कहती ही चली गई–"मैंने वैन अपने स्थान पर पहुंचा दी और तब पहली बार मेरे दिमाग में यह ख्याल आया कि अगर मैं तुम लोगों को ब्लैकमेल करूंगा तो तुम भी मेरे बीवी-बच्चों को अपने कब्जे में करके मुझे ब्लैकमेल कर सकते हो। उस अवस्था में मैं तुम लोगों के सामने बहुत

कमजोर पड़ जाने वाला था, अतः तुम लोगों के पास अपना संदेश पहुंचाने से पहले अपने बीवी-बच्चों को अपने संरक्षण में लेने का निश्चय किया। वैन को अपने छुपाए हुए स्थान पर छोड़कर रात के साढ़े बारह बजे अपने घर पहुंचा। उस वक्त स्वप्न में भी मुझे यह उम्मीद नहीं थी कि वैन रॉबरी में पुलिस तक मेरा नाम पहुंच चुका है। अभी मैं अपने मकान पर दस्तक दे ही रहा था कि उसके बाद जो कुछ हुआ वह सबकुछ तुम अखबार में पढ़ ही चुके हो!"

"अब वैन कहां है?"

"वहीं जहां मैंने छुपाई थी।"

"वह स्थान कहां है?"

"वैन का पता बताने के लिए मेरी दो शर्तें हैं।"

"कैसी शर्तें?"

"पहली यह कि मेरा हिस्सा मेरी बीवी को पहुंचा दिया जाए!"

"यकीन रखो नोट तैयार होते ही तुम्हारा हिस्सा हम तुम्हारी बीवी को पहुंचा देंगे!"

"अगर मैंने एक बार तुम्हें वैन का पता बता दिया तो सारा कागज़ तुम्हारे हाथ लग जाएगा और फिर जरूरी नहीं है कि तुम मेरा हिस्सा मेरी बीबी को पहुंचाओ। मैं मर चुका हूं इसलिए उस अवस्था में तुम्हारा कुछ नहीं बिगाड़ सकूंगा!"

"हम ऐसा नहीं करेंगे!"

"भले ही न करो, मगर मैं रिस्क नहीं ले सकता। मेरा हिस्सा मेरे द्वारा वैन का पता बताए जाने से पहले ही तुम्हें मेरी बीवी के पास पहुंचाना होगा!"

"यह भला कैसे हो सकता है हम अस्सी लाख कहां से लाएंगे?"

"यह तुम पांचों के सोचने का विषय है मगर यह तय समझो कि मेरी बीवी के पास अस्सी लाख पहुंचे बिना मैं हरगिज भी वैन का पता बताने वाला नहीं हूं अतः अगर तुम सब अस्सी-अस्सी लाख

के मालिक बनना चाहते हो मेरी बीवी के लिए तुम सबको मिलकर अस्सी लाख का इंतजाम करना जरूरी है!"

निकल्सन ने अभी कुछ कहने के लिए मुंह खोला ही था कि गजराज ने कहा–"तुम्हारी दूसरी शर्त क्या है?"

"हत्या एक सुहागिन की!"

"क्या मतलब?" हम सबकी खोपड़ी घूम गई।

टीटू के होंठों पर मैंने बड़ी अजीब, रहस्यमय-सी मुस्कान थिरकते देखी, फिर उसके मुंह से ब्रिजेश की आवाज़ निकली–"जी हां, वैन का पता पाने के लिए तुम्हें अस्सी लाख का इंतजाम करने के साथ ही एक सुहागिन की हत्या करना भी जरूरी है!"

मैं बोला–"हम तुम्हारी इस दूसरी शर्त का अर्थ और कारण नहीं समझे। तुम्हारे द्वारा पहली शर्त रखे जाने का तो औचित्य समझ में आता है, मगर दूसरी का नहीं। सुहागिनों से तुम्हारी क्या दुश्मनी है और हमसे किसी एक सुहागिन की हत्या क्यों कराना चाहते हो?"

"यह मैं तुम्हें सुहागिन की हत्या होने के बाद बताऊंगा!"

कमरे में सन्नाटा खिंच गया। हममें से किसी की समझ में कुछ नहीं आ रहा था। किसी के मुंह से बोल तक नहीं फूट रहा था। वहां व्यंग्य से डूबी ब्रिजेश की आवाज़ गूंजी–"क्यों सिट्टी पिट्टी गुम हो गई सबकी। क्यों बल्लो तुम्हें पसीने क्यों आ रहे हैं? इंसानों को मार देना तो तुम्हारे लिए गाजर-मूली काट देना जैसा है। पलक झपकते ही तुमने वैन के गार्ड और ड्राइवर को मार डाला था, फिर भला अब एक की हत्या करने के नाम पर बगलें क्यों झांक रहे हो?"

"मैं, बगलें नहीं झांक रहा हूं बल्कि यह सोचकर हैरान हूं कि आखिर सुहागिन की हत्या तुम क्यों कराना चाहते हो। क्या मिल जाएगा तुम्हें?"

"सुहागिन की हत्या कई गार्ड और ड्राइवर को मार देने जितना आसान नहीं है!"

निकल्सन ने कहा–"हत्या के साथ 'सुहागिन' शब्द शायद तुमने इसलिए लगा दिया है कि कहीं शर्त पूरी करने के लिए हम बीवी की ही हत्या न कर दें। उसकी हत्या कर देने से तुम्हारी शर्तें पूरी नहीं होगी क्योंकि वह 'सुहागिन' नहीं 'विधवा' है!"

"यह सोचना तुम्हारा विषय है कि किसकी हत्या करनी है, मुझे सिर्फ एक सुहागिन की हत्या चाहिए और वह सुहागिन कोई भी हो सकती है।"

"लेकिन अगर ये दोनों शर्तें पूरी कर देने पर भी तुमने हमें वैन का पता नहीं बताया तो हम तुम्हारा क्या कर लेंगे?"

"जिस दुनिया में मैं हूं, वहां तुम्हारी दुनिया की तरह झूठ-फरेब नहीं चलता। यकीन दिलाता हूं और तुम्हें यकीन करना पड़ेगा कि दोनों शर्तें पूरी होने पर तुम्हें वैन का पता बता दूंगा। ध्यान रहे दोनों शर्ते पूरी चाहिए अगर कोई भी रह गई मैं हरगिज वैन का पता बताने वाला नहीं हूं?"

"अगर हमारे शर्त पूरी करने से पहले ही कोई उस स्थान तक पहुंच गया जहां वैन है तो क्या?"

"ऐसा नहीं हो सकेगा, क्योंकि वैन बिल्कुल सुरक्षित और गुप्त स्थान पर है। जहां तक लाख चेष्टाएं करने के बाद भी तुम नहीं पहुंच सके वहां भला और कोई क्या पहुंचेगा। बस तुम्हें यही संदेश देने के लिए मैं यहां आया था अब जा रहा हूं!"

"निकल्सन ने उसे रोकने और चंद बातें करने की कोशिश की, परंतु ब्रिजेश की आत्मा नहीं रुकी चली गई। टीटू मुक्त हो गया कुछ देर तक वह किसी लाश के समान निर्जीव पड़ा रहा, फिर निकल्सन के चंद मंत्रों के बाद वह इस तरह उठ बैठा जैसे गहरी नींद से जागा हो। उसे कुछ भी याद नहीं था। उसके पूछने पर ब्रिजेश की आत्मा ने उसके माध्यम से जो कुछ कहा था, वह भी हम ही ने उसे बताया!"

"और फिर तुमने वैन का पता जानने के लिए ब्रिजेश की दोनों शर्तें पूरी करने का निश्चय किया!" नकाबपोश ने बात पूरी की।

"हां, मगर वे शर्तें पूरी करना कोई मजाक बात नहीं थीं। ब्रिजेश की दूसरी शर्त को पूरी कर देना हमारे लिए खास मुश्किल सुहागिन था। उसके लिए तो बल्लो कह रहा था कि वह पल भर में सड़क पर जा रही किसी को भी गली में खींचकर कर सकता है, मगर प्रॉब्लम बनकर हमारे सामने ब्रिजेश की पहली शर्त खड़ी थी। हमें कोई ऐसा माध्यम नहीं सूझ रहा था, जहां से अस्सी लाख का इंतजाम हो सके!"

बागेश और टीटू के सामने खड़ा नकाबपोश अचानक ही खिलखिलाकर हंस पड़ा, कुछ ऐसे अंदाज में जैसे रोकने की लाख चेष्टाओं के बावजूद भी वह अपने कहकहे को न रोक पाया हो। पागलों की तरह वह हंसता ही चला गया।

सहमे-से टीटू और बागेश हैरतअंगेज नज़रों से उसे देखते रहे। जब वह जी भरकर हंस लिया तो साहस करके टीटू ने पूछा–"आप इतने क्यों हंस रहे हैं?"

"तुम्हारी बेवकूफी पर!"

"कैसी बेवकूफी?"

"ब्रिजेश की पहली नहीं बेवकूफ, दूसरी शर्त महत्वपर्ण है। मैं दावे के साथ कह सकता हूं कि अगर दिमाग से काम नहीं लिया तो तुम उसकी दूसरी शर्त पूरी नहीं कर सकोगे। सड़क पर जा रही किसी को सुनसान गली में खींचकर उसे हलाल कर मात्र से दूसरी शर्त पूरी नहीं हो जाएगी!"

"फिर?"

"तुम शायद भूल गए कि सीधी-सादी बात करने के बाद भी पहेली में बात करना ब्रिजेश की आदत थी और वैसी ही एक पहेली उसने मरने के बाद भी तुम्हारे सामने रख दी है!"

"क्या मतलब?"

"सब ब्रिजेश की दूसरी शर्त पर ध्यान दो। उसके शब्द हैं–'हत्या एक सुहागिन की' इन्हीं शब्दों में पहेली छुपी है। जरा इन शब्दों की गहराई में उतरने की कोशिश करो और तब वह करो जो वह चाहता है। तभी उसकी दूसरी शर्त पूरी होगी उस तरह नहीं, जिस तरह तुम करने में जुटे हो!'"

"हमारी समझ में कुछ नहीं आ रहा!"

"मैं तुम्हें इसका अर्थ समझा सकता हूं बशर्ते कि तुम मुझे वैन रॉबरी की दौलत में पार्टनर स्वीकार कर लो!" टीटू और बागेश ने आपस में ऐसी नज़रों से देखा, जैसे एक दूसरे से पूछ रहे हों कि इस रहस्यमय नकाबपोश की उपरोक्त बात का क्या जवाब दिया जाए। फिर वापस नकाबपोश की तरफ ही देखते बागेश ने कहा–"हम दोनों का भला तुम्हें पार्टनर बनाने का हक कहां है। तुम्हारी यह शर्त हमें अपने बाकी साथियों के सामने रखनी होगी!"

"खुशी से रख सकते हो!"

"शर्त रखते वक्त हमारे लिए यह भी बताना जहर होगा कि यह शर्त किसने रखी है। निकल्सन, बागेश और गजराज अंधे होकर यह शर्त स्वीकार नहीं करेंगे!"

"सही वक्त पर मेरे चेहरे से नकाब जरूर हटेगा, अभी वह सही वक्त नहीं आया है और जहां तक मेरी शर्त का सवाल है तो अगर तुम सबको वैन की वास्तव में जरूरत है तो वह माननी ही होगी, क्योंकि ब्रिजेश की पहेली की गहराई तुममें से किसी की समझ में नहीं आई है और वह मैं तुम्हें समझा सकता हूं!"

"क्या गहराई है वह?"

और नकाबपोश ने उन्हें ब्रिजेश की दूसरी शर्त में छुपी गहराई बता दी।

प्रेरक पाठकों यहां मैं यानी आपका प्रिय लेखक आपसे संबोधित हूं। इतना तो आप समझ ही गए होंगे कि 'हत्या एक सुहागिन की' शीर्षक अपने अंदर एक पहेली है। जरा गौर कीजिए क्या आप नकाबपोश की तरह इस पहेली को समझ पाए हैं?

अपने ही दिमाग की परीक्षा लेने का यह एक खूबसूरत मौका है जरा सोचकर देखिए कि अगर कोई एक सुहागिन की हत्या करने के लिए कहता तो किसी की हत्या करने पर आप उसकी मांग का अक्षरशः पालन कर सकेंगे?

यदि आप इस पहेली को सुलझा सके हैं तो मेरी बधाई स्वीकार करें और अगर न सुलझा पाए हैं तो इस उपन्यास में अंत तक कहीं-न-कहीं यह पहेली आपकी समझ में जरूर आ जाएगी!

लीजिए प्रस्तुत है आगे का कथानक!

ड्रेसिंग टेबल के सामने व्हील चेयर पर बैठी सीमा ने मस्तक पर बिंदिया लगाने के बाद अटूट श्रद्धा के साथ सिंदूर से अपनी मांग भरी और अभी उसका हाथ मांग भरने के बाद नीचे भी नहीं आ पाया था कि शीशे में बलवंत का प्रतिबिम्ब नज़र आया। कमरे में दाखिल होते हुए उसने कहा–"कहीं जाने की तैयारी है बेटी?"

"हां, मगर आपको कैसे मालूम?"

व्हील चेयर की तरफ बढ़ते हुए बलवंत ने कहा–"क्या मुझे उस सेंट की खुशबू नहीं आ रही है, जो तुम केवल बाहर जाते समय लगाया करती हो?"

"ओह मैं जाने क्यों भूल जाती हूं अंकल कि आप थे नहीं, हैं!" सीमा ने व्हील चेयर उसकी तरफ घुमाते हुए कहा–"आपकी हर इंद्री अब सिर्फ आपकी आंखों का ही काम करती है!"

उसकी बात पर कोई ध्यान न देते हुए बलवंत ने पूछा–"कहां जा रही हो?"

"पागलखाने!"

"नीलम से मिलने?"

"हां।"

बलवंत ठाकुर ने एकदम से कोई जवाब नहीं दिया। बलगम के दो धक्के-से नज़र आने वाली अपनी आंखों से देर तक वह सीमा की तरफ यूं देखता रहा जैसे सीमा के चेहरे पर मौजद हर भाव को पढ़ रहा हो। बोला–"मैं जानता हूं बेटी कि नीलम से तुम्हें बहुत प्यार है उससे अटूट मुहब्बत करती हो तुम। ऐसी मुहब्बत कि जैसी दो सहेलियों के बीच मैंने कभी नहीं देखी और।"

कुछ कहता-कहता रुक गया बलवंत ठाकुर!

सीमा ने पूछा–"और क्या अंकल?"

"और ये कि विधि का विधान देखो। तुम टोनों पक्की सहेलियों का नसीब भी तो उस कम्बख्त ने एक ही कलम से लिखा है। एक ही स्याही से!"

"मैं समझी नहीं अंकल!" सीमा की आंखें सिकुड़ गई थीं।

"हुंह!" धिक्कार भरी एक अजीब-सी हंसी के बाद बलवंत ने कहा–"नीलम कितनी काबिल थी। देश और हिंदुस्तानी समाज के लिए ही नहीं, बल्कि सारे विश्व और मानव जाति के लिए कोहिनूर के हीरे से कहीं ज्यादा कीमती थी वह, मगर बेचारी पागल हो गई। हत्यारी बन गई क्या तुम कल्पना कर सकती हो बेटी कि उसके इस अंजाम तक पहुंचने से मानव जाति किस हद तक यतीम हो गई है और क्या तुम भूल गई कि उसे इस अंजाम तक पहुंचाने वाला उसका पति है। वैसा ही एक पति गजराज के रूप में तुम्हें मिला है?"

"अंकल!" दांत भींचकर सीमा पूरी शक्ति के चीख पड़ी। गुस्से की ज्यादती के कारण उसका समूचा चेहरा तमतमाने लगा था।

"एक दिन तुम्हारी भी वही हालत होगी, जो आज नीलम की है।

अगर वक्त रहते तुमने गजराज को नहीं पहचाना सीमा तो फिर भविष्य में तुम्हें अपनी सहेली से मिलने पागलखाने जाने की जरूरत नहीं पड़ेगी, क्योंकि तुम खुद ही नीलम की तरह ही पागलखाने की दीवारों से सिर टकरा रही होगी। कहकहे लगा रही होगी। वह सूअर का बच्चा तुम्हें भी इस हाल में पहुँचा देगा, सीमा सारी ज़िंदगी तुम पागलखाने की ऊंची-ऊंची दीवारों में कैद अपने बाल नोच रही होगी!"

"बस करो अंकल बस करो!"

सीमा की चीख पर कोई ध्यान दिए बिना बलवंत ठाकुर ने बड़बड़ाकर जैसे स्वयं से ही कहा–"मगर नहीं मैं वैसा सबकुछ तुम्हारे साथ नहीं होने दूंगा, जैसा नीलम के साथ हुआ। उस बेचारी की मदद करने के लिए कोई नहीं था, मगर तुम्हारी मदद करने के लिए मैं हूं तेरा अंकल उस सूअर के बच्चे को उसकी किसी भी स्कीम में मैं कामयाब नहीं होने दूंगा!"

"प्लीज अंकल राज के खिलाफ अपनी जुबान से हर पल ये जहर उगलना बंद कीजिए, वर्ना मैं सचमुच पागल हो जाऊंगी। आखिर क्या हो गया है आपको। राज से इतनी नफरत क्यों करते हैं आप। आपका क्या बिगाड़ा है उसने। क्यों हमेशा उसके पीछे पड़े रहते हैं?"

परले दर्जे के सनकी के समान बलवंत कह उठा–"क्योंकि मैं उसकी हकीकत जान गया हूं। वह हकीकत जो तू नहीं जानती!"

"अगर ऐसी कोई बात है तो साफ-साफ बताइए। संभव है कि उस हकीकत को जानने के बाद मैं भी आपसे सहमत हो जाऊं?"

"अभी उचित समय नहीं आया है। एक समय ऐसा आएगा जब मैं उसके चेहरे पर पड़े सभी नकाब तेरी आंखों के सामने नोचकर फेंक दूंगा!"

"अगर आप ऐसा कर सकें तो जरूर कीजिएगा। मगर प्लीज ये रोज-रोज हर पल राज के विरुद्ध मेरे कान भरने का सिलसिला बंद

कर दीजिए!" कहने के साथ ही उसने अपने हाथों से व्हील चेयर के पहियों को धकेला।

चेयर अभी दरवाज़े तक नहीं पहुंची थी कि बलवंत ने कहा–"सुनो!"

"अब क्या है?" सीमा अभी तक गुस्से में थी।

"कश्मीर जाने से पहले की बात दूसरी थी बेटी। तुम चल-फिर सकती थी, परंतु अब तुम्हारी टांगें नहीं हैं यहां से इतनी दूर पागलखाने में नीलम से मिलने भला तुम कैसे जा सकती हो?"

"जब आप आंखें गंवाकर भी लाचार नहीं हुए तो क्या टांगें गंवाकर मैं इतनी लाचार हो गई हूं कि पागलखाने में घुट रही अपनी जान से प्यारी सहेली से मिलने भी न जा सकूं?"

"तुझमें और मुझमें बहुत फर्क है बेटी!"

"कोई फर्क नहीं है अंकल। आखिर खून तो एक ही है!"

बलवंत ने चिंतित स्वर में कहा–"आखिर कैसे जाएगी तू वहां तक। फिर पागलखाने में किस तरह नीलम से मिलेगी?"

"यहां से बाहर तक अपनी इस व्हील चेयर पर वहां से ड्राइवर मुझे और मेरी व्हील चेयर को गाड़ी में रख देगा। पागलखाने तक गाड़ी में और वहां के पार्किंग से नीलम के पास पहुंचने तक पुनः यही व्हील चेयर मेरी सवारी होगी!"

"हुंह नीलम के प्यार ने तो जैसे पागल बना दिया है तुझे। चाहे जितनी मुसीबतें उठानी पड़े, परंतु उससे मिलने जरूर जाएगी।"

सुनकर एकदम से कुछ नहीं बोली सीमा, बल्कि हीरे-सी चमकदार उसकी आंखें शून्य में कहीं खो गई। नीलम नाम की अपनी इस सहेली के लिए अपनी इन आंखों में वह असीमित प्यार एवं वेदना लिए हुए थी। कहीं खोई-सी बोली–"आप तो जानते हैं अंकल सीमा मेरी जान है उसे मेरी सहेली न कहा करो, मेरे प्राणों को उन जालिमों ने पागलखाने की चारदीवारी में कैद करके रख दिया है। खुद ही से खो गई है मेरी

नीलम, मगर यकीन कीजिए अंकल। मुझे पूरा विश्वास है कि एक दिन नीलम ठीक हो जाएगी, उस दिन मैं खूब हंसूंगी अंकल, खूब जश्न मनाऊंगी!"

"तू ही क्या उसके ठीक होने का जश्न तो यह सारा देश मनाएगा। इस देश की सरकार मनाएगी, बल्कि कहना चाहिए देश ही नहीं सारा विश्व संपूर्ण सृष्टि उसके ठीक होने पर नाच उठेगी। वह सिर्फ मेरी, तुम्हारी या अपनी संपत्ति नहीं है सीमा। नीलम सारी मानवता की संपत्ति है?"

वातावरण कुछ बोझिल हो गया। उस बोझिलता-से बचने के लिए सीमा ने कहा–"छोड़ो अब मैं चलती हूं!"

"जा बेटी जानता हूं यदि तुझे भगवान भी रोकने की कोशिश करे तो नीलम के पास जाने से नहीं रोक सकेगा, मगर वहां पहुंचने से पहले रास्ते में ही कोई बहाना तलाश कर लेना। वह जरूर पूछेगी कि तेरी टांगों को क्या हुआ है?"

वह नीलम थी। एक पिंजरे जैसे कमरे में कैद। उम्र पच्चीस और तीस के बीच कहीं रही होगी। वह गोरी थी खूब गोरी। उसकी आंखें खूब चमकदार और नीली थीं। वैसे ही रंग की जैसे रंग का पानी फाईव स्टार होटलों के स्विमिंग पूल में भरा रहता है।

कभी वह जरूर आकाश से उतरी अप्सरा-सी लगती होगी!

मगर इस वक्त बहुत बुरी हालत थी उसकी। तन पर पागलखाने की वर्दी वाली खद्दर की सफेद धोती और ब्लाऊज। धोती को उसने सलीके से नहीं बांध रखा था। यूं ही अंटशंट लपेटे हुए थी।

गाल पिचक गए उसके।

आंखों से चारों तरफ जाने कैसे बड़े-बड़े काले धब्बे बन गए थे। लंबे और घने काले। कभी रेशम से नज़र आने वाले बाल इस वक्त एक-दूसरे से बुरी तरह उलझे हुए थे। गर्द भरी हुई थी उनमें।

यह वही नीलम थी जिसके सामने मोटी-मोटी सलाखों के पार

व्हील चेयर पर बैठी सीमा ने अभी-अभी अपनी टांगें जाने की कहानी सुनाई थी।

सुनने के बाद कुछ देर तक नीलम शांत रही। फिर अचानक नीचे झुककर सीमा के कान में फुसफुसाई–"तू झूठ तो नहीं बोल रही है सीमा?"

"क्या मतलब?" सीमा हड़बड़ा गई।

आंखें फाड़े नीलम उसी रहस्यमय अंदाज में फुसफुसाई–"कहीं तेरी ये टांगें तेरे पति ने तो नहीं तोड़ दी हैं।"

"नीलम!" सीमा ने उसे जोर से डांटा।

"सॉरी!" नीलम एकदम हाथ उठाकर बोली–"सॉरी सीमा मैं तो भूल ही गई थी कि मेरे जीजाजी वैसे नहीं हैं वे तुझे बहुत प्यार करते हैं!"

"नीलम!" सीमा ने बहुत ही दर्दीले स्वर में कहा–"तू सुरेश को भूल क्यों नहीं जाती। वह सब सिर्फ ख्वाब था। एक डरावना सपना!"

नीलम उसके शब्दों पर तनिक-सा भी ध्यान दिए बिना उसी रहस्यमय अंदाज में बोली–"मगर फिर भी। राज पर नज़र रखाकर पगली। ये मर्द लोग बड़े बेवफा होते हैं। पता नहीं कब क्या गुल खिला दें?"

"प्लीज नीलम। भूल जाओ न वह सब।"

"हुंह पागल साले कहते हैं कि मैंने हत्या कर दी है। फांसी पर लटकाएंगे मुझे उल्लू के पट्ठे। ताकत है तो लटकाकर दिखाओ फांसी पर। और खून करूंगी सारी दुनिया को मार डालूंगी। फिर देखती हूं मुझे कौन हरामजादा फांसी देगा?"

"कोई नहीं नीलम तुझे कोई फांसी नहीं देगा!"

"वह देख दीवार पर साला वह चींटा जा रहा है। मैं उसे मार दूंगी!" कहने के साथ दीवार पर चल रहे एक चींटे पर झपटी। 'पट' से वह

चींटें की लाश को मुट्ठी में दबाए सीमा के समीप लौटी। मुट्ठी खोलकर उसे चींटें की लाश दिखाती हुई बोली–"ये देख मैंने इसका खून कर दिया। अब चढ़ाए मुझे कोई फांसी पर।"

उसे ध्यान से देखती हुई सीमा ने कहा–"नीलम!"

"बोल!"

"मैं जब भी तुझसे मिलने आई हूं तो लगता है कि जैसे तू सचमुच की पागल नहीं है, बल्कि पागलपन की केवल एक्टिंग कर रही है!"

"गुड तूने बिल्कुल ठीक पहचाना आखिर सहेली है न मेरी। बाकी सब साले मुझे पागल समझते हैं अब देख न यहां पागलखाने में कैद कर दिया है मुझे!"

"तू ये एक्टिंग क्यों कर रही है?"

जवाब देने से पहले आंखें फाड़-फाड़कर नीलम ने ऐसे अंदाज में इधर-उधर देखा कि जैसे ताड़ने की कोशिश कर रही हो कि कोई उसे देख तो नहीं रहा है। फिर फुसफुसाते स्वर में बोली–"इसलिए कि अगर यह एक्टिंग न करूं तो हत्या के जुर्म में मुझे फांसी पर लटका दिया जाएगा?"

सीमा चौंक पड़ी–"भवें सिकुड़ गई थी उसकी। बोली–"क्या तू सच कह रही है?"

"बिल्कुल सच सीमा तू मेरी सहेली है न, इसलिए तुझे बता रही हूं। किसी को बताना मत, वर्ना ये लोग मुझे फांसी पर चढ़ा देंगे!"

सीमा को लगा कि नीलम बिल्कुल सच कह रही है। इस वक्त वह बिल्कुल गंभीर थी। फिर उसे लगा कि कहीं नीलम की यह हरकत और बात भी तो पागलपन ही की नहीं है। वह ठीक से निश्चय नहीं कर पाई बोली–"सच-सच बता नीलम क्या तू वाकई एक्टिंग कर रही है अगर यह सच है तो मैं खुशी से नाच उठूंगी नीलम सच सारी दुनिया में मिठाइयां बंटवा दूंगी मैं।

"शी-शी-शी!" वह अपने होंठों पर उंगली रखकर बोली–"अगर ऐसा करेगी तो सारी दुनिया को हकीकत पता लग जाएगी और फिर।"

सीमा की आंखों में आंसू आ गए। खुशी के आंसू लरजते स्वर में बोली–"एक तू ही तो है पगली, जिससे मैं हमेशा दिल की बात किया करती थी। जब से तू यहां कैद होकर रह गई है, तब से जाने कितनी बातें दिल में घुट रही हैं। मैं उन ढेर सारी बातों को तुझसे कहकर दिल का बोझ हल्का करना चाहती हूं मेरी कसम खा कि तू ठीक है फिर मैं तुझसे खुलकर बातें करूं!"

"तेरी कसम!" नीलम ने एक झटके से कहा।

खुशी से भरी चीख निकल पड़ी सीमा के मुंह से बावरी-सी होकर बोली–"नीलम सच में तू सोच भी नहीं सकती कि आज मैं कितनी खुश हूं। मैं जानती थी कि तू पागल नहीं हो सकती। मेरी सहेली को भगवान पागल नहीं कर सकता!"

"अब तू अपने दिल की बात बता!"

और सचमुच सीमा उस पर अपना दिल खोल बैठी। ठीक उसी तरह सारी बातें बताने लगी जैसे नीलम को पागल होने से पहले बताया करती थी, जबकि उसके बोलने तक तो नीलम बिल्कुल शांत रही, मगर चुप होते ही दांतों से अपने बाएं हाथ का नाखून काटने लगी और फिर अचानक ही वह फूट-फूटकर रो पड़ी।

चौंकती हुई सीमा ने पूछा–"क्या हुआ नीलम?"

"तू मुझे अब भी पागल समझ रही है?" हिचकियों के बीच के साथ ही वह पुनः बुरी तरह रोने लगी।

"नहीं तो ऐसा मैंने कब कहा?"

"नहीं कहा?" कहने के साथ ही नीलम उछल पड़ी। बच्चों की तरह ताली बजा-बजाकर अपने कमरे में वह नाचने लगी और उसकी ऐसी

अवस्था देखकर सीमा फफक-फफककर रो पड़ी। साड़ी का पल्लू मुंह में ठूंस लिया उसने।

उपरोक्त घटनाओं से बीस दिन बाद की बात है!

पंडितजी अपने ऑफिस में बैठे विभिन्न पॉलिसीज से संबंधित फाइलों का अध्ययन कर रहे थे। उनकी मेज बेतरतीबी से बिखरे कागज़ों से अटी पड़ी थी।

उनके बाएं हाथ की मोटी-मोटी उंगलियों के बीच उस वक्त सम्मान दर्शाते हुए उठकर खड़े हो गए बोले–"आइए सर आप यहां, हमें ही अपने ऑफिस में बुला लिया होता?"

"तुम्हारे लिए एक संदेश लाए हैं सोचा कि यह संदेश तुम्हारे ऑफिस में जाकर ही देना ठीक होगा!" कहने के साथ ही डायरेक्टर साहब मेज के इस तरफ पड़ी कुर्सियों में से एक पर बैठ गए। बोले– "बैठो।"

"ऐसा क्या संदेश है?"

"संदेश देने से पहले हम तुमसे एक प्रश्न करना चाहेंगे!"

"जरूर कीजिए!"

"यह प्रश्न हम तुमसे उसी दिन करना चाहते थे, जिस दिन यू.पी. से ट्रांसफर होकर तुम यहां आए थे, परंतु इतने खुलकर बात करने का कभी अवसर ही न मिला!"

"ऐसा क्या प्रश्न है?"

"तुमने यह घोषणा कर रखी है कि जिस दिन एलआईसी को किसी ऐसे केस पर क्लेम देना पड़ गया, जिसकी तहकीकात के लिए तुम निकले हुए हो उस दिन तुम अपने पद से इस्तीफा दे दोगे?"

"यकीनन मेरी यह घोषणा आज भी उतनी ही दृढ़ है!"

"क्या तुम कविता हत्याकांड वाले केस में असफल नहीं हो गए थे?"

"क्या मतलब?" पंडितजी चौंक पड़े।

"प्लीज फील न करना। 'बहू मांगे इंसाफ़' के नाम से चर्चित उस हत्याकांड को एलआईसी के लगभग सभी कर्मचारियों ने पढ़ा है। उस केस की इन्वेस्टिगेशन तुमने की थी मगर फिर भी कविता की पॉलिसी का क्लेम उसके पिता को दिया गया था?"

"ओह!" पंडितजी ठहाका लगाकर कह उठे–"तो आप इस तरह सोच रहे हैं?"

"हम ही नहीं, बल्कि एलआईसी के लगभग सभी कर्मचारी और यहां तक कि 'बहू मांगे इंसाफ' के पाठक भी दबी ज़ुबान में यही कहते पाए जाते हैं कि उस केस के बाद अपनी घोषणा के मुताबिक उन्हें त्यागपत्र दे देना चाहिए था। मगर नहीं दिया पंडितजी अभी तक भी कुर्सी से चिपके पड़े हैं उस विषय में कोई सीधे आपसे बात करने का साहस नहीं जुटा पाया!"

"वाकई दिलचस्प मामला है!" बड़ी मोहक मुस्कान के साथ पहले बड़बड़ाकर पंडितजी ने स्वयं ही से कहा। फिर डायरेक्टर महोदय से बोले–"हमारे बारे में लोग ऐसी धारणा बनाए बैठे हैं और हमें खबर ही नहीं!"

"क्या यह धारणा गलत है?"

"सरासर गलत!"

"वह कैसे?"

"जरा सारे हत्याकांड पर गौर करके बताइए कि हम किस केस पर निकले थे?"

"बार-बार कहने से कोई फायदा नहीं है कविता हत्याकांड वाले केस पर!"

"बस यही चूक रहे हैं आप लोग। बहुत ही 'माइनर प्वाइंट' आपके उपरोक्त वाक्य के बोलते ही गुम जाता है। कविता से संबंधित क्लेम

के कागज़ जब हमारे सामने आए तो उनमें था कि क्लाइंट (कविता) ने नहर में डूबकर आत्महत्या कर ली है और इस सच्चाई की पुष्टि समाज के साथ-साथ अदालत ने भी कर दी है, अतः पॉलिसी के उत्तराधिकारी को क्लेम की रकम दी जाए!"

"जी हां, बिल्कुल हुआ था!"

"हमें यह क्लेम नहीं जंचा, अतः कविता के नहर में डूबकर मर जाने वाली बात हमारे कंठ से नीचे नहीं उतरी हम इन्वेस्टिगेशन के लिए निकल पड़े। अब जरा गौर करके बताइए कि हम किस केस पर निकले थे?"

"इस पर कि नहर में डूबकर कविता मरी है या नहीं, बल्कि यह साबित करने कि यह क्लेम गलत है। कविता नहर में डूबकर नहीं मरी!"

"तो क्या वाकई कविता नहर में डूबकर मरी थी?"

"नहीं, मगर क्लेम तो फिर भी दिया गया था?"

"कविता को जसवंत आदि ने अदालत से उसकी मृत्यु का केस जीतने के बाद तहखाने में मारा और इसी केस पर कविता के पिता को क्लेम मिला और हम इस केस पर निकले थे कि कविता नहर में डूबकर नहीं मरी है। इस पर नहीं कि उसे तहखाने में मारा गया है या नहीं?"

"ओह मार्वलस!" डायरेक्टर महोदय खुशी से चीख पड़े–"यह बारीक परंतु महत्वपूर्ण फर्क तो हमारे दिमाग में भी नहीं आया था!"

मुस्कुराते पंडितजी ने कहा–"अगर आप ठीक से समझ गए हों तो यह फर्क दूसरे लोगों को भी समझा दीजिएगा!"

"वाकई आपका तो जवाब नहीं पंडितजी!"

सिगरेट का बाकी टुकड़ा ऐशट्रे में मसलते हुए पंडितजी ने कहा– "खैर छोड़िए उसे वह संदेश बताइए क्या है?"

डायरेक्टर महोदय ने जेब में हाथ डाला और एक बड़ा-सा लिफाफा

निकालकर पंडितजी की तरफ बढ़ाते हुए बोले–"हमें दुख के साथ ऊपर से आए ये ट्रांसफर के ऑर्डर देने पड़ रहे हैं!"

"ट्रांसफर ऑर्डर?"

"जी हां आपका ट्रांसफर पंजाब में हो गया है!"

"पंजाब में?" पंडितजी की आंखें किसी शून्य में जाकर स्थिर हो गई। विचारों के किसी गहन सागर में डूबे उन्होंने पूछा–"क्या ट्रांसफर की कोई खास वजह लिखी है?"

"कोई वजह नहीं लिखी है!"

और एकाएक ही डायरेक्टर महोदय ने पंडितजी के होंठों पर फिसल आई बड़ी ही रहस्यमय और कुटिल मुस्कान को देखा। बोले–"कारण हमारी समझ में आ रहा है!"

"क्या मतलब?"

"बहुत ज्यादा पापुलर हो जाना भी कठिनाइयां पैदा कर देता है सर। कविता हत्याकांड के बाद से लोग हमें इस तरह से जान गए हैं कि एलआईसी को ठगने की योजना पर काम करने से पहले हमें रास्ते से हटाना जरूरी समझते हैं!"

"हम समझे नहीं पंडितजी क्या कहना चाहते हैं आप?"

मगर पंडितजी ने कोई जवाब नहीं दिया हां, होंठों पर थिरक रही मुस्कान कुटिल और ज्यादा कुटिल जरूर होती चली गई।

अपने ऑफिस में आए पंडितजी के लिए मिस्टर रॉव को जो औपचारिकताएं निभानी थीं, उन्हें करने के बाद बोले–"कहिए पंडितजी इस बार कैसे कष्ट किया?"

"हम उसी सीमा वाले सिलसिले में आए हैं जानने कि अब तक 'रॉ' ने क्या किया है?"

"'रॉ' के जासूस सक्रिय हैं। गजराज की कोई भी हरकत उनसे छिपी हुई नहीं है!"

पंडितजी ने बड़े आराम से कहा–"हमें नहीं लगता कि ऐसा है!"

"क्यों?"

क्योंकि वह एक जबरदस्त चाल चल चुका है और आपको कुछ पता ही नहीं है?"

मिस्टर रॉव ने मोहक मुस्कान के साथ रहस्यमय ढंग से कहा–"कहीं आपका इशारा अपने ट्रांसफर की तरफ तो नहीं है?"

"आपको कैसे मालूम कि हमारा ट्रांसफर हो गया है?"

"वे 'रॉ' के जासूस हैं पंडितजी और इस वक्त सक्रिय हैं। आप फिक्र न करें यह मुल्क की सर्वाधिक सशक्त जासूसी संस्था यूं ही नहीं है। हमारे जासूस एक बार जिसके पीछे पड़ जाते हैं, उसके बारे में इतनी जानकारियां इकट्ठी कर लेते हैं कि जितनी वह स्वयं भी नहीं जानता। जिस दिन से उसके बारे में आप ने हमें बताया है उस दिन से आज तक गजराज ने कहां कितनी सांसें ली हैं 'रॉ' के पास उन सबका हिसाब है!"

"वैरी गुड। अब हमें यकीन हो गया है कि 'रॉ' सीमा को नहीं मरने देगी!" पंडितजी पहली बार संतुष्ट नज़र आए। बोले–"आपने हमें हमारे ट्रांसफर की सूचना देकर साबित कर दिया है कि न सिर्फ गजराज की हर हरकत आपकी नज़र में है, बल्कि आप उसकी हरकतों का अर्थ भी अच्छी तरह समझ रहे हैं। खैर क्या आप बता सकते हैं कि हमारा ट्रांसफर उसने कैसे कराया?"

"यह तो आप जानते ही हैं कि सत्तापक्ष के विधायकों में से एक उसका दोस्त है। यह विधायक काफी असरदार है। पिछले दिनों जब गजराज ने उससे जरूरत से कुछ ज्यादा ही मुलाकातें की तो हमारे जासूसों ने इन मुलाकातों का कारण जाना। कारण वही था जो हुआ है यानी, देहली से आपका ट्रांसफर कराना!"

"मतलब ये कि हमारे ट्रांसफर की सारी प्रक्रिया आपकी जानकारी

में होती रही और आपने उसमें अड़चन डालने की कोई कोशिश नहीं की?"

"अगर हम अड़चन डालते तो कोई वजह नहीं थी कि विधायक की पुरजोर कोशिशों के बावजूद भी आपका ट्रांसफर हो जाता, मगर किसी किस्म की अड़चन डालना हमने मुनासिब नहीं समझा!"

"क्यों?"

"आपके ट्रांसफर के लिए गजराज की भाग-दौड़ सिद्ध करती है कि वह पुनः सीमा की हत्या करने की किसी योजना पर काम करने के लिए तैयार है। उसकी योजना का पहला अंग यहां से आपका ट्रांसफर कराना ही है। मतलब साफ है कि वह आपसे डर गया है और यकीनन आपके देहली में रहने तक वह सीमा की हत्या के लिए अगला कदम नहीं उठाएगा। जब वह ऐसा करेगा ही नहीं तो फंसेगा कैसे!"

"अतः आपने उसे फंसाने के लिए हमारा ट्रांसफर हो जाने दिया?"

"हमें यही ठीक लगा। अपनी योजना के इस पहले अंग में कामयाब हो जाना उसे उत्साहित करेगा। सीमा की हत्या करने के लिए वह और कदम उठाएगा और ऐन वक्त पर 'रॉ' के जासूस उसे दबोच लेंगे!" कहने के बाद कुछ देर के लिए रुके मिस्टर रॉव फिर बोले–"अगर आप हमारे विचारों और योजना से सहमत न होंगे तो बोलिए यकीनन हम अभी भी बड़ी आसानी से आपका ट्रांसफर रुकवा सकते हैं!"

"नहीं उसकी जरूरत नहीं है!"

"हम जानते थे कि आप हमारे विचारों से सहमत होंगे!"

पंडितजी ने पैकिट से निकालकर एक सिगरेट सुलगाई बोले–"मतलब यह कि चूहा अभी पिंजरे के ईद-गिर्द घूम रहा है?"

"उसके अंदर घुसते ही सही समय पर पिंजरे का मुंह खुद बंद हो जाएगा!"

"खैर, क्या वह अभी तक एक बार भी वैन रॉबरी के अपने साथियों से नहीं मिला है?"

"वह बहुत से लोगों से मिलता है। यह कहना कठिन है कि उनमें से कौन वैन रॉबरी से संबंध रखता है।"

"क्या मतलब?"

"दिन में वह अपना प्रिंटिंग प्रेस अटैंड करता है यहां उससे बहुत से लोग मिलने आते हैं इतने ज्यादा के हर को अलग-अलग वॉच नहीं किया जा सकता और हमारे ख्याल से उन्हें वॉच करने से कोई लाभ भी नहीं होने वाला है, क्योंकि ज्यादातर लोग व्यापारी ही हैं और प्रेस में दिए गए अपने काम के सिलसिले में आते हैं!"

"इन व्यापारियों के बीच वे लोग भी तो गजराज से मिलने आ सकते हैं!"

"जरूर आ सकते हैं, मगर मिलने वालों की संख्या इतनी ज्यादा है कि हरेक को वॉच नहीं किया जा सकता। फिर भी संदिग्ध व्यक्ति को वॉच करने के निर्देश जासूसों को हैं और वहां से अभी तक कोई आशाजनक सूचना नहीं मिली है!"

"ऐसा तो नहीं है कि रात के किसी समय गजराज किसी तरह से छुप-छुपाकर रॉ के जासूसों की आंखों में धूल झोंककर अपने साथियों से मिलने कहीं चला जाता हो या रात के अंधेरे में उन्हीं में से कोई कोठी में।"

"कोठी में नौकरों की पूरी फौज है। उस फौज में 'रॉ' का एक जासूस भी शामिल हो गया है। उसका काम गजराज पर नज़र रखे रहना है। यहां तक कि सारी रात भी गजराज नौकर की आंखों के सामने रहता है!"

"वैरी गुड!"

"कल एक जासूस को 'प्रूफ रीडर' की हैसियत से उसके प्रेस में भी काम दिला दिया जाएगा। उधर बलवंत नाम का सीमा का अंकल

है उस पर भी हर पल नज़र रखी जाती है। इस कोठी में वह सबसे दिलचस्प करेक्टर है!"

"दिलचस्प से मतलब?"

"वह अंधा है, मगर सबकुछ देखता है!"

"क्या मतलब?"

रॉव ने पंडितजी को बलवंत के बारे में विस्तारपूर्वक बताने के बाद कहा, "मगर वह थोड़ा सनकी है पहले पल कुछ बात कर रहा होगा, अगले ही पल कुछ और सीमा से वह बेहद प्यार करता है, मगर गजराज से उतनी ही नफरत। उसकी नज़र में गजराज ने सीमा से दौलत के लिए शादी की है। उसका ख्याल है कि सीमा की टांगें भी गजराज ही ने तोड़ी हैं। उसे हर समय सीमा की चिंता लगी रहती है!"

"वाकई बलवंत एक दिलचस्प व्यक्ति है। अंधा होने के बावजूद आपकी बातों से ऐसा लगता है जैसे वह त्रिकालदर्शी हो।"

"अमृतसर जाने से पहले आप उससे मिल सकते हैं!"

"खैर देखा जाएगा कोई खास बात?"

"हां, एक अत्यंत ही खास बात है!"

पंडितजी ने उत्सुकतापूर्वक पूछा–"क्या?"

"सीमा एक हफ्ते में कम-से-कम एक बार पागलखाने जरूर जाती है!"

"पागलखाने क्यों?"

"सुनकर आप चौंक पड़ेंगे!"

"ऐसी क्या बात है?"

"वहां हर हफ्ते वह नीलम से मिलने जाया करती है!"

"नीलम?" पंडितजी वाकई अपनी कर्सी से इस तरह उछल पड़े, जैसे अचानक ही वह गर्म तवे में बदल गई हो। जो पंडितजी किसी भी इंफॉरमेशन पर कभी चौंकते नहीं थे, उनके चेहरे पर हैरत के भाव

उभर आए, बोले–"क्या आप उसी नीलम की बात कर रहे हैं, जिसने।"

"जी हां!" मिस्टर रॉव ने दिलचस्प मुस्कुराहट के साथ कहा–"हमने कहा था न कि आप चौंक पड़ेंगे। हम उसी नीलम की बात कर रहे हैं, जो भारत सरकार के लिए ही नहीं, बल्कि संपूर्ण मानवजाति के लिए जरूरी है मगर जिसने खून कर दिया है। कानून जिसे फांसी पर चढ़ाने के लिए मजबूर है। पुलिस और डॉक्टरों के लिए जिसका पागलपन सिरदर्द बन गया है।"

"नीलम से सीमा का क्या संबंध है?"

"वे दोनों सहेलियां हैं!"

"ओह!" कहने के बाद पंडितजी जाने किन विचारों में हो गए। फिर काफी देर बाद बोले–"इसका मतलब ये कि सीमा से मिलकर उससे नीलम के बारे में जानकारी लेनी पड़ेगी। संभव है कि कोई ऐसी जानकारी मिल जाए, जिसकी मदद से दुनिया के लिए आज की सबसे ज्यादा इंपोर्टेंट शख्सियत नीलम के पागलपन को दूर करने के लिए कोई रास्ता निकल आए?"

"हम भी यही सोच रहे थे!"

"खैर जब सीमा नीलम से मिलने जाती है, क्या उस समय सीमा की हिफाजत के कुछ इंतजाम हैं?"

"जी हां, एक कार हमेशा सीमा की कार के साथ-साथ पागलखाने तक जाती है और फिर साथ ही कोठी तक आती है। इसमें एक समय में तीन जासूस होते हैं!"

"यानी सुरक्षा के पूरे इंतजाम हैं। जाल पूरी तरह बिछा हुआ है?"

"अब जरूरत सिर्फ गजराज के हरकत में आने की है और वह खुलकर हरकत में तभी आएगा, जब आप देहली छोड़ देंगे!"

"ट्रांसफर हो गया है रॉव साहब। देहली तो हमें छोड़नी ही होगी!" मजाकिया अंदाज में कहते हुए पंडितजी ने हाथ विदाई के लिए बढ़ा दिया।

गजराज जानता था कि उसे वॉच किया जा रहा है!

इतना ही नहीं, बल्कि वह यह भी अच्छी तरह जानता था कि कोठी में मौजूद नौकरों की फौज में जो नया शामिल हुआ है वह वॉच करने वाले लोगों में से ही एक है!

सामान्य बुद्धि से उसने यह भी अनुमान लगा लिया था कि ये लोग 'रॉ' से ही संबंधित होंगे यानी उसके ख्याल से पहलगाम में पंडितजी जो कुछ समझे थे, वह सबकुछ उन्होंने यहां आकर 'रॉ' के चीफ से कह दिया था और अब 'रॉ' के जासूस केवल इसी उम्मीद में वॉच कर रहे हैं कि शायद वैन लुटेरे प्रेस से संबंधित अपना टैक्निकल काम निकालने के लिए पुनः मुझ ही पर हाथ डालें।

काश वह वॉच किए जाने के वास्तविक कारण की कल्पना कर सकता?

ऐसी बात भी नहीं कि खुद को वॉच किए जाने को वह तुरंत ही ताड़ गया हो। दो दिन तक जब उसने अदल-बदलकर कुछ खास लोगों को हर समय अपने इर्द-गिर्द महसूस किया तो उसे शक हुआ फिर इस शक को विश्वास में बदलने के लिए उसने सड़कों पर निरुद्देश्य चक्कर काटे मगर ऐसी कोई हरकत नहीं की, जिससे वॉच करने वालों को इल्म हो कि उसे वॉच किए जाने का पता लग गया है।

पहलगाम के आने के बाद उसने अपने साथियों के साथ एक ही मीटिंग की थी और उस मीटिंग के अगले ही दिन से वह खुद को वॉच किया जाता महसूस कर रहा था।

उस मीटिंग को आज बीस दिन गुजर गए थे।

अतः गजराज को लग रहा था कि अब उसके साथी मीटिंग के लिए व्यग्र हो रहे होंगे। उनकी संतुष्टि के लिए कम-से-कम एक संदेश पहुंचाना तो जरूरी था ही।

मगर 'रॉ' के जासूसों का जिस किस्म का जाल वह अपने चारों

तरफ महसूस कर रहा था, उसमें से सफलतापूर्वक कोई संदेश निकाल देना भी एवरेस्ट की चोटी पर चढ़ने से कम नहीं था।

सोच-विचार के बाद उसने एक ट्रिक निकाल ही ली। और उस ट्रिक को इस्तेमाल करने के लिए उसने 'मुगल-महल' नाम के उस होटल में कदम रखा, जिसमें चौबीस घंटे भीड़ रहती थी।

तीन व्यक्ति अब भी उसके पीछे थे।

वह एक केबिन में घुस गया!

वे तीनों हॉल ही में एक ऐसी सीट पर बैठ गए, जो केबिन के नजदीक थी।

जब वेटर आया तो गजराज ने उससे एक कॉफी लाने के लिए कहा। वेटर के कॉफी रखकर चले जाने के बाद गजराज ने एक पांच के नोट पर टीटू बागेश की खोली का पता लिखा। नोट के दूसरी तरफ लिखा–"नोट लाने वाले को सौ रुपए दे दो!"

यह बात वह केबिन पर पड़े पर्दे की झिर्री से ही ताड़ चुका था कि उन तीनों में से कोई भी कम-से-कम वेटर की तरफ कोई ध्यान नहीं दे रहा है।

अतः कॉफी समाप्त करने के बाद उसने बैल बजाई।

वेटर आया!

पांच रुपए टिप देखकर सलाम ठोकने के लिए अभी उसने हाथ उठाया ही था कि गजराज ने कहा–'नोट उठाकर पढ़ो इसके सफेद भाग पर क्या लिखा है?"

"कोई एड्रेस है साहब!"

"दूसरी तरफ से पढ़ो।"

पलटकर पढ़ते ही वेटर की आंखें चमकने लगी। बोला–"क्या मतलब साहब!"

"आज शाम को इस एड्रेस पर जाकर मिस्टर बागेश से कहना कि कल दिन में ग्यारह बजे वह प्रेस में कस्टमर की तरह मिले!"

कोठी के सामने टैक्सी से उतरते ही पंडितजी की दृष्टि सड़क के उस पार फुटपाथ पर बैठे पॉलिश वाले पर पड़ी और टैक्सी वाले का बिल अदा करते वक्त ही उन्होंने ताड़ लिया कि वास्तव में वह पॉलिश वाला नहीं है!

पंडितजी 'रॉ' की व्यवस्था से संतुष्ट होते हुए कोठी के लोहे वाले द्वार की तरफ बढ़े। वहां कंधे पर बंदूक लटकाए एक गोरखा स्टूल पर बैठा बीड़ी फूंक रहा था। उन्हें अपनी तरफ आता देखते ही वह बीड़ी फेंककर उठ खड़ा हुआ।

अभी गोरखा कुछ कहने ही वाला था कि पंडितजी की दृष्टि लॉन की हरे कालीन-सी नज़र आने वाली घास पर व्यक्ति पर पड़ी। अधेड़ आयु के उस व्यक्ति की पीठ इस तरफ थी, मगर फिर भी पंडितजी ने अनुमान लगा लिया कि वह बलवंत ठाकुर ही होगा और इसीलिए उन्होंने होंठों पर उंगली रखकर गोरखे से कुछ भी न बोलने के लिए कहा।

एक अपरिचित की अचानक इस हरकत पर गोरखा चकित रह गया। अभी वह किंकर्त्तव्य-विमूढ़-सा खड़ा ही था कि पंडितजी दबे पांव उसके सामने से निकल गए।

यह पंडितजी के व्यक्तित्व का ही कमाल था कि गोरखे के मुंह से एक साथ शब्द भी न फूट सका और पंडितजी बिल्ली के से दबे पांवों के साथ लॉन में पहुंच गए। मगर अभी लॉन में उन्होंने पहला कदम रखा ही था कि बिजली-सी कौंधी।

फुर्ती के साथ पलटकर बलवंत गुर्राया–"कौन है?"

पंडितजी जैसा व्यक्ति चमत्कृत!

घूमने के साथ ही बलवंत ने जाने कब जेब से रिवॉल्वर निकाल लिया था। उसके हाथ में दबे रिवॉल्वर और घूरती हुई-सी प्रतीत देती तो बलगमदार आंखों को पंडितजी देखते ही रह गए। वे कुछ बोले नहीं थे इसलिए।

कुछ सूंघता हुआ-सा बलवंत चीखा–"गोरखा कौन खड़ा है यहां?"

"साब!" हकलाता हुआ गोरखा कुछ बताने की कोशिश कर ही रहा था कि हल्की-सी मुस्कान के साथ पंडितजी बोले–"ये हम हैं मिस्टर बलवंत केशव पंडित!"

"कौन केशव पंडित?" बलवंत के चेहरे पर अभी तक तनाव था।

"एलआईसी के जासूस। हम पहलगाम में सीमा बेटी से मिले थे। क्या उसने हमारे बारे में आपको कुछ नहीं बताया?"

"ओह तो आप वह पंडितजी हैं?" कहने के साथ ही उसके चेहरे पर तनाव के स्थान पर खुशी की लहर दौड़ती नज़र आई–"आइए मैं आपसे मिलने का बहुत इच्छुक था। उस सूअर के बच्चे से सीमा को बचाकर आपने मुझ पर बहुत बड़ा अहसान किया है प्लीज मेरे गले आ मिलिए!"

पंडितजी आगे बढ़े और अभी मुश्किल से वे दो कदम ही बढ़ पाए थे कि अचानक बलवंत पुनः रिवॉल्वर तानकर गुर्रा उठा–"ठहरो!"

पंडितजी ठिठक गए। बलवंत के चेहरे पर पुनः वही कठोरता लौट आई थी।

"आपको दबे पांव मेरे पीछे पहुंचने की क्या जरूरत थी?"

"हम देखना चाहते थे कि जो तुम्हारे बारे में सुना है वह कितना सच है?"

"क्या सुना था मेरे बारे में?"

"यही कि दबे पांव तुम्हारे पास पहुंचना असंभव है!"

"क्या पाया?"

"जितना सुना था उससे कहीं ज्यादा। हमने पूरे तीन वर्ष जासूसी की ट्रेनिंग ली है और दबे पांव चलने की आर्ट वहां सिखाई जाती है। आज तुमने उस आर्ट को फेल कर दिया!"

अचानक ही बलवंत सतर्क नज़र आने लगा। बोला–"इतनी तारीफ

215

क्यों कर रहे हो मेरी!"

"क्या मतलब?"

"क्या जरूरी है कि तुम केशव पंडित ही हो?"

"अगर तुम देख सकते तो हम तुम्हें अपने परिचय-पत्र दिखा देते!"

"वहीं खड़े रहना!" चेतावनी-सी देने के बाद बलवंत ने ऊंची आवाज़ में पुकारा–"सीमा ओ सीमा बेटी!"

कई आवाज़ों के बाद व्हील चेयर को चलाती हुई सीमा बाहर आई और पंडितजी पर नज़र पड़ते ही चीख पड़ी–"अरे आप यहां पंडितजी?"

हंसते हुए पंडितजी ने कहा–"जरा अपने अंकल को बताओ बेटी कि हम केशव पंडित ही हैं!"

"अरे ये आप किस पर रिवॉल्वर ताने खड़े हैं अंकल?" कहती हुई सीमा व्हील चेयर को चलाती हुई लॉन में आई, जबकि बलवंत पहले ही रिवॉल्वर जेब में रख चुका था। बांहें फैलाकर वह बड़ी आत्मीयता के साथ पंडितजी की तरफ बढ़ता हुआ बोला–"ऐसा स्वागत करने के लिए मुझे माफ करना पंडितजी। आपका स्वागत तो इस कोठी में वैसा ही होना चाहिए, जैसा अयोध्या लौटने पर कभी राम का हुआ होगा। मगर मेरा सतर्क रहना जरूरी है। आज की दुनिया में सूअर के बच्चों का बोलबाला है!"

पंडितजी ने आगे बढ़कर बलवंत को बांहों में भर लिया और जवाब में जिस तरह बलवंत ने उन्हें अपनी बलिष्ठ भुजाओं से कसा, उससे पंडितजी ने महसूस दिया कि उससे मिलकर सचमुच बलवंत को दिली खुशी हो रही है।

पंडितजी की पीठ को थपथपाने के से अंदाज में वह पूरी आत्मीयतापूर्वक बोला–"अगर जरूरत पड़ी तो आपके लिए मैं जान भी हाजिर कर दूंगा पंडितजी आखिर आपने सीमा को दूसरा जन्म दिया!"

पंडितजी के कुछ बोलने से पहले ही सीमा ने कहा–"अब इन्हें यहीं लिए खड़े रहोगे अंकल या अच्छे मेहमाननवाज की तरह अंदर भी ले जाओगे?"

वे अंदर की तरफ बढ़े। रास्ते ही में पंडितजी ने पूछा–"क्या आप अपनी जेब में हमेशा रिवॉल्वर रखते हैं मिस्टर बलवंत?"

"चौबीस घंटे!"

"क्यों?"

"वैसे तो रिवॉल्वर से खेलना मेरा शौक रहा है, मगर इस कोठी में सिर्फ सीमा की हिफाजत के लिए अपने पास रखना पड़ता है!"

"सीमा की हिफाजत के लिए?"

"हां!"

"मगर इसकी क्या जरूरत है?"

"जरूरत!" शब्द को चबाते हुए से बलवंत ने कहा–"बहुत जबरदस्त जरूरत है अगर किसी पत्नी का पति ही उसकी हत्या की फिराक में हो तो?"

"उफ्फ अंकल!" बलवंत की बात बीच में ही काटकर सीमा कह उठी, "आपने फिर वही राग अलापना शुरू कर दिया–पंडितजी, आप ही समझाइए इन्हें तोते की तरह एक ही पहाड़ा रटे हुए हैं। प्लीज इन्हें बताइए कि पहलगाम में मेरी हत्या की कोशिश राज नहीं, अपने स्वार्थ के लिए वैन लुटेरे कर रहे थे!"

"अगर पंडितजी ऐसा समझते हैं तो मैं ये कहूंगा कि जिसे लोग एलआईसी का सबसे बड़ा जासूस कहते हैं वह अभी बहुत कच्चा है!"

ड्राईंगरूम में प्रविष्ट होते इए पंडितजी ने पूछा–"आप ऐसा कैसे कह सकते हैं?"

जवाब देने से पहले बलवंत ने अपने नेतृत्व में पंडित के लिए नौकरों से नाश्ता लगाने के लिए कहकर सीमा को वहां से टरका दिया फिर

पंडितजी को बैठने के लिए कहा–'स्वयं वह तभी बैठा जब पंडितजी के बैठने से उत्पन्न होने वाली सोफे की चरमराहट सुन ली। बोला– "मेरी छठी इंद्री कहती है कि वह सब षड्यंत्र इसी सूअर का था!"

"जो कुछ वहां घटा, उसे हमने अपनी आंखों से देखा था!"

"आंखें कभी-कभी धोखे में डाल देती हैं पंडितजी, मगर इंद्रियां कभी धोखा नहीं देती हैं मैं दावे के साथ कह सकता हूं!"

"क्या आपने गजराज की कभी कोई ऐसी हरकत महसूस की है जिससे लगता हो कि वह सीमा की हत्या करना चाहता है?"

"ऐसी हरकत महसूस करता तो क्या वह अब तक जीवित रहता?"

"फिर?"

"मेरा दिल कहता है कि वह दौलत का लालची है। दौलत हासिल करने के लिए वह कुछ भी कर सकता है। सीमा की हत्या करने से लेकर वैन रॉबरी तक, और मेरा मस्तिष्क अक्सर सीमा के इर्द-गिर्द छाई धुंध को देखा करता है। इस धुंध से मुझे मृत्यु की गंध आती है!"

"मृत्यु की गंध?"

"हां, उसे शायद आप भी नहीं सूंघ सकते पंडितजी, मगर मैं सूंघ सकता हूं!" आवेशित अंदाज में बलवंत जाने क्या-क्या कहता चला गया और पंडितजी समझ चुके थे कि बलवंत को किसी भी ढंग से समझाया नहीं जा सकता है और अगर सच कहा जाए तो उसे समझाने की जरूरत भी नहीं थी।

आखिर हकीकत भी तो वही थी, जो वह सोच या कह रहा था!

पंडितजी को अंधे बलवंत की 'दिव्यशक्ति' पर आश्चर्य हुआ।

अब यह बात उसकी समझ में आ रही थी कि मर्डर के लिए सीमा को पहलगाम ले जाने की जरूरत क्यों पड़ी थी?

पंडितजी को लगा कि गजराज और उसके साथियों के लिए कम-

से-कम इस कोठी में सीमा का कत्ल करना असंभव और कठिन है, क्योंकि 'रॉ' के जासूसों से कहीं ज्यादा बड़ी मुसीबत यह अंधा था।

कुछ देर बाद अपने नेतृत्व, में सीमा नाश्ता लगवा लाई। नाश्ते के बीच उन्होंने सीमा से प्रश्न किया–"नीलम को तुम कैसे जानती हो सीमा बेटी?"

"मेरी सहेली है वह!"

"कब से हमारा मतलब उसका तुम्हारा पहला परिचय कब हुआ?"

"कॉलिज में हम साथ ही पढ़ते थे। नीलम बहुत ही ब्रिलियेंट स्टूडेंट थी!"

"जो कुछ वह आज है उसी से जाहिर है कि वह ब्रिलियेंट तो रही ही होगी। यह भी तुम जानती ही होगी सीमा कि मुल्क और समाज के लिए वह, बल्कि विशेष रूप से उसका दिमाग कितना मूल्यवान है। वही दिमाग जिसमें खराबी आ गई है!"

"मैं समझ रही हूं कि आप क्या कहना चाहते हैं?"

"हिंदुस्तान के ही नहीं, बल्कि विश्व के 'मस्तिष्क विशेषज्ञ' बिल्कुल फ्री उसके जेहन से जूझ रहे हैं। उसका पागलपन दूर करने के लिए सारा संसार जुटा पड़ा है। सारी दुनिया की आंखें और सिर्फ उसके ऊपर जमी पड़ी हैं!"

"मैं जानती हूं!"

"क्या तुम नहीं चाहती बेटी कि उसका पागलपन दूर हो?"

"हुंह फायदा क्या है। पागलपन दूर होते ही उसे फांसी पर लटका दिया जाएगा!"

सीमा के इस वाक्य पर पंडितजी को झटका-सा लगा। किंतु शीघ्र ही संभलकर बोले–"मगर उससे पहले वह संसार और समाज की ऐसी खिदमत कर जाएगी कि बच्चा-बच्चा उसके सिर्फ उसी के गुण गाया करेगा!"

"इससे उसे क्या मिलेगा?"

"इसका मतलब तुम चाहती हो कि वह कभी ठीक न हो?"

"ऐसा चाहने वाला तो नीलम का कोई दुश्मन भी नहीं होगा मैं तो फिर भी उसकी कुछ नहीं हूं। हां, उसके चारों तरफ फैले पेचीदे को देखकर मन बेचारी के प्रति सहानुभूति से भर जाता है। शायद उन हालातों ने ही उसे पागल किया है!"

"विश्वविख्यात डॉक्टरों का कहना है कि अगर नीलम की पिछली जिंदगी मिल जाए और उस जिंदगी में से कोई ऐसा व्यक्ति आए, जिससे नीलम उतना ही अटूट प्यार करती हो जितना सुरेश से करती थी तो शायद वह व्यक्ति नीलम के लिए सबसे बड़ा डॉक्टर साबित हो। ऐसा व्यक्ति खुद ही उसके दिमाग के लिए इलाज बन सकता है!"

"ओह!"

"क्या तुम ऐसे किसी व्यक्ति को जानती हो?"

"यह सवाल मुझसे पागलखाने के इंचार्ज और कई अफसर भी कर चुके हैं। उनका कहना है कि लाख चेष्टाओं के बावजूद भी पुलिस नीलम की कॉलिज लाईफ से पहले की जिंदगी तलाश नहीं कर पाई है और बड़ी अजीब बात है कि मैं भी उनकी कोई मदद नहीं कर सकी। याद पड़ता है कि कॉलिज ही में एक दिन मैंने नीलम से पूछा था कि वह कहां की रहने वाली है। उसके मां-बाप कौन हैं। तब उसके चेहरे पर अजीब-सी वेदना उभरी थी। उसकी आंखों में उमड़ते आंसुओं को मैंने साफ देखा था। चेहरा विकृत हो गया था उसका और बोली थी अगर तू भविष्य में मेरी सहेली बनी रहना चाहती है सीमा तो इस बारे में फिर कभी कोई सवाल न करना!"

"फिर कभी तुमने उससे नहीं पूछा?"

"साहस ही न हुआ!"

"क्या उन दिनों वह अकेली ही रहती थी?"

"हां, अपना और विशेष रूप से अपनी पढ़ाई का खर्चा निकालने

के लिए वह ट्यूशन किया करती थी। मुझसे उसने कभी उधार नहीं लिया!"

पंडितजी को लगा कि वे व्यर्थ ही सीमा से उलझ रहे हैं। अगर सीमा को पता होता तो वे जासूस अब तक निकाल चुके होते, जो नीलम के अतीत की तलाश में भटकते फिर रहे हैं। अतः विषय बदलते हुए बोले–"मिस्टर गजराज नज़र नहीं आ रहे हैं?"

"इस समय तो वे अपने प्रेस में होते हैं!"

पंडितजी उठकर खड़े होते हुए बोले–"जब आएं तो कहना कि हम आए थे!"

"कभी शाम को आइए न पांच बजे के बाद वे भी मिलते हैं।"

"बस आज हम यहां शायद पहली और आखिरी बार ही आए हैं!"

काफी देर से चुप बलवंत कह उठा–"ऐसा क्यों कहते हैं पंडितजी। मैं आपको यकीन दिला सकता हूं कि भविष्य में आपका स्वागत रिवॉल्वर से नहीं करूंगा अब मैं आपके कदमों की आवाज़ पहचान सकता हूं!"

"वह बात नहीं है बलवंत, बल्कि मजबूरी है हमारा ट्रांसफर हो गया है!"

"ट्रांसफर?"

"सरकारी मुलाजिम हैं भाई जहां फेंक दें जाना पड़ता है। हमें कल सुबह ही अमृतसर के लिए निकल जाना है!"

प्रेस के अपने केबिन में बैठे बागेश को गजराज ने अपने चारों तरफ की स्थिति के बारे में विस्तारपूर्वक बता दिया। यह सुनकर कि गजराज के चारों तरफ 'रॉ' के जासूसों का जाल बिछा हुआ है और उस पर चौबीस घंटे नज़र रखी जा रही है बागेश थोड़ा आतंकित नज़र आने लगा उसके चेहरे पर चिंता की ढेर सारी लकीरें उभर आई थी।

गजराज बोला–"तुम कुछ परेशान नज़र आने लगे हो?"

"जो बातें तुमने बताई क्या वे परेशानी होने वाली नहीं हैं?"

"बिल्कुल नहीं!"

"क्या मतलब?"

"जरा सोचकर जवाब दो मैंने तुम को ही यहां क्यों बुलाया है निक्कू बल्लो या टीटू में से किसी को क्यों नहीं?"

"मैं भला इस बारे में क्या कह सकता हूं?"

"मैं बताता हूं यह तो तुम जानते ही हो कि निक्कू के लिए फार्म हाउस के तहखाने से निकलना मना है, क्योकि महज उसकी आंखों के कारण ही पुलिस वैन लटेरे के रूप में उसका नाम जान गई है। बल्लो दिमाग से पैदल है, अतः उसे यहां बुलाने से कोई मतलब हल होने वाला नहीं है। रह जाते हो तुम और टीटू सो मेरी समझ के मुताबिक टीटू के मुकाबले बुद्धि का उपयोग तुम बेहतर करते हो और यहाँ मुझे ऐसे ही व्यक्ति की जरूरत थी, जो बिना मेरी ज्यादा मेहनत के बातों को सुनकर ही स्थिति को ठीक से समझ जाए।"

"मैं नहीं समझा!"

"जो कुछ मैंने कहा है, उससे चिंतित होने जैसी बात बिल्कुल नहीं है, क्योंकि 'रॉ' की नज़रों में मैं वैन लुटेरा नहीं बल्कि सिर्फ एक ऐसा संभावित व्यक्ति हूं जिससे वैन के लुटेरे संबंध स्थापित कर सकते हैं, अतः हमें सिर्फ सतर्क रहने की जरूरत है!"

बागेश चुपचाप उसका मुंह ताकता रहा!

"इन इक्कीस दिनों में तुम लोगों ने किसी भी माध्यम से मुझसे संबंध स्थापित न करके होशियारी और सावधानी का परिचय दिया है!"

"तुमसे भी तो कोई गड़बड़ हो सकती है!"

कुछ कहने के लिए गजराज ने अभी मुंह खोला ही था कि आज ही

रखा गया एक प्रूफ रीडर केबिन की तरफ आता नज़र आया। बागेश अभी राज के ठिठक जाने का कारण पूछने ही वाला था कि एक झटके से केबिन का दरवाज़ा खुला।

"क्या प्रॉब्लम है?" गजराज ने पूछा।

प्रूफ रीडर ने मेज पर पांडुलिपि रखते हुए दिखाकर कहा–"यहां एक करेक्टर के बारे में लेखक ने लिखा है कि वह आठ फुट लंबा था।"

"फिर क्या प्रॉब्लम है इसमें?"

"सर, मेरे ख्याल से आज की दुनिया में कोई भी व्यक्ति आठ फुट लंबा नहीं हो सकता!"

"क्या तुम लेखक हो?" गजराज आंखें निकालकर उस पर गुर्राया।

"जी नहीं!" वह सकपका गया!

"तो फिर लेखक की गलती निकालने के लिए किसने कहा है तुमसे। जो लिखा है, वही ठीक है। तुम प्रूफ रीडर हो अपनी सीट पर बैठकर सिर्फ प्रेस मिस्टेक निकालो!"

"यस सर!" कहने के तुरंत बाद वह केबिन से बाहर चला गया।

"ये प्रूफ रीडर आज ही रखा गया है और तुम देख ही रहे हो कि वह बार-बार किस तरह अंट-शंट बहानों के साथ केबिन में आ रहा है। मुझे लगता है कि इसका संबंध भी 'रॉ' से है!"

बागेश का चेहरा पीला पड़ गया।

कारण समझते ही गजराज ने कहा–"मगर मेरी स्कीम ही ऐसी है कि वे लोग कुछ भी नहीं कर सकेंगे। इनकी आंखों के सामने दुर्घटना होगी और वह सिर्फ उन्हें दुर्घटना ही लगेगी!"

"निक्कू ने कहा है कि मैं यहां से योजना जाने बिना न लौटूं!"

"तो सुनो!" गजराज मेज पर मुक्का मारते हुए एक रहस्यमय अंदाज और धीमे स्वर में बोला–"सीमा की एक सहेली है नीलम। पिछले दिनों वह पागल हो गई थी आजकल पागलखाने में है और सीमा हर हफ्ते

उससे मिलने पागलखाने जाती है!"

"योजना का किसी पागल से क्या मतलब!"

"सुनते रहो उसे ड्राइवर पागलखाने ले जाता है मगर कुछ दिनों के बाद रात को घर लौटते समय किसी सुनसान सड़क पर हमारे शोफर की कोई इतनी बुरी तरह ठुकाई करेगा कि वह कम-से-कम एक महीने तक बिस्तर से न उठ सके!"

"ओह!" बागेश की समझ में बल्लो का काम आ गया था।

"एक महीने में चार बार सीमा को पागलखाने लेकर मैं जाऊंगा और इन चार बार में से किसी भी एक बार गाड़ी के ब्रेक फेल हो जाएंगे?"

"ओह।"

"बस ब्रेक फेल होते ही मैं गाड़ी से कूद पड़ूंगा और सीमा अपनी टांगों से लाचार होने की वजह से ऐसा नहीं कर सकेगी!"

"बस?"

"बिल्कुल बस इससे आगे बचेगा ही क्या?"

"इतनी छोटी-सी योजना?"

"हमें योजना की लंबाई-चौड़ाई से क्या लेना है अपना काम होना चाहिए और सबसे महत्वपूर्ण यह कि जो भी कुछ हो, सुदृढ़ ढंग से हो क्या इस छोटी-सी योजना में तुम्हें कहीं कोई गड़बड़ नज़र आती है?"

"जब तुम दोनों पागलखाने जाओगे तब किसी-न-किसी रूप में 'रॉ' के जासूस भी तुम्हारे इर्द-गिर्द ही कहीं मौजूद होंगे?"

"जरूर होंगे मगर होते रहें मेरी सेहत पर भला क्या फर्क पड़ेगा। उनके देखते ही देखते ब्रेक फेल होंगे। गाड़ी सड़क पर लहराएगी मैं कूद जाऊंगा और सीमा उनकी नज़र में इसलिए नहीं कूद पाएगी, क्योंकि उसकी टांगें खराब हैं!"

"ब्रेक फेल कैसे होंगे?"

"मैं करूंगा!"

"चौबीस घंटे तुम्हारे चारों तरफ 'रॉ' के जासूस तैनात रहते हैं फिर क्या उनकी नज़र से बचकर तुम गाड़ी के ब्रेक फेल कर सकोगे?"

"बिल्कुल नहीं!"

"फिर?"

"कोई ऐसी ट्रिक निकालनी होगी कि वे मुझे ब्रेक फेल करता देखकर भी न कुछ कह सकें और न ही ऐसा करने से मुझे रोक सकें!"

"बागेश ने हैरत के साथ पूछा–'ऐसा भला कैसे हो सकता है?"

"सबकुछ होने की ट्रिक निकाल ली है तुम व्यर्थ ही इस बारे में सोचकर अपने दिमाग को परेशान मत करो इस मामले में निक्कू मेरी थोड़ी बहुत मदद कर सकता है। सारी योजना बताने के बाद उससे कहना कि राज ने कोई ऐसी ट्रिक पुछवाई है कि जिससे 'रॉ' के जासूस ब्रेक फेल करता भी रोक न सकें वह ऐसी कोई-न-ट्रिक जरूर निकाल लेगा और तुम यहीं होने वाली हमारी अगली मुलाकात पर मुझे बता दोगे!"

बागेश समझ नहीं सका कि राज क्या बकवास कर रहा है?

जबकि गजराज उसी फ्लो में कहता चला गया–"यह बात उसे अच्छी तरह समझा देना कि 'रॉ' के जासूसों की नज़र को धोखा देकर मेरे लिए ब्रेक फेल करना नितांत असंभव है मुझे ब्रेक फेल करते वे निश्चय ही देख रहे होंगे बस ट्रिक ऐसी निकालनी है कि वे मुझे देखते तो रहें, मगर रोकें नहीं!"

"मैं ऐसा ही कह दूंगा, बाकी तुम जानो और निक्कू, मगर।"

"मगर?"

"हालांकि मुझे एक परसेंट भी उम्मीद नहीं है कि जैसी ट्रिक तुम कह दो वैसी तुम या निक्कू में से कोई निकाल सके, फिर भी एक मिनट के लिए मान लेता हूं परंतु क्या जरूरी है कि एक्सीडेंट के बाद सीमा

मर ही जाएगी। संभव है कि पहलगाम की तरह इस बार भी वह सिर्फ घायल होकर ही रह जाए?"

"इस बार ऐसा नहीं होगा!" गजराज दृढ़ एवं कठोर स्वर में गुर्राया था। क्यों नहीं हो सकता?"

क्योंकि गाड़ी का स्टेयरिंग मेरे हाथ में होगा। मैं उससे कूदूंगा ही तब, जबकि वह सामने किसी वस्तु से टकराकर चूर-चूर होने की स्थिति में हो!"

"ब्रेक-फेल करने से बचने का एक आइडिया मेरे जेहन में आया है!"

"क्या?"

"वास्तव में ब्रेक फेल करने की जरूरत ही क्या है। ड्राईव करते वक्त अपनी बीवी से झूठ-मूठ ही कह सकते हो कि ब्रेक फेल हो गए हैं और तुम गाड़ी से कूद जाना बस!" और जब पुलिस या रॉ के जासूस दुर्घटनाग्रस्त कार का निरीक्षण करेंगे तो ही ब्रेक सही-सलामत मिलेंगे। तब पूछा जाएगा कि गाड़ी को अच्छे-भले ड्राईव करते अचानक ही कूद क्यों पड़ा तो मैं क्या जवाब दूंगा?"

बागेश की बोलती पर ढक्कन लग गया।

गजराज ने बुरा-सा मुंह बनाकर कहा–"मैंने पहले भी कहा था कि तुम्हारा दिमाग ज्यादा कष्ट सहने के लायक नहीं अतः उसे दो और कट यहां से। जो कुछ मैंने कहा है, निक्कू से जाकर कह दो मुझे उम्मीद है कि वह कोई-न-कोई हल जरूर निकाल लेगा!"

"ठीक है!" कहकर वह उठ खड़ा हुआ।

"तुम्हें जब भी मुझसे मिलना हो इसी समय इसी तरह यहां आ सकते हो, मगर बहुत ज्यादा चक्कर लगाने की बेवकूफी मत करने लगना यहां से जाने के बाद होशियार रहना कोई तुम्हें वॉच न कर रहा हो। अगर ऐसा हो तो बाकी साथियों से मुलाकात करने में किसी किस्म की जल्दबाजी न दिखाना!"

उपरोक्त मुलाकात के पांच दिन बाद!

उसी केबिन में गजराज और बागेश की एक और मुलाकात हुई। बागेश ने उसे न सिर्फ यह बताया कि विचार-विमर्श के बाद सभी लोग उसकी स्कीम पर सहमत हो गए हैं, बल्कि निक्कू द्वारा बताई गई वह ट्रिक भी बताई, जो गजराज ने पूछी थी।

गजराज को ट्रिक एकदम जम गई।

अतः योजना को कार्यान्वित करने का अंतिम फैसला है और उसी योजना के मुताबिक अगली रात के करीब ग्यारह बजे जब सीमा का शोफर पैदल ही अपने घर की तरफ बढ़ रहा था तो एक सुनसान सड़क के नुक्कड़ पर उसे तीन व्यक्ति मिले।

वे बल्लो, टीटू और बागेश थे!

फिर बेवजह ही उस बेचारे की धुनाई शुरू हो गई अपनी इस पिटाई के कारण को वह गरीब भला क्या समझ सकता था। बल्लो के साथ निकल्सन ने टीटू और बागेश को इसलिए भेजा था कि जोश में कहीं बल्लो शोफर का कल्याण ही न कर दे!

काम सिर्फ उसकी एकाध हड्डी तोड़ देने तक ही सीमित था।

अगले दिन सुबह के नौ बजे!

सीमा, गजराज और बलवंत डायनिंग टेबल पर मिले और नाश्ता शुरू करती हुई सीमा ने कहा–"क्या बात है, आज अभी तक दौलतराम नहीं आया है?"

"आएगा भी नहीं!" बलवंत ने पूरी गंभीरता के साथ कहा।

"क्या मतलब?" सीमा चौंकी–"क्यों नहीं आएगा?"

"किसी ने उसे आने लायक नहीं छोड़ा है!"

"किसने? आप क्या कह रहे हैं अंकल?"

बलवंत बोला–"उसके साथ एक रहस्यमय वारदात हो गई है!"

"कैसी रहस्यमय वारदात अंकल आप जो कहना चाहते हैं, साफ-साफ क्यों नहीं कहते?"

"कल रात जब वह यहां से लौट रहा था तब सुनसान सड़क पर किन्हीं तीन गुंडों ने उसे इतनी बुरी तरह मारा कि खून से लथपथ होकर बेचारा वहीं बेहोश हो गया बाद में गश्ती पुलिस ने उसे इर्विन में पहुंचा दिया। होश में आने पर पुलिस ने घर का पता पूछा तब कहीं उसकी बीवी अस्पताल पहुंची। यह सूचना इर्विन के एक डॉक्टर ने सुबह आठ बजे फोन पर मुझे दी है।"

"ओह!" सीमा के मुंह से निकला और दौलतरात के लिए उसके चेहरे पर वेदना के चिह्न उभर आए कुछ ऐसे ही भाव गजराज ने अपने चेहरे पर भी पैदा किए थे, परंतु यह सोचते हुए कि योजना पर काम शुरू हो गया है।

सीमा बोली–"बेचारे दौलतराम की किसी से क्या दुश्मनी हो सकती है?"

"यही तो मैं सोच रहा हूं!"

इस टॉपिक पर अभी तक खामोश बैठे गजराज ने कहा–"मगर इसमें रहस्यमय क्या है। राजधानी में गुंडागर्दी दिन-पर-दिन बढ़ती जा रही है। अखबार में ऐसी ही या इससे मिलती-जुलती घटनाएं लगभग रोज ही पढ़ने को मिल जाती हैं। रात बेचारा दौलतराम उन घटनाओं का शिकार हो गया। इन कम्बख्त गुंडों को तो कुछ चाहिए!"

"रहस्यमय है दौलतराम का बयान!"

गजराज के मस्तिष्क को एक झटका-सा लगा। बड़ी तेजी से उसके जेहन में यह ख्याल टकराया कि कहीं दौलतराम ने उनमें से किसी को वैन लुटेरों के रूप में पहचान तो नहीं लिया है? इससे पहले कि वह पूछे सीमा ही ने पूछ लिया–"ऐसा क्या बयान दिया है उसने?"

"उसने बताया है कि अचानक ही एक मोड़ पर उसे तीन युवक मिले। उनमें से एक ने उसका नाम पूछा। उसने बता दिया। नाम सुनते ही दूसरा बोला–"शक्ल से गरीब और कपड़ों से किसी का शोफर लगता

है उल्लू के पट्ठे और नाम बताता है दौलतराम?"

"ये क्या बात हुई?" सीमा बोली।

बलवंत बताता ही चला गया–"दौलतराम का कहना है कि बस।
इसके बाद तीनों उसे मारने लगे। दौलतराम स्वयं अपनी पिटाई का
कारण नहीं जानता है। किसी से उसकी दुश्मनी भी नहीं थी और न वह
उन तीनों में से किसी को पहचानता है!"

"इसमें रहस्यमय क्या है?"

"सीमा शायद कल ही तुमने उसकी तनख्वाह दी थी?"

"हां!"

"वह पूरी तनख्वाह उसकी जेब ही से बरामद है। पीटने वालों ने
उसकी जेब से कुछ भी राशि नहीं निकालीं और इसी से पुलिस अंदाजा
लगा रही है कि दौलतराम की पिटाई करने के पीछे गुंडों का मकसद
उसे लूटना नहीं है!"

यह सोचकर गजराज को अपने ऊपर ही ताव आया कि आखिर
अपने साथियों से दौलतराम की जेब भी खाली कर देने के लिए क्यों
नहीं कह दिया था?

बलवंत कहता ही चला जा रहा था–"पुलिस का ख्याल है कि
गुंडे किसी को बिना-वजह नहीं मारते हैं! शिकार को लूटना या रंजिश
उनकी खास वजह होती है, मगर दौलतराम की पिटाई का कोई कारण
पुलिस के सामने नहीं है, इसीलिए यह वारदात पुलिस को रहस्यमय
लग रही है?"

गजराज यह सोच-सोचकर उद्विग्न होने लगा कि हल्की-सी चूक के
कारण यह छोटी-सी और रोज घटने वाली जैसी घटना ही रहस्यमय
होती जा रही है। योजना के कम-से-कम इस पक्ष पर उसने बहुत ज्यादा
ध्यान देने की जरूरत नहीं समझी थी।

जबकि यह अंधा 'पाजी' इसे ही रहस्यमय बनाए दे रहा है और

इससे भी बड़े खतरे की बात तो यह थी कि डायनिंग टेबल के करीब ही हाथ बांधे खड़े नौकरों में से एक वह भी था, जिसे वह 'रॉ' से संबंधित समझता था।

बलवंत कहता ही चला जा रहा था–"पुलिस का ख्याल है कि दौलतराम की पिटाई के पीछे कोई बहुत ही बड़ा और गुप्त कारण है।"

"दौलतराम की पिटाई के पीछे भला बड़ा कारण क्या हो सकता है?"

"यह तो पुलिस ही जाने। मुझे तो यह बात फोन पर डॉक्टर ने बताई है।"

गजराज को लगा कि अंधा झूठ बोल रहा है। ये बात उसे फोन पर नहीं बताई गई है, बल्कि खुद इस 'पाजी' के दिमाग की उपज है। पुलिस का नहीं यह ख्याल इसका अपना है!

और यही सोचते-सोचते गजराज के मस्तिष्क को तीव्र झटका लगा!

क्योंकि बड़ी तेजी से उसके जेहन में यह विचार उभरा था कि अगर ये सब बातें बलवंत के अपने दिमाग की उपज हैं तो क्या सोच रहा है ये खुराफाती?

क्या यह दौलतराम के साथ घटी घटना को भी सीमा और मुझसे ही जोड़ने की कोशिश कर रहा है? क्या यह दौलतराम की पिटाई का संबंध हमसे जोड़ सकता है?

गजराज को लगा कि नहीं!

फिर भी मन-ही-मन वह यह जरूर स्वीकार कर रहा था कि योजना का श्री गणेश उतनी सफाई के साथ नहीं हो सका है। दौलतराम की पिटाई वाले योजना के इस प्वाइंट पर और ज्यादा ध्यान देने की जरूरत थी। बल्लो आदि को उसकी पिटाई करने के बाद कुछ ऐसा तो छोड़ ही देना था, जो प्रत्यक्षतः उसकी पिटाई का कारण नज़र आता!

भले ही वह काम दौलतराम की जेबें खाली कर देना रहा होता!

खैर अब यह पहला तीर तो तरकश-से निकल ही चुका था।

मगर आगे के लिए गजराज सतर्क हो गया। उसने निश्चय कर लिया कि अगर इस अंधे पाजी को धोखा देना है, तो आगे का काम निहायत ही स्वाभाविक अंदाज में संपन्न करना होगा। वर्ना यह अपनी मूर्खताओं से मुझे 'रॉ' के जाल में फंसा देगा!

डायनिंग टेबल पर लंबी खामोशी छा गई थी!

हालांकि प्रत्यक्षतः सीमा और बलवंत की तरह गजराज भी नाश्ते में व्यस्त नज़र आ रहा था, परंतु भीतर ही भीतर वह उद्विग्न था। उसे महसूस दे रहा था कि नाश्ता करते समय बलगम के दो धब्बे चोरी-चोरी उसके चेहरे पर उभरने वाले हर भाव को पढ़ रहे हैं।

नाश्ते में मन नहीं लगा उसका!

प्रेस के अपने केबिन में गजराज कुर्सी पर अधलेटी अवस्था में पुश्त से पीठ टिकाए, आंखें बंद किए निर्जीव-सा पड़ा था। टांगें मेज पर फैली हुई थी।

उसकी मौजूदा शारीरिक अवस्था को देखकर कोई भी सिर्फ इतना ही कह सकता था कि वह कुछ सुस्त है। ढेर सारे काम से ऊबकर अब आराम कर रहा है।

कोई नहीं कह सकता था कि इस वक्त वह बहुत महत्वपूर्ण काम कर रहा है।

अपनी योजना को सुदृढ़ बनाने का काम!

अपनी छोटी-सी योजना उसे सुदृढ़ लगी थी। बड़ा भरोसा था उसे तभी तो चौबीस घंटे अपने चारों तरफ बिखरे 'रॉ' के जासूसों की मौजूदगी तक में उस पर अमल करने में कोई हिचक महसूस नहीं की थी।

परंतु डायनिंग टेबल पर की गई बलवंत की बातों ने एक बार को

उसे हिलाकर रख दिया था। जी चाहा था कि इस झमेले से हाथ खींच ले वर्ना बचने की लाख चेष्टाओं के बावजूद भी पुलिस के चक्कर में फंस ही जाएगा। मगर हाथ खींच लेना भी उसके अपने हाथ में नहीं था। उसके बाकी साथी थे। वैन थी। दौलत से भरी हुई वैन!

सोचते-सोचते वह इस नतीजे पर आ पहुंचा कि मैं व्यर्थ ही जरूरत से ज्यादा सोच रहा हूं। घबराने जैसी तो कोई बात ही नहीं है!

सीमा शनिवार के दिन पागलखाने जाती है!

प्रेस का अवकाश भी शनिवार को ही रहता है। ड्राइवर है नहीं। स्वाभाविक है सीमा मुझ से ही पागलखाने चलने के लिए कहेगी!

मैं इंकार करूंगा।

सीमा के पास कोई विकल्प नहीं होगा और वह जिद करेगी। तब हमेशा की तरह स्वाभाविक रूप से मैं उसकी जिद के आगे झुक जाऊंगा!

कार के ब्रेक खराब होंगे और खेल खत्म!

सबकुछ कितना आसान था। एकदम ईजी!

कम-से-कम शनिवार की सुबह तक गजराज को ऐसा ही लगता रहा। उस दिन के बाद फिर कभी दौलतराम की चर्चा भी नहीं छिड़ी थी, इसलिए गजराज पूरी तरह तनावमुक्त हो गया था।

मगर शनिवार की सुबह जब सोकर उठते ही सीमा ने पूछा कि 'आज तो आपकी छुट्टी होगी' तब 'हां' कहते समय उसका दिल बड़ी तेजी से धड़का था।

"आज मुझे नीलम से मिलने जाना है और दौलतराम छुट्टी पर है, अतः आप ही को मुझे लेकर वहां जाना होगा!"

"आज तो मुझे बहुत काम है सीमा!"

"ऐसा क्या काम है?" सीमा ठिनकी।

गजराज ने जानबूझकर एक कमजोर बहाना बनाया–"दोस्तों के साथ प्रोग्राम बना रखा है!"

"क्या दोस्त मुझसे ज्यादा खास हैं राज?"

"नहीं, मगर तुम समझने की कोशिश करो मैं उनसे वादा कर चुका हूं!"

परंतु गजराज जानता था कि उसकी एक नहीं चलने वाली है और न ही वह चलानी चाहता था, अतः अंत में उसने हथियार डाल देने के से अंदाज में सहमति दे दी। हां, चोर दृष्टि से उसने यह जरूर देख लिया था कि 'रॉ' से संबंधित नौकर ने उनकी वार्ता सुन ली है, यानी उसने एक ऐसा गवाह पैदा कर लिया था, जो वक्त आने पर यह कहता कि साथ चलने की जिद सीमा ने की थी!

जब सीमा प्यार भरे स्वर में जिद कर रही थी, तब मन-ही-मन गजराज ने कहा था–'क्यों खुद ही जिद करके अपनी मौत की तरफ बढ़ रही हो बेवकूफ?'

जो उसे करना था, हालांकि वह सबकुछ अब भी उसे आसान लग रहा था, किंतु समय नजदीक आते-आते जाने क्यों उसके दिल की धड़कने की गति बढ़ती जा रही थी।

एक अनजानी-सी दहशत हावी होती जा रही थी उस पर।

उस वक्त दस बजे थे।

सीमा अपने कमरे में तैयार हो रही थी और वह तैयार होने के बाद ड्रेसिंग टेबल के सामने खड़ा अपनी टाई की नॉट को दुरुस्त कर रहा था कि शीशे में बलवंत का अक्श नज़र आया और उस अक्श को देखकर गजराज सकपका गया।

उसने अक्श ध्यान से देखा!

बलवंत दरवाज़े के बीचों-बीच खड़ा था। इस वक्त उसके हाथ को छुआ था। पत्थर के कोयले की तरह सख्त और खुरदुरा। वह शीशे की तरफ ही हुआ-सा जान पड़ रहा था, किंतु गजराज जानता था कि वह देख नहीं सकता है।

अतः अपनी तरफ से उसने कोई बात नहीं की।

एकाएक ही बलवंत ने कहा–"तो आज सीमा के साथ पागलखाने तुम जा रहे हो?"

"अरे?" गजराज ने चौंककर घूमने की खूबसूरत ऐक्टिंग की–"आप कमरे में कब आए अंकल। बैठिए!"

वह दरवाज़ा पार करता हुआ बोला–"मेरी आंखें नहीं हैं, इसलिए देख नहीं सकता, मगर तुम तो आंखों की मौजूदगी में ही अंधे बन गए हो बेटे!"

"सॉरी अंकल मैं टाई की नॉट दुरुस्त कर रहा था। पीठ दरवाज़े की तरफ थी!"

"तब तो तुम्हें शीशे में मेरा अक्स देख लेना चाहिए था। सीमा बताती है कि ड्रेसिंग टेबल ठीक दरवाज़े के सामने रखी है!"

गजराज के सारे शरीर में सनसनी दौड़ गई। एक बार फिर उसे लगा कि भगवान को धोखा दिया जा सकता है, मगर इस 'पाजी' को नहीं, परंतु अपने स्वर को पूरी तरह सामान्य बनाए हुए उसने कहा–"सॉरी अंकल उस तरफ मेरा ध्यान नहीं था!"

"खैर। तुमने मेरी बात का जवाब नहीं दिया?" वह निरंतर उसकी तरफ बढ़ता हुआ बोला।

"जी हां, आज हम दोनों जा रहे हैं!"

"तो क्या दौलतराम के साथ इसीलिए मारपीट की गई थी?"

"क्या मतलब!" गजराज हकलाकर रह गया। रोंगटे खड़े हो गए थे उसके।

"मुझे ऐसा ही लग रहा है!" कहता हुआ बलवंत उसके बेहद नजदीक आ गया था। बोला–"हो सकता है कि दौलतराम आज ही के लिए पिटा हो!"

"आपका दिमाग तो ठीक है?" गजराज पसीने-पसीने हो गया था।

234

"मेरा दिमाग तो ठीक है बेटे, लेकिन तुम्हारे दिमाग में अगर कोई खराबी आ गई हो तो उसे भी ठीक कर लेना!"

"आप कहना क्या चाहते हैं?"

"अगर रास्ते में कोई एक्सीडेंट हुआ और उस एक्सीडेंट में तुम बच गए!" कहने के साथ ही बलवंत ने अपने दोनों भारी हाथों से टटोलकर उसका गिरेबान पकड़ लिया और उसे झंझोड़ता हुआ दांत भींचकर गुर्राया–"तो इस कोठी में दाखिल होते ही मेरे रिवॉल्वर की गोली तेरी खोपड़ी के परखच्चे उड़ा देगी!"

गजराज के होश उड़ गए!

क्या ये अंधा सचमुच त्रिकालदर्शी है?

संभलकर बोला–"भला एक्सीडेंट क्यों होगा?"

"होगा नहीं किया जाएगा!"

"कौन करेगा?"

"तुम और एक्सीडेंट करने से पूर्व ही तुम गाड़ी से कूद पड़ोगे सीमा की टांगें नहीं हैं। वह नहीं कूद सकेगी और तुम्हारा रास्ता साफ!"

"अंकल!" गजराज दहल उठा था।

"चीखो मत!" गिरेबान पकड़े वह उसी तरह दांत पीसता हुआ गुर्राया–"चीखकर यहां सीमा को बुलाने की कोशिश मत करो, क्योंकि मैं जो कह रहा हूँ वह उसके सामने कहने से भी कतराऊंगा नहीं!"

हालांकि गजराज का हौसला पस्त हुआ जा रहा था, परंतु फिर भी उसे बरकरार रखने की जी-तोड़ कोशिश करता हुए चीखा–"क्या आपको मालूम है कि आप क्या कह रहे हैं?"

"सिर्फ यह कि सीमा की हत्या करने की कोशिश से दूर रहना!"

"दिमाग खराब हो गया है आपका!"

इससे पहले कि बलवंत कुछ कहे "क्या हुआ-क्या हुआ चीखती हुई सीमा हड़बड़ाई-सी व्हील चेयर को धकेलती कमरे में दाखिल हुई।

उसे देखते ही गजराज ने एक झटके से अपना गिरेबान बलवंत के मजबूत हाथों से छुड़ाया और बिफरता हुआ बोला–"सुन लो अपने अंकल की बकवास। ये आदमी पागल हो गया है!"

"क्या हुआ अंकल। क्या बात हुई?"

बलवंत केवल रहस्यमय ढंग से मुस्कुराता रहा। बोला कुछ नहीं।

जबकि गजराज ने क्रोध से उफनते हुए जबरदस्त अभिनय किया–"ये पागल आदमी कह रहा है कि मारने के लिए पागलखाने ले जा रहा हूं। आज ही दिन के लिए मैंने दौलतराम की पिटाई की है। आज एक एक्सीडेंट होगा, तुम मर जाओगी और मैं जीवित बच जाऊंगा!"

"अंकल!" ज्यादती के कारण सीमा चीख पड़ी–"राज से ऐसी बातें करते आपको शर्म आनी चाहिए। मैं आपको कितनी बार समझा चुकी हूं कि!"

"इस पागल को बताओ कि तुम्हें नीलम के पास ले जाने के लिए मैंने नहीं कहा था। मेरा प्रोग्राम तो अपने दोस्तों के साथ था। तुम्हीं ने जिद की!"

सीमा भी बिफरे हुए अंदाज में चीखी–"आज आपको इस बात का जवाब देना ही होगा अंकल। आखिर क्यों आप हर समय राज के पीछे पड़े रहते हैं। राज ने क्या बिगाड़ा है आपका। क्यों हमेशा कहते रहते हो कि राज मुझे मार डालना चाहता है?"

"हूं। गंदे और घिनौने लोगों के विचार और हो भी कैसे सकते हैं सीमा!" गजराज कहता ही चला गया–"तुम्हारे अंकल ने कभी शादी नही की। कभी किसी से प्यार नहीं किया फिर पति के प्यार को भला समझेंगे भी कैसे। इनके सीने में दिल नहीं पत्थर है, पत्थर। बीवी को भी ये हमें उस पार खड़ा दुश्मन समझते हैं, जिसे जंग छिड़ते ही इन्हें मार देने का हुक्म होता है!"

और समस्त आशाओं के विपरीत बलवंत ठहाका लगाकर हंस

पड़ा। एक बार उसने हंसना शुरू किया तो फिर हंसता ही चला गया। कमरे की छत की तरफ चेहरा उठाए वह हंसे ही चला जा रहा था। किंकर्त्तव्यविमूढ़ से गजराज और सीमा उसे देखते रह गए और बलवंत ठाकुर जी भरकर ठहाके लगाने के बाद बोला–"तुम तो मेरे मजाक का बुरा मान गए राज बेटे!"

"मजाक!" सीमा चीख पड़ी–"आप मजाक कर रहे थे?"

"बकते हैं ये। मजाक नहीं कर रहे थे। बिल्कुल सीरियस थे ये!"

"तो क्या तुम वास्तव में सीमा की हत्या करने वाले हो?"

"आप-आप!" गजराज कसमसाकर रह गया। कुछ बोलते नहीं बन पड़ा उस पर। मुंह से भरे अलफाज़ निकले–"उफ्फ सीमा अब इस पागल अंकल के रहने के लिए यह कोठी उपयुक्त जगह नहीं है। इन्हें भी वहीं भेजना पड़ेगा, जहां नीलम है, वर्ना...वर्ना ये मुझे और तुम्हें इस कोठी में रहने वाले हर शख्स को पागल कर देंगे!"

"ये भी कोई मजाक की बात थी अंकल?" सीमा बलवंत पर गुर्राई।

"सॉरी बेटी और मैं तुमसे भी माफी मांगता हूं राज बेटे। तुम समझ नहीं सके। दरअसल हम वाकई मजाक कर रहे थे!" कहने के बाद बलवंत वहां रुका नहीं, बल्कि धीरे-धीरे चलता हुआ कमरे से बाहर निकल गया, जबकि गजराज ने कहा–"नहीं सीमा नहीं सॉरी अब़ मैं तुम्हें लेकर नीलम के पास नहीं जा सकूंगा।"

"ऐसा मत कहो राज!"

क्यों न कहूं भगवान न करे कि रास्ते में सचमुच हमारा एक्सीडेंट हो जाए तो तुम्हारा यह अंकल मेरा जीना दूभर कर देगा। इनके बयान पर पुलिस भी यह मानने लगेगी कि मैंने सचमुच ही जान-बूझकर तुम्हें मारा है। ये आदमी तो फांसी पर लटकवा देगा मुझे!"

"कैसी बात कर रहे हो राज। एक्सीडेंट भला होगा भी क्यों?"

"खुदा न खास्ता अगर हो गया?"

"तब भी कुछ नहीं होगा। तुम तो जानते हो कि अंकल थोड़े सनकी मिजाज हैं और पुलिस मात्र किसी अंधे के बयान पर किसी को हत्यारा नहीं मान सकती। अंकल की हरकतों से कोई भी शीघ्र ही जान सकता है कि वे क्रैक हैं!"

"फिर उन्हें तुमने इस कोठी में रख ही क्यों रखा है। पागलखाने क्यों नहीं भिजवातीं?"

"प्लीज राज ऐसी बात मत करो। वे सिर्फ क्रैक हैं पागल नहीं, और पागलखाने में सिर्फ पागल रहते हैं क्रैक नहीं, और कि! कुछ भी सही वे हमारे अंकल हैं?"

"अंकल होगा तुम्हारा। मेरा तो वह दुश्मन है!" गजराज झुंझलाकर कह उठा।

गजराज कार ड्राईव कर रहा था। उसके चेहरे पर अभी तक क्रोध एवं नाराजगी के भाव थे, परंतु ये भाव केवल सीमा को दिखाने के लिए थे। उस सीमा को दिखाने के लिए जो अगली सीट पर ही उसकी बगल में बैठी थी!

सच्चाई यह थी कि उसका मस्तिष्क इस वक्त भी एक बार फिर अपनी योजना के हर पहलू को ठोक बजाकर देख रहा था। इसमें शक नहीं कि बलवंत ने उसके दिलो-दिमाग को हिलाकर रख दिया था।

मन-ही-मन गजराज को मानना पड़ा कि वह अंधा 'पाजी' अपने अनुमानों से ही उसकी लगभग पूरी योजना को समझ गया था।

एक्सीडेंट के बाद वह वाकई बखेड़ा खड़ा कर सकता था।

इसलिए गजराज फैसला करने की कोशिश कर रहा था कि योजना को अंजाम दे या नहीं?

गजराज को सीमा की बात ही ठीक लगी!

किसी सनकी के कहने मात्र से पुलिस किसी को हत्यारा मानने

वाली नहीं थी। पुलिस को चाहिए सुबूत और कोई भी सुबूत वह छोड़ने वाला नहीं था। सुबूत के नाम पर बलवंत भी ठन-ठन गोपाल ही था!

जाहिर है कि सीमा की तरह पुलिस भी भविष्य में बलवंत की बकवास पर कोई ध्यान नहीं देने वाली थी और बलवंत अपने मन में उसे हत्यारा समझा करे!

क्या फर्क पड़ने वाला था?

अपनी सोचो में खोया गजराज बड़बड़ा उठा–''बाद में साले को पागल करार देकर मैं पागलखाने में डाल दूंगा!''

''क्या बड़बड़ा रहे हो राज?'' सीमा ने उसे चौंकाया।

''कुछ नहीं!''

''कुछ तो। किसे पागलखाने में डाल दोगे?''

सन्न रह गया गजराज। यह सोचकर उसके होश उड़ गए कि उसकी बड़बडाहट के चंद शब्द सीमा ने सुन लिए हैं। शीघ्र ही संभलकर बोला–''तुम्हारे अंकल को और किसे?''

''लगता है तुम अभी तक अंकल से नाराज हो?''

''नहीं तो क्या खुश होऊं। नाचूं?'' गजराज ने अजीब चिड़चिड़े अंदाज में कहा–''मैं तो पागल हो गया हूं सीमा। कभी-कभी मन करता है कि आत्महत्या कर लूं!''

''राज!'' तड़पकर सीमा चीख पड़ी।

''ये भी कोई जिंदगी है। अगर मुझे पहले मालूम होता सीमा कि तुम्हारा अंकल ऐसा है तो भले ही विरह में तड़प-तड़पकर मर जाता, मगर शादी नहीं करता!''

''प्लीज ऐसा मत कहो राज!''

''तो फिर क्या कहूं। तुम अपने अंकल से क्यों नहीं कहती कि वह अपने दिमाग में भरी गंदगी साफ करे। समझने की कोशिश करे कि मैं तुमसे प्यार करता हूं। तुम्हारी दौलत से नहीं!''

"तुम नहीं समझ सकते राज। मैं उन्हें कितना समझाती हूं।"

"तब भी नहीं मानते?'

"उस वक्त मान जाते हैं। बाद में फिर वहीं के वहीं!"

"तब तो इस आदमी को सिर्फ पागलखाने वाले ही सहन कर सकते हैं सीमा। कम-से-कम मेरी सहन शक्ति से यह सब कुछ बाहर होता जा रहा। आज नहीं तो कल तुम्हें यह फैसला करना ही होगा कि उस कोठी में अपने अंकल को या मुझे?"

"ओह राज प्लीज। अब थूक भी दो ये गुस्सा। दिमाग से कमजोर एक आदमी की बात पर आखिर तुम इतना ध्यान क्यों दे रहे हो?" इस तरह सीमा प्यार से उसे जाने क्या-क्या समझाने लगी?

वह बोले जा रही थी।

जबकि गजराज का तनिक-सा भी ध्यान उसके शब्दों की तरफ नहीं था। उसका संपूर्ण ध्यान बैक मिरर में चमक रही सलेटी रंग की फियेट पर केंदित था।

यह कार कोठी से ही उसके पीछे थी।

कार में उन्हीं बहुत से चेहरों में से तीन चेहरे थे, जो उसे पिछले करीब एक महीने से कहीं-न-कहीं अपने इर्द-गिर्द नज़र आ ही जाते थे!

वह जानता था कि ये 'रॉ' के जासूस हैं।

और अब इनकी मौजूदगी में ही उसे अपनी योजना का अगला कदम उठाना था। दिमाग में इस वक्त यही द्वंद्व चल रहा था, उस कदम को उठाए या नहीं!

योजना पर काम तो करना ही था, अतः दिमाग ने कदम उठाने का ही फैसला दिया और उस कदम को उठाने की भूमिका तैयार करते हुए उसने झुंझलाकर पैरों से ब्रेक पैडिल को ठोका और बोला–"जाने यह कम्बख्त दौलतराम इस गाड़ी को कैसे चलाता है?"

"क्यों क्या हुआ?"

"ब्रेक लूज पड़े हैं!"

"ओह!"

"इन्हें जरा कस लेता हूं!" बड़बड़ाने के साथ ही उसने गाड़ी बाईं तरफ के फुटपाथ पर ली और स्पीड कम करता हुआ बोला–"अगर एक्सीडेंट हो गया तो तुम्हारा वह 'पाजी' अंकल मेरी खोपड़ी के चिथड़े उड़ा देगा!"

"ओफ्फ राज अब भूल भी जाओ न उन बातों को?"

गजराज ने कोई जवाब नहीं दिया। गाड़ी फुटपाथ पर रोक दी और यह कहता हुआ दरवाज़ा खोलकर बाहर निकल गया कि–"तुम बैठी रहो मैं जरा ब्रेक कसता हूं!"

सिलेटी रंग की फियेट स . . . र्र से आगे निकल गई और गजराज ने उस पर ध्यान तक नहीं दिया। वह डिग्गी की तरफ बढ़ रहा था।

"गाड़ी उसने वहां क्यों रोक ली है?" सलेटी रंग की कार में मौजूद एक गोरे चिट्टे, खूब तंदरुस्त, लंबे और कद्दावर युवक ने कहा!

थोड़े नाटे कद का युवक बोला–"भगवान ही जाने!"

"अगले मोड़ पर गाड़ी रोक लेना?" कद्दावर युवक ने फिएट ड्राईव करते पतले एवं मरियल से युवक को आदेश दिया!

"ओ.के. मैक!" मरियल युवक ने कहा!

तंदरुस्त और लंबे युवक का नाम मैक था। इस छोटे से दल का नेतृत्व वही करता था यानी वह बाकी दोनों का 'बॉस' था और उसके आदेश पर एक मोड़ पर मुड़ने ही फिएट रुक गई।

रुकते ही मैक दरवाज़ा खोलकर सड़क पर आ गया।

"तुम गाड़ी में ही रहना!" उसने मरियल को आदेश दिया!

नाटा उसके पीछे सड़क पर आ गया था। फुर्ती के साथ लपकते से वे उस स्थान पर पहुंचे, जहां गजराज और उसकी गाड़ी को आराम से देख सकते थे!

गजराज को उन्होंने कुछ औजारों के साथ डिग्गी से गाड़ी के अगले हिस्से की तरफ बढ़ते देखा। फिर चित लेटकर गाड़ी के नीचे गुम होते!

"क्या कर रहा है यह?" मैक बड़बड़ाया।

दृष्टि उधर ही टिकाए नाटा बोला–"शायद गाड़ी में कोई खराबी आ गई है?"

"क्या खराबी हो सकती है। अच्छी-भली तो चल रही थी!"

नाटा चुप रह गया!

बोलने के लिए कुछ था ही नहीं उस पर। अजीब असमंजस में फंसे वे धड़कते दिल से उसी तरफ देख रहे थे और अचानक ही मैक चौंककर उछल पड़ा–"मुंह से निकला–"ओह!"

"क्या हुआ?" नाटे ने पूछा!

"कहीं वह गाड़ी के ब्रेक तो फेल नहीं कर रहा है?"

"ब्रेक?"

"हां ओह जरूर वह हरामजादा ब्रेक ही फेल कर रहा है!"

"मगर भला वह ब्रेक क्यों फेल करेगा?"

"अपनी बीवी को मारने के लिए ओह गुड अब वह एक्सीडेंट करेगा?"

"लेकिन इस तरह तो वह स्वयं भी।"

"नहीं वह खुद नहीं मरेगा। गाड़ी को सड़क पर पूरी रफ्तार से दौड़ाकर खुद वह एक्सीडेंट से पहले ही कूद पड़ेगा। मार्वलस यही स्कीम है उसकी। लोग सोचेंगे कि उसकी बीवी की टांगें नहीं थीं, सो वह न कूद सकी। वह मर जाएगी। अपनी बीवी की हत्या करने के लिए उस हरामजादे ने यही स्कीम बनाई है। यह एक दुर्घटना होगी और कोई में वह हत्यारा साबित नहीं हो सकेगा!"

"ओह क्या वह इतना जालिम है?" नाटा बड़बड़ाया!

मैक कहता ही चला गया–"तीन दिन पहले ही इनके शोफर को किसी ने मारा है। वह अस्पताल में पड़ा है। पुलिस उसकी पिटाई का

कारण तलाश नहीं कर पाई है। तलाश करती भी कैसे। कारण तो ये है सामने, ड्राइविंग का अवसर वह खुद चाहता था!"

"मुझे बात जम रही है मैक!"

"वह निश्चय ही ब्रेक फेल कर रहा है। सारी योजना शीशे की तरह साफ है!"

"क्या हमें उस पर हाथ डाल देना चाहिए?" नाटे ने पूछा–"बॉस ने कहा था कि हमें ठीक उस क्षण उसे गिरफ्तार कर लेना है, जब वह अपनी बीवीं की हत्या करने वाला हो। रंगे हाथों ही पकड़ना है उसे!"

"वह क्षण शायद आ गया है।"

"तो फिर हमें हाथ डाल देना चाहिए!"

"लेकिन बॉस ने यह भी तो कहा था कि इसे ठीक तब गिरफ्तार कर लेना है, जब वैन रॉबरी से जुड़े इसके बाकी साथी भी सामने हों। अभी तक तो हम इसके ऐसे किसी साथी के साए तक को भी नहीं देख सके हैं!"

"बॉस ने यह भी तो कहा था कि किसी भी हालत में वह अपनी बीवी की हत्या करने में कामयाब न हो जाए। अगर ऐसा हो गया तो 'रॉ' की नाक कट जाएगी।"

"हां, हमारी मुख्य ड्यूटी सीमा को न मरने देना ही है!"

अगर ब्रेक फेल करने के बाद एक बार ड्राइविंग सीट पर बैठ कर उसने गाड़ी स्टार्ट कर दी तो हम एडी-चोटी का जोर लगाने के बाद भी कम-से-कम उसकी बीवी को मरने से नहीं बचा सकेंगे मैक। देखो औजार लिए वह गाड़ी के नीचे से निकल आया है। उसकी बीवी को बचाने का हमारे पास यह आखिरी मौका है!"

"जल्दी आओ!" कहने के साथ ही मैक लंबे-लंबे कदमों के साथ आंधी-तूफान की तरह फिएट की तरफ लपका। किसी बेपैंदी के लोटे की तरह लुढ़कता नाटा भी उसके साथ था। एक झटके से कार का

दरवाज़ा खोलकर अंदर दाखिल होते हुए मैक ने ड्राइवर से कहा–
"गाड़ी वापस लो क्विक!"

"हुआ क्या है?" मरियल ने फुर्ती से गाड़ी टर्न करते हुए पूछा।

चलती गाड़ी में ही नाटा भी प्रविष्ट हो चुका था।

मैक के जवाब देने से पहले ही फियेट मोड़ क्रास कर चुकी थी। अब
गजराज की गाड़ी ही खड़ी नज़र रही थी। मैक ने जल्दी से बताया–
"अपनी बीवी का मर्डर करने की वह पूरी तैयारी कर चुका है!"

"कैसी तैयारी?"

"बकवास का जवाब देने का समय नहीं है!" मैक ने गजराज को
डिग्गी बंद करके ड्राइविंग डोर की तरफ बढ़ते देखकर तीव्र स्वर में
कहा–"जल्दी करो। वह अपनी गाड़ी स्टार्ट न कर पाए। अपनी गाड़ी के
ब्रेक फेल कर लिए हैं पाजी ने। फियेट को उसकी गाड़ी के ठीक सामने
बल्कि बेहद नजदीक ले जाकर रोक दो!"

और मरियल युवक ने फिएट की रफ्तार आश्चर्यजनक ढंग से बढ़ा
दी।

उधर गजराज ने ही सीट पर बैठने के बाद 'इग्निशियन' में फंसी
चाबी घुमाई ही थी कि टायरों की बहुत ही तीव्र चरमराहटों के साथ
फिएट उसकी गाड़ी के सामने आ रुकी।

फियेट ने रास्ता ब्लॉक कर लिया था।

यह देखकर सीमा कह उठी–"अरे ये कौन बदतमीज लोग हैं।"

मगर गजराज के मुंह से बोल नहीं फूटा था!

उसका एक हाथ अभी तक चाबी पर था और हक्का-बक्का-सा
'रॉ' के जासूसों की चुस्ती-फुर्ती को देख रहा था। पलक झपकते ही एक
लंबा और दूसरा नाटा युवक फिएट से कूदकर उसकी कार की तरफ
झपटे। खिड़की के माध्यम से अपना रिवॉल्वर गजराज की कनपटी से
सटाते हुए मैक गुर्राया–"डोंट मूव मिस्टर राज। यू आर अंडर अरेस्ट!"

"क्या मामला है। कौन लोग हो तुम?"

"अभी पता लग जाएगा। गाड़ी से बाहर निकलो!"

सीमा चीख पड़ी–"नहीं राज बाहर मत निकलना। ये गुंडे मालूम पड़ते हैं!"

तब तक मरियल युवक भी फिएट से निकलकर अपने साथियों की मदद करने के लिए उनके नजदीक पहुंच चुका था!

"आप लोग कौन हैं और चाहते क्या हैं?" गजराज ने सहमे हुए अंदाज में पूछा।

"बाहर निकलो बेटे, वर्ना खोपड़ी में सुराख कर दूंगा।" दांत भींचकर मैक जब कर्कश स्वर में गुर्राया तो विवश गजराज को दरवाज़ा खोलना ही पड़ा।

"कोई हरकत मत करना, वर्ना यहीं तुम्हारी लाश तड़प रही होगी!"

गजराज के बाहर निकलते ही उन्होंने तीन तरफ से उसे घेर लिया और यह देखकर कार के अंदर बैठी लाचार सीमा चीख पड़ी–"प्लीज छोड़ दो उन्हें। आखिर तुम हो कौन और क्या चाहते हो इनसे?"

मैक ने मुस्कुराहट के साथ ही बहुत ही शांत स्वर में कहा–"फिक्र मत कीजिए मैडम। हम आपके मददगार हैं!"

"मददगार?"

"आप हमें अपना अंगरक्षक भी कह सकती हैं!" नाटे ने कहा!

"अंगरक्षक। क्या बक रहे हो तुम लोग?"

"ये आपके पतिदेव आपका मर्डर कर देना चाहते हैं!"

"क्या बकते हो?" सीमा और राज एक साथ चीख पड़े। यह बात दूसरी है सीमा के चीखने का अंदाज अविश्वसनीय था और गजराज का अंदाज उसके सर्वथा दहशतनाक। वह पागलों की तरह चीखकर कहता ही चला गया–"आप लोग होश में तो हैं?"

"बेहोश तो आप हैं मिस्टर गजराज, मगर अफसोस कि कुछ ही देर

बाद आपको होश में आना पड़ेगा, क्योंकि अपनी बीवी का मर्डर करने के लिए आप पूरी तैयारियां कर चुके हैं!"

"कैसी तैयारियां?" गजराज का चेहरा सफेद पड़ गया।

"अभी-अभी आपने इस गाड़ी के ब्रेक फेल किए हैं!"

"ब्रेक, क्या बकवास कर रहे हो?"

"जी हां ब्रेक फेल करने के बाद आप गाड़ी स्टार्ट कर चुके थे। हम रास्ता न रोकते तो आप गाड़ी आगे भी बढ़ा चुके होते। उसे रफ्तार पर लाते और फिर स्वयं कूद पड़ते। आपकी बीवी टांगों से लाचार है। बेचारी कूद नहीं सकती थी!"

"ये सब बकवास है!" गजराज हलक फाड़कर चिल्ला उठा–"सफेद झूठ!"

"हुंह इस बकवास को हम साबित कर सकते हैं?"

"औजारों पर आपकी उंगलियों के निशान होंगे। गाड़ी के ब्रेक फेल!"

"औजारों पर मेरी उंगलियों के निशान जरूर होंगे। क्योंकि गाड़ी के ब्रेक लूज थे और उन्हें मैंने अभी-अभी कसा है!"

"कसा नहीं मिस्टर राज, बल्कि खोलकर बेकार कर दिया है उन्हें!"

"यह झूठ है। सरासर बकवास!"

"हाथ कंगन को आरसी क्या मिस्टर राज। अभी पता लग जाएगा!" सफलतापूर्वक अंदाज में मुस्कुराते हुए मैक ने राज से कहा। फिर मरियल से बोला–"जरा गाड़ी के नीचे घुसकर बताओ कि ब्रेक थोड़े-बहुत लूज ही किए हैं या बिल्कुल ही खोलकर डाल दिए हैं इस पाजी ने?"

देखने में वह भले ही दुबला-पुतला और मरियल-सा महसूस देता हो, परंतु फुर्तीला बहुत था। मैक का आदेश सुन वह लचीले सर्प की तरह गाड़ी के नीचे रेंग गया।

गजराज कह रहा था–"तुम लोग जो भी कोई हो, मगर इस बदतमीजी

246

की कीमत तुम्हें चुकानी होगी। मेरा अपमान किया है तुमने!"

"असली अपमान तो तब होगा बेटे, जब भरी अदालत में तुम पर दफा तीन सौ सात का मुकदमा चलेगा!" कहने के बाद उसने ऊंची आवाज़ में पूछा–"क्या रहा रॉबर्ट। तुम्हें सांप क्यों सूंघ गया है?"

सर्प की तरह सरसराकर रॉबर्ट गाड़ी के नीचे से निकला, मगर उसका चेहरा मिल में अभी-अभी तैयार हुए कागज़ की तरह सफेद था। मरे स्वर में वह बोला–"ब्रेक बिल्कुल ठीक हैं!"

"क्या बक रहे हो?" मैक का चेहरा गुस्से से सुर्ख हो गया था।

"बल्कि उन्हें कुछ और ज्यादा कसा गया है!"

"शटअप!" चीखते हुए मैक ने गुस्से में रॉबर्ट के गाल पर इतनी जोर से थप्पड़ मारा कि उसकी आंखों के सामने रंग-बिरंगी चिंगारियां नाच उठीं।

और कुटिल मुस्कुराहट के साथ गजराज ने कहा–"अब बोलो क्या कहते हो। कौन हो तुम? इस नाटक का क्या अर्थ था?"

"शटअप!" कुछ समझ में न आने की स्थिति में मैक उस पर भी दहाड़ उठा। मैक की खोपड़ी घूमकर रह गई थी। वह समझ नहीं पा रहा था कि यह सबकुछ क्या गड़बड़ हो गई है, अतः चीखकर बोला–"फिएट को इधर लाओ रॉबर्ट!"

रॉबर्ट फिएट की तरफ लपक गया।

"तुम्हें बताना होगा कि कौन लोग हो। क्या चाहते थे?" गजराज गुर्राया।

"इस रिवॉल्वर को मत भूलो मिस्टर!" गुस्से की ज्यादती के कारण भुनभुनाता हुआ मैक दांत भींचकर गुर्राया–"मेरे ट्रैगर दबाते ही यह खोपड़ी में इतना बड़ा सुराख कर देगी कि जिसमें तुम्हारी रूह आराम से बाहर निकल सके!"

"तुम लोगों ने मेरा अपमान किया है। मैं मानहानि का दावा करूंगा!"

मैक का जी चाहा कि ट्रैगर दबा दे!

किचकिची-सी आ रही थी उसे। जी चाह रहा था कि इस पाजी की खोपड़ी के परखच्चे उड़ा दे, मगर बॉस की तरफ से ऐसा करने की इजाजत नहीं थी।

वह कसमसाकर रह गया।

रॉबर्ट फिएट उसके बराबर में ले आया था, पहले उसने नाटे को गाड़ी में बैठ जाने के लिए कहा और फिर स्वयं भी बैठ गया। उसके बैठते ही फिएट फर्राटे भरती हुई विपरीत दिशा में गई!

राज अपने स्थान पर खड़ा उसे देखता रहा। मुस्कुराता रहा तब तक जब तक कि वह उसे नज़र आती और मुस्कुराता भी क्यों नहीं। उसकी योजना का यह चरण भी पूरी सफलता के साथ पूरा हो गया था!

प्रत्येक क्षण सिर्फ वही हुआ था, जो गजराज ने सोचा था।

अपनी योजना की इस पहल को इस हद तक सफल पाकर गजराज का दिल चाह रहा था कि वह नाच उठे। मस्ती में ठुमके लगाए। मगर वह ऐसा कर नहीं सकता था, क्योंकि कार के अंदर बैठी सीमा की दृष्टि उसी पर स्थिर थी और अब सीमा को दिखाने के लिए उसे दूसरे किस्म का अभिनय करना था और उसी अभिनय को करने के लिए उसने अपना चेहरा यूं तमतमा लिया जैसे गुस्से की ज्यादती के कारण तमतमा रहा हो। गाड़ी की छत पर एक जोरदार घूंसा जमाता हुआ बोला–"भाग गए हरामजादे। मगर जाएंगे कहां?"

"वे कौन थे राज?" सीमा ने पूछा!

गुस्से से भिन्नाता हुआ वह दरवाज़ा खोलकर धम्म से ड्राइविंग सीट पर बैठा और फिर जोर से दरवाज़ा वापस बंद करता हुआ बोला– "मुझसे क्या पूछती हो। अपने उसी हरामी अंकल से पूछना!"

"अंकल से?" सीमा चौंक पड़ी।

गाड़ी आगे बढ़ाते हुए गजराज ने कहा–"और नहीं तो क्या?"

"क्या उनका संबंध अंकल से है?"

"और किससे होगा?"

"मगर तुम ऐसा कैसे कह सकते हो। उनमें से किसी को तुमने पहले कभी अंकल के साथ देखा है?"

"नहीं!"

"तो फिर?"

"वे तुम्हारे मददगार थे। अंगरक्षक, और तुम्हारे लिए कौन मरा जाता है। वह पाजी अंकल ही न। चौबीस घंटे सपने में भी उसे केवल एक ही भूत सवार रहता है। यह कि मैं हत्या करने वाला हूं। अब मैं उस हरामजादे को देख लूंगा!"

चकित-सी सीमा गजराज को देखती रह गई।

"जरूर अपने दिमाग की उसी गंदगी की वजह से इन गुंडों को तुम्हारी मदद के लिए हमारे पीछे लगाया होगा। इन्हें अच्छी तरह समझाया होगा कि मैं तुम्हारा मर्डर करने की फिराक में हूं। तभी तो मेरे ब्रेक ठीक करने पर उन्हें मेरे द्वारा ब्रेक फैल किए जाने का शक हो गया और रिवॉल्वर तानकर मुझ पर टूट पड़े?"

"नहीं अंकल इतने नीचे नहीं गिर सकते!"

कार ड़ाईव करते ही गजराज ने पलटकर आग्नेय नेत्रों से सीमा की तरफ देखा और गुर्राया–"और किसकी हरकत हो सकती है ये?"

सीमा पर कोई जवाब नहीं बन पड़ा।

गजराज बड़बड़ाता ही रहा–"वाह अच्छा पति हूं मैं पत्नी को लेकर स्वतंत्रतापूर्वक घूमने भी नहीं निकल सकता। गुंडे मुझ पर नज़र रखते हैं। तुम्हारी हिफाजत के लिए चौबीस घंटे मुझे वॉच किया जाता है। एक-एक हरकत नोट की जाती है मेरी!"

"प्लीज राज! ऐसा मत सोचो!"

"क्या मैं गलत सोच रहा हूं?"

"मगर!"

"इतना अपमान उफ्फ इतना ज्यादा कि टके-टके के गुंडे अब मुझे रास्ते में रोककर यह आरोप लगाने लगे हैं कि मैं अपनी बीवी का मर्डर करने वाला हूँ?"

"प्लीज राज। इतनी गहराई से मत सोचो!"

"मैंने तुम्हारी दौलत से कभी मतलब नहीं रखा, तुम्हारी कोठी में जरूर रहता हूं सीमा, मगर अपना खर्चा हमेशा खुद चलाया। मैंने सिर्फ तुमसे प्यार किया। सिर्फ तुमसे और उसी प्यार की वजह से हर कदम पर मैं अपमान सहता रहा हूं लेकिन अब नहीं सीमा। अब बर्दाश्त नहीं होता, मुझे तुमसे तलाक लेना होगा!"

"राज।" कांपते स्वर में सीमा चीख पड़ी।

पलटकर एक नज़र गजराज ने सीमा पर डाली। उसके अंतिम शब्दों का सीमा पर सीधा प्रभाव हुआ था। उसने सीमा के चेहरे पर वेदना और आंखों में आंसू तैरते देखे, मगर अपनी गुर्राहट को बरकरार रखे गुर्राया–"मैं मजबूर हूं सीमा!"

बड़ा ही भोला एवं मासूम स्वर–"क्या तुम मेरे बिना रह सकोगे?"

"मजबूरी है!"

"ऐसी क्या मजबूरी है, जिसके वशीभूत तुमने इतनी बड़ी बात कह दी।"

"मजबूरी तुम अब भी पूछती हो कि क्या मजबूरी है। मैं पति हूं। हुंह धिक्कार है मुझ पर। मुझसे ज्यादा सम्मान तो शायंद किसी वेश्या के दलाल का भी होता होगा!"

"प्लीज चुप हो जाओ राज। मुझ पर रहम करो!"

मगर अपने मकसद में कामयाब हुए बिना राज कम-से-कम इस वक्त चुप होने वाला नहीं था। वह उसी फ्लो में कहता चला गया–"मैं तुमसे प्यार जरूर करता हूं मगर अब ये घृणात्मक कीड़े की-सी जिंदगी नहीं जी सकता।"

"जरा मेरे बारे में भी सोचो राज। तुम दोनों चक्की के पाटों के बीच में क्या मैं घुन की तरह नहीं पिस रही हूं। तुम दोनों में सामंजस्य बनाने की मैंने कितनी कोशिश की, मगर नाकाम रही। अंकल तुम्हें 'सूअर' और तुम उन्हें 'पाजी' कहते रहे, मैं सुनती रही। सिर्फ इस उम्मीद में कभी तो तुम दोनों के बीच खड़ी नफरत की दीवार गिरेगी, मगर ऐसा नहीं हो सका और आज सचमुच क्लाइमेक्स आ गया है। निश्चय ही तुम दोनों में से किसी एक को चुनना होगा!"

गजराज ने धड़कते दिल से कहा–"तो फिर इसी समय करो फैसला!"

"इतनी जल्दी नहीं!"

"फिर?"

"जिस दिन से तुमसे शादी हुई, अंकल उसी दिन से मुझसे यह कहते रहे हैं कि तुम दौलत के लालची हो। मेरी हत्या तक कर सकते हो। जवाब दो राज कि वे हर घड़ी हर पल ऐसा कहते रहे हैं या नहीं?"

"कहते रहे हैं!"

"क्या मैंने उनकी बात पर कभी यकीन किया?"

पूरी गंभीरता के साथ पूछे गए सीमा के इस सवाल पर गजराज ने पलटकर सीमा की तरफ देखा। उसके चेहरे पर इस वक्त बहुत ही सख्त भाव थे। फिर अपना ध्यान सामने सड़क पर जमाता हुआ धीमे से बोला–"नहीं!"

"आज तुम कह रहे हो कि वे आदमी अंकल के थे। तो क्या मैं तुम्हारे एक ही बार के कहने पर यकीन कर हूं?"

"मगर!" राज कुछ गड़बड़ा गया था–"यह मामला शीशे की तरह साफ है। जो कुछ उन्होंने किया है, उस किस्म की गंदगी केवल अंकल के ही दिमाग में है!"

"अपने कथन के पक्ष में इस किस्म के तर्क अंकल भी देते रहे हैं!"

251

"तुम मेरा मुकाबला उस पाजी से कर रही हो?"

"सॉरी राज . . . मैं कोई मुकाबला नहीं कर रही हूं। केवल न्याय की बात कह रही हूं अंकल की बात पर मैंने इसलिए यकीन नहीं किया, क्योकि मेरे दिल ने कभी यह बात स्वीकारी ही नहीं कि तुम मेरा मर्डर कर सकते हो और यकीनन तुम ऐसे नहीं हो इसलिए अंकल कभी तुम्हारे विरुद्ध कोई सबूत पेश नहीं कर सके। अब वही बात उलट है। मानती हूं कि अंकल के दिमाग में गंदगी है, मगर वे इतने नीचे गिर जाएंगे। इस हद तक तुम्हारा अपमान करने लगेंगे। इस बात के लिए मेरा दिल गवाही नहीं देता, अतः मैं तुम्हारी बात को तब तक सच नहीं मानूंगी, जब तक कि अपने कथन के पक्ष में कोई सबूत नहीं दे दोगे!"

"मैं साबित कर सकता हूं कि वे आदमी उसी पाजी के थे, बल्कि यकीनन मैं साबित करके रहूंगा मैंने उनकी गाड़ी का नंबर नोट कर लिया है!"

"अगर तुम साबित कर सके तो मुझे खुशी होगी। क्योंकि मैं सचमुच दो पाटों के बीच पिसने से बच जाऊंगी। मैं तुमसे वादा करती हूं राज अगर ये आदमी अंकल ही के थे तो मैं अंकल से हमेशा के लिए केवल संबंध विच्छेद ही नहीं कर लूंगी, बल्कि उनसे नफरत भी करने लगूंगी। थूक दूंगी उनके चेहरे पर, क्योंकि एक भारतीय पत्नी अपने पति का अपमान करने वाले से नफरत ही करती है। भले ही वह कोई भी हो!"

सीमा के उपरोक्त शब्दों के बाद गजराज ने जब पलटकर उसकी तरफ देखा तो सचमुच उसके चेहरे पर वही दमक दिखाई दी, जो एक पतिव्रता पत्नी के चेहरे पर हमेशा दमका करती है। सीमा की बात उसे बहुत ही सटीक एवं न्यायिक लगी, परंतु फिलहाल गजराज का संबंध

न्याय से नहीं था। उसे मतलब था अपना उल्लू सीधा करने से, अतः बोला–"इसका मतलब ये हुआ कि सारे मामले को तुमने फिर बीच में लटका दिया है। साबित करने तक मुझे उसी के साथ रहना

होगा। उसी के साथ रहकर कदम-कदम पर उसके द्वारा किया गया अपमान सहना?"

"नहीं!" सीमा का गंभीर एवं दृढ़ स्वर–"अब मैं ऐसा नहीं होने दूंगी!"

"क्या मतलब?"

मैंने तुमसे जो बातें की हैं उनका अंकल से कोई संबंध नहीं है। उसके सामने मैं उन्हीं पर, यह आरोप लगाऊंगी कि रास्ते में तुम्हारा अपमान करने वाले उनके आदमी थे। इस आरोप के साथ मैं उन्हें अंतिम चेतावनी दे दूंगी। साफ शब्दों में कह दूंगी कि बस। आपके द्वारा अपने पति का अपमान मैं बहुत सह चुकी हूं अब आगे न सही। अगर आगे आपने किसी भी रूप में मेरे पति का अपमान किया तो मैं खुद से और इस से आपके संबंध हमेशा के लिए तोड़ दूंगी!"

गजराज चुप रहा। दरअसल इस टॉपिक पर आगे कहने के लिए उसके पास कुछ रहा ही नहीं था। उसे पूर्ण तो नहीं हां अपने मकसद में आंशिक सफलता जरूर मिल गई थी। कोठी से बलवंत का संबंध पूर्णतया विच्छेद करने में तो वह सफल नहीं हुआ था, परंतु उसके लिए पुख्ता आधार जरूर रख चुका था। वह जानता था कि अंधा अपनी हरकतों से बाज न आएगा और उसका बाज न आना ही भविष्य में गजराज की सफलता थी!

मैक की पूरी रिपोर्ट सुनने के बाद मिस्टर रॉव का समूचा चेहरा गुस्से की ज्यादती के कारण बुरी तरह भभकने लगा। वे गुर्राए–"तुम 'रॉ' के नंबर वन दो में से एक हो मैक और कम-के-कम हमें ऐसी बेवकूफी भरी हरकत की उम्मीद नहीं। तुमने सारे अभियान पर पानी फेर दिया है!"

अजीब दयनीय हालत थी मैक की। बोला–"मैं क्या करता सर हालात ही ऐसे थे। मुझे लगा कि वह मर्डर की पूरी तैयारी कर चुका है और अगर तुरंत ही उस पर हाथ न डाल दिया गया तो अगले पल

हालात हमारी पकड़ से निकल जाएंगे। बिना ब्रेक की गाड़ी को कहीं टकराने से भला कोई रोके भी कैसे।"

"शटअप!" मिस्टर रॉव हलक फाड़कर चिल्ला उठे। मैक सकपकाकर चुप हो गया!

सारा शरीर कांप रहा था उसका!

"तुम एकदम बेवकूफ हो। नाकारा। नंबर वन तो क्या 'रॉ' के थर्ड ग्रेड के जासूस बनने के भी काबिल नहीं हो। वह ब्रेकों को छेड़ रहा है, यह देखकर तुमने झट यह अनुमान लगा लिया कि ब्रेक्स फेल कर रहा है मूर्ख जाहिल!"

मैक बेचारा बैठा-बैठा कांपता रहा!

"आज से बल्कि इसी समय से तुम 'रॉ' के नंबर वन नहीं थर्ड ग्रेड के जासूस हो, अब तो हमें यह भी लगने लगा है कि उसे बहुत पहले से तुम लोगों के द्वारा खुद को वॉच किए जाने का मालूम हो गया होगा!"

मैक बेचारा बोले तो क्या?

"अगर पहले से उसे मालूम नहीं भी था तो तुम्हारी बेवकूफी से मालूम हो गया है। वह जान गया है कि कुछ लोग चौबीस घंटे उसे वॉच कर रहे हैं और जाहिर है कि यह बात जानने के बाद न वह अपनी बीवी का मर्डर करने की कोशिश करेगा और न ही वैन रॉबरी के अपने साथियों से संबंध स्थापित करने की, अतः भले ही सालों से साल तक 'रॉ' के जासूस पीछे लगे रहें, मगर वह हाथ डालने का अवसर नहीं देगा!"

मैक खामोश रहा!

"अब जुबान पर ताला क्यों लटक गया है। बोलते क्यों नहीं?"

"मैं क्या बोलूं सर?" मैक मिमियाया!

गुस्से में तमतमाते मिस्टर रॉव ने कुछ कहना चाहा, मगर फिर शायद गुस्से की ज्यादती के कारण ही मुंह बंद कर लिया। जेब से निकालकर

254

उन्होंने एक सिगार सुलगाया। ऑफिस में मौत का सा सन्नाटा छा गया था।

दो कश लगाने के बाद मिस्टर रॉव सामान्य हुए। फिर उन्होंने मैक से पूछा–"अब वह कहां है?"

"नीलम से मिलने के बाद दोनों घर पहुंच चुके हैं!"

"अब उसके पीछे लगे रहने से कोई लाभ नहीं है।" कुछ सोचते हुए मिस्टर रॉव बोले–"अतः अब उससे हकीकत उगलवाने, वैन का पता और उसके बाकी साथियों के नाम पूछने का टॉर्चर ही अंतिम हथकंडा है। टॉर्चर द्वारा उससे सबकुछ उगलवाया जाए!"

"टॉर्चर से हर आदमी का टूट जाना संभव तो नहीं है सर!"

"यही सोचकर तो उसे वॉच करने का रास्ता अख्तियार किया गया था, मगर तुम्हारी बेवकूफी से सब चौपट हो गया है अतः अब टॉर्चर वाला रास्ता अपनाना ही विवशता है!"

मैक को अपने बॉस की बात जंची।

"अब ज्यादा नाटक करने की गुंजाईश नहीं है। सीधे जाकर अपने सभी साथियों के साथ कोठी में घुस जाओ तथा उसे अरेस्ट कर लो। कहो कि तुम 'रॉ' के जासूस हो और अपनी बीवी का मर्डर करने की कोशिश में उसे गिरफ्तार कर रहे हो!"

"ओ.के. सर!"

"हमें उम्मीद है कि उसके सामने इस तरह खुलकर आने और कम-से-कम उसे गिरफ्तार करने में कोई मूर्खता नहीं होगी। उसे अरेस्ट करके सीधे यहां ले आओ। हम टॉर्चर स्पेसलिस्ट को कॉल करते हैं!"

"यस सर! कहने के बाद मैक ने अभी उठने का उपक्रम किया ही था कि मिस्टर रॉव की मेज पर रखे फोनों में से एक की घंटी घनघना उठी। सिगार वाले हाथ से मैक को अभी रुकने का संकेत देने के साथ ही दूसरे हाथ से उन्होंने रिसीवर उठा लिया।

कुछ देर तक वे बातें करते रहे। मैक देख रहा था कि दूसरी, तरफ से बोलने वाले की आवाज़ सुनते-सुनते मिस्टर रॉव के चेहरे पर वही चमक, जो हमेशा रहती थी के साथ उनकी आंखें बहुत ही कीमती हीरों के समान चमकने लगी थीं। अंत में बोले–"वैरी गुड नंबर इलेवन तुमने वक्त रहते ऐसी इंफॉरमेशन दी है, जिससे न केवल मैक की बेवकूफी पर पर्दा पड़ गया है, बल्कि एक बार फिर सारा गुड़-गोबर होने से बच गया है। थैंक्यू!"

फोन पर कहे गए मिस्टर रॉव के शब्द सुनकर मैक का दिल बहुत जोर-जोर से धड़कने लगा। वह समझ नहीं पा रहा था कि ऐसी क्या चमत्कारी घटना हो सकती है, जिससे मेरी मूर्खता पर पर्दा पड़ जाए?

मिस्टर रॉव ने रिसीवर धीरे से क्रेडिल पर रख दिया!

अपनी बेचैनी और उत्सुकता को दबाए मैक बड़ी मुश्किल से शांत बैठा था रिसीवर रखने के बाद मिस्टर राव ने कहा–"फिलहाल उसे गिरफ्तार करने की जरूरत नहीं है!"

"क्या मैं पूछ सकता हूं सर कि क्या हो गया है?"

"इलेविन ने इंफॉरमेशन दी है कि कोठी पर गजराज, सीमा और बलवंत के बीच बहुत जबरदस्त झगड़ा हुआ है। सीमा और गजराज का कहना है कि उन्हें रास्ते में रोककर ब्रेक वाली घटना पर रोकने वाले आदमी बलवंत के थे। बलवंत ने इससे साफ इंकार किया, परंतु उसके इंकार पर सीमा और राज में से किसी ने विश्वास नहीं किया। वे अब भी तुम्हें बलवंत द्वारा खरीदे गए किराए के गुंडे ही समझ रहे हैं और इसलिए सीमा ने अपने अंकल को चेतावनी दे दी है कि भविष्य में यदि उसने फिर राज का अपमान किया तो वह कोठी में नहीं रह सकेगा!"

"वैरी गुड!" मैक के मुंह से निकल पड़ा।

"क्या समझे?"

"राज नहीं जानता है कि उसे हम लोग वॉच कर रहे हैं। वह अभी

तक बलवंत ही पर अटका हुआ है, अतः वैन रॉबरी के अपने साथियों से संपर्क करने या अपनी बीवी के मर्डर की किसी योजना पर आगे काम करने से नहीं हिचकेगा, अतः फिलहाल उसे अरेस्ट करना नहीं वॉच करते रहना ही उचित है!"

"मगर ध्यान रहे। अब वह ज्यादा सतर्क रहेगा। सीमा के सामने बलवंत को जलील करने के लिए वह खुद को वॉच करने वालों को ताड़ने और उन्हें पकड़ने की फिराक में रहेगा, अतः तुम लोगों को सावधान रहना है। कोशिश के बावजूद भी वह ताड़ न सके कि कौन लोग उसे कहां से वॉच कर रहे हैं?"

"ओ.के. सर!"

"याद रहे इस बार पहले जैसी मूर्खता हम सहन नहीं करेंगे और जब तक इस केस को तुम सही ढंग से हल नहीं कर लोगे, तब तक अपनी पहली मूर्खता के परिणामस्वरूप खुद को 'रॉ' का थर्ड ग्रेड का ही जासूस समझोगे। यूं समझो कि नंबर वन पर बने रहने के लिए हम तुम्हें आखिरी मौका दे रहे हैं!"

"मैं यकीनन अपने स्थान पर बना रहूंगा सर!" कहने के साथ ही मैक उठ खड़ा हुआ। नई स्फूर्ति-सी नज़र आ रही थी उसमें!

गजराज बलवंत के खिलाफ सीमा पर अगला आक्रमण ठीक किसी ऐसे 'एकोरेट' और सशक्त प्वाइंट पर करना चाहता था कि सीमा के समक्ष बलवंत को धक्के देकर कोठी से निकाल देने के अलावा कोई चारा ही न बचे!

इस तरह बलवंत नाम की मुसीबत से पीछा छुड़ाना उसकी स्कीम थी!

वह जानता था कि रास्ते में उसे 'रॉ' के जासूसों ने रोका था, अतः एड़ी-चोटी का जोर लगाने के बावजूद भी सीमा के सामने उन्हें बलवंत के आदमी साबित नहीं किया जा सकेगा।

ऐसा करना उसका लक्ष्य भी नहीं था।

उसका लक्ष्य था अगले हफ्ते के अंतिम दिन सीमा की हत्या कर देना!

पूरी भूमिका तैयार हो चुकी थी!

योजना बिल्कुल साफ थी। पिछले शनिवार की तरह ही सीमा को लेकर वह पागलखाने के लिए निकलेगा। रास्ते में पुनः ब्रेक फेल हो जाने का बहाना करके ब्रेक फेल कर देगा। उसे पूरा यकीन था कि इस बार उसे 'ब्रेक' से लगा देखकर 'रॉ' का कोई भी जासूस उसके पास फटकने तक की हिम्मत नहीं करेगा। पिछले हफ्ते का कड़वा अनुभव उन्हें ऐसा करने का दुःसाहस नहीं करने देगा और फिर बिना ब्रेकों की गाड़ी कमान से निकले तीर की तरह 'रॉ' के जासूसों के देखते ही देखते किसी वृक्ष या सामने से आ रहे किसी वाहन से टकराकर ध्वस्त हो जाएगी। बाद में 'रॉ' के जासूस अदालत में भले ही कहते रहें कि मैंने गाड़ी के ब्रेक फेल किए थे, किंतु अदालत स्वीकार नहीं करेगी, क्योंकि ब्रेक पर से मेरी उंगलियों के निशान तक नहीं मिलेंगे!

संपूर्ण भूमिका तैयार हो जाने के बाद कम-से-कम अब गजराज को अपना आगे का काम बहुत आसान लग रहा था। अब तो उसे केवल शनिवार के आगमन की प्रतीक्षा थी या प्रतीक्षा थी उस 'एकोरेट प्वाइंट' की, जिसे आधार बनाकर बलवंत को कोठी से बाहर कर सके। उसे वह प्वाइंट नहीं मिल रहा था!

एक-एक करके दिन खिसकते रहे!

बुधवार की रात को वह यह सोचकर सोया कि टार्गेट तक पहुंचने के लिए एक और दिन समाप्त हो गया है, मगर बृहस्पतिवार की सुबह अचानक ही उस वक्त उस पर बिजली-सी गिर पड़ी, जब वह अखबार पढ़ रहा था। एक बार फिर बूढ़े शेर ने ऐसी चाल चल दी थी कि गजराज को दिन में तारे नज़र आ गए।

अखबार के दूसरे पृष्ठ पर 'आवश्यकता है' वाले कॉलम का एक

विज्ञापन उसके दिलो-दिमाग पर बिजली बनकर गिरा।

विज्ञापन यूं था—

हमारा शोफर किन्हीं कारणों से एक महीने की छुट्टी पर है। अतः सिर्फ एक महीने के लिए एक ऐसे शोफर की आवश्यकता है, जिसे कार चलाने का पूरा अनुभव हो। शुक्रवार की प्रातः नौ से शाम पांच बजे तक निम्न पते पर इच्छुक व्यक्ति मिले।

–विज्ञापनदाता
बलवंत ठाकुर
4ए / 242 जनकपुरी
नई दिल्ली-58

"आज के अखबार में छपा यह विज्ञापन देखो।" कहने के साथ ही मिस्टर राव ने 'रॉ' के एक अन्य वन ग्रेड के जासूस के सामने अखबार डाल दिया।

बलवंत ठाकुर द्वारा दिए गए विज्ञापन को अखबार में लाल पेन से एक दायरे में ले लिया गया था। उसे पढ़ने के बाद जासूस ने कहा– "हुक्म कीजिए सर!"

"कल हर हालत में 'एज ए शोफर' यह स्थान तुम्हें ग्रहण कर लेना है!" मिस्टर रॉव ने कहा–"शोफर के रूप में तुम्हारे अनुभव और दक्षता के कल सुबह तक इतने सशक्त कागज़ात तैयार कर दिए जाएंगे जितने कि वहां इंटरव्यू में आने वाले किसी भी व्यक्ति के नहीं होंगे, ताकि इंटरव्यू के बाद तुम्हीं 'सलेक्ट' हो!"

"शोफर बनकर मुझे करना क्या होगा?"

"गजराज नाम का एक पति सीमा नाम की अपनी पत्नी को कत्ल कर देना चाहता है। यह मर्सीडीज उन्हीं की है। मोटे तौर पर तुम्हारा काम सीमा का मर्डर न होने देना और पूरी तरह यह नज़र रखना है कि गजराज कहां जाता है। किससे क्या बातें करता है?"

259

"यह विज्ञापन किसने दिया है सर?"

"सीमा का अंकल है। यह एक बहुत ही दिलचस्प कैरेक्टर है। बाकी बातें हमारी सेक्रेटरी से इस केस की फाइल लेकर जान लो। उसमें सबकुछ लिखा है!"

"ओ.के. सर!" कहकर जासूस उठ खड़ा हुआ!

मिस्टर रॉव इंटरकाम पर अपनी सेक्रेटरी को आदेश देने लगे।

गजराज को लग रहा था कि उसकी योजना गीले रेत का बना कोई बहुत बड़ा महल थी। वह महल, जिस पर सूर्य की रश्मियां पड़ते ही रेत सूख गया। और फिर यह सूखा हुआ रेत भरभराकर गिर गया।

महल जाने कहां गया। रह गया सिर्फ रेत का ढेर!

गजराज अपनी जिस योजना को बहुत सशक्त समझ रहा था, वह अंधे पाजी की एक ही हरकत पर जर्रे-जर्रे होकर बिखर गई!

देश में फैली बेरोजगारी से गजराज पूर्ण परिचित था।

वह समझ सकता था कि कल सुबह से ही शोफर्स की लाइन कोठी के बाहर लग जाएगी और शाम तक वह अंधा पाजी उनमें से किसी को सलेक्ट कर ही लेगा!

परसों से गाड़ी पर नया शोफर होगा।

बस। सारी योजना ध्वस्त!

इस नए शोफर को रास्ते से हटाने का कोई तरीका उसकी अक्ल में नहीं आ रहा था। उसके साथ दौलतराम जैसी ही कोई हरकत करना एकदम मूर्खता थी।

प्रेस के अपने केबिन में बैठा वह इसी समस्या से जूझ रहा था कि वहां बागेश पहुंच गया और उसे देखते ही गजराज के सारे शरीर में नई स्फूर्ति आ गई। कुछ ही देर बाद केबिन में उसके सामने बैठा था। गजराज ने कहा–"मैंने तुमसे कहा था कि अब काम होने से पहले तुम

यहां आकर मुझसे मत मिलना फिर क्यों आए हो?"

"मुझे निक्कू ने भेजा है!"

"क्यों?"

"उसने पुछवाया है कि आज के अखबार में यह क्या बकवास छपी है?"

"ओह। तो विज्ञापन उसने भी पढ़ लिया है!" गजराज ने ठंडी सांस खींची।

"उसने पुछवाया है कि तुम इस सेटरडे में काम पूरा करने वाले थे। फिर ये ठीक दो दिन पहले क्या नाटक हो रहा है। अगर शोफर रख लिया जाएगा तो।"

"वह सब मैं भी समझ रहा हूं!" उसकी बात बीच ही में काटकर थोड़े झुंझलाए स्वर में गजराज ने कहा–"मगर इसमें मैं कर ही क्या सकता हूं। यह सब साली उस बूढ़े शेर की बदमाशी है। समझ में नहीं आता क्या करूं!"

"इस नई मुसीबत से छुटकारा पाने की कोई तरकीब सूझी?"

"सूझ जाती तो क्या मैं इसी तरह मुंह लटकाए बैठा होता?"

"निक्कू को यही उम्मीद थी और इसलिए उसने मुझे भेजा है!"

"क्या मतलब?"

"इस नये शोफर से पीछा छुड़ाने की उसने एक तरकीब भेजी है!"

एकदम सचेत होते हुए गजराज ने पूछा–"क्या?"

और फिर जवाब में बागेश ने जो कहा, उसे सुनकर तो गजराज खुशी से उछल ही पड़ा। आंखें बुरी तरह चमकने लगी थीं। मुंह से बड़बड़ाहट निकली–"हद हो गई। यह आसान-सी तरकीब आखिर मेरे भेजे में क्यों नहीं आई?"

शुक्रवार की सुबह साढ़े नौ बजे जब गजराज प्रेस के लिए बाहर निकला तो लोहे वाले द्वार पर ही बहुत से शोफर्स को खड़े देखकर

ठिठक गया। बोला–"क्या बात है, कौन हो तुम लोग और यहां भीड़ लगाए क्यों खड़े हो?"

"हम यहां इंटरव्यू देने आए हैं!" उनमें से एक ने कहा।

"इंटरव्यू . . . मगर किस चीज का?"

"आपको शोफर चाहिए!"

"शोफर, नहीं तो। तुम लोगों से किसने कहा?"

"कमाल कर रहे हैं साहब। खुद ही अखबार में विज्ञापन देकर अनजान बन रहे हैं!"

"अखबार में विज्ञापन?"

"जी हां। ये रहा!" उनमें से एक ने आगे बढ़कर अखबार ही जो दिखा दिया। बलवंत द्वारा दिया गया विज्ञापन उसने पैंसिल से राउंड कर रखा था।

चौंकने का अभिनय करते हुए गजराज ने अखबार उसके हाथ से ले लिया और उसे एक बार पढ़ जाने के बाद बोला–"किसने दिया यह विज्ञापन?"

"मैंने!" पीछे से बलवंत ठाकुर की कर्कश आवाज़ उभरी!

और गजराज तुरंत उसकी तरफ पलट गया। पलटते ही दो बलगमदार धब्बों से उसका सामना हुआ। एक बार को तो बलवंत के चेहरे पर मौजूद कठोरता को देखकर गजराज सहम ही गया। मगर फिर अगले पल उसने सोचा कि नाटक का सर्वाधिक संवेदनशील क्षण यही है। यहां सारा अभिनय उसे बहुत संभलकर करना है, अतः बोला–"आपने?"

"अखबार में शायद मेरा नाम भी लिखा है!"

"लेकिन किसी शोफर की हमें जरूरत कहां है अंकल?"

वह बोला–"बहुत जरूरत है सूअर के बच्चे। तुम अपना काम करो।"

बलवंत के शब्द सुनकर गजराज का चेहरा बुरी तरह तमतमा उठा।

बलवंत वह गलती कर चुका था, जिसका उसे इंतजार था, और निक्कू की योजना के अनुसार यहां उसने एक शब्द भी नहीं कहा। अखबार लिए गुस्से में तमतमाया हुआ वह वापस कोठी के अंदर गुम हो गया। सीमा अपनी व्हील चेयर पर उस वक्त ड्राइंगरूम में मौजूद थी। उसे देखते ही हल्के से चौंककर बोली–"अरे तुम वापस आ गए?"

"कहने आया हूं कि अब कभी इस कोठी में नहीं लौटूंगा!" गजराज ने पूरी दृढ़ता के साथ कहा और उसके चेहरे पर मौजूद गुस्से के भावों को देखकर सीमा कुछ ज्यादा ही बुरी तरह चौंक पड़ी। बोली–"तुम तो बहुत गुस्से में हो राज। क्या बात है?"

"माफ करना सीमा मैं जा रहा हूं। बात अपने अंकल से पूछना!" कहने के तुरंत बाद वह मुड़ा और जिस तेजी के साथ ड्राइंगरूम में आया था, उसी तेजी के साथ दरवाज़े की तरफ बढ़ गया।

सीमा जल्दी से बोली–"रुको राज। रुक जाओ!" गजराज तब भी नहीं रुका।

"तुम्हें मेरी कसम है राज। रुक जाओ!" व्हील चेयर को उसकी तरफ धकेलती हुई सीमा चीखी।

और गजराज ठिठक गया।

पैरों में जैसे कोई बेड़ी पड़ गई हो। फिर अचानक ही पलटकर किसी ज्वालामुखी के समान फट पड़ा–"कसम देकर आखिर कहना क्या चाहती हो। क्या यह कि मैं तुम्हारा पति नहीं कुत्ता हूं, जिसे चाहे जब दुत्कार दो और चाहे जब पुचकार लो। थोड़ी बहुत खुद्दारी आखिर मुझमें भी है सीमा।"

"क्या फिर अंकल से झगड़ा हो गया है?"

"झगड़ा तुम उसे झगड़ा कहते हो। उफ्फ नीचता की हद हो गई है!"

"रिलेक्स राज प्लीज रिलेक्स। शांति से बताओ कि हुआ क्या है?"

गजराज गुर्रा उठा–"क्या हमें किसी नये शोफर की जरूरत है?"

"नहीं तो। क्यों?"

"क्या शोफर के लिए विज्ञापन तुमसे पूछकर दिया गया है?"

चौंकती हुई सीमा ने पूछा–"कौन-सा विज्ञापन?"

"ये!" चीखने के साथ ही राज ने अखबार व्हील चेयर पर बैठी सीमा के चेहरे पर लगभग फेंककर मारा और हतप्रभ सीमा ने अखबार में छपे उस विज्ञापन को पढ़ा। मैं पूछता हूं कि यह विज्ञापन क्यों दिया गया है। शोफर की क्या जरूरत है हमें?"

कमरे में प्रविष्ट होते हुए बलवंत की आवाज़ गूंजी–"अखबार में साफ लिखा है! हमारा शोफर छुट्टी पर है और यह नया शोफर केवल एक महीने के लिए रखा जा रहा है। सिर्फ दौलतराम के ड्यूटी पर वापस आने तक!"

और इस अवसर पर कमजोर पड़ने का अर्थ था सारी योजना का बेड़ा गर्क कर लेना, गजराज चीख पड़ा–"ये केवल वे शब्द दोहराए जा रहे हैं जो अखबार में लिखे हैं, मगर इन शब्दों के पीछे छुपी भावना को छुपाया जा रहा है!"

"कैसी भावना?" सीमा ने पूछा।

"इस विज्ञापन के पीछे केवल एक ही भावना है। यह कि गजराज विश्वसनीय नहीं है। गजराज तुम्हें नीलम से मिलाने न ले जाए। इस विज्ञापन के जरिए सारी दुनिया को ढोल बजाकर यह बता दिया गया है सीमा कि सीमा का अंकल सीमा को उसके पति के साथ नहीं रहने देना चाहता। यह विज्ञापन मेरा अपमान है!"

बात सीमा की समझ में आ गई, इसीलिए बलवंत से मुखातिब होकर उसने थोड़े कर्कश एवं गंभीर स्वर में पूछा–"क्यों अंकल?"

"यह सब इसकी मनघड़ंत कल्पना है!"

"तब इनसे पूछो कि यह विज्ञापन मेरी या कम-से-कम तुम्हारी सहमति के बिना क्यों दिया गया?"

264

"क्या अब हर काम मुझे तुम्हारी सहमति से करना होगा बेटी!" बलवंत ने कहा–"क्या इस घर का सबसे बड़ा सदस्य होने के नाते मैं कुछ भी नहीं कर सकता?"

"कम-से-कम मेरा अपमान करने के लिए आपको किसी की सहमति की जरूरत नहीं है!"

"हमने किसी का अपमान नहीं किया है!"

"तो आखिर ऐसी क्या आफत आ गई है, जिसकी वजह से एक महीने के लिए आप शोफर रख रहे हैं!"

बलवंत गुर्राया–"हम तुम्हारे हर सवाल का जवाब देने के लिए बाध्य नहीं हैं!"

"जरूरत भी नहीं है मुझे, क्योंकि आपका जवाब अच्छी तरह जानता हूं और इसीलिए अब मैं यहां से जा रहा हूं। हमेशा के लिए। मुझे माफ करना सीमा!" कहने के बाद तेजी से वह दरवाज़े की तरफ घूमा ही था कि सीमा ने कहा–"ठहरो राज!"

राज ठिठक गया!

फिर सीमा बलवंत से संबोधित हुई–"आपको राज के सवाल का जवाब देना चाहिए अंकल!"

"क्या हम मजबूर हैं?"

"शायद मजबूर ही हैं!" बहुत शांत एवं धैर्य भरे अंदाज में सीमा ने कहा–"क्योंकि राज इस घर का दामाद है। आपके स्थान पर अगर आज डैडी भी होते तो शायद उन्हें भी राज का मान रखने के लिए जवाब देना ही होता!"

"हमने कभी इसे दामाद नहीं माना!"

"यही तो लड़ाई और मतभेदों की मुख्य मुद्दा है अंकल। आपके स्वीकार न करने से सच्चाई नहीं बदल जाएगी। सारी दुनिया जानती है कि राज इस घर का दामाद है और आज तक महज इसलिए चुप रही,

क्योंकि आपको डैडी के स्थान पर मानती हूं अगर आज चुप नहीं रह सकूंगी। स्पष्ट कहूंगी कि सचमुच राज को इस घर में कभी दामाद जैसी इज्जत नहीं मिली। वह हमेशा आपके शक और घृणा का पात्र रहा है!”

“जो जिस लायक होता है हम उसे वही देते हैं!”

“कौन किस लायक है। इसे नापने का आपके पास सिर्फ एक ही पैमाना है और वह है आपकी समझ। जरूरी नहीं अंकल कि आपकी समझ के पैमाने की नाप हमेशा ‘एकोरेट’ ही हो। वह गलत भी हो सकती है। बल्कि स्पष्ट कहूंगी कि कम-से-कम गजराज के संबंध में वह गलत ही है!”

“सबका पैमाना अपनी समझ ही है। जाने किसकी नाप गलत हो?”

“वाकई हमें शोफर की इतनी जरूरत नहीं है कि एक महीने बिना शोफर के रह ही न सकें। घर के सबसे बड़े सदस्य होने के नाते सचमुच कोई काम करने से पहले आपको किसी की स्वीकृति की जरूरत नहीं है। मगर फिर भी मुझसे जिक्र किए बिना आपने कभी कोई काम नहीं किया अंकल, मगर ये विज्ञापन आपने मेरी जानकारी में नहीं दिया है। ये दो ठोस तथ्य चीख-चीखकर मुझे यह मानने पर विवश कर रहे हैं कि निश्चय ही इस विज्ञापन के पीछे राज के प्रति आपके दिमाग में शक भरा है!”

दांत पीसते हुए बलवंत ने कहा–“कमाल का जादूगर है ये। एक बात को दिमाग में ठूंसने की वर्षों की कोशिश के बाद हम सफल नहीं हुए, मगर अपनी बात चंद ही क्षणों में इसने तुम्हारे दिमाग में ठूंस दी?”

उसकी बात पर कोई ध्यान दिए बिना थोड़े कठोर और गंभीर स्वर में सीमा ने कहा–“ये विज्ञापन देकर आपने निश्चय ही एक बार फिर राज का अपमान किया है और पिछले हफ्ते हुई बात आपको याद होगी। मैंने कहा था कि भविष्य में मैं राज का अपमान नहीं सहूंगी!”

"हमें अच्छी तरह याद है। तुम हमसे यह कोठी छोड़ देने के लिए कह रही हो न?"

"एक बार फिर अपनी समझ का पैमाना इस्तेमाल कीजिए!"

"हुंह। तुम अपने डैडी की जगह समझती हो मुझे। जरा दिल पर हाथ रखकर कहो सीमा। क्या ये शब्द तुम अपने डैडी से कह सकती थीं?"

"अगर ये आपकी तरह कदम-कदम पर मेरे पति का अपमान करते तो यकीनन कह देती और यह कोई नई बात नहीं होती अंकल। यह इस देश की गौरवमयी परंपरा है और इस परंपरा की नींव पार्वती ने रखी थी। आपने सुना तो होगा। पार्वती के घर में एक सभा हो रही थी। इस सभा में शंकर का अपमान किया जा रहा था। गौर कीजिए अपमान पार्वती के पिता नहीं कर रहे थे,परंतु यह सभा उन्हीं के घर हो थी और उन्होंने सभा में हो रहे शंकर के अपमान पर हस्तक्षेप नहीं किया था और बस। फिर पार्वती वहां से उठकर चली आई थीं। जब तक सांस रही, तब तक वे पिता के घर नहीं गई!"

"वे शंकर थे बेवकूफ और यह गजराज है!"

"मेरे शंकर तो यही हैं अंकल!" सीमा की आवाज़ भर्रा गई।

"तू पागल हो गई है सीमा, जिसे तू शंकर कह रही है वह।"

"प्लीज अंकल। अब आप एक शब्द भी नहीं कहेंगे!" बलवंत के वाक्य को बीच ही में काटकर वह चीख पडी–"अगर राज चाहते हैं कि शोफर न रखा जाए तो इनका सम्मान शोफर के न रखे जाने में है। बाहर खड़े शोफर्स को आप ही ने बुलाया है। प्लीज खुद ही जाकर उनसे माफी मांगिए। कहिए कि विज्ञापन गलती से दे दिया गया था!"

"हम ऐसा नहीं करेंगे!"

"एक बार फिर अप्रत्यक्ष रूप से आप राज का अपमान कर रहे हैं!"

बलवंत अचानक ही भड़ककर चीख पड़ा–"अगर सच्चाई कहना

किसी का अपमान है तो एक बार नहीं हम बार-बार इस सूअर के बच्चे का अपमान करेंगे और अप्रत्यक्ष रूप से क्यों प्रत्यक्ष करेंगे। साफ कहेंगे कि यह तेरी हत्या की फिराक में है और अब सच्चाई सुन सीमा। वह विज्ञापन मैंने सचमुच इस भावना से दिया था कि इस सूअर के बच्चे को तेरी हत्या करने का एक और चांस न मिले!"

"बस-बस-बस कीजिए अंकल!" सीमा चीख पड़ी।

घूमकर वह दरवाज़े की तरफ बढ़ा, मगर साथ ही चीखता भी जा रहा था–"हम जा रहे हैं सीमा। सचमुच हमेशा के लिए इस कोठी से संबंध तोड़कर जा रहे हैं, मगर याद रखना। जो कुछ तूने आज किया है। यह हरामजादा तुझे उस पर पश्चाताप करने का अवसर भी नहीं देगा। एक झटके से मार डालेगा तुझे और तू भी सुन ले सूअर के बच्चे। बलवंत इस कोठी से जरूर जा रहा है, मगर दुनिया से नहीं। मैं अपने दायित्व से मुंह नहीं मोड़ सकता। याद रख। जिस क्षण तेरे हाथ सीमा की गर्दन की तरफ बढ़ेंगे, ठीक उसी क्षण उसी दिशा से झपटकर मेरी गोली तेरी खोपड़ी तोड़ देगी।"

बाहर खड़े शोफर्स से क्षमा याचना करता हुआ बलवंत वहां से चला तो गया, मगर अपने पीछे एक सनसनी एक तनाव छोड़ गया। उसे जाते देखकर जहां व्हील चेयर पर बैठी सीमा अपने दोनों हाथों से चेहरा छुपाकर फफक पड़ी। वहीं बलवंत के अंतिम शब्दों को याद करके गजराज के रोंगटे खड़े हो गए!

अंदर-ही-अंदर दहलकर रह गया वह!

उसका दिल कह रहा था कि अंधा पाजी निश्चय ही फिर कोई नई अड़चन खड़ी करेगा। संभव है कि ऐन वक्त पर कोई मुसीबत खड़ी कर दे।

उस सारी रात गजराज सो नहीं सका!

सोचता रहा कि क्या कल ही सीमा की हत्या कर देना ठीक है?

क्या वे सब लोग सारी हकीकत समझ नहीं जाएंगे,

जिन्होंने आज का झगड़ा देखा है। उन लोगों में 'रॉ' के जासूस भी होंगे। क्या यह बात बिल्कुल ही स्पष्ट नहीं है कि अगले दिन एक्सीडेंट करने के लिए ही मैंने पहले दिन शोफर नहीं रखा जाने दिया?

उसने फैसला कर लिया कि योजना के फाइनल अंग को वह कल नहीं, बल्कि आगे आने वाले किसी शनिवार को पूरा करेगा, परंतु तभी जेहन में बलवंत उभर आया। विचार उठा—मगर एक हफ्ते का समय मिलने पर वह पाजी आसानी से कोई नई समस्या खड़ी कर सकता है! अतः यह काम उसे कल ही फाइनल कर लेना चाहिए। सोचते-सोचते सुबह हो गई, मगर वह कोई फैसला नहीं कर सका!

एक्सीडेंट आज ही कर देने में उसे सबके हकीकत समझ जाने का डर था और हफ्ते भर बाद के लिए उसे पूरा विश्वास था कि बलवंत कोई नई मुसीबत खड़ी कर देगा।

यहां तक कि सीमा को साथ लेकर वह मर्सीडीज में पागलखाने के लिए रवाना हो गया। दिमाग ने तब तक भी कोई एक फैसला नहीं दिया था। कुछ ही दूर की यात्रा के बाद उसने ताड़ लिया कि 'रॉ' के जासूस आज काली एम्बेसडर में हैं।

मर्सीडीज के अंदर सीमा और गजराज के बीच पूर्ण खामोशी थी।

अगली सीट पर ही गजराज की बगल में बैठी सीमा गुमसुम थी। उसकी गुमसुम बैठी होने का कारण तो गजराज बेचारा तब पूछता, जब अपनी ही उलझन से बाहर निकलता।

कैसी अजीब विडम्बना थी?

हत्यारा खुद नहीं जानता था कि वह आज ही हत्या करने वाला है या अगले हफ्ते?

हजार डर-हजार शंकाएं उसे त्रस्त किए दे रही थीं!

गजराज को हैरत थी, कि अपनी जो योजना उसे निहायत ही 'ईजी'

एवं 'फुल प्रूफ' लगी थी उसी के क्लाइमेक्स पर वह इतने तनाव में क्यों है?

उलझन में फंसे ही फंसे उसे ख्याल आया कि हत्या आज करनी हो या नहीं, मगर 'रॉ' के जासूसों को दिखाने के लिए उसे नाटक तो दोनों ही हालातों में करना है, अतः पैरों को जोर-जोर से ब्रेक पैडिल पर पटकता हुआ बोला–"ओफ्फो ब्रेक फिर लूज़ हो गए हैं!"

अपनी सोचों से उभरती सीमा ने कहा–"साइड में रोककर कस लो!"

"कसने तो पड़ेंगे ही। एक्सीडेंट हो गया तो सबको तुम्हारे अंकल की बात ही ठीक लगेगी।"

कहने के साथ ही उसने गाड़ी फुटपाथ पर उतार दी!

"प्लीज राज। अब हमारे बीच में अंकल का जिक्र नहीं आना चाहिए!"

गजराज कोई जवाब दिए बिना गाड़ी से निकल गया। वह समझ सकता था कि बलवंत के कोठी से चले जाने का सीमा को बहुत दुख है।

चोर दृष्टि से पीछे ही रुक गई काली एम्बेसडर पर एक उड़ती-सी नज़र डालता हुआ वह डिग्गी की तरफ बढ़ा और फिर डिग्गी खोलते ही वह बुरी तरह उछल पड़ा।

"तुम?" उसके मुंह से चीख-सी निकल पड़ी थी।

दांत भींचकर बड़े ही डरावने एवं खूंखार भाव से हंसा बलवंत!

एक ही क्षण मात्र में गजराज पसीने-पसीने हो गया। चेहरा ही नहीं बल्कि, उसका सारा जिस्म सफेद पड़ गया। रूह तक कांप उठी थी उसकी!

हाथ-पैर ठंडे पड़ गए!

कम-से-कम डिग्गी में इस अंधे पाजी की कल्पना नहीं की थी उसने

और इसीलिए उसका दिल 'धक्क' की एक जोरदार आवाज़ के बाद मानो जहां का तहां रुक गया।

बलवंत के हाथ में दबा रिवॉल्वर उसी की तरफ तना हुआ था।

"कुछ हुआ राज कौन है?" कार के अंदर बैठी सीमा ने ऊंची आवाज़ में पूछा। गजराज के मुंह से निकलने वाली चीख शायद उसने सुन ली थी।

गजराज के मुंह से बड़ी मुश्किल से निकल सका–"अंकल!"

"यहां कार की डिग्गी में बैठे थे!"

कार में बैठी सीमा ने जाने क्या कहा–राज सुन न सका क्योंकि उसके उपरोक्त वाक्य के तुरंत बाद गुर्राकर बलवंत ने ही कहा था– "डिग्गी में बैठे थे नहीं बेटे, बल्कि बैठे 'हैं' इसी डिग्गी में वे औजार हैं, जिनसे ब्रेक फेल किए जा सकते हैं।"

"पका दिमाग खराब हो गया है!" बौखलाकर गजराज चीख पड़ा।

अंधा अपनी उसी क्रूर डरावने एवं घृणित अंदाज में हंसा। यह हंसी ऐसी थी कि जो गजराज को भीतर तक हिलाए दे रही थी। अगर स्पष्ट लिखा जाए तो इस वक्त थर-थर कांप रहा था वह। जिस्म का हर रोयां खड़ा था। हंसने की हसरत पूरी करने के बाद बलवंत ने कहा–"मैं जानता था सूअर के बच्चे। रास्ते में कहीं न कहीं तेरे ब्रेक जरूर लूज होंगे और तू उन्हें कसने के लिए डिग्गी जरूर खोलेगा!"

"आपके दिमाग में भरी गंदगी अभी दूर नहीं हुई है?"

"जहां खड़े हो चुपचाप वहीं खड़े रहना। जरा भी हिले तो गोली मार दूंगा?" गुर्राने के साथ ही बलवंत ने अपना एक पैर डिग्गी के बाहर लटकाया और फिर गजराज को निशाने पर लिए ही डिब्बी से बाहर आ गया!

कार के अंदर बैठी सीमा लगातार चीख-चीखकर अंकल को अपने पास आने के लिए कह रही थी। उसकी चीखों में क्रोध जिज्ञासा और लाचारी का पुट था।

गजराज भले ही उन चीखों की तरफ ध्यान दे रहा था, परंतु बलवंत ने संभलने नहीं दिया। डिग्गी से बाहर आकर व्यवस्थित होते ही उसने कहा–"औजार उठाओ!"

गजराज डिग्गी की तरफ बढ़ा!

उसके साथ ही बलवंत के हाथ में दबे रिवॉल्वर का रुख भी उधर ही घूमता चला गया।

बोला–"तुम जानते हो कि कम से कम मेरे सामने किसी किस्म की चालाकी नहीं चलेगी और अगर की तो मैं तुम्हारी खोपड़ी तोड़ दूंगा!"

गजराज को अच्छी तरह मालूम था कि किसी आंखों वाले को धोखा दिया जा सकता है, किंतु इस अंधे पाजी को नहीं। औजारों की खड़खड़ाहट सुनते ही उसने अगला आदेश दाग दिया–"चलो तुम मेरी देख-रेख में ब्रेकों से छेड़खानी करोगे!"

औजार लिए गजराज गाड़ी के अगले भाग की तरफ बढ़ने लगा।

रिवॉल्वर से उसे कवर किए बलवंत भी साथ ही था और फिर शीघ्र ही वे दोनों सीमा की 'दृष्टि रेंज' में आ गए। गुस्से और जिज्ञासा के वशीभूत चीखते-चीखते सीमा का चेहरा लाल सुर्ख हो रहा था और जब उसने बलवंत को गजराज पर रिवॉल्वर ताने देखा तो पगलाई-सी चीख पड़ी–"ये क्या हो रहा है अंकल। क्या बदतमीजी है ये?"

"तुम चुप रहो सीमा!"

"कैसे चुप रहूं। नीचता की हद कर दी है आपने। अभी तक आपसे संबंध-विच्छेद करने का ही मुझे दुख था, मगर अब आपकी इस हरकत के बाद तो मुझे आपसे नफरत हुई जा रही है।"

"हुंह। जानता हूं कि तुम चीखने-चिल्लाने से ज्यादा इन हालों में कुछ नहीं कर सकती। कार से बाहर निकलना भी तुम्हारे बस का नहीं है। इसीलिए तो इस सूअर के बच्चे को यहां घेरा है?"

"मैं!" लाचार सीमा केवल उफनकर रह गई।

"तुम खड़े मेरा मुंह क्या तक रहे हो बेटे। घुस जाओ गाड़ी के नीचे और गाड़ी के लूज ब्रेकों को कसो, मगर जरा संभलकर तुम्हारे कसने के बाद उन्हें मैं चैक करूंगा!" औजार लिए गजराज गाड़ी के नीचे घुस गया।

सीमा चीख-चीखकर हिस्टीरियाई अंदाज में बलवंत को गालियां बक रही थी, परंतु उनकी लेशमात्र भी परवाह किए बिना बलवंत भी सड़क पर 'पट्ट' लेट गया और अब रिवॉल्वर से गाड़ी के नीचे का एरिया कवर करके गुर्राया–"गाड़ी के दूसरी तरफ निकलने की कोशिश मत करना बेटे। सरसराहट होते ही गोली चल जाएगी!"

गजराज का ऐसा कोई इरादा भी नहीं था।

डिग्गी से यहां तक पहुंचने के बीच वह खुद को काफी हद तक नियंत्रित कर चुका था।

दिमाग काम करने लगा था। अब उसने निश्चय कर लिया कि कम-से-कम आज वह कोई एक्सीडेंट करने वाला नहीं है!

और जब कोई गड़बड़ करने ही नहीं जा रहा है तो डर किस बात का?

हालांकि जरूरत नहीं थी, मगर फिर भी वह रिंच से ब्रेक निपिल को कसने का उपक्रम करने लगा। ऐसा करते समय उसकी नज़र बलगमदार आंखों पर टिकी हुई थी।

दिमाग में यूं ही विचार उभरा–"जाने उल्लू का पट्ठा क्या देख रहा है?"

चमक तो कुछ रहा नहीं होगा।

अगर इसकी इन ज्योतिहीन आंखों के सामने मैं ब्रेक फेल ही कर दूं तो क्या खाक देख सकेगा ये? मगर मेरे निकलने के बाद स्वयं चैक तो करेगा?

गजराज के जहन में बड़ी तेजी से विचार कौंध रहे थे। अचानक ही

उसे सूझा—अगर मैं 'ब्रेक पाइप' को ही ढीला कर दूं?

तो क्या होगा?

यह पाजी किसी भी हालत में 'पाइप' को चैक नहीं करेगा!

अगर कोई ब्रेक चैक करना चाहे तो वह सिर्फ 'निपिल' को ही चैक करता है। पाइप को नहीं स्वाभाविक भी निपिल को ही चैक करना है!

इस बात की तरफ तो किसी का ध्यान तक नहीं जाता कि पाइप भी ढीला हो सकता है।

तो क्या मैं पाइप को ढीला कर दूं?

स्वभावतः यह अंधा निपिल को ही चैक करेगा। वह इसे बिल्कुल टाईट मिलेगा और निश्चय ही यह संतुष्ट हो जाएगा, मगर उससे लाभ क्या है?

कम-से-कम आज एक्सीडेंट करना तो दूसरे कारणों से ही खतरनाक है!

कोई भी गड़बड़ बिना किए कार के नीचे से निकलने का अभी उसने इरादा बनाया ही था कि जेहन में बिजली की तरह एक विचार बल्कि नहीं, पूरी योजना कौंध गई।

अगर मैं पाइप ढीला कर दूं तो यह निश्चय ही धोखे में आ जाएगा। गाड़ी के नीचे आकर निपिल को चैक करेगा। कसा होने पर संतुष्ट हो जाएगा। यहां जो भी कुछ हो रहा है उसे 'रॉ' के जासूस देख रहे हैं। यह भी वे देखेंगे ही कि मेरे बाद ये अंधा गाड़ी के नीचे घुसा है। बस, बन गया काम। इसके संतुष्ट होने के बाद गाड़ी को यहां से लेकर चल दूंगा। 'रॉ' के जासूसों के देखते ही देखते एक्सीडेंट हो जाएगा। गुड, बाद में बयान दूंगा कि मेरे ब्रेक कसने के बाद बलवंत उन्हें चैक करने के बहाने गाड़ी के नीचे घुसा और वास्तव में ब्रेक फेल कर आया। क्योंकि सीमा और मेरी मौत के बाद करोड़ों की दौलत इसकी सिर्फ इसी की थी!

"वैरी गुड!" अत्यधिक उत्साहित होकर गजराज बड़बड़ा उठा।

274

उपरोक्त संपर्ण योजना किसी बिजली के समान गड़गडाकर उसके जेहन में सिर्फ एक ही पल में उभरी थी और फिर इस पर अगले दो-तीन पलों तक विचार करने पर उसे मामला बिल्कुल ठोस महसूस दिखाई दिया।

उसके हाथ तेजी से काम करने लगे।

पाइप ढीला करने में समय लगना था।

बिजली की-सी गति से वह चाबी का इस्तेमाल करने लगा। इस वक्त जितनी तेजी से उसके हाथ काम कर रहे थे, उतनी ही तेजी से दिमाग भी!

दिमाग में आगे तक की योजना सेट होती जा रही थी। जब दो-मिनट हो गए बलवंत बोला—"क्या बात है बेटे। बहुत देर लग रही है?"

"निपिल ज्यादा ही ढीला हो गया था। बस कस गया!"

"पहले तुम बाहर निकल आओ बेटे। यह तो मैं बाद में चैक करूंगा कि निपिल को कसा जा रहा है या ढीला किया जा रहा है?"

'कर लेना बूढ़े शेर कर लेना। निपिल में तुम्हें मिलेगा क्या?' मन-ही मन सोचते गजराज ने पाइप ढीला कर दिया और अब वह तेजी से सरककर गाड़ी के नीचे से बाहर आने लगा।

उसके साथ ही कवर किए बलवंत भी खड़ा हो गया।

गजराज ने नफरत भरे स्वर में कहा—"कर लो चैक!"

बलवंत के होंठों पर बड़ी ही रहस्यमय और कुटिल मुस्कान उभर आई। बोला—"हालांकि मुझे तुमसे इतने हौसले की उम्मीद तो नहीं है कि इस रिवॉल्वर के सामने भी किसी तरह की गड़बड़ कर सको, मगर फिर भी बलवंत कच्ची गोलियां नहीं खेलता अतः चैक किए बिना गाड़ी को यहां से आगे नहीं बढ़ने दूंगा!"

"शौक से चैक करो। तब तक मैं औजार डिग्गी में रखता हूं!" कहने के साथ ही वह घूमा और डिग्गी की तरफ बढ़ गया। ऊपर से भले ही,

गजराज खुद को चाहे जितना सामान्य दर्शाने की चेष्टा कर रहा हो, परंतु इस वक्त उसका चेहरा फक्क था!

प्राण जैसे कंठ में ही कहीं अटके हुए थे!

आशा के विपरीत अगर वह पाइप को चैक कर बैठा तो। बेड़ा गर्क!

सारे औजार डिग्गी में डाल दिए!

पिछली योजना के अनुसार उसने भले ही इन औजारों पर से अपनी उंगलियों के निशान मिटाने की बात सोच रखी थी, मगर ताजी योजना के ऐसा करने की कोई जरूरत नहीं थी,क्योंकि एक्सीडेंट के बाद अपने बयान में स्वयं ही कहने वाला था–"हां इन औजारों से मैंने ब्रेक ठीक किए थे!"

धड़कते दिल से उसने डिग्गी बंद कर दी।

दिमाग में पुनः शंका उभरी–"बूढ़े शेर को गाड़ी के नीचे इतनी देर क्यों लग रही है?"

कहीं वह पाइप तक पहुंच तो नहीं गया है?

गजराज ने झुककर देखा बलवंत उस वक्त रेंगता हुआ गाड़ी से बाहर निकल रहा था। गजराज ने सकपकाकर पूछा–"मिली कोई गड़बड़ी?"

अंधा एक झटके से खड़ा हो गया!

गजराज को एक-एक क्षण एक-एक युग के समान लगा फिलहाल। अपनी निस्तेज आंखों से उसे घूरता हुआ बलवंत एकाएक ही मुस्कुरा दिया। बोला–" कुछ नहीं हुआ है!"

बस!

गजराज का हृदय बल्लियों उछल पड़ा।

'सबकुछ हो चुका है बेवकूफ!' उसने मन-ही-मन सोचा। मगर प्रत्यक्ष में नफरत भरे कठोर स्वर में गुर्राया–"अब मुझे गाड़ी के अंदर जाने का रास्ता दो!"

"जरूर जाओ। मगर गाड़ी में मैं भी बैठूंगा!"

"हरगिज नहीं!" सीमा ने चीखकर विरोध किया–"अब तुम मेरे कोई नहीं हो और इस गाड़ी में सारी दुनिया बैठ सकती है, मगर तुम नहीं!"

"क्या?"

"यह तुम्हारे सोचने की बात है।" उसने फिर आगे कहा–"इससे डरो नहीं राज, तुम अंदर आओ!" सीमा की बात सुनते ही उत्साहित होते हुए गजराज ने बलवंत को एक तरफ हटा दिया!

अंधे के होंठों पर अजीब-सी दर्दीली मुस्कानें नाच उठी।

ड्राइविंग सीट पर बैठने के बाद गजराज ने अभी खिड़की को बंद किया ही था कि बलवंत ने खिड़की के माध्यम से अपने दोनों हाथ अंदर डालकर उसका गिरेबान पकड़ते हुए कहा–"अगर रास्ते में फिर कहीं ब्रेक कसने के लिए रुके तो मुझसे बुरा कोई न होगा।"

मगर अब। कम-से-कम बलवंत की परवाह नहीं थी राज को।

इग्नीशियन में चाबी डालकर उसने घुमा दी। इंजन जाग उठा। गेयर में डलते ही गाड़ी आगे की तरफ सरक गई। उसके गिरेबान से अंधे के हाथ हट गए!

और फिर वह पीछे छूटता चला गया।

सीमा बड़बड़ाए जा रही थी–"उफ्फ इस आदमी ने जलालत की हद कर दी। नीचता की चरम सीमा पर उतर आया है ये। मुझे तो यह सोचकर भी शर्म आ रही है कि इस बेईमान को वर्षों तक मैं अपना अंकल कहती रही!"

परंतु कम-से-कम, इस वक्त गजराज का ध्यान उसके किसी शब्द की तरफ नहीं था।

वह धीरे-धीरे एक्सीलेटर पर दबाव बढ़ाता जा रहा था। उसी क्रम में गाड़ी की रफ्तार भी बढ़ती जा रही थी, मगर दिमाग गाड़ी की इस रफ्तार से कहीं ज्यादा तेज दौड़ रहा था। एक बार फिर एक्सीडेंट के बाद दिए जाने वाले अपने बयान को मन-ही-मन याद कर रहा था वह।

गजराज को पूरा यकीन हो गया कि उसके खिलाफ कुछ भी साबित नहीं हो सकेगा, जबकि वह उस अंधे पाजी को उल्टे फंसवा देगा।

योजना से हटाकर गजराज ने अपना पूरा ध्यान ड्राइविंग पर केंद्रित कर दिया। अब उसे गाड़ी की स्पीड बढ़ाकर मात्र उसमें से छलांग लगा देनी थी और फिर वह गाड़ी की स्पीड बढ़ाता चला गया। चेहरे पर पसीना उभरने लगा था।

वह जानता था कि प्रतिपल की हुई स्पीड पर यदि वह स्वयं भी चाहे तो अब कंट्रोल नहीं कर सकता। अब तो बस। किसी विशाल जड़ वाले वृक्ष की तरफ स्टेयरिंग घुमाने के बाद उसे दरवाज़ा खोलकर बाहर जम्प लगानी थी!

"क्या बात है राज। इतनी तेज ड्राइविंग क्यों कर रहे हो?" सीमा ने कहा।

सड़क पर नज़र टिकाए गजराज गुर्राया–"बकवास बंद कर कुतिया। चुपचाप बैठी रह।"

"राज!"

इस क्षण जाने कैसे सीमा का एक वाक्य रह-रहकर गजराज के जहन से टकराने लगा। वह वाक्य सीमा ने बलवंत से कहा था–"मेरे शंकर तो यही है अंकल। मेरे शंकर तो यही हैं। यही हैं मेरे शंकर तो यही हैं अंकल!"

हालांकि काली एम्बेसडर में आज भी तीन ही जासूस थे, किंतु उनमें से कोई नहीं जो पिछले शनिवार को रहे थे फिर भी गाड़ी के रुकने और गजराज को डिग्गी तक जाता देखते उन्होंने कुछ नहीं किया!

क्योंकि इसी स्पॉट पर एक्शन में आने का अंजाम 'मैक' के रूप में उन्हें ज्ञात था। मगर डिग्गी में से बलवंत को निकलते देखकर वे चौंक पड़े।

उनमें से एक कह उठा–"लो, हममें से किसी को एक्शन में आने की जरूरत भी नहीं है। अब हमें निश्चिंत हो जाना चाहिए क्योंकि इस अंधे

को अपनी बेटी को बहुत ज्यादा फिक्र है और वह इतना स्मार्ट है कि गजराज को कोई गड़बड़ करने का अवसर नहीं देगा!"

उसकी बात से सभी सहमत थे।

अतः सारे होते को होता देखकर खामोशी के साथ देखते रहे। जब मर्सीडीज बलवंत को वहीं छोड़कर काफी आगे निकल गई तो काली एम्बेसडर आगे बढ़ी। और फिर बलवंत की बगल में रुक गई।

"कौन है?" बलवंत एकदम चौकस होकर चिल्लाया।

परंतु वह 'कौन है–कौन है' करता ही रह गया जबकि बांह पकड़कर उसे एम्बेसडर के अंदर खींच लिया गया। कार पूरी रफ्तार के साथ पुनः आगे बढ़ गई।

सबसे पहले बलवंत का रिवॉल्वर कब्जे में किया गया। तब उनमें से एक ने पूछा–"कार के नीचे तुमने क्या देखा?"

"कौन हो तुम लोग?" बलवंत ने उल्टा सवाल किया।

"हम पुलिस के आदमी हैं!"

"पुलिस?"

जल्दी बोलो तुम उसकी डिग्गी में क्यों छुपे हुए थे और गाड़ी के नीचे तुमने क्या देखा था?"

वह सूअर का बच्चा मेरी बेटी को मारना चाहता है। सीमा की हिफाजत के लिए ही मैं डिग्गी में घुसा था। मुझे शक था कि ब्रेकों के लूज होने का बहाना करके वह गाड़ी को रास्ते में कहीं रोककर उन्हें फेल कर देगा!"

"फिर?"

मैंने उस हरामजादे से अपनी देख-रेख में ब्रेक टाईट कराएं हैं!"

दूसरे ने पूछा–"तुम तो अंधे हो। क्या देख सके होंगे?"

"गाड़ी के नीचे घुसकर मैंने ब्रेक निपिल टटोलकर चैक की थी!"

"किस अवस्था में थी?"

"बिल्कुल टाईट। अगर जरा भी लूज होती तो क्या मैं उस हरामी के पिल्ले को जाने देता?"

"गुड!" कहने के बाद उसने ड्राइव कर रहे जासूस से कहा–"स्पीड बढ़ाओ। मर्सीडीज अभी नज़र नहीं आ रही है!"

और स्पीड बढ़ाने के तीन मिनट बाद ही मर्सीडीज नज़र आने लगी। दो मिनट बाद अचानक ही मर्सीडीज की स्पीड क्रमशः बढ़ने लगी। एम्बेसडर का ड्राइवर भी अपनी स्पीड उसी अनुपात में बढ़ाता चला गया, परंतु शीघ्र ही चौंका क्योंकि बढ़ते-बढ़ते मर्सीडीज की स्पीड आश्चर्यजनक स्तर तक बढ़ गई थी!

इतनी ज्यादा कि अब एम्बेसडर उसका साथ नहीं दे सकती थी।

एक बोला–"क्या चक्कर है। वह इतनी स्पीड क्यों बढ़ा रहा है?"

"अबे तूने ब्रेकों को ठीक से चैक भी किया था या नहीं?" दूसरे ने बलवंत से पूछा।

"मैंने तो चैक किया था। ब्रेक बिल्कुल ठीक थे, मगर बात क्या है?"

लेकिन उनमें से कोई भी बलवंत के सवाल का जवाब नहीं दे सका, क्योंकि तभी मर्सीडीज रिवॉल्वर से निकली गोली की-सी तेजी से एक पेड़ की तरफ झपटी।

एक झटके से कार का अगला दायां दरवाज़ा खुला। उन्होंने हवा में तैरते सीमा के जिस्म को देखा। उधर ड्राईविंग सीट वाला दरवाज़ा भी खुला। गजराज ने गाड़ी से बाहर जम्प लगानी चाही, परंतु जाने कैसे वह खुले दरवाज़े के बीच ही झूलकर रह गया!

और अगले पल। धड़ाम।

एक कर्णभेदी विस्फोट!

मर्सीडीज के पेड़ से टकराने की आवाज़ दूर-दूर तक गूंज गई। वह भयंकरतम एक्सीडेंट तीनों जासूसों ने अपनी आखों से देखा था!

विशाल वृक्ष तक चरमरा गया।

मर्सीडीज के पेड़ से टकराते ही एक झटके के साथ हवा में गजराज का जिस्म किसी गेंद के समान उछला। वातावरण में एक चीख गूंजी और पलक झपकते ही उन्होंने गजराज के सिर को पेड़ की जड़ से टकराकर खील-खील होते देखा।

इतना सबकुछ करीब आधे क्षण में ही हो गया था। ब्रेकों की तीव्र चरमराहट के साथ काली एम्बेस्डर दुर्घटनास्थल से थोड़ी इधर ही रुकी। बलवंत की परवाह न करके तीनों जासूस मर्सीडीज की तरफ लपके!

बलवंत पागलों की तरह चीख रहा था–"क्या हुआ–क्या हुआ मेरी बेटी को?"

पेड़ से काफी दूर गजराज की लाश पड़ी थी। अत्यंत ही वीभत्स लाश।

उसे देखकर तीनों जासूस ठिठक गए। कलेजे मुंह को आ गए थे उनके और अभी जड़वत् खड़े ही थे कि सड़क के पार से सीमा के कराहने की आवाज़ आई।

"ओह!" उनमें से एक चीखता हुआ उधर भागा–"उसे संभालो। वह शायद अभी जिंदा है!"

सीमा की कराह बलवंत के कानों तक भी पहुंच चुकी थी।

"कुछ समझ में नहीं आता कि यह सब हुआ क्या है और कैसे?" हत्प्रभ-सी अवस्था में मि. रॉव कहते ही जा हे थे–"जो हम सोच रहे थे। जो पंडितजी ने कहा था और जो साफ नज़र आ रहा था घटना उससे बिल्कुल विपरीत घटी है। सबकुछ उलट। गजराज मर गया है और सीमा जीवित बच गई!"

"कुछ समझ में नहीं आता सर!" उनके सामने बैठे 'रॉ' के एक जासूस ने कहा। यह उन्हीं तीनों में से एक था, जिन्होंने एक्सीडेंट होते अपनी आंखों से देखा था।

"वैन लुटेरों में से बड़ी मुश्किल से एक का पता लगा था। हमने उसी

के माध्यम से अन्य वैन लुटेरों और वैन तक के मनसूबे बनाए थे। मगर वह न रहा। इस मामले में हम जहां-के-तहां आ गए हैं। सारी मेहनत व्यर्थ गई, लेकिन समझ में नहीं आ रहा है कि वह स्वयं ही कैसे मर गया, जो अपनी बीवी का मर्डर करने की योजना पर काम कर रहा था। कैसे हो गया यह सब?"

मैंने आपको बताया था सर कि गाड़ी से कूदने की कोशिश उसने भी की थी!"

"मगर कूद क्यों नहीं सका। तुम्हारा कहना है कि दरवाज़े के बीच ही में लटका रह गया था।

हम पूछते हैं क्यों कैसे?"

"कुछ समझ में नहीं आ रहा है सर!"

"बलवंत का कहना है कि गजराज के बाद उसने ब्रेक्स को चैक किया था। वे बिल्कुल ठीक थे। फिर यह एक्सीडेंट आखिर हो कैसे गया?"

"शायद कार का निरीक्षण करने और सीमा का बयान लेने से इस जटिल दुर्घटना के प्रश्न-चिन्हों पर कोई प्रभाव पड़े सर!"

"हमें भी यही आशा है। दुर्घटनाग्रस्त कार का निरीक्षण करने के लिए हमने 'रॉ' के कई इन्वेस्टिगेटर्स को भेज रखा है। शायद कुछ ही देर में उनकी रिपोर्ट आए!"

और फोन की घंटी मानो मि. रॉव के वाक्य की समाप्ति की ही प्रतीक्षा कर रही थी। मि. रॉव ने तेजी से हाथ बढ़ाकर रिसीवर उठा लिया। कुछ देर तक बातें करते रहे और अंत में 'ओह' कहकर रिसीवर रख दिया।

"कुछ पता लगा सर?"

जवाब देने के स्थान पर मिस्टर रॉव ने उलटा प्रश्न किया–"अपने बयान में मिस्टर बलवंत ने तुमसे क्या कहा था। यही न कि उसने ब्रेक्स

का निपिल चैक किया?"

"यस सर!"

"जबकि निरीक्षण के बाद ब्रेक पाइप लूज पाया गया!"

"ओह!" जासूस उछल पड़ा–"इसका मतलब ये कि बलवंत धोखा खा गया था?"

"इस इंफॉरमेशन ने सारी गुत्थी को कुछ और उलझा दिया है। जाहिर है कि गजराज ही ने बलवंत को धोखा देने के लिए ब्रेक पाइप लूज किया था। कैसे मर गया और सीमा जीवित कैसे बच गई। यह सबकुछ वह सीमा ही का तो मर्डर करने के लिए कर रहा था?"

"वाकई। अजीब उलझन है सर!"

"अब इस गुत्थी को केवल सीमा का बयान ही सुलझा सकता है। कुछ ही देर पहले हमने अस्पताल फोन किया था। डॉक्टर का कहना है कि सीमा को कोई भी ऐसी चोट नहीं आई है, जिसे गंभीर कहा जा सके। यूं जिस्म पर खरोंचें तो ढेर सारी हैं हां बाएं कंधे और सिर के बाएं भाग में जख्म कुछ गहरे हैं। अभी वह बेहोश है, परंतु डॉक्टर के अनुसार शीघ्र ही होश में आ जानी चाहिए। तुम वहां चले जाओ। संबंधित पुलिस इंस्पेक्टर को अपना परिचय पत्र दिखा देना। उसके साथ ही तुम्हें भी सीमा के बयान लेने हैं!"

"ओ.के. सर!" कहकर वह जासूस उठ खड़ा हुआ!

मिस्टर रॉव ने एक्सचेंज का नंबर रिंग किया और संबंध स्थापित होने पर बोले–"मुझे अमृतसर एलआईसी की मेन ब्रांच का नंबर चाहिए!"

काफी कोशिश के बाद बुरी तरह रोती हुई सीमा ने बताया–"मुझ अभागिन को बचाने के चक्कर ही में उन्होंने खुद अपनी जान गंवा दी!"

"आपको बचाने के चक्कर में?" 'रॉ' का जासूस बुरी तरह उछल पड़ा।

"जी हां!"

"मगर हमने तो सुना है कि वह आपका मर्डर करने के चक्कर में था?"

"आपने ठीक सुना है। यह बात उन्होंने आखिरी क्षणों में मुझे बताई थी। शायद वे टूट गए थे। उनके दिल से आवाज़ उठी थी कि जो कुछ करने जा रहे हैं वह गलत है। इसलिए उन्होंने . . ."

सीमा अपना वाक्य बीच ही में रोककर फफक-फफककर रो पड़ी।

"ये पहेली जैसी बातें हमारी समझ में नहीं आ रही हैं। प्लीज सीमाजी हमें खुलकर बताइए एक्सीडेंट से ठीक पहले आखिर हुआ क्या था?"

तब सीमा ने कहा–"जब मैंने अचानक ही उनके तेज ड्राइविंग करने के बारे में पूछा तो वे खूंखार अंदाज में कह उठे–"बकवास बंद कर कुतिया। चुपचाप बैठी रह और उनके ऐसा कहने पर मैं बुरी तरह चौंककर सिर्फ 'राज' ही कह सकी! मैं विस्फारित नेत्रों से उन्हें देख रही थी। चेहरे पर कठोरता लिए कार की स्पीड को बढ़ाते ही चले जा रहे थे। मेरे मुंह से बोल न फूट रहा था और देखते-ही-देखते जाने किन विचारों के वशीभूत उनके चेहरे पर मौजूद कठोरता पिघलती चली गई। उस क्षण मैंने साफ देखा था। कठोरता का स्थान वेदना लेती चली गई और वे बोले–'सीमा!'"

"क्या बात है राज। तुम कुछ ऐबनार्मल लग रहे हो?" असमंजस में फंसी मैंने पूछा।

"गाड़ी के के ब्रेक फेल हैं!"

"राज!" मैं चिहुंक उठी।

वे कहते ही चले गए–"और उन्हें मैंने फेल किया है। उफ्फ, कितना नीच और जलील हूं मैं। तुम्हारा ही मर्डर करने के लिए मैं इतना आगे निकल आया और तुम। तुम मुझे अपना शंकर मानती हो सीमा। उफ्फ

284

कितना कमीना हूं मैं। मुझे माफ कर दो!"

"कहीं तुम पागल तो नहीं हो गए हो?"

उसने कहना जारी रखा।

"अब गाड़ी मुझ पर संभल नहीं रही है सीमा। उफ्फ मेरी आंखें भी खुली तो कितनी दूर आकर। अब मैं खुद भी तो इस गाड़ी को कहीं टकराने से नहीं रोक सकता। काश मुझे कुछ देर पहले ही होश आ गया होता, मगर नहीं। मैं तुम्हें हरगिज नहीं मरने दूंगा सीमा। तुम्हें मैं हरगिज नहीं मार सकता, मेरी देवी!" कहने के साथ ही गजराज ने स्टेयरिंग छोड़कर मेरी तरफ वाला दरवाज़ा खोला और मेरे कुछ समझने से पहले ही उन्होंने मुझे उठाकर एक पेड़ की तरफ बढ़ रही गाड़ी से बाहर फेंक दिया!

सीमा का बयान सुनकर 'रॉ' का जासूस। पुलिस इंस्पेक्टर और वहां मौजूद डॉक्टर भी 'सन्न' रह गया। कई क्षणों तक उनमें से किसी के मुंह से आवाज़ न निकली!

बुरी तरह सिसकती हुई सीमा ने कहा–"बाद में शायद उन्होंने भी गाड़ी से कूद जाने की कोशिश की थी। मगर मुझे बचाने के चक्कर में वे खुद। अगर वे मुझ अभागिन को बचाने की कोशिश न करते तो शायद खुद बच सकते थे!"

"यानी सचमुच गजराज आपके मर्डर की योजना पर काम कर रहा था?"

"मगर अंत में मुझे बचाते-बचाते ही वे खुद अपनी जान गंवा बैठे।"

कमरे में गहरी खामोशी छा गई!

इस खामोशी में गूंज रही थी केवल सीमा की सिसकारियां!

सीमा का बयान एक प्रकार से पूरा हो चुका था। इंस्पेक्टर 'रॉ' के जासूस का और जासूस इंस्पेक्टर का चेहरा देखने लगा। फिलहाल दोनों

में से किसी को भी ऐसा कोई सवाल नहीं सूझ रहा था, जिसका जवाब वे सीमा से जानना चाहते हों!

एकाएक ही डॉक्टर बोला–"शायद इसीलिए कहते हैं कि इंसान, भगवान और शैतान के बीच की कोई एक वस्तु है। गाड़ी की रफ्तार तेज होने तक मिस्टर गजराज पर शैतान हावी रहा, मगर अंतिम समय में भगवान। आखिरी क्षणों में शायद उसकी अंतरात्मा जाग उठी थी!"

कोई कुछ नहीं बोला!

इंस्पेक्टर और जासूस उठकर कमरे से बाहर चल गए।

जब डॉक्टर भी जाने के लिए मुड़ा तो सीमा ने उससे पूछा–"डॉक्टर। हमारे फैमिली डॉ. मिस्टर ढिल्लन अभी तक नहीं आए हैं?"

मैंने फोन कर दिया है सीमाजी। आते ही होंगे!"

कुछ ही देर बाद अधेड़ आयु का एक व्यक्ति कमरे में आया। वह सीमा के पिता का दोस्त डॉ. ढिल्लन था। उसे देखते ही सीमा की रुलाई कुछ और ज्यादा जोर से फूट पड़ी।

डॉक्टर ढिल्लन ने तेजी से आगे बढ़कर उसे सहारा दिया।

"मैं बर्बाद हो गई डॉक्टर अंकल। सबकुछ लुट गया मेरा!" सिसकियों के बीच ही कहती हुई वह ढिल्लन से लिपट गई।

"सब ठीक हो जाएगा बेटी। धीरज रखो। भगवान की होनी को कौन टाल सकता है?"

"मुझे यहां से ले चलिए डॉक्टर अंकल। यहां मेरा दम घुटा जा रहा है मुझे घर ले चलिए। मैं उनके अंतिम दर्शन करना चाहती हूं!"

"हम कोशिश करते हैं बेटी। भगवान का शुक्र है कि तुम्हें ज्यादा चोट नहीं आई है!" कहते समय डॉक्टर ढिल्लन की आंखें भर गई।

"हा-हा-हा।" संध्या टाइम्स पढ़ने के बाद निकल्सन ठहाका लगा उठा और फिर अखबार को एक तरफ उछालता हुआ खुशी से झूमता

बोला–"इसे कहते हैं स्कीम और यही होती है हत्या एक सुहागिन की। गजराज मर गया है दोस्तों। हमारी चाल सेंट-परसेंट कामयाब हो गई है। अब हम 'वैन' के बहुत नजदीक हैं। ब्रिजेश की आत्मा को 'वैन' का पता बताना ही होगा!"

"क्यों न हम ब्रिजेश की आत्मा का आह्वान करें?" बागेश ने राय दी।

"अभी नहीं!" अपने हाथ पर बंधी रिस्टवॉच में समय देखते हुए निकल्सन ने कहा–"उसके आने पर बारह बजने वाले हैं!"

निकल्सन का वाक्य समाप्त हुआ ही था कि हल्की-सी गड़गड़ाहट के साथ फार्म हाऊस के तहखाने का दरवाज़ा खुला!

"वह आ गई है!" टीटू और बल्लो के मुंह से निकला!

फिर सीमा तहखाने में उतरती नज़र आई। उसकी टांगें बिल्कुल ठीक थीं।

सीमा के समूचे शरीर पर बेदाग सफेद लिबास था। दूध के से रंग का ब्लाऊज और हंस के-से रंग की रेशमी सफेद साड़ी पहने वह तहखाने में उतरती जा रही थी।

इस वक्त उसके संगमरमरी चेहरे पर कठोरता थी।

वह समूची संगमरमर की बनी कोई प्रतिमा-सी महसूस दे रही थी। न मांग में सिंदूर था न मस्तक पर बिंदी न कलाइयों में चूड़ियां थीं, न कंठ में मंगलसूत्र। न पैर की उंगलियों में बिछवे थे, न नाक में नथ!

क्योंकि अब वह सुहागिन नहीं थी।

तहखाने में ऐसी खामोशी छा गई कि सुई भी गिरे तो आवाज़ सब सुन सकें! सीमा खामोशी के साथ उन चारों के सामने आ खड़ी हुई। निकल्सन, बल्लो, बागेश और टीटू की नज़रें उस पर केंद्रित थीं। अचानक वह बोली–"हमारी योजना कामयाब हो गई है। जब मैं पिछली बार यहां आई थी तब सुहागिन थी, मगर अब विधवा हो गई

हूं। सुहागिन की हत्या चुकी है। समझे कुछ, इसे कहते हैं–'हत्या एक सुहागिन की' मर्डर राज का हुआ है, मगर मरी है सुहागिन!"

"पहेली की इस गहराई को अच्छी तरह समझने के बाद ही तो हमने तुम्हारी मदद की थी?"

"मदद मेरी नहीं मैंने तुम्हारी की है!" सीमा ने कठोर स्वर में कहा।

"चलो ऐसा ही सही मगर अब शायद हमें ब्रिजेश की आत्मा से वैन का पता पूछना चाहिए!"

"अभी ब्रिजेश की आत्मा की सिर्फ एक ही शर्त पूरी हुई है। दूसरी बाकी है!"

"वह भी तुम ही पूरा करोगी!"

"जरूर!" सीमा ने कहा–"मगर उससे पहले मैं कुछ विषयों पर आप लोगों से बातें करना चाहती हूँ!"

"किन विषयों पर?" बागेश ने पूछा।

"सबसे मुख्य विषय है नोट छप जाने के बाद उनका बंटवारा!"

"बंटवारा?" चौंककर वे एक-दूसरे की तरफ देखने लगे। फिर निकल्सन ने पूछा–"बंटवारे के बारे में तुम क्या कहना चाहती हो?"

"पूरी रकम में से तीन हिस्से मेरे होंगे और एक-एक तुम चारों का!"

"तीन हिस्से तुम्हारे?"

एक हिस्सा ब्रिजेश का, क्योंकि नोट छपने से पहले ही वह मुझे उसकी बीवी को देना होगा। दूसरा राज का और तीसरा मेरा अपना!"

वे चारों पुनः बगलें झांकने लगे। प्रश्नवाचक दृष्टि से एक-दूसरे की तरफ देखा। फिर उन सबका नेतृत्व करते बागेश ने पूछा–"ब्रिजेश और तुम्हारा तो समझ में आता है, मगर राज का।"

"वह हिस्सा तुम्हें देना होगा!" सीमा बड़े ही कठोर स्वर में गुर्राई।

चारों को जैसे सांप सूंघ गया।

तहखाने में सनसनी फैल गई थी!

हल्की-सी मुस्कान के साथ सीमा ने कहा–"राज के मरने से न सिर्फ दोनों शर्तें पूरी हुई हैं, बल्कि तुम लोग एक बहुत बड़ी मुश्किल से भी बच गए हो। राज 'रॉ' की नज़रों में था 'रॉ' उसके ज़रिए तुम लोगों तक पहुंचने का प्रयत्न कर रही थी, मगर राज की मौत के बाद ही यह संभावना भी खत्म हो गई है और यह करने का श्रेय मुझे जाता है!"

"मगर हिस्से काम के आधार पर नहीं बराबर की पार्टनरशिप पर होने चाहिए!"

"पार्टनशिप भी काम के आधार पर ही होती है!"

बल्लो बोला–"इस तरह तो हम भी कह सकते हैं कि तुमसे ज्यादा काम हमने किया है, क्योंकि तुम वैन रॉबरी में शामिल नहीं थी!"

"अगर मैं मदद न करती तो वैन रॉबरी में तुम लोगों द्वारा की गई सारी मेहनत बेकार हो चुकी थी।"

वहां खामोशी छा गई। जैसे चारों में से किसी के पास भी सीमा की बात का जवाब न रहा हो। आंखों-ही-आंखों में उन चारों की बातें हुई और फिर सभी का नेतृत्व करते हुए निकल्सन कहा–"हमें तुम्हारी शर्त मंजूर है!"

सारी बातें तय होने के बाद सीमा ने कहा–"एक बात अभी तक मेरी समझ में नहीं आई है!"

"क्या?" निकल्सन ने पूछा!

"यह कि ब्रिजेश की आत्मा के जेहन में की हत्या वाली बात आई कहां से और दूसरी शर्त के पीछे उसका अभिप्राय क्या था?"

"उस कम्बख्त को पहेलिया पूछने का शौक था। सो मरने के बाद भी हमें नहीं बख्शा। इसके अलावा और क्या अभिप्राय हो सकता कोई?"

"मैं नहीं मानती। निश्चय ही उसका कोई अभिप्राय जरूर रहा होगा!"

"अगर रहा होगा तो शायद उसकी आत्मा ही बता सकती है!"

"तो क्यों न उसकी आत्मा से ही बात कर लें?" सीमा ने टीटू की

तरफ देखते पूछा। बल्लो कह उठा–"हम तो कब से यही कह रहे हैं?"

"तो चलो!" सीमा ने स्वीकृति दी।

"तुम सब लोग यहीं ठहरो, मैं आत्मा को आह्वान करने की तैयारी करता हूं!" कहने के बाद निकल्सन उस कमरे की तरफ बढ़ गया, जिसमें वे ब्रिजेश की आत्मा से बात करते थे।

सबकी नज़रें उसी पर केंद्रित थीं।

कमरे का दरवाज़ा खुला पड़ा था और चौखट पार करने के बाद अभी शायद उसने दो ही कदम अंदर रखे थे कि 'भड़ाक' की एक जोरदार आवाज़ के साथ दरवाज़ा बंद हो गया।

पलक झपकते ही कमरे के अंदर से चटकनी चढ़ने की आवाज़ आई।

सीमा, बागेश, बल्लो और टीटू अभी होश भी नहीं संभाल पाए थे कि।

"तू-तू?" कमरे के अंदर से निकल्सन के चीखने की आवाज़ आई– "तू यहां, हरामजादी, कुतिया तेरी तो तलाश में भटक रहा था मैं। तू यहां कैसे?"

हॉल में खड़े चारों व्यक्ति 'सन्न' रह गए।

कमरे के अंदर से एक भर्राई हुई आवाज़ बाहर निकली–"हवा हूं। कहीं भी आने-जाने के लिए मुझ पर कोई पाबंदी नहीं लगा सकता!"

"हवा हां हवा ही तो है तू!" गुस्से में सुलगती हुई निकल्सन की आवाज़–"मैं भला तुझे कैसे भूल सकता हूं। मेरे हाथ तू कभी नहीं आई तेरे ही कारण मैं बर्बाद हो गया कमीनी। दर-दर की ठोकरें खाता फिर रहा हूं। आज मैं तेरा खून पी जाऊंगा। कच्चा चबा जाऊंगा तुझे!"

"पहले इस हंटर से तो बच बेवकूफ!"

"हुंह। हंटर से भला तू मेरा क्या कर लेगी?"

"देख मैं क्या करती हूं?" इस वाक्य के बाद तुरंत बाद अंदर से हंटर के हवा में तैरने की उत्पन्न होने वाली आवाज़ उभरी और उसी के साथ गूंजी निकल्सन की चीख।

फिर कमरे के अंदर से निरंतर हंटर की 'सड़ाक-सड़ाक' और निकल्सन की मर्मान्तक चीखें गूंजने लगी। साफ जाहिर था कि कोई उसे हंटरों से मार रहा था।

सीमा, टीटू, बागेश और बल्लो किंकर्त्तव्यविमूढ़ से खड़े रह गए थे। अजीब-सा सस्पैंस और सनसनी फैल गई वहां। कुछ समझ में नहीं आ रहा था कि अंदर कौन है?

सबसे पहले सीमा ही होश में आई। वह बंद दरवाज़े की तरफ दौड़ी। हिम्मत करके टीटू, बल्लो और बागेश भी लपके। अंदर से अभी तक 'सड़ाक-सड़ाक' और निकल्सन के चींखने की आवाज़ें आ रही थी।

"कौन है कौन है अंदर?" दरवाज़े को बुरी तरह भड़भड़ाती हुई सीमा ने पागलों की तरह चीखकर पूछा तो कमरे के अंदर से गुर्राहट उभरी–"तुम सब चुपचाप खड़े रहो!"

"कौन हो तुम। हम दरवाज़ा तोड़ देंगे!"

"बकवास मत करो। अगर तुमने ऐसी बेवकूकी करने की कोशिश की तो मैं निकल्सन को जान से मार डालूंगी। फिर तुम कभी ब्रिजेश की आत्मा से बात नहीं कर सकोगे!"

दरवाज़ा पीटते हुए सीमा के हाथ रुक गए। जुबान तालू में कहीं जा चिपकी। भयभीत अंदाज में उसने टीटू, बागेश और बल्लो की तरफ देखा। वे बेचारे तो वैसे ही हक्के-बक्के खड़े थर-थर कांप रहे थे। दिमाग जैसे कुंद हो गया था उनका!

कमरे के अंदर से लगातार हंटर और निकल्सन के चीखने की आवाज़ें आती रही और कुछ देर बाद निकल्सन की आवाज़ें आनी बंद हो गई।

सन्नाटा छा गया। कमरे ही में नहीं। समूचे तहखाने में!

फिर–'धांय'

एक फायर की आवाज़ गूंजी!

वे चारों कमरे के बाहर खड़े-खड़े यूं कांप गए जैसे भूचाल के आने पर खंबे कांप जाया करते हैं। तभी अंदर से गुर्राहट उभरी–"डरो मत। यह फायर मैंने निकल्सन पर नहीं किया है। सिर्फ हवाई फायर था। तुम्हें यह बताने के लिए कि मेरे पास रिवॉल्वर भी है और अगर मेरे हुक्म के खिलाफ किसी ने कोई भी हरकत की तो मैं तुम सबके परखच्चे उड़ा दूंगी।"

साहस करके सीमा ने पूछा–"कौन हो तुम और क्या चाहती हो?"

"फिलहाल सिर्फ यह कि बागेश को दरवाज़े पर छोड़कर तीनों पीछे हट जाओ!"

बागेश के चेहरे का रहा-सहा रंग भी उड़ गया!

पीला जर्द पड़ गया वह। काटो तो खून नहीं। चेहरा ही नहीं, बल्कि सारा जिस्म पसीने-पसीने हुआ जा रहा था। अंदर से चेतावनी उभरी– "तुम तीनों दरवाज़े से दूर हटते हो या निकल्सन की खोपड़ी में उतार दूं गोली?"

सीमा, टीटू और बल्लो एकदम दरवाज़े से दूर हट गए!

बागेश बेचारा वहीं चिपका खड़ा रहा। जैसे हाड़-मांस का बना इंसान नहीं, बल्कि पत्थर की बनी कोई शिला हो। आवाज़ पुनः उभरी– "अब मैंने दरवाज़ा खोल दिया। सिर्फ बागेश ही अंदर आए। अगर उसके अलावा किसी ने भी आने की कोशिश की तो उसकी खबर मैं नहीं मेरा रिवॉल्वर लेगा!"

सन्नाटा!

दरवाज़ा खुला। खोलने वाली शख्सियत नहीं चमकी!

"अंदर आओ बागेश!"

बागेश बेचारे के तो पैर ही उठ कर न दे रहे थे। जैसे एक-एक क्विंटल के हो गए हों!

सांप की-सी फुंकार उभरी–"आ रहे हो या नहीं?"

बड़ी ही दयनीय नज़रों से उसने अपने साथियों की तरफ देखा, मगर वे ही बेचारे क्या कर सकते थे। उनकी हालत भी उससे कम दयनीय नहीं थी। अंत में धड़कते दिल से कमरे के अंदर कदम रखना ही पड़ा उसे। अंदर कदम रखते ही उसकी नज़र एक सफेद नकाबपोश पर पड़ी और उसी ने आदेश दिया—"दरवाज़ा बंद कर लो!"

एक कोने में बेहोश पड़े निकल्सन पर दृष्टि डालते हुए यंत्रचालित से अंदाज में उसने दरवाज़ा बंद कर लिया। चटकनी चढ़ाकर घूमा!

"तुम अरे यह तुम हो। मैं तो डर ही गया था। मगर तुम यहां कैसे। कहां गुम हो गई थीं तुम।"

"मैंने तुम्हें कितना ढूंढ़ा सच टीटू, बागेश भले ही तुम्हारे बारे में चाहे जो सोचता रहा हो, मगर मैंने हमेशा यही माना है कि तुमने कोई गलती नहीं की थी। उस बेवकूफ को समझाता भी रहा हूं मैं मगर वह आह!"

बागेश के आगे के शब्द एक चीख में बदल गए। फिर किसी जिस्म के फर्श पर गिरने की आवाज़ उभरी।

टीटू की बुद्धि कुंद होकर रह गई। वह सोचने लगा कि बागेश के शब्दों से ऐसा लगता था, वह उसे बहुत प्यार करता हो। जो अंदर है ऐसा भी महसूस देता है जैसे मैं भी उसे जानता हूं। कौन है वह? कौन है?

सीमा ने फुसफुसाकर टीटू से पूछा—"कौन है वह?"

"मैं नहीं जानता!" टीटू ने शुष्क स्वर में कहा।

"फिर बागेश की तरह ही टीटू को भी कमरे के अंदर बुलाया गया और एक बार फिर दरवाज़ा बंद होते ही टीटू की आवाज़ सुनाई दी। ओह तो ये तुम हो संगीता। हुंह मैं तुमसे नफरत करता हूं! टीटू पागलों की तरह चीख रहा था—"आई हेट यू। मगर तुम यहां कहां से आ गई। तुम्हें तो किसी वेश्या के कोठे पर होना चाहिए था। अब समझा कि बागेश

वह सब क्यों कह रहा था। बेवकूफ है साला अभी तुम्हारी फितरत को पहचाना नहीं है उसने। जिस दिन पहचान लेगा, उस दिन वह भी तुमसे नफरत करेगा। सुना तुमने नफरत आई हेट यू, आई हेट यू!"

फिर वही। टीटू की चीख। एक जिस्म के फर्श पर गिरने की आवाज़!

इस बार बल्लो को बुलाया गया। चटकनी चढ़ाने के बाद वह घूमा और अगले ही पल सामने खड़ी शख्सियत ने चौथी बार अपने चेहरे पर पड़े सफेद नकाब को खींच लिया।

नीलम को देखते ही बल्लो के मुंह से घुटी-घुटी चीख निकल गई–"तुम?"

"हां मैं!" नीलम गुर्राई–"पहचाना?"

बल्लो के चेहरे पर इस सिरे से उस सिरे तक आतंक ही आतंक छा गया। आंखों में खौफ। वह जूड़ी के उस मरीज की तरह कांप उठा, जिसे बर्फ की सिल्लियों के बीच खड़ा कर दिया गया हो। दहशत के कारण वह घूमा और हाथ अभी चटकनी खोलने के लिए बढ़ा ही था कि–"खबरदार!" नीलम उसकी तरफ रिवॉल्वर तानकर गुर्रा उठी–"रुक जाओ, वर्ना शूट कर दूंगी!"

बल्लो न सिर्फ ठिठक गया, बल्कि पलटकर एकदम गिड़गिड़ा उठा–"मैंने कुछ भी नहीं किया था सच मैं भगवान की सौगंध खाकर कहता हूं कि वह-वह हरामजादी वहां खुद ही आई थी। मैं उसे नहीं लाया था। मुझे माफ कर दो!"

"झूठ बोलता है कमीने?"

बल्लो दौड़कर नीलम के कदमों से लिपट गया। बुरी तरह रोता-गिड़गिड़ाता बोला–"मुझे माफ कर दो। मेरा कोई दोष नहीं था। मैं अपनी जान की भीख मांग रहा है तुमसे।"

नीलम ने दांत भींचकर अपने पैरों में पड़े बल्लो की कनपटी पर पूरी

ताकत से रिवॉल्वर के दस्ते का वार किया—एक चीख के साथ बल्लो फर्श पर लुढ़क गया।

नीलम ने एक-एक नज़र उन चारों पर डाली फिर रिवॉल्वर और हंटर एक तरफ फेंके तथा दरवाज़े की तरफ बढ़ गई। इस वक्त भी उसके जिस्म पर पागलखाने वाला लिबास था।

खद्दर की सफेद धोती और उसी कपड़े का फूल बाजू वाला ब्लाऊज!

मगर इस वक्त वह धोती सलीके से बांधे हुए थी। बालों में गर्द जरूर थी, किंतु उन्हें कसकर एक बना रखा था उसने। आंखों के चारों तरफ बने काले धब्बे मानो अजीब और भयावह भूत के निशान थे!

धीरे-धीरे चलती हुई वह दरवाज़े के समीप पहुंची। चटकनी खोलने के लिए बायां बाजू ऊपर उठाया तो धोती का पल्लू नीचे गिर गया और सामने आ गया कपड़े का बना उसके बाजू पर एक पिन की मदद से लगा पागलखाने का एक बिल्ला!

इस बिल्ले पर काली स्याही से लिखा था—"सौ!"

पल्लू वापस कंधे पर डालती हुई नीलम ने दरवाज़ा खोल दिया!

सामने ही सीमा खड़ी थी!

"तू यहां?" सीमा के हलक से चीख निकल गई!

नीलम कुछ बोली नहीं!

सीमा के चेहरे पर बड़ी तेजी से सैकड़ों भाव उभर आए और फिर अंत में वह ठहाका लगाकर हंस पड़ी। एक बार हंसी तो फिर रुकी ही नहीं। पागलों की तरह पेट पकड़कर हंसती हुई वह सारे हॉल में घूमने लगी। ठहाकों के बीच ही वह कह रही थी—"कमाल है नीलम तू यहां हा-हा-हा तू कैदी नंबर सौ-हा-हा-हा जेल में भी पागलखाने में भी एक ही नंबर-सौ-सौ-सौ भई कमाल हो गया और यहां प्रकट होकर तूने हद कर दी-हा-हा-हा!"

पागलों की तरह क्यों हंसे चली जा रही थी सीमा?

नीलम में ऐसा क्या था, जो उसे पागलों के समान ठहाके लगा-लगाकर हंसने पर विवश कर रहा था। कौन थी नीलम? देखते ही बल्लो उसके पैरों में क्यों पड़ गया? बागेश को उससे इतना प्यार क्यों था? टीटू उससे नफरत क्यों करता था और ऐसी क्या बात थी कि उसे देखते ही निकल्सन भड़क उठा गुर्राने लगा? नीलम ने किसका खून किया था? पागलपन का नाटक क्यों कर रही थी वह? मानवता के लिए नीलम इतनी जरूरी क्यों थी कि खुद पंडितजी उसमें दिलचस्पी लेने लगे?

वैन को उड़ाने की मुख्य प्लानिंग किसकी थी? क्या ब्रिजेश की आत्मा ने वैन का पता बता दिया? यदि हां तो वैन कहां थी मिलने के बाद उसका क्या हुआ? यदि नहीं तो वैन का पता कैसे लगा? क्या ब्रिजेश वाकई मर चुका था?

ब्रिजेश की आत्मा का सुहागिन की हत्या कराने के पीछे क्या अभिप्राय था? नीलम यहां कैसे पहुंच गई और क्या चाहती थी और वैन रॉबरी या गजराज की हत्या वाले झमेले से उसका क्या संबंध था? क्या 'टू इन वन' वाली नकाबपोश नीलम ही थी?

क्या वैन में मौजूद कागज़ दौलत में बदल सके, अगर हां, तो उनका क्या उपयोग किया गया? क्या वाकई पूरी ईमानदारी के साथ बंटवारा हो सका? कहीं ऐसा तो नहीं हुआ कि इस दौलत के बूते पर मानवता के खिलाफ कोई बहुत बड़ी जंग शुरू हुई हो?

बलवंत ने क्या करिश्मे दिखाए? क्या वह वाकई अंधा है या अंधेपन का नाटक कर रहा है? भारत की सर्वोच्च जासूसी संस्था क्या सचमुच धोखा खा गई है, अगर नहीं तो इसके खुर्राट जासूसों ने क्या हंगामे किए और फिर आपको याद है न कि पंडितजी ट्रांसफर हो चुके हैं और अमृतसर में गजराज की एक पॉलिसी थी। गजराज मर चुका है।

तो क्या पंडित जी ने इस क्लेम को चैलेंज किया? क्या वे फिर मैदान में उतरे? यदि हां, तो इस बार क्या गुल खिलाए उन्होंने?

गजराज की हत्या सीमा ने किस योजना के अंतर्गत क्यों और कैसे की? क्या योजना थी उसकी? क्या वह इस कथानक के प्रारंभ से ही किसी सुलझी हुई स्कीम पर काम कर रही थी?

उपरोक्त और इनके अलावा भी उस हर सवाल का जवाब है—*कैदी नंबर सौ* जो प्रश्न इस उपन्यास में सुलझने से रह गए हैं। *कैदी नंबर सौ* नीलम की कहानी है! सीमा, बलवंत, बल्लो, बागेश, टीटू और निकल्सन की कहानी है—*कैदी नंबर सौ*!

उसमें रंग भर रहे हैं—काइयां पंडितजी और रॉ के खुर्राट जासूस— *कैदी नंबर सौ* कुछ नए और दिलचस्प पात्रों की कहानी भी है—*कैदी नंबर सौ* एक वैज्ञानिक करिश्मे की कहानी है।

भारत सरकार और पुलिस की दुविधा की कहानी है। एक तरफ संपूर्ण मानवता थी दूसरी तरफ एक निहायत ही पतित और चरित्रहीन व्यक्ति और इस व्यक्ति की बलि देने पर भारत सरकार मानवता को अमृत दे सकती थी, परंतु कानून इस चरित्रहीन व्यक्ति की बलि देने की इजाजत नहीं दे रहा था!

बड़े ही जटिल सवाल खड़े करता—सस्पेंस, थ्रिल, सैंटिमेंस्स और इन्वेस्टिगेशन के मिश्रण का ऐसा नमूना है—*कैदी नंबर सौ* कि जैसा वेदप्रकाश शर्मा ने पहले कभी नहीं लिखा, क्योंकि यह उनका सौवां उपन्यास है और अब इसे सिर्फ 'हिन्द पॉकेट बुक्स' ने प्रकाशित किया है।

बलवंत हड़बड़ाकर उठ बैठा!

सारी कोठी में कॉलबेल की आवाज़ अब भी गूंज रही थी। उसके जेहन में एक ही सवाल गंजा—"रात के इस वक्त कौन हो सकता है?"

हाथ बरबस ही तकिए के नीचे चला गया।

अपना लोडेड रिवॉल्वर निकाल लिया उसने!

कॉलबेल की आवाज़ से समूची कोठी झनझना उठी और बलवंत ने तेजी से टटोलकर सिरहाने रखा नाईट गाऊन उठाकर जिस्म पर डाल लिया। रिवॉल्वर उसकी लंबी जेब में!

अनुमान से ही आगे बढ़कर उसने लाईट ऑन कर दी!

चटकनी खोलकर गैलरी में आया और फिर मुख्य दरवाज़े तक पहुंचते-पहुंचते बेल अनगिनत बार बज चुकी थी। दरवाज़े के समीप पहुंचकर उसने ऊंची आवाज़ में पूछा–"कौन है?"

"मैं हूं साब!" गोरखे चौकीदार की आवाज़।

"क्या बात है?"

"पंडितजी आए हैं साब। आपसे और सीमा मेमसाब से मिलना चाहते हैं!"

"पंडितजी यहां?" बलवंत बड़बड़ाया–"वे तो अमृतसर चले गए थे?"

गोरखे की आवाज़ उभरी–"क्या बोलूं साब?

"रात के इस समय क्यों मिलना चाहते हैं?"

"बोला नहीं साब। कहते हैं कि इसी समय मिलना जरूरी है!"

एक पल कुछ सोचने के बाद बलवंत ने कहा–"भेज दो!"

"अच्छा साब! इस आवाज़ के बाद बलवंत ने बहुत ही ध्यान से दूर जाती पदचाप सुनी। हॉल की लाईट उसने पहले ही ऑन कर ली थी। कान दरवाज़े पर सटाए खड़ा रहा। कुछ ही देर बाद नजदीक आती पदचाप सुनाई दी!

पंडितजी की पदचाप उसने पहचान ली।

"हैलो मिस्टर बलवंत!" पंडितजी मुस्कुराते हुए उसके नजदीक आए।

"हैलो आप यहां, अमृतसर से कब आए?"

"बस समझो कि सीधे आ रहे हैं!"

"रात के इस वक्त। ऐसा क्या काम पड़ गया?" अंदर दाखिल होते हुए पंडितजी ने कहा—"गजराज की लाश का समाचार सुनकर आए हैं!"

"मर गया सूअर का बच्चा। मेरी बेटी को मारने चला था!"

पंडितजी ने उसे ध्यान से देखते हुए पूछा—"क्या तुम्हें उसकी मौत का दुख नहीं हुआ?"

"दुख-हुंह क्या सूअर के मरने पर भी किसी को दुख होता होगा?" बलवंत कड़वा-सा मुंह बनाता हुआ बोला—"मुझे तो बल्कि खुशी हुई है!"

"किसी के मरने पर खुश होना शिष्टाचार के विरुद्ध है मिस्टर बलवंत!"

"जहां इस सूअर का नाम आ जाए वहां मुझे कोई शिष्टाचार याद नहीं रहता, मगर उसके मरने में आपको ऐसी क्या दिलचस्पी है जो रात के इस वक्त अमृतसर से सीधे यहां भागे चले आए।"

"वहां—अमृतसर में उसके नाम से एक पॉलिसी है!"

"पॉलिसी—मगर पॉलिसी है तो क्या हुआ? हम उसका क्लेम लेने वाले नहीं हैं!"

"हमें डाऊट है कि उसकी हत्या की गई है!"

"हत्या, आप भी कमाल कर रहे हैं पंडितजी। भला उस सूअर के बच्चे के खून से अपने हाथ कौन रंगेगा। वह तो उल्टा सीमा का मर्डर करने के चक्कर में था। जरा-सा चूक गया और अपनी खोदी हुई खाई में साला खुद ही गिर पड़ा। आप पुलिस से ही पूछ लेते!"

"पुलिस रिपोर्ट हम पढ़ चुके हैं!"

"कमाल है फिर भी?"

"हां मिस्टर बलवंत। तुम तो जानते हो कि रिपोर्ट को हम खास महत्त्व नहीं देते हैं। इस मामले हम सबसे पहले सीमा के बयान लेना चाहेंगे। कहां है वह?"

"अपने कमरे में। इस वक्त तो वह सो रही होगी। सुबह . . ."

"सॉरी मिस्टर बलवंत। बयान तो इसी समय जरूरी हैं!" कहने के के साथ ही जेब से पैकिट निकलकर उन्होंने चारमीनार की एक सिगरेट सुलगा ली। पंडित जी के सामने बलवंत की एक न चली और वे सीमा के कमरे की तरफ बढ़ गए!

सीमा के बंद कमरे पर दस्तक देते हुए बलवंत ने उसे पुकारा तो दरवाज़ा स्वयं ही खुलता चला गया। बलवंत बड़बड़ाया–"कैसी लापरवाह लड़की है ये। सोने से पहले दरवाज़ा भी बंद नहीं करती!"

परंतु पंडितजी देख रहे थे खाली पड़ा डबल बैड। कमरे में सीमा कहीं नहीं थी और पंडितजी की नीली आंखें दायरों की शक्ल में सिकुड़ती चली जा रही थीं। सिगरेट में एक बहुत ही गहरा कश लगाया उन्होंने!

|| समाप्त||